KALYNN BAYRON

SCHNEEWITTCHEN SCHLÄGT ZURÜCK

Das Buch

Prinzessin Eve wurde seit ihrer Kindheit darauf trainiert, eines Tages gegen den Ritter anzutreten, der das Reich ihrer Mutter, Königin Regina, seit Jahrhunderten terrorisiert. Der Ritter ist ein mächtiger Zauberer, der Wünsche erfüllt. Doch seine Magie hat immer einen Preis, wie Königin Regina nur allzu gut weiß. Eves eigene magische Fähigkeit, aus dem Nichts Waffen herbeizurufen, macht sie zu einer würdigen Gegnerin. Doch kurz vor Eves siebzehntem Geburtstag, vor dem entscheidenden Kampf, verhält sich Regina zunehmend seltsam: Jede Nacht schließt sie sich in ihrer Kammer ein und spricht durch einen magischen Spiegel mit einem Boten des Ritters. Als Eve das herausfindet, ist sie umso entschlossener, den Kampf gegen den Ritter zu gewinnen. Doch je mehr sie über ihren Gegner herausfindet, desto deutlicher wird, dass alles, was sie zu wissen glaubte, eine Lüge ist ...

Die Autorin

Kalynn Bayron ist ausgebildete Sängerin, und wenn sie nicht gerade schreibt, hört sie am liebsten Songs von Ella Fitzgerald, geht ins Theater, schaut gruselige Filme und verbringt Zeit mit ihren Kindern. Sie lebt derzeit mit ihrer Familie in San Antonio, Texas.

KALYNN BAYRON

SCHNEEWITTCHEN SCHLÄGT ZURÜCK

Roman

Aus dem Amerikanischen
von Bettina Hengesbach

HEYNE ‹

Titel der Originalausgabe:
SLEEP LIKE DEATH

Der Verlag behält sich die Verwertung der urheberrechtlich
geschützten Inhalte dieses Werkes für Zwecke des
Text- und Data-Minings nach § 44 b UrhG ausdrücklich vor.
Jegliche unbefugte Nutzung ist hiermit ausgeschlossen.

Penguin Random House Verlagsgruppe FSC® N001967

Deutsche Erstausgabe 12/2024
Redaktion: Melike Karamustafa
Copyright © 2024 by Kalynn Bayron
Copyright © 2024 dieser Ausgabe und der Übersetzung
by Wilhelm Heyne Verlag, München,
in der Penguin Random House Verlagsgruppe GmbH,
Neumarkter Straße 28, 81673 München
Printed in Germany
Umschlaggestaltung: Das Illustrat, München,
unter Verwendung des Originalmotivs von Fernanda Suarez
Satz: Schaber Datentechnik, Austria
Druck und Bindung: Friedrich Pustet GmbH & Co. KG, Regensburg

ISBN 978-3-453-27493-8

Für Rolanda, Gwen, Pearl und Annette

1

Es ist einfacher, der Fährte eines Tieres – oder einer Person – zu folgen, wenn es blutet.

Rote Tropfen im Schnee sind leicht zu sehen. Blut auf herabgefallenen Herbstblättern oder dunkler Erde ist schwerer auszumachen, aber es ist immer noch einfacher, als sich ausschließlich auf Spuren zu verlassen. Die Methode funktioniert wie gesagt auch bei Menschen. Ein Pfeil in den Oberschenkel oder die Seite hinterlässt definitiv eine Fährte, der ich folgen kann.

Und Fährten zu folgen, ist eine Kunst. Huntress kann selbst aus der Ferne erkennen, wenn ein einziges Blatt ganz leicht gekrümmt ist. Sie kann das Gewicht und das Alter eines Bären, eines Wolfes oder eines Wildschweins schätzen, indem sie sich ganz tief zu den Spuren hinunterbeugt und die Abdrücke mit den Fingerspitzen nachfährt. Diese Taktik funktioniert nicht ganz so gut bei Menschen, weswegen ich kein Interesse daran habe, sie zu erlernen. Die Dinge, die mich interessieren, müssen zu meinem wahren Ziel führen. Wenn die Lektion den Abstand zwischen mir und meinem Feind nicht verringert, wo liegt dann der Sinn?

Huntress hat mir versichert, dass ich früher oder später lernen werde, die Jagd zu genießen. Meiner Meinung nach wird das nur passieren, wenn ich *ihm* auf die Schliche komme.

»Eve«, spricht mich Huntress an. »Du musst dich konzentrieren.«

Konzentrieren.

Das ist leichter gesagt als getan, wenn ich unter dem dunkler werdenden Himmel auf spitzen Felsen und feuchter Erde liege und versuche, mich so flach auf den Boden zu drücken, dass die Rehe auf der Lichtung weder mich noch den Pfeil sehen können, den ich auf sie gerichtet habe. Ich bevorzuge den Degen, aber Huntress besteht darauf, dass ich meine Fertigkeiten mit dem Bogen optimiere. Ein Teil von mir glaubt, es liegt daran, dass sie das Gefühl nicht mag, wenn ihre Klinge über die Knochen unter dem verwundeten Fleisch schabt. Ihr gefällt die Distanz, die der Bogen ermöglicht. Ich dagegen habe keine derartigen Vorbehalte.

Huntress ist froh, dass es mir gelungen ist, die Rehe bis zur Lichtung zu verfolgen, aber ich bin nicht ehrlich zu ihr gewesen. Ich hatte Unterstützung. Noch immer kann ich ihn hören, meinen sanftmütigen Helfer, während ich still daliege – der Klang ist nicht direkt eine Stimme, sondern vielmehr ein leises Summen, das sich an meinem Rücken hinaufschlängelt und in meinem Nacken festsetzt. Jede feine Intonation enthält eine Bedeutung – Furcht, Neugier, Fröhlichkeit –, und ich kenne sie alle. Ich lausche den Geräuschen des Waldes schon mein ganzes Leben.

Mein Helfer geht auf der anderen Seite der Wiese auf und ab, kurz hinter der Baumgrenze. Er hat mich hergeführt. Wir haben immer eine Vereinbarung, er und ich.

»Spann den Bogen und erlege ein Reh, das wir deiner Mutter mitbringen können«, flüstert Huntress. »Ich hab es satt, im Dreck zu liegen.«

Ich richte den Pfeil aus und spüre, wie sich die Muskeln an meinem Rücken spannen, als ich die Bogensehne zu meiner Schulter ziehe. Während ich einatme, lausche ich meinem eigenen Herzschlag. Mein Pfeil wird sein Ziel treffen, wenn ich ihn zwischen zwei Atemzügen, zwischen zwei Herzschlägen abfeuere.

Der schlanke Hals des Rehs ist ungeschützt. Es hat sich gerade ein kleines Stück von den anderen entfernt, aber das genügt.

Eins.

Zwei.

Drei.

Mein Pfeil trifft das Tier mit einem leisen schmatzenden Geräusch. Das Reh taumelt und fällt dann auf die Seite.

Ich erhebe mich, klopfe mir die feuchte Erde von der Kleidung und gehe zur Lichtung. Die anderen Rehe stieben auseinander und lassen ihre verletzte Gefährtin zurück. Ich knie mich neben das Tier und beende seine Qualen mit meinem frisch geschliffenen Degen.

»Gut«, lobt Huntress. »Wir dürfen sie nicht leiden lassen. Und wir nehmen uns nicht mehr, als wir brauchen.«

»Es gibt andere, die leiden sollten.«

Huntress streicht sich ein paar Strähnen ihres ergrauenden Haares aus dem Gesicht. »Diese Denkweise führt zu nichts.« Sie kommt auf mich zu und legt mir eine Hand auf die Schulter. »Dein Kopf sollte frei sein. Rache, Verbitterung... Arroganz. All das wird dich zerfressen.«

Ich schiebe meinen Degen zurück in die Scheide und hänge mir den Bogen über die Schulter.

»Du glaubst, ich sei arrogant?«, frage ich.

Sie schnaubt und versetzt mir einen festen Schlag auf die Schulter. »Ich *weiß*, dass du es bist.«

Huntress holt eine Kordel aus ihrer Tasche und bindet die Beine des Rehs zusammen, damit wir es zurück nach Castle Veil bringen können.

Während sie beschäftigt ist, sehe ich, dass mein hilfsbereiter Freund aus dem Unterholz hervorkommt. Sein Fell glänzt und ist so schwarz wie der Abendhimmel, genauso wie seine neugierigen Augen. Die Spitzen seines Schwanzes und seiner vier Pfoten sind rot.

Ich atme tief ein, um mein hämmerndes Herz zu beruhigen. *Ich will dir nichts tun.*

Der Fuchs legt die Ohren an und neigt den Kopf auf eine Art, dass es beinahe wirkt wie eine Verbeugung. Als ich mit der Sohle meines Stiefels auf die Erde tippe, huscht er davon.

Huntress sieht ihm hinterher und bedenkt mich dann mit einem Blick, in dem tiefe Enttäuschung liegt. »Bitte sag mir, dass das nicht wahr ist.« Sie seufzt und reibt sich die Schläfe. »Du hast dich von dem Fuchs hierherführen lassen? Hast du überhaupt versucht, selbst die Fährte der Rehe aufzunehmen?«

»Ja, hab ich. Das ist aber schwieriger, als es auf den ersten Blick scheint.«

Huntress richtet sich auf und wendet sich mir mit gequälter Miene zu. »Du musst lernen, es ohne fremde Hilfe zu tun. Du kannst nicht jedes Mal schummeln, Eve.«

Ich verstehe nicht, warum. Schließlich kann ich die einzigartigen Laute jedes Tieres hören. Das Summen des Fuchses ist wie ein sanftes Zwicken in meinem Nacken. Vögel sind wie ein melodisches Pfeifen. Pferde sind tief und volltönend. Jedes Tier hat eine Stimme, die ich hören und verstehen kann. Ich betrachte meine Methode im Gegensatz zu Huntress nicht als schummeln. Wenn sie diese Fähigkeit hätte, würde sie sie gewiss auch einsetzen.

Ein Grollen dringt durch die Wolkendecke, und in der Ferne erklingt ein lautes Krachen. Die Luft um mich herum ist auf einmal zum Leben erwacht, Regen prasselt auf Blätter und Äste. Innerhalb weniger Momente öffnet sich der Himmel, und wir sind in einem Wolkenbruch gefangen.

»Immerhin haben wir das Reh erlegt, nicht wahr?«, merke ich an. »Das ist die Hauptsache.«

»Es ist nicht die Hauptsache«, entgegnet Huntress gepresst. »Ich bin beeindruckt von deiner Gabe, Eve, das weißt du, aber du kannst nicht einfach ...«

Ein lauter Knall teilt den bewölkten Himmel über uns, und für einen kurzen Augenblick ist der Wald taghell, als ein Blitz das Blätterdach erleuchtet.

»Grandios«, murrt Huntress. Eilig schiebt sie ihren Gehstock zwischen die Beine des Rehs und bedeutet mir, das andere Ende zu packen, damit wir das Tier hochheben und nach Hause tragen können.

Gerade als ich nach dem Stock greifen will, vibriert etwas – ein intensives Grollen – bis in meine Knochen. Kein Donner, sondern der Ruf eines Tieres. Es ist erst das zweite Mal in meinem Leben, dass ich ihn höre. Ein Anflug von Angst durchfährt mich, aber ich vertreibe ihn und umklammere fest meinen Degen.

»Stell dich hinter mich«, sage ich.

»Was ist los?«, fragt Huntress mit panischer Stimme. Sie schaut sich um und tritt dann ohne ein weiteres Wort hinter meine rechte Schulter.

Nur ich kann die Stimme des Tieres hören. Sie hallt in meinem Kopf und wird mit jeder Sekunde lauter. Als ich es schließlich durch den strömenden Regen hindurch sehe, ist es zu spät, um wegzurennen oder uns zu verstecken, aber ich hätte ohnehin keines von beidem getan.

Huntress zieht scharf die Luft ein, als der Wolf vor uns auf die Lichtung tritt. Gewöhnliche Wölfe gehen so oft in Queen's Bridge ein und aus, dass die Menschen wissen, wie sie sie meiden oder mit welchen Waffen sie sich auf Reisen durch den Wald vor ihnen schützen können. Ich kenne ihren Ruf, aber dieser ist anders. Dies ist kein gewöhnlicher Wolf. Es ist ein Schattenwolf. Ein Riese, der fast alles und jeden töten kann, der das Pech hat, seinen Weg zu kreuzen.

Seine Augen befinden sich auf der gleichen Höhe wie meine, als er sich uns auf der Lichtung nähert. Würde er sich auf die Hinterbeine stellen, wäre er doppelt so groß wie ich. Im Regen wirkt er wie ein wuchtiger, monströser Schatten mit gelben Augen und langen blitzenden Zähnen.

Wir sind in den Wald gekommen, um Rehe und Fasane zu jagen. Huntress und ich sind beide bewaffnet, aber nicht schwer genug, um uns gegen einen Wolf von dieser Größe zu verteidigen.

Als Huntress einen Schritt nach hinten macht, senkt das Tier den Kopf, legt die Ohren an und fletscht seine riesigen Reißzähne.

»Nicht bewegen«, flüstere ich.

Der Wolf knurrt so laut, dass er sogar den Regen übertönt. Dann nimmt er Witterung auf. Kaum dass ihm der Geruch von Blut in die Nase gestiegen ist, wird er den Rehkadaver als sein Eigentum betrachten, das er verteidigt. Er wendet sich mir zu, verlagert sein Gewicht auf die Hinterbeine und macht sich bereit, mich anzugreifen.

Mein Herz flattert wie ein Vogel im Käfig, als ich den Blick zum Himmel hochwandern lasse. Donner grollt in der Ferne. Ich strecke langsam den Arm über meinem Kopf nach oben aus.

Der Wolf knurrt erneut. Die riesige Kreatur stürzt sich in dem Moment auf mich, als ein weißer Blitz seinen Weg bis zu meiner ausgestreckten Hand findet. Wenn ich einen Blitz nutze, ist dies immer mit Schmerzen verbunden, aber ich habe gelernt, ihn zu genießen. Er erinnert mich daran, dass ich am Leben bin und von etwas Mächtigerem vereinnahmt werde als alles und jeder in Queen's Bridge.

Ich ergreife den Blitz. Als er sich vom Himmel trennt, wird er zu einer Klinge aus Hitze und Licht. Ein beinahe schwereloses Schwert, heraufbeschworen aus dem Gewitter. Es ist eine Waffe, die sich von allen anderen unterscheidet, und sie wird nur für diesen einen Moment existieren. Ein Schauer durchfährt mich, auf meinem Körper bildet sich eine Gänsehaut.

Ich schwinge den Blitz durch die Luft, sodass der Wolf ein paar Schritte von mir entfernt auf den Boden prallt und seine Pfoten in die schlammige Erde gräbt, ehe er schlitternd zur Ruhe kommt. Der Klang seiner einzigartigen Stimme in meinem Kopf gerät ins Stocken. Wir schauen einander fest in die Augen. Er ist ein prachtvolles Geschöpf, aber ich muss nach Hause zu meiner Mutter zurückkehren. Ich bin alles, was ihr noch geblieben ist, und ich werde mich unter keinen Umständen von ihr trennen lassen.

Der Wolf macht sich erneut zum Angriff bereit, doch als sein Blick auf die glänzende Klinge fällt, zögert er. Er schnüffelt ein letztes Mal an dem Reh, ehe er sich ins Unterholz zurückzieht.

Ich bewege mich nicht, bis seine Stimme aus meinem Kopf verschwunden ist.

Als Huntress den Kopf auf meine Schulter legt, lockere ich den Todesgriff um das Schwert, worauf es sich mit einem leisen Zischen in schwarzen Rauch auflöst.

Es regnet noch immer in Strömen.

»Ich dachte schon, wir stecken in Schwierigkeiten«, sagt Huntress.

»Das haben wir auch getan.« Ich versuche, wieder zu Atem zu kommen. »Einen Wolf dieser Größe habe ich seit Jahren nicht mehr gesehen und ganz gewiss nicht in dieser Gegend.«

»Es gibt einen, der sich in der Nähe von Rotterdam herumtreibt«, erwidert Huntress. »Ich habe Gerüchte gehört, dass er Jagd auf Menschen macht.«

»Das ist doch nur Gerede. Und jetzt lass uns das Reh nach Hause schaffen.«

Huntress nickt, und wir treten den langen Heimweg durch den westlichen Wald von Queen's Bridge an.

Huntress und ich tragen das Reh zwischen uns, denn unsere Pferde haben wir im Stall gelassen. Es sollte lediglich eine kurze Jagd werden, eine Übung, wie man Fährten aufnimmt, bei der wir nur mit einer kleinen Beute belohnt würden. Mit einem Reh dieser Größe habe ich nicht gerechnet, weswegen wir zu dem Zeitpunkt, zu dem Castle Veil sichtbar wird, beide verschwitzt und erschöpft sind.

Es hat aufgehört zu regnen, und die Wolken ziehen weiter, sodass ein wenig blassgelbes Licht hindurchbricht.

»Lass es uns gleich in die Küche bringen«, schlägt Huntress vor. »Ich bin mir sicher, deine Mutter würde sich über Rehfleisch zum Abendessen freuen.«

Wir schleppen das Tier durch das Labyrinth aus Gängen, die sich durch das Schloss schlängeln, und lassen die Ausbeute unserer heutigen Jagd unserer Köchin Lady Anne vor die Füße fallen.

Angewidert betrachtet sie den Kadaver. »Na, was soll ich denn damit anfangen?«, fragt sie. Ihr rundes Gesicht glänzt von Schweiß, und eine dünne Mehlschicht bedeckt die Vorderseite ihrer Schürze. »Ihr habt es nicht mal ausgeweidet?«

»Ich dachte, das übernimmst du lieber selbst«, erwidere ich.

Ich kenne Lady Anne schon mein ganzes Leben, daher weiß ich ganz genau, dass sie kein Blut sehen kann und noch nie ein getötetes Reh gehäutet und die essbaren Teile herausgeschnitten hat.

»Entweder ihr kümmert euch darum, oder ich muss Mr. Finley rufen lassen, damit er es macht.« Ein Unterton schwingt in ihrer Stimme mit, als sie seinen Namen ausspricht. »Genau genommen...« Sie verstummt, als hätte sie sich auf einmal in ihren eigenen Gedanken verloren.

»Ich geh ihn holen«, verkündet Huntress. »Ich bin mir sicher, er tut es gern.«

»Du willst ihn jetzt holen?«, fragt Lady Anne, die schlagartig aus ihren Tagträumen zu erwachen scheint. Sie streicht sich ein paar Strähnen ihres gelockten schwarzen Haares unter das Kopftuch und wischt sich die Hände an der Schürze ab.

Huntress verdreht die Augen. »Von allen Leuten in Queen's Bridge bist du ausgerechnet an Mr. Finley interessiert?«

Lady Anne sieht mich an. »Ist das schlimm?«

»Nein«, antworte ich. »Es ist nur, na ja … Er hat eine Glatze.«

Lady Anne seufzt, als würde sie sich ihn in diesem Augenblick vorstellen. »Er ist wunderschön.«

Ich muss mich zusammenreißen, um nicht zu lachen. Während ich es niedlich finde, sieht Huntress vollkommen angewidert aus.

Lady Anne scheucht sie aus der Küche. »Ach, hör schon auf. Und jetzt geh ihn holen.«

Huntress verlässt die Küche, wobei sie irgendetwas über Mr. Finley vor sich hin murmelt, während Lady Anne sich weiter herrichtet.

»Schenk ihr keine Beachtung«, rate ich ihr, während ich ihr dabei helfe, ihre Schürze abzuklopfen. »Sie ist nur sauer, weil sich niemand so sehr darüber freut, sie zu sehen, wie du dich freust, wenn du Mr. Finley siehst.«

»Ist sie jemals *nicht* sauer?«, fragt Lady Anne. »Die Frau lebt in einem Dauerzustand der Unglückseligkeit.«

Das ist vielleicht etwas übertrieben.

»So ist sie nun mal. Das weißt du doch.«

Lady Anne schüttelt den Kopf und probiert unterschiedliche Stehpositionen aus, während sie zur Tür schaut. »Deine Mutter hat dich vorhin gesucht. Zuletzt hat sie sich im Salon aufgehalten.«

Ich nicke und lege ihr eine Hand auf den Arm. »Ich bin mir sicher, Mr. Finley wird sich freuen, dich zu sehen.«

Lady Anne berührt mich sanft an der Wange, bevor sie auch mich aus der Küche scheucht.

Ich suche die privaten Gemächer meiner Mutter auf der obersten Etage auf. Als ich ihren Salon ansteuere, der sich direkt neben dem Treppenabsatz befindet, sehe ich, dass die Tür nur angelehnt ist, und erhasche einen Blick auf meine Mutter, die vor einem langen Tisch auf und ab geht. Als ich ins Zimmer husche, schenkt sie mir ein verkrampftes Lächeln.

Sie ist nicht allein. Captain Amaranth Mock, Anführer der königlichen Wache, ist bei ihr. Und auch Lady Harold, die sich ständig über alles Sorgen macht, ist zugegen. Sie ist die stellvertretende Beraterin meiner Mutter – stellvertretend, weil *ich* ihre erste Beraterin bin.

Nun beugen sie sich über den Tisch und betrachten mit finsteren Mienen eine Karte von Queen's Bridge.

Ich gehe zum Fenster, wo ein goldener Käfig steht, und lausche der rotbraunen Nachtigall, die auf ihrer Stange flattert und lieblich zwitschert, während sich meine Mutter über irgendetwas den Kopf zerbricht.

»Ihre Ländereien sind überwuchert«, verkündet Captain Mock. »Die restlichen Feldfrüchte werden verdrängt. Es ist ein absolutes Desaster. Wir dürfen nicht zulassen, dass es so weitergeht.«

»Aber hat er seine Felder denn nicht abgeerntet?«, fragt Lady Harold mit deutlich verärgerter Stimme.

»Ich glaube schon«, antwortet Captain Mock. »Jedoch sind die Erträge nicht konkurrenzfähig. Der Gutachter hat mir mitgeteilt, dass die Überwucherungen den River Farris in weniger als einem Monat erreicht haben, wenn nichts unternommen wird.«

»Ganz Queen's Bridge bezieht Wasser aus dem Fluss«, schalte ich mich ein und nähere mich dem Tisch.

Die wachsamen braunen Augen meiner Mutter sind so dunkel, dass sie fast schwarz wirken, als sie ein kleines Gewicht auf den Rand einer Farm in der Nähe des Flusses stellt. Ihre Haare sind zu Braids um ihren Kopf herumgeflochten; ihre Krone, ein Ring aus goldenen Ahornblättern, die mit grünen Smaragden verziert sind, sitzt inmitten der gewundenen Locken. Mit der Hand umfasst sie einen kleinen Smaragd in Form eines Sternes, der an einer silbernen Kette um ihren Hals hängt. Die glatte braune Haut ihres Handrückens ist makellos, abgesehen von einer gezackten Narbe, die von ihrem Daumen bis zum Handgelenk reicht.

»Die Wasserversorgung ist in der Tat gefährdet, wenn es so weitergeht«, erklärt Captain Mock. »Was sollen wir tun, meine Königin?«

Meine Mutter legt ihre schlanken Finger auf die Karte. »Sir Gregory hat die Ländereien stets gut verwaltet. Er ist aufmerksam, und es sieht ihm gar nicht ähnlich, so etwas zuzulassen.« Sie seufzt und lässt ihre Hand über den Tisch gleiten. Der Degen an ihrer Taille funkelt in der Nachmittagssonne, als sie mit dem Absatz ihres Reitstiefels auf den Steinboden tippt. Auf einmal dreht sie sich zu mir um und legt mir eine Hand auf die Schulter. »Eve, ich weiß, dass du gerade erst von der Jagd zurückgekehrt bist, aber möchtest du mich begleiten? Ich würde gern persönlich mit Sir Gregory sprechen.«

Ich nicke. Sie weiß, dass die Frage unnötig war. Es gibt nichts, was ich nicht für meine Mutter tun würde.

»Dann lass uns aufbrechen«, sagt sie.

»Ist das notwendig, meine Königin?«, fragt Captain Mock. »Es ist besorgniserregend, ja, aber es erfordert gewiss keinen Besuch Ihrer Majestät.«

Ich wende mich ihm zu und verdrehe die Augen, damit ihm klar ist, für wie lächerlich ich ihn halte.

Captain Mock spannt den Kiefer an und weicht meinem Blick aus.

Der Captain hat stets andere Ansichten. Meine Mutter hält es für klug, Leute in ihrem Rat zu haben, die nicht davor zurückschrecken, ihre Meinung zu äußern, aber ich fand schon immer, dass der Captain es ein wenig zu sehr genießt.

Er liebt das Leben im Palast. So sehr, dass er häufig abschätzige Bemerkungen über die Bewohnerinnen und Bewohner von Queen's Bridge macht. Meine Mutter weist ihn jedes Mal in seine Schranken, da sie der festen Überzeugung ist, dazu bestimmt zu sein, den Menschen zu dienen, und dass alle es verdient haben, dass man sie schützt und sich um sie sorgt. Captain Mock beugt sich am Ende stets ihrem Willen.

Nun bedenkt meine Mutter ihn mit einem Blick, der verrät, dass der Besuch stattfinden wird, selbst wenn er nicht nötig ist, und dass sie diesbezüglich keine weiteren Diskussionen führen wird.

Captain Mock neigt den Kopf und tritt einen Schritt zurück.

Ich folge meiner Mutter zu den Ställen, wo sie auf ihr Pferd steigt – eine nachtschwarze Stute mit einem silbern abgesetzten Sattel und einer Flagge an der Flanke, die mit dem Familienwappen bestickt ist.

Das Wappen besteht aus einem Rad vor smaragdgrünem Hintergrund, das für die Unaufhaltsamkeit der Zeit steht.

Von beiden Seiten des Rades gehen goldene Bänder ab und laufen unten zu einer Krone zusammen. Es ist das Symbol meiner Familie, eine Linie von Millers, die so viele Generationen zurückreicht, dass unsere Geschichte zu den volkstümlichen Überlieferungen des Landes gehört. Aus der Zeit vor meiner Urgroßmutter hat nichts die Jahre überdauert, abgesehen von unserem Wappen, unserem Namen und unserer Verantwortung für diesen Ort und seine Leute. Mehr braucht es für meine Mutter nicht. Sie ist von Geburt an rechtmäßige Königin des Landes und – noch wichtiger – der Herzen der Menschen, und sie würde niemals zulassen, dass jemand diese Leute in Gefahr bringt.

Als sie auf dem Sattel herumrutscht, bis sie bequem sitzt, wiehert das Pferd und schüttelt den Kopf.

Meine Mutter sieht mich an.

Ich kann das leise Summen des Pferdes in meinem Kopf hören.

»Wie geht es ihr?«, fragt meine Mutter.

In den einzigartigen Stimmen der Tiere schwingen immer Informationen mit. Beim Schattenwolf habe ich Furcht wahrgenommen, bei dem Fuchs Neugier; nun konzentriere ich mich auf die Stute meiner Mutter.

»Es geht ihr gut«, antworte ich schließlich. »Ihre Hufe wurden gestern neu beschlagen, und ich glaube, sie kann es nicht erwarten, aus dem Stall zu gelangen.«

»Ah.« Meine Mutter tätschelt dem Pferd den Hals. »Dann bekommt sie heute, was sie will.«

Ich bin im Begriff, auf mein eigenes Pferd zu steigen, eine kleinere Stute mit dunkelbraunem Fell und dem gleichen Wappen an der Flanke. Sie ist älter, aber verlässlich, und ich kann in ihrer Stimme hören, dass sie ebenfalls ein bisschen frische Luft gebrauchen könnte. Ich schmiege mein Gesicht an ihren Hals und atme ihren Geruch nach Stroh und Wind ein. Dann lasse ich meine Finger durch ihre Mähne gleiten und kraule sie zwischen den Ohren. Das Summen, das soeben noch tief und volltönend war, wird nun höher und fast rasend. Sie freut sich auf den Ausritt.

»Dann mal los«, sage ich, ziehe mich in den Sattel und greife nach den Zügeln.

Ich folge meiner Mutter aus dem Stall in die Sonne, deren Strahlen mittlerweile vereinzelt durch die Wolkendecke brechen.

Queen's Bridge sieht malerisch aus in diesem Licht. Kopfsteingepflasterte Straßen winden sich an kleinen Steinhäusern vorbei. Rauch steigt aus Kaminen auf und schlängelt sich gen Himmel, wo er sich mit den tief hängenden Wolken vermischt. Die vielen Grünflächen sind nun, im Spätherbst, nicht mehr sattgrün, doch die Menschen aus dem Ort tummeln sich immer noch auf ihnen. Die Erntezeit ist gekommen, daher werden an Ständen und offenen Karren alle möglichen Waren feilgeboten, während sich Queen's Bridge auf den bevorstehenden Winter vorbereitet.

Als wir uns dem Zentrum des Ortes nähern, kommt eine Frau mit einem kleinen Kind im Arm aus ihrem Haus geeilt. Meine Mutter zieht die Zügel und steigt von ihrem Pferd ab. Die andere Frau macht Anstalten, in eine tiefe Verbeugung zu sinken, doch meine Mutter fasst sie am Ellbogen und zieht sie wieder hoch.

»Wir zwei kennen uns schon viel zu lange, als dass du riskieren solltest, dieses süße Kind für jemanden wie mich fallen zu lassen«, sagt meine Mutter und schließt dann sie und das Kind in ihre Arme.

Die Frau heißt Nina und kannte meine Mutter schon vor meiner Geburt.

Meine Mutter säuselt etwas an der Wange des Babys, und Nina lächelt sanft. »Prinzessin Eve«, spricht sie mich an. »Ihr seht so entschlossen aus wie eh und je.«

Ich steige ebenfalls ab und stelle mich neben meine Mutter. Nina ist eine Freundin, dennoch bin ich stets auf der Hut.

Auf einmal drückt mir meine Mutter das Baby an die Brust, doch ich trete einen Schritt zurück.

»Nein«, entgegne ich. »Ich will es nicht halten.«

»Es?«, fragt Mutter mit zusammengezogenen Brauen.

Nina schaut besorgt von mir zu ihrem Kind. Es ist kein Geheimnis, dass es in unserem Königinnenreich viele gibt, die mich fürchten, aber Nina sollte wissen, dass ich ihrem Sohn trotz meiner Aversion gegen den sabbernden Jungen nichts tun würde.

»Prinzessin, sein Name ist Aldis«, erklärt Nina mit sanfter Stimme. »Und er ist nicht aus Glas. Haltet ihn. Vielleicht wächst er euch ja doch noch ans Herz.«

Vielleicht lasse ich ihn auch fallen, aber das spreche ich nicht aus.

Meine Mutter drückt mir das Kind nun vehementer entgegen, sodass mir nichts anderes übrig bleibt, als es zu halten, jedoch mit einer Armeslänge Abstand. Ich bin ganz in Schwarz gekleidet und will nicht, dass er mich vollspuckt, so wie es Babys bekanntlich tun. Warum haben sie ständig Magenprobleme? Warum haben sie das Bedürfnis, ihren

Magen oder ihren Darm zu den ungünstigsten Zeitpunkten zu entleeren?

Mutter und Nina gackern wie Hühner, während ich in Erwägung ziehe, Aldis einfach auf der Erde abzusetzen und ihn seinem Schicksal zu überlassen.

»Ich habe etwas auf der Gregory-Farm zu erledigen«, verkündet meine Mutter schließlich und nimmt mir das Baby ab, was mich ungeheuer erleichtert. Sie küsst es und übergibt es wieder an seine Mutter. »Macht es gut. Du weißt ja, wo du mich findest, solltest du irgendetwas brauchen.«

Meine Mutter behandelt Nina so, wie sie jede Bewohnerin und jeden Bewohner von Queen's Bridge behandelt – mit Güte und Respekt.

Captain Mock hat zum Ausdruck gebracht, wie nervös ihn das macht. Er behauptet, es sei gefährlich, die Grenze zwischen Mitgliedern der königlichen Familie und dem einfachen Volk zu verwischen. Meine Mutter ist anderer Ansicht und hat ihn so scharf in seine Schranken gewiesen, dass er das Thema nur noch selten zur Sprache bringt.

Ich teile die Meinung meiner Mutter – die Leute von Queen's Bridge sind die Lebensadern dieses Ortes; es ist unsere Pflicht, ihnen zu dienen und sie vor Feinden zu beschützen, ganz gleich, wie gefährlich sie sein mögen.

Als wir uns von Nina entfernen, wirft mir meine Mutter einen Blick zu. »Er ist einfach zu niedlich, nicht wahr? Baby Aldis, meine ich.«

»Ist er das? Ich glaub, ich hab schon niedlichere Kinder gesehen. Er hat einen ziemlich großen Kopf.«

Meine Mutter lacht schallend und hört nicht mehr auf, bis ihr Tränen in die Augen treten.

»Ich hoffe, das erwartest du nicht von mir«, merke ich mit einem Blick über die Schulter zu Ninas Haus an.

Meine Mutter streckt den Arm aus und tätschelt mein Bein. »Was ich von dir erwarte, ist das, was immer du für angemessen hältst. Ich möchte, dass du glücklich bist.« Ein nicht zu deutender Ausdruck huscht über ihre Züge und lässt ihr Gesicht so starr wie eine Maske wirken. Es fällt mir auf, aber ich sage nichts.

Sir Gregorys Farm befindet sich am Fuß der Berge in der Nähe des River Farris. Als meine Mutter und ich unsere Pferde in die entsprechende Richtung lenken, galoppieren sie schnell, mit rasenden Herzen und angespannten Muskeln. Ihre Stimmen harmonieren in meinem Kopf, und als wir ankommen, klingt es fast wie ein glückliches Lied.

Während wir uns der Farm nähern, wird mir klar, wo das Problem liegt und warum alle so besorgt wirken. Sir Gregory baut auf einer Fläche von knapp zwanzig Morgen Flachs an. Er verkauft regelmäßig auf dem Markt und ist bekannt für die tadellose Qualität seiner Erträge. Ich bin überrascht, dass der Flachs immer noch seine violetten Blüten trägt, aber noch überraschter, dass er mittlerweile über die Anbaufläche hinauswächst und bis über die Straße hinweg auf das Nachbarfeld reicht. Langsam scheint er sich seinen Weg bis zu einer breiten Stelle des River Farris zu bahnen.

Meine Mutter steigt ab, und ich tue es ihr gleich, ehe ich unsere Pferde an einem Zaunpfahl anbinde.

»Bleibt hier«, sage ich zu ihnen. Ich warte auf ihre Antwort und höre, dass beide einverstanden zu sein scheinen.

Dann folge ich meiner Mutter den überwachsenen Weg entlang zu Sir Gregorys Haus, wobei ich kurz stehen bleibe, um einen Stängel des Flachses abzubrechen und sein Innenleben zu untersuchen. Die Stängel sind gut geformt, die grüne Wurzel ist feucht. Die Pflanzen scheinen vollkommen gesund zu sein, daher kann ich mir keinen Reim darauf machen. Warum hat er sie nicht geerntet und im Ort verkauft?

Ich werfe den Stängel weg. Als er auf dem feuchten Boden landet, wächst aus einem Stiel eine lavendelfarbene Blüte.

Ich packe meine Mutter am Arm und deute auf den neuen Trieb. »Sieh nur! Sie ... Sie wachsen. Gleich hier vor unseren Augen.«

Meine Mutter untersucht den Stängel, und als sie sich vorbeugt, um einen besseren Blick darauf zu werfen, wächst ein weiterer aus der Erde und erblüht. Sanft berührt sie die Blüten, woraufhin ihre soeben noch erstaunte Miene einen besorgten Ausdruck annimmt. Schließlich senken sich ihre Mundwinkel, und ein wenig der normalerweise wunderschönen vollen Umbrafarbe weicht ihr aus dem Gesicht.

»Mutter. Was für ein Zauber ist das?«

Sie richtet sich auf und legt ihre behandschuhten Finger auf den Degen an ihrer Hüfte. »Komm mit. Lass uns schauen, was Sir Gregory zu sagen hat.«

2

Ich klopfe an Sir Gregorys Tür, die er schon im nächsten Moment öffnet. Er ist ein älterer Mann mit lichter werdendem Haar, gütigen Augen und einem noch gütigeren Herzen. Er ist durch und durch liebenswürdig.

»Königin Regina.« Er neigt leicht den Kopf und wendet sich dann mir zu. »Prinzessin Eve.«

»Dürfen wir eintreten?«, fragt meine Mutter.

Sir Gregorys Augen werden groß, und seine Lippen teilen sich leicht, doch er fängt sich schnell wieder.

Angesichts seiner Nervosität regt sich etwas in mir. Ich habe meinen Degen, und meine Mutter hat ihren, obwohl ich weder Sir Gregory noch irgendjemand anderem die Chance geben werde, sie dazu zu bringen, ihn zu ziehen. Ich atme ein. In der kühlen Herbstluft liegt eine schwere Feuchtigkeit. Gut. Noch eine Sache, die ich mir zunutze machen kann, sollte es nötig sein.

»Gewiss, meine Königin«, sagt Sir Gregory schließlich. »Bitte kommt herein.«

Als er die Tür weit öffnet, treten meine Mutter und ich über die Schwelle – und hinein ins Chaos.

Sir Gregorys Kinder, von denen er, als ich zuletzt nachgefragt habe, acht hatte, rennen wild durcheinander und heben

Bündel aus geerntetem Flachs auf, die sie mit einer Kordel zusammenbinden und in Körbe legen. Die Hintertür des Cottages wird schwungvoll geöffnet, woraufhin ein großer junger Mann mit einem Sack frisch geschnittenen Flachses hereintaumelt.

Sir Gregorys Frau eilt auf meine Mutter zu, und die beiden begrüßen einander warmherzig.

»Oh, Eure Majestät.« Lady Gregory seufzt. »Wenn ich gewusst hätte, dass Ihr kommt, hätte ich ein wenig aufgeräumt.«

»Bitte.« Meine Mutter winkt ab, um Lady Gregorys Sorge zu zerstreuen. »Ein chaotisches Zuhause ist in der Regel ein glückliches.«

»Leider muss ich sagen, dass das im Moment nicht ganz zutrifft.«

»Katrice«, tadelt Sir Gregory seine Frau leicht verärgert, woraufhin ich ihn warnend anfunkele. Sofort wird sein Tonfall sanftmütiger. »Ihre Majestät und die Prinzessin wollen nichts von unseren Problemen hören.« Er kommt herüber und stellt sich zwischen meine Mutter und Lady Gregory. »Wie kann ich Euch behilflich sein, meine Königin?«

»Ehrlich gesagt bin ich gekommen, um Euch diese Frage zu stellen«, erwidert meine Mutter. »Eure Feldfrüchte wachsen unaufhörlich, sie reichen schon bis zum River Farris. Und wie Ihr sicherlich wisst, dient der Fluss als Hauptwasserversorgung für Queen's Bridge. Wir können nicht zulassen, dass diese Versorgung unterbrochen wird; das wäre für alle Gegenden südlich von hier verheerend.«

»Meine Feldfrüchte sind nicht in der Nähe des Flusses, meine Königin«, entgegnet Sir Gregory.

»Doch, das sind sie«, meldet sich sein ältester Sohn zu Wort, der gerade ein Bündel Flachs auf den Tisch fallen lässt. »Sie haben schon fast das Ufer erreicht.«

»Bei den Göttern, Mekhi! Erzähl mir doch so was nicht!« Sir Gregory sieht aus, als würde er jeden Moment ohnmächtig werden. Er hält sich an der Tischkante fest, auf seiner wettergegerbten Stirn bilden sich Schweißperlen.

Mekhi hält seinen Vater am Arm fest, damit er die Balance wiederfindet. In die Stirn des Jungen haben sich tiefe Falten gegraben, die von Sorge um Sir Gregory zeugen.

Der legt seinem Sohn nun eine Hand auf die Schulter. »Wie schlimm ist es?«

Mekhi schüttelt mit gesenktem Blick den Kopf.

Ich studiere Sir Gregory eingehend. Seine Reaktion wirkt nicht gespielt, aber ich konnte bereits von der Straße aus sehen, dass sein Flachs bis zum Flussufer wächst. Wenn ihm das nicht bewusst ist und er nicht begreift, wie schlimm es ist, kann das nur bedeuten, dass er sich weigert hinzusehen. Was eine wichtige Frage aufwirft: Warum?

Sir Gregory lässt sich auf einen Stuhl am Tisch sinken und vergräbt sein Gesicht in den Händen.

Mekhi legt eine Hand auf den Rücken seines Vaters und schaut von mir zu meiner Mutter.

Auf einmal erklingen polternde schnelle Schritte aus dem hinteren Flur, und ein kleines Mädchen mit zwei Dutten links und rechts auf dem Kopf kommt hereingerannt. Sie steuert geradewegs auf mich zu und zupft an meiner Hose.

»Miri«, sagt Sir Gregory. »Begegne der Prinzessin mit Respekt.«

Das Mädchen macht einen unbeholfenen Knicks, zieht dann einen kleinen hölzernen Degen unter ihren Röcken hervor und tut so, als würde sie ihn mir ins Bein rammen.

»Miri, bitte!«, warnt Sir Gregory und versucht, seine Tochter wegzuscheuchen.

»Schon in Ordnung«, versichere ich. Dann hole ich meinen Degen hervor und halte ihn so, dass er in dem Sonnenlicht, das durch das Fenster hereinfällt, funkelt.

Die Augen des Mädchens werden groß. »Darf ich ihn mal halten?«

Ich bemühe mich, mir meine Belustigung nicht anmerken zu lassen.

»Miri«, spricht Mekhi sie sanft an. »Du kannst ihn nicht halten…«

»Warum nicht?«, frage ich und betrachte Miri eingehend. Sie ist ein kräftiges, rundliches Mädchen, das mit Sicherheit überaus gut darin wäre, einen Degen zu schwingen.

»Sie weiß nicht, wie man ihn benutzt«, gibt Mekhi zu bedenken. »Ich bringe es ihr zwar bei, aber sie ist noch nicht so weit.«

Miri holt aus und bohrt mir erneut die Spitze der Holzwaffe ins Bein. Ich habe Glück, dass es keine echte Klinge ist, denn ungeachtet Mekhis Einschätzung ihrer Fertigkeiten hätte sie mir den Degen mühelos ins Fleisch gerammt. Nun dreht sie ihr Handgelenk, eine Technik, die dafür sorgen würde, dass sich die Wunde – gäbe es denn eine – nicht schließen würde.

Ich tue so, als wäre ich schwer verletzt, woraufhin sich sofort Sorge auf ihrem Gesicht abzeichnet. Ihre Augen füllen sich mit Tränen, während sie mein Bein tätschelt.

Eilig straffe ich die Schultern und lächele sie an.

Sie stößt scharf die Luft aus und wirkt erleichtert. Wenigstens ist sie im Gegensatz zu dem sabbernden Aldis darauf vorbereitet, sich zu verteidigen.

»Du weißt, was du tust, aber du weißt nicht, was du fühlen wirst«, sage ich leise und schiebe meinen echten Degen zurück in die Scheide. »Keine Tränen für die Bösen, süßes Mädchen.« Ich wische ihr mit meinem Hemdsärmel das Gesicht ab.

»Eve«, meldet sich meine Mutter streng zu Wort. »Lass dem Mädchen seinen Spaß.«

»Tut mir leid, Prinzessin«, entschuldigt sich Sir Gregory, und Lady Gregory scheucht die Kinder, auch ihre Tochter mit dem kleinen Degen, zur Hintertür hinaus, damit wir uns ungestört unterhalten können.

Meine Mutter tritt neben einen der vielen Berge aus Flachs, nimmt Platz, zieht sich den mit Pelz gefütterten Umhang enger um ihren Körper und faltet die Hände vor sich.

Ich ziehe einen kleinen Hocker heran und setze mich neben sie.

»Meinen Landvermessern ist Dürre in einigen der Anbaugebieten westlich von Queen's Bridge aufgefallen«, erklärt meine Mutter mit leiser, ernster Stimme. »Selbst in Gegenden, wo es nicht allzu extrem ist, gibt es einen Zustrom von Insekten, Ungeziefer und Pflanzenkrankheiten. Die Leute haben Probleme, ihre Feldfrüchte zu schützen.« Sie schaut sich im Raum um. »Wie es scheint, habt Ihr keine derartigen Probleme.«

»Wir hatten hier auch Dürreperioden«, erwidert Sir Gregory eilig. »Und Fäulnis. In den Wurzeln.«

»Aber es beeinträchtigt den Flachs nicht?« Mutter zieht die Augenbrauen hoch, lehnt sich vor und schaut Sir Gregory eindringlich an, so wie sie es immer tut, wenn sie eine Frage gestellt hat, deren Antwort sie längst kennt.

In dem Moment wird mir bewusst, dass sie irgendeine Information zurückhält. Sie weiß etwas, gibt Sir Gregory jedoch die Chance, ihr aus freien Stücken die Wahrheit zu offenbaren. Ich hoffe um seinetwillen, dass er sie ergreift, denn meine Mutter ist nicht dort hingelangt, wo sie heute ist, indem sie Menschen Lügen hat durchgehen lassen.

Sir Gregory trommelt mit den Fingern auf die Tischplatte. »Ich werde alt. Die Farm zu unterhalten, bedeutet eine Menge Arbeit, und nur einige der Kinder sind alt genug, um zu helfen. Ich musste zusätzliche Arbeit annehmen.« Er deutet zu einem hohen Schrank in der gegenüberliegenden Ecke des Zimmers, der mit Holzfiguren mit schlanken Beinen und Armen gefüllt ist. Aufgemalte Gesichter blicken uns entgegen. »Marionetten«, erklärt er. »Ich bin ziemlich gut im Schnitzen geworden.«

»Ich kann Euch Unterstützung für die Feldarbeit suchen«, biete ich an. »Es gibt immer Leute, die bereit sind, zu helfen. Wir können sie entlohnen und für ihre Mahlzeiten aufkommen.«

Meine Mutter nickt, schweigt jedoch.

»Ich will keine Hilfe«, erwidert Sir Gregory gepresst, als sei er wütend, doch ich kann mir immer noch keinen Reim darauf machen. »Es ist nicht nötig, das versichere ich Euch.«

Meine Mutter hebt eine Hand, woraufhin er seinen Blick auf den Tisch senkt und die Schultern hängen lässt. Er zittert.

»Ihr wollt keine Hilfe.« Meine Mutter klingt beherrscht. »Was wollt Ihr dann? Oder sollte ich besser fragen, was Ihr Euch *wünscht*, Sir Gregory?«

Im ersten Moment registriere ich nicht, was sie mit diesen Worten andeuten will, aber als Sir Gregory sie erschrocken ansieht, begreife ich endlich.

»Nein«, sage ich laut, nicht in der Lage, meinen Unglauben zu verbergen. »Sir Gregory, bitte sagt mir, dass Ihr nicht so unbesonnen wart.«

Seine gequälte Miene ist Antwort genug.

Eine Welle der Wut überkommt mich, und das kleine Feuer im Kamin flackert. Eine dünne Flamme, orange wie die untergehende Sonne, lehnt sich leicht in meine Richtung.

»Eve«, warnt meine Mutter. »Nicht jetzt.«

Ich atme tief durch, sodass die Flammen in ihren vorherigen Zustand zurückkehren.

Meine Mutter schüttelt den Kopf und reibt sich den Mund. »Ihr habt Euch etwas gewünscht, nicht wahr?«

Ich starre Sir Gregory an, der an dem Versuch scheitert, seine Angst zu verbergen. Er ist ein guter Mann mit einem großen Herzen, daher hätte ich ihm niemals zugetraut, dass er Wünsche ausspricht.

Nun schnaubt er und bemüht sich, gelassen zu wirken, doch als er mit den Schultern zuckt, wirkt die Geste steif. »Es war ganz einfach. Ich schwöre es. Nichts, was Euch Sorgen bereiten müsste, Hoheit. Keineswegs.«

»Mit *ihm* ist nichts jemals *ganz einfach*. Das wisst Ihr. Das wissen alle in Queen's Bridge. Warum solltet Ihr ein solches Risiko eingehen?« Sie schaut zur Hintertür, auf deren anderer Seite sich Sir Gregorys Kinder befinden. Alle wissen, dass sie für ihn das Wichtigste im Leben sind. »Eure Familie ist nun nicht mehr vor ihm geschützt. Wir konntet Ihr so leichtsinnig sein?«

»Leichtsinnig?« Seine ungerührte Fassade löst sich in Luft auf. »Ich habe lange darüber nachgedacht. Und zwar gründlich.«

»Offenbar nicht.«

»Ich wollte die doppelten Erträge in der Hälfte der Zeit, damit ich früher abernten und mich auf den Winter vorbereiten kann.« Er fährt sich mit einer Hand über den Kopf. »Ich werde älter und will so viel Zeit mit meinen Kindern und meiner Frau verbringen, wie ich kann, und …«

Meine Mutter lehnt sich seufzend auf ihrem Stuhl zurück. »Wurde der Wunsch gegen eine Bezahlung oder gegen Bedingungen erfüllt?«

»Bedingungen«, antwortet er eilig, als würde das die Sache besser machen. »Denn ich besitze nichts, was ihn sonderlich interessiert. Ich weiß, dass es nicht schlau war, aber …«

»Wie genau lautete Euer Wunsch?«, unterbricht ihn meine Mutter.

Ich wappne mich für Sir Gregorys Antwort. Jedes Wort wird wichtig sein, jede potenzielle Doppelbedeutung muss analysiert werden.

Er faltet seine zitternden Hände vor sich und stützt die Ellbogen auf den Tisch. »Mein Wunsch lautete, dass ich die Erträge des Flachses in der Hälfte der gewöhnlichen Zeit verdoppeln will. Ich habe um einen Überfluss an Flachs gebeten.«

Meine Mutter presst ihre Hände so fest auf die Tischplatte, dass das Holz ächzt. »Nein.« Ihre Stimme klingt entschlossen. »Verratet mir Eure *exakten* Worte.«

Sir Gregory sinkt resigniert in sich zusammen. »Ich ... Ich hab gesagt: ›Ich wünsche mir für den Rest der Jahreszeit einen Überfluss an Flachs. Pflanzen, die so robust sind, dass weder Krankheit noch Dürre sie vom Sprießen abhalten.‹«

Meine Mutter schiebt ihren Stuhl zurück und steht auf. »Wann habt Ihr jemals erlebt, dass ein Abkommen mit *ihm* so ausgeht wie beabsichtigt? Ihr hättet es besser wissen müssen.«

»Wie habt Ihr ihn überhaupt gefunden?«, frage ich.

Meine Mutter presst die Lippen zu einem dünnen Strich zusammen, und ich habe Angst, dass ich mich damit verraten habe.

»Ich war mit Mekhi in Hastwich Pass auf Elchjagd. Östlich des River Farris. Ich habe sein Schloss zufällig auf seinem Weg durch die Berge gesehen. Obwohl ich nicht nach ihm gesucht habe, war er auf einmal da.« Sir Gregory schüttelt den Kopf. »Also habe ich meinen Sohn mit unserer Beute nach Hause geschickt und bin allein weitergezogen.«

»Ihr hattet vor, ihn um einen Wunsch zu bitten, und auf einmal taucht er einfach auf, sodass Ihr ihm folgen könnt«, stellt meine Mutter fest. »Das war kein Zufall.«

»Nein, wahrscheinlich nicht.« Sir Gregory öffnet seine Hände, ballt sie dann zu Fäusten. Schließlich seufzt er. »Die Dürre, von der Ihr spracht – sie betraf mich sehr wohl. Ich hatte Mariengras und gutes, robustes Getreide, aber alles ist innerhalb von einem Monat eingegangen. Wir konnten keine Körbe flechten. Wir hatten kaum etwas zu essen, abgesehen von dem Wild, das wir jagten, also bin ich auf Flachs umgestiegen. Flachs ist Nahrung, Ballaststoff und Brennstoff in einem. Ich dachte, ich könnte das, was wir verloren hatten, wettmachen, aber es dauert unfassbar lange, bis Flachs reif ist. Hundertzwanzig Tage konnte ich nicht warten. Ich war verzweifelt.« Er sinkt noch weiter in sich zusammen, als würde er darauf hoffen, dass der Stuhl ihn einfach verschluckt.

»Das sind alle, die einen Handel mit ihm eingehen«, merke ich an.

Als er mich aus schmalen Augen anschaut, strecke ich meine Hand in Richtung Feuer aus. Es flammt auf, züngelt an den Backsteinen des Kamins hinauf und formt eine kleine Säule. Ich bringe es nicht dazu, meine Hand zu berühren, sondern erlaube der Flamme, wieder ein wenig herabzusinken.

Sir Gregory verspannt sich auf seinem Stuhl.

»Und Ihr konntet Euch nicht an Eure Nachbarn wenden?«, fragt meine Mutter. »Oder an mich?«

»Und Euch erzählen, dass ich meine eigenen Kinder nicht ernähren kann?« Er schüttelt den Kopf. »Nein. Das konnte ich nicht.« Sein Blick wirkt umwölkt, als würde er an etwas zurückdenken, das er lange verdrängt hatte und nie wieder an die Oberfläche zurückholen wollte. »Es war ganz anders, als die Leute immer behaupten«, sinniert er mit leiser Stimme. »Es ist weniger ein Schloss als vielmehr ein großes, wuchtiges Ungeheuer aus Metall und Nieten und Dampf und Dunkelheit – wie ein lebendiger, atmender, sich fortbewegender Schatten.«

Ein Schauer durchfährt mich.

»Wie viele Menschen haben seine Wohnstätte schon aktiv gesucht und sind nie wieder nach Hause zurückgekehrt?«, fragt meine Mutter. »Ihr habt eine Familie. Wie soll sie ohne Euch durchkommen? Habt Ihr Euch darüber Gedanken gemacht?«

»Das ist mir bewusst.« Er lässt den Kopf hängen. »Aber ich habe es für sie getan. Ich habe mich einfach so sehr nach ein wenig Ruhe gesehnt und wollte mehr Zeit mit ihr verbringen.«

Die Miene meiner Mutter wird etwas weicher. Sie legt ihm eine Hand auf die Schulter. »Ich werde ein paar Leute schicken, die Euch dabei helfen, den Flachs niederzuhacken, damit er bis zum Ende der Saison vom Fluss fernbleibt.« Sie zieht ihre Hand zurück und sieht ihn aus verengten Augen an. »Ich vertraue darauf, dass Ihr diesen Fehler nicht noch einmal begeht. Mir ist bewusst, dass Ihr ein stolzer Mann seid, aber lasst Euch dadurch nicht davon abhalten, vertrauenswürdige Menschen um Hilfe zu bitten.«

Sir Gregory wischt sich über die feuchten Augen, als meine Mutter mir bedeutet, ihr zur Haustür zu folgen. Die Pferde grasen am Flachs, und ich könnte schwören, dass weitere Pflanzen auf dem Weg aus der Erde gesprossen sind, während wir im Haus waren.

»Ich kann nicht glauben, dass er sich auf einen Handel mit ihm eingelassen hat«, platze ich heraus, als ich mein Pferd losbinde und mich in den Sattel schwinge.

Meine Mutter steigt ebenfalls auf ihr Pferd und seufzt, das Gesicht zum Himmel gewandt. »Ich schon. Ein erfüllter Wunsch ist äußerst verführerisch, Eve. Das ist seine Macht.«

Trotz all der Dinge, die meine aufmerksame Mutter den Menschen von Queen's Bridge bietet, gibt es auch solche, die nicht in unserer Macht stehen. Was Sir Gregory wollte, konnte ihm eine Königin nicht geben – aber der Ritter ist keine Königin oder irgendein anderes Mitglied der Adelsfamilie. Er ist nicht einmal ein Mensch.

Er ist ein wahr gewordener Mythos.

Ein Monster.

3

Meine Mutter sitzt an der langen Tafel in ihrem Salon, die Finger unter dem Kinn zusammengelegt, das Gesicht vor Sorge angespannt. Die Maserung des aus Walnussholz gefertigten Tisches ist so dunkel, dass es aussieht, als säße sie am Ende eines großen schwarzen Schattens. Sie betrachtet die Karte von Queen's Bridge, die vor ihr liegt und deren Ecken von soliden Messingkerzenhaltern beschwert werden.

Ich leiste ihr schweigend Gesellschaft, denn ich weiß, dass sie sprechen wird, sobald sie bereit dazu ist. Bis dahin habe ich ein paar eigene Sorgen, die ich zur Sprache bringen möchte.

»Warum hat Sir Gregory es riskiert, dem Ritter zu folgen?«, frage ich. »Sein Schloss ist nur schwer zu finden, ganz egal, wo es gerade steht.« Das wandelnde Schloss des Ritters ist den Menschen von Queen's Bridge ein großes Rätsel. Obwohl es schon oft gesichtet wurde, weiß niemand genau, von welcher Magie es angetrieben wird. »Die Reise dorthin ist ungeachtet seines Standortes gefährlich.«

»Es sei denn, er *will*, dass man es findet«, erwidert meine Mutter leise, den Blick immer noch auf die Karte gerichtet. »Wenn er will, dass man zu ihm gelangt, ist der Pfad frei.«

»Du glaubst, der Ritter hat Sir Gregory zu sich gelockt?«

Sie legt den Kopf schief. »Das spielt keine Rolle. Was geschehen ist, ist geschehen. Der Wunsch wurde ausgesprochen. Die Bedingungen des Ritters sind unverbrüchlich. Sir Gregorys Wunsch war so simpel, wie ein Wunsch nur sein kann, dennoch ist er ihm zum Verhängnis geworden, weil der Ritter dafür gesorgt hat.« Sie schüttelt seufzend den Kopf, ehe sie sich erhebt und zum goldenen Käfig am Fenster geht. Nachdem sie die kleine Tür geöffnet hat, steckt sie ihre Hand hinein, woraufhin die Nachtigall von der Stange hüpft und sich auf ihre ausgestreckten Finger setzt.

»Sanaa, meine Liebe«, säuselt meine Mutter. »Wir wissen besser als die meisten anderen, wie ein Handel mit dem Ritter abläuft, nicht wahr?« Sie streichelt das weiche Gefieder des Vogels und lässt ihn wieder auf seine Stange hüpfen, ohne den Käfig hinter ihm zu schließen. »Ich möchte nicht, dass sie sich fühlt, als könne sie nicht so frei sein, wie es ihr beliebt.«

Ich trete neben meine Mutter und lege meine Arme um sie, woraufhin sie das Gesicht an meiner Schulter vergräbt.

»Es gibt keinen fairen Handel mit ihm.« Sie löst sich von mir und sieht mich an. »Er wird weiterhin diejenigen in Versuchung führen, die sich nach mehr sehnen. Er weiß ganz genau, wie er sich ihre tiefsten Sehnsüchte zunutze machen kann.«

»Also muss er gewusst haben, wie sehr sich Sir Gregory gewünscht hat, mehr Zeit mit seiner Familie zu verbringen.«

Meine Mutter nickt. »So war es schon immer. Wir leben ständig im Schatten der Verwüstungen, die er anrichtet.« Sie schaut zu einem Gemälde meiner anderen Mutter, Königin Sanaa, hoch, das sie so zeigt, wie sie war, bevor alles schiefgelaufen ist. Eine bodenlose Grube der Trauer droht mich zu verschlingen, wenn ich zu nahe an den Abgrund trete, also wende ich meinen Blick von dem Porträt ab und richte ihn auf den Käfig, in dem Königin Sanaa nun wohnt.

Es ist der Betrug des Ritters an ihr, der den Zorn meiner Mutter auf Sir Gregory schürt.

Königin Sanaas Schicksal ist auch ein Teil von mir. Es bindet uns an den Ritter wie eine Fußfessel. Die Geschichte hat sich in meine Erinnerung eingebrannt, eine mahnende Erzählung, die ich immer wieder höre, seitdem sich das Ereignis zugetragen hat. In meinem Kopf hallt sie mit der Stimme meiner Mutter wider, die sie mir vor vielen Jahren berichtet hat.

Es hat nie einen Wunsch gegeben, der mit einer solchen Deutlichkeit laut ausgesprochen wurde, dass er nicht in irgendeiner Form anders ausgelegt werden konnte. Ihr Wunsch jedoch war simpel. Nichts Vages, das missverstanden oder falsch gedeutet werden konnte. Er konnte sie nicht betrügen, wenn sie sich präzise ausdrückte. Vor dem Spiegel hatte sie geübt, bis sie die Worte auswendig konnte.

Dann zog sie in die Berge und fand sein Schloss im Schein des Vollmondes. Es stand inmitten von Gesteinsbrocken in der Nähe einer steilen Schlucht, obwohl es nie lange an einem Ort blieb. Hatte er gewollt, dass sie ihn so mühelos fand? Vielleicht, aber das bedeutete, er musste gewusst haben, dass sie kommen würde, und das bedeutete wiederum, dass er ihr bereits einen Schritt voraus war. Dennoch trotzte sie der eisigen Kälte und legte die gefährliche Strecke zurück, um zu ihm zu gelangen.

Die Tore des Schlosses öffneten sich von allein; ein schmaler Gang führte ins Innere. Sie durchquerte ihn und entdeckte schließlich den Ritter in einem Raum, in dem er ein Feuer entzündete, das heiß genug war, um ihre nasse Kleidung innerhalb kürzester Zeit zu trocknen.

»Ich muss gestehen, dass ich nicht mit dir gerechnet habe«, begrüßte er sie, seine Stimme wie ein Echo in einer Höhle.

»Ich möchte mir etwas wünschen«, verkündete sie.

Er drehte sich um und starrte sie an, obwohl sie seine Augen durch die schmalen Schlitze des schwarzen Helmes nicht sehen konnte. Kein lebendiger Mensch hatte ihn jemals ohne den Helm gesehen.

»Bedingung oder Bezahlung?«

»Bedingung.«

Er legte den Kopf schief. »So soll es sein.«

Sie wusste, was sie zu sagen hatte, nun musste sie die Worte nur noch laut aussprechen.

»Ich bin krank«, begann sie.

»Und du wünschst dir, von der Krankheit geheilt zu werden?«, fragte der Ritter.

»Nein«, antwortete Königin Sanaa. »Die Krankheit hat mir etwas geraubt, das mir sehr wichtig war und das ich nun gern zurückhätte.« Sie atmete tief durch und berührte die weiche Haut ihres Halses. Die Krankheit hatte ihr die Fähigkeit genommen zu singen – ein Talent, das sie geschult hatte, seit sie ein kleines Mädchen gewesen war. Sie hielt inne und sprach dann ihren Wunsch aus. »Ich wünsche mir, dass meine Singstimme die lieblichste des ganzen Landes ist.«

Simpel. Direkt. Kein Raum für Fehlinterpretationen.

Der Ritter blieb so lange reglos und stumm, dass sie sich bereits fragte, ob er vergessen hatte, dass sie noch da war.

»In drei Tagen«, verkündete er schließlich.

Sie wandte sich ab. Sobald sie durch die Tore gegangen war, hörte sie ein lautes Grollen hinter sich, und das Schloss, eine Masse aus gebogenem schwarzem Metall, stieg in die Lüfte auf und entfernte sich langsam von ihr wie ein Monster aus einem Albtraum.

Sie glaubte, es geschafft zu haben, denn sie hatte die Worte genauso aufgesagt, wie sie es geübt hatte. Ihre Gemahlin würde zufrieden sein. Ihr wiedergewonnenes Talent würde sie dazu nutzen, ihr Liebeslieder vorzutragen, so wie sie es getan hatte, als sie begonnen hatte, sie zu umwerben, und um ihre winzige Tochter in den Schlaf zu singen.

Am dritten Tag war von ihr selbst nichts mehr übrig, außer eines gehetzt wirkenden Augenpaares über einem schwarzen Schnabel und braun gesprenkelter Federn, während das kleine Mädchen schrie und Königin Regina schluchzte. In den letzten Momenten, bevor die Verwandlung vollendet war, erzählte sie ihrer großen Liebe von den schrecklichen Umständen, die dazu geführt hatten.

»Kämpfe gegen ihn! Mit allem, was du hast«, bat sie.

»Das werde ich«, versprach Königin Regina. »Ich schwöre es.«

Die Königin war vollkommen niedergeschlagen, doch ihre kleine Tochter konnte ihr mit ihrem Lächeln aus der Trauer heraushelfen. Ihr Lachen ersetzte das endlose Schluchzen.

Das Mädchen war alles, was zählte.

Ich stehe neben dem Käfig und betrachte die Nachtigall in ihrem goldenen Käfig. Königin Sanaa hat sich gewünscht, die lieblichste Stimme des Landes zu haben, um meiner Mutter vorsingen zu können und mich in den Schlaf zu wiegen, doch der Ritter hat ihr diesen Wunsch im wortwörtlichsten

Sinne erfüllt. Nun hat sie die wunderschöne Stimme, die sie wollte, doch muss sie den Rest ihrer Tage in Gestalt eines Vogels verbringen. Ihr Gesang klingt hell und melodisch, doch ihre Rufe sind ängstlich und voller Verzweiflung.

Die Frage, wie der Ritter diese schreckliche Macht gewonnen hat und es schafft, sie ohne Konsequenzen auszuüben, hält meine Mutter nachts wach und lässt sie in ihren Gemächern auf und ab gehen. Der Ritter reiste schon lange vor ihrer Krönung durch dieses Land und terrorisierte Generationen von Königinnen des Hauses Miller. Kommt er weiterhin damit durch, wird er auch noch hier sein, wenn wir alle tot sind. Er war schon immer eine Gestalt, vor der man sich fürchten muss. Dennoch glauben die Leute, seine gefährlichen Abkommen könnten ihnen Vorteile verschaffen, weil sie meinen, etwas Besonderes zu sein – doch sie irren sich.

»Meine Hoffnung ist, dass wir ihn eines Tages ein für alle Mal erledigen«, verkündet meine Mutter, als Königin Sanaa auf ihre Schulter flattert. Trotz ihrer Hoffnung schwingt Verzweiflung in jeder Silbe mit. »Ich werde nicht ruhen, ehe er zur Rechenschaft gezogen wurde. Die Leute dieses Landes haben Gerechtigkeit verdient. Und Frieden.«

»Genauso wie du«, füge ich hinzu.

Oft male ich mir aus, wie das Leben meiner Mutter aussähe, wenn die konstante Bedrohung nicht auf ihren Schultern lasten würde. Wenn ihr die Liebe ihres Lebens nicht so grausam entrissen worden wäre.

Wir wechseln einen Blick. Schon mein ganzes Leben bereite ich mich auf eine Begegnung mit dem Ritter vor. Meine Fertigkeiten sind ausgezeichnet. Mein Geschick, sowohl das erlernte als auch das angeborene, habe ich perfektioniert.

Ich bin eine personifizierte Waffe, dennoch redet meine Mutter daher, als sei sie sich nicht sicher, was zu tun sei.

»Ich werde ihn ausschalten. Auf die eine oder andere Art.«

Meine Mutter schaut mich an und umschließt mein Gesicht mit den Händen. In ihren Augen liegt Traurigkeit. »Ich hoffe, es wird nicht so weit kommen, dass ihr zwei euch am Ende der Welt gegenübersteht.«

»Du hast Angst davor, zuzulassen, dass ich gegen ihn antrete.«

»Ja«, gesteht sie. »Das habe ich.«

»Warum? Meinst du etwa, es ist Zufall, dass ich all diese Fähigkeiten besitze?« Ich strecke meine Hand nach einer der Kerzen auf dem Tisch aus, sodass sich die Flamme verlängert und in einem großen Bogen mit meiner Handfläche verbindet.

Mutter drückt sanft meinen Arm nach unten. »Du weißt, dass Magie zu diesem Land gehört, genauso wie es die Bäume und Flüsse und Tiere tun. Hier gibt es Menschen mit allen möglichen Fähigkeiten, die sich jeglicher Erklärung entziehen.«

Ich schnaube. »Aber ich habe noch nie von jemandem gehört, der kann, was ich kann.«

»Nein, aber es gibt Hexen und Zauberer aller Art.« Sie weicht meinem Blick aus. »Was ich damit ausdrücken will, ist Folgendes: Auch wenn du einzigartig bist, gibt es keinen Grund anzunehmen, dass dir die Magie zuteilwurde, damit du sie gegen den Ritter einsetzen kannst.« Mutter packt mich ein wenig zu fest an den Schultern. »Du bist nicht an ihn gebunden, wenn du es nicht sein willst.«

»Wenn zwischen mir und ihm eine Verbindung existiert, dann hoffentlich nur, weil ich diejenige bin, die ihn töten wird. Er sollte sich fürchten, weil unser Schicksal miteinander verknüpft ist.« Ich seufze und versuche, den traurigen Blick meiner Mutter nicht an mich heranzulassen. Ihr zuliebe würde ich mich für weitaus unwichtigere Dinge der ganzen Welt entgegenstellen. »Überlasse ihn mir. Es gibt keine bessere Person für diese Aufgabe.«

Sie schüttelt den Kopf. »Ich habe vor, ihm lange bevor es so weit kommt, das Handwerk zu legen.«

»Bevor es *wie* weit kommt?« Huntress steht mit fragendem Blick im Türrahmen, eine Hand in die Hüfte gestemmt.

»Nichts, worüber Ihr Euch Gedanken machen müsstet«, erwidert Mutter und setzt eine betont gelassene Miene auf.

Huntress betritt den Raum. »Seid Ihr Euch sicher?« Sie eilt schnellen Schrittes an die Seite meiner Mutter und legt ihr eine Hand auf die Schulter. »Ihr habt soeben aufgebracht ausgesehen.«

Meine Mutter schüttelt sie ab und schließt die Käfigtür, nachdem Königin Sanaa wieder auf ihre Stange gehüpft ist. »Nehmt Eve für eine weitere Lehrstunde mit.«

»Sie braucht keine Übung mehr in anderen Bereichen als im Fährtensuchen«, gibt Huntress zu bedenken.

»Trotzdem. Besser, man ist zu gut als zu schlecht vorbereitet. Haben wir uns verstanden?«

Huntress neigt den Kopf zu einer Verbeugung. »Ja, meine Königin.«

Meine Mutter schiebt mich in Richtung Tür, wo sie mir ins Ohr raunt: »Mach es Huntress nicht zu leicht.«

Ich besiege Huntress vier von vier Malen mit dem Degen. Die roten Tropfen, die aus dem kleinen Schnitt an ihrer Wange rinnen, sind der Beweis.

»Tut mir leid«, entschuldige ich mich bei ihr. »Ich wollte dich nicht richtig verletzen.«

»Wirklich nicht?« Sie wischt sich das Blut mit dem Hemdsärmel weg. »Du hast deinen Degen vor meinem Gesicht herumgeschwungen. Was hast du erwartet?«

»Ich hab gedacht, du würdest dich ducken.«

Einen Moment sehen wir uns schweigend an, dann beginnt sie zu lachen. Sie weiß nicht, dass ich mich zurückgehalten habe. Dass ich sie mühelos hätte töten können.

Huntress lacht immer noch in sich hinein, als sie erneut ihre Wange betupft. »Erst vor ein paar Abenden habe ich deiner Mutter berichtet, dass du in allen Disziplinen, die ich dich lehre, brillierst. Wir haben externe Leute herbeigerufen, um mit uns zu arbeiten – im Sparring, im Fechten –, und du hast sie alle besiegt. Selbst wenn du schummelst, gewinnst du.«

Ich sehe sie forschend an, versuche auszumachen, ob sie scherzt. Doch das tut sie nicht. »Andauernd wirfst du mir vor, ich würde schummeln.«

»Es ist nicht deine Schuld. Deine Kräfte sind angeboren. Deshalb kannst du aus allem, was dir in der Natur begegnet, eine Waffe machen. Diese Fähigkeit macht dich jedoch nicht automatisch besser als alle anderen, daher solltest du dich nicht ständig auf sie verlassen.«

Ihre Worte sind hart, aber es ist nicht leicht, meine Gefühle zu verletzen.

»Vielleicht ärgerst du dich nur, weil ich dich heute so schnell besiegt habe. Und das ganz ohne heraufbeschworene Waffen. Ich glaube, das war mein persönlicher Rekord.«

Huntress schnaubt. »Schon wieder diese Arroganz. Eines Tages wird sie dir zum Verhängnis werden, Prinzessin.« Sie zögert, überlegt offenbar, ob sie noch etwas hinterherschieben soll. Schließlich verändert sie ihren Griff um den Degen und schüttelt den Kopf. »Deine Mutter und ich wollen, dass du für alles gewappnet bist. Dafür haben wir gesorgt. Aber ich fürchte, dein Ego könnte dir im Weg stehen.«

Magische Kräfte wie meine sind selten in Queen's Bridge, aber ich erkenne nichts Falsches daran, stolz darauf zu sein.

»Ich kann ihn besiegen«, verkünde ich. »Das ist alles, was zählt.«

Huntress schweigt lange, ehe sie wieder spricht. »Ich glaube, wir sind fertig für heute. Du solltest dich waschen und nach deiner Mutter schauen. Wir sehen uns morgen früh.«

»In Ordnung.«

Huntress legt ihren persönlich für sie angefertigten Brustharnisch ab und wirft ihn zu Boden. Dann dreht sie sich auf dem Absatz um und marschiert ohne ein weiteres Wort davon.

»Huntress«, rufe ich ihr hinterher.

Sie bleibt stehen. »Ich will nicht über den Ritter sprechen. Rede über etwas anderes mit mir, sonst gehe ich.«

»Na schön. Kannst du mir helfen, mit Mutter über meine Geburtstagspläne zu sprechen?« Damit habe ich zwar das Thema gewechselt, doch etwas angesprochen, das ebenso tabu ist.

Huntress hält inne. »Ich dachte, sie hat dich darum gebeten, darüber zu schweigen.«

In knapp einem Monat werde ich siebzehn, doch je näher der Tag rückt, desto weniger Interesse zeigt meine Mutter an meinen Ideen für ein Fest.

»Es ist ungerecht, dass ich meinen Geburtstag nicht feiern darf«, erwidere ich.

»Ich bin mir sicher, sie hat ihre Gründe. Als ich dir gesagt habe, dass ich über etwas anderes sprechen möchte, meinte ich nicht das.«

Ich schmunzele. »Dann musst du dich deutlicher ausdrücken.«

»Und du bist schlauer, als gut für dich ist.« Sie dehnt einen Arm über ihrem Kopf, seufzt und kommt wieder in meine Richtung.

Ich kenne Huntress schon mein ganzes Leben, und unser Verhältnis wird immer komplizierter, je älter ich werde. Sie betrachtet mich nach wie vor als kleines Mädchen. Ihrer Meinung nach soll ich meiner Mutter bei den Planungen helfen und dabei, die Leute des Königinnenreiches zu unterstützen; ich soll voll und ganz in meiner Rolle als ihre rechte Hand aufgehen, obwohl ich lieber ihr Schwert wäre. Ihre Rache.

Als Huntress mich anschaut, erkenne ich in ihren Augen die Sorgen einer Mutter, obwohl dies nicht ihre Rolle ist.

»Kannst du überhaupt tanzen?«, fragt sie.

»Wie bitte?«

Nun legt sich ein Grinsen auf Huntress' Gesicht. »Bei einem Fest wird für gewöhnlich getanzt, und soweit ich mich erinnere, haben wir in keiner unserer Lehrstunden Walzer geübt.«

Ich habe mir immer ausgemalt, wie ich auf einem Fest tanzen würde, aber bisher noch nie die Gelegenheit dazu gehabt. »So schwer kann es doch nicht sein.«

Huntress lacht. »Alles klar. Komm her. Stell dich gerade hin und nimm meine Hand.«

»Warum?«, frage ich erschrocken, als sie mir ihre Finger entgegenstreckt.

»Wir beginnen gleich mit unserer ersten Stunde. Falls deine Mutter ihre Meinung ändert, willst du vorbereitet sein.«

»Du kannst es mir beibringen?«, frage ich. »Kannst du tanzen?«

»Ich tanze andauernd mit deiner Mutter.«

Ich bin schockiert. Meine Mutter tanzt nicht. Und Huntress ebenso wenig. Und sie sollen *zusammen* tanzen? Ich habe viele Fragen, doch Huntress nimmt abrupt meine Hand.

»Eins, zwei, drei. Eins, zwei, drei«, beginnt sie rhythmisch zu zählen und bewegt ihre Füße im Takt dazu.

Ich versuche, ihren Schritten zu folgen, doch sie zieht an meiner Hand, damit ich neben sie trete. Ich drücke ihre Finger, um sie dazu zu bringen, sich langsamer zu bewegen.

»Stopp«, sagt sie. »Du kannst nicht immer die Führung übernehmen.«

»Nun, dann will ich nicht tanzen.«

Huntress lacht auf. »So starrsinnig kannst du doch nicht sein, Eve.«

Als ich meinen Griff lockere, seufzt sie und führt mich in gleichmäßigen Kreisen, während ich versuche, mich ihren Schritten anzupassen. Zu dem Zeitpunkt, zu dem wir uns ein halbes Dutzend Mal gedreht haben, bin ich bereits hundertmal über meine eigenen Füße gestolpert und hätte Huntress fast meinen Ellbogen in die Kehle gerammt, als sie mich herumwirbeln wollte.

Ich löse mich aus ihrem Griff und setze mich auf den Boden.

Huntress tupft sich die Stirn mit einem Tuch ab und schüttelt den Kopf. »Vielleicht haben wir ausnahmsweise mal eine Sache gefunden, die du *nicht* kannst.«

»Wie hast du gelernt, so gut zu tanzen?«, frage ich außer Atem.

Huntress grinst. »Durch Übung mit der richtigen Person.« Sie stemmt eine Hand in die Hüfte. »Ich glaube nicht, dass wir Musik für das Fest bestellen sollten. Das können wir nicht riskieren. Wenn du den Ritter nicht mit dem Degen töten kannst, solltest du ihn vielleicht zu der Feier einladen und dafür sorgen, dass er vor Fremdscham stirbt.«

»Ist es so schlimm?«

»Ja«, erwidert sie aufrichtig.

Ich zupfe ein paar vertrocknete Grashalme aus der Erde und bewerfe sie damit. »Lass mich in Ruhe!«

Dann lachen wir, bis wir kaum noch Luft bekommen. Es ist schön, ausnahmsweise einmal sorgenfrei zu sein.

»Lass uns die Königin jedoch nicht jetzt damit behelligen«, schlägt sie vor. »Besonders nach dem letzten Vorfall mit dem Ritter. Du weißt, wie sehr sie ihn hasst, und ihr Ärger wird jedes Mal aufs Neue entfacht, wenn jemand aus dem Volk glaubt, ihn überlisten zu können. Nun muss sie schon wieder das Chaos beseitigen, das er angerichtet hat. Es erschöpft sie.«

»Als Geburtstagsgeschenk sollte sie mir erlauben, ihn zu köpfen«, schlage ich vor. »Darauf bereitet sie mich schließlich schon mein ganzes Leben vor.«

Huntress mustert mich aus schmalen Augen. »Wir werden sehen. Lass uns morgen drüber sprechen, denn im Moment stinke ich zu sehr, und meine Füße schmerzen, weil du so oft draufgetreten bist. Nachdem ich meine Runde im Stall gemacht habe, muss ich mich ausruhen. Mich den ganzen Morgen von dir im Kampf besiegen zu lassen, ist ermüdend.«

Als sie fort ist, gehe ich hinauf in die oberste Etage des Schlosses. In meinen Gemächern wasche ich mich an der Wasserschale und übe die Schritte, die Huntress mir gezeigt hat, mit einer imaginären Person. Ich weiß nicht, wer sich trauen würde, mit mir zu tanzen, aber gewiss wird mich irgendjemand auffordern. Wenn ich allein tanze, bin ich meiner Meinung nach gar nicht so schlecht.

Ein Rascheln lenkt meine Aufmerksamkeit auf die Waschschüssel. Ich lausche, doch was immer es gewesen sein mag, muss weitergezogen sein. Höchstwahrscheinlich eine Maus, die Schutz vor der Kälte sucht. Ich stampfe kräftig mit dem Fuß auf und trete schwungvoll gegen den Sockel des Waschbeckens, um jegliche Nager zu vertreiben, ehe ich mich aufs Bett lege, um meinem verspannten Rücken und meinen Schultern ein wenig Ruhe zu gönnen.

Mein Körper und mein Geist sind unglaublich müde.

Ich denke über die lange Vergangenheit nach, die meine Mutter mit dem Ritter verbindet – wie er Königin Sanaa im gleichen Jahr betrogen hat, in dem ich acht wurde, und dass keine von uns seitdem mehr so ist wie zuvor. Seine Anwesenheit in Queen's Bridge liegt wie ein dunkler schwerer Schatten auf unserem Leben. Ich verabscheue den Ritter, seitdem ich zum ersten Mal von ihm gehört habe. Mein Hass wächst wie wildes Unkraut in mir und füllt mich mittlerweile vollkommen aus. Mir wurde beigebracht, dass Rache nicht nobel sei, nicht schicklich für eine Prinzessin, und meine Mutter trichtert mir immer wieder ein, dass ich mich stattdessen auf Gerechtigkeit fokussieren soll. Deshalb kann ich ihr nicht anvertrauen, dass es Rachedurst sein wird, der meinen Degen antreibt, wenn der Moment gekommen ist, in dem ich dem Ritter endlich seine gerechte Strafe erteilen kann.

Ich stehe auf und vergewissere mich, dass meine Tür fest verschlossen ist. Zwar verriegele ich sie nie, aber nun stelle ich einen kleinen hölzernen Hocker davor, damit ich frühzeitig bemerke, wenn jemand versucht einzutreten. Dann hole ich die große Holztruhe unter dem Bett hervor und setze mich daneben. Nachdem ich den Deckel geöffnet habe, entferne ich die gefaltete Wolldecke, die ich über den Dingen, dir mir wirklich wichtig sind, ausgebreitet habe. Anschließend wühle ich mich durch handgezeichnete Karten von Queen's Bridge und den umliegenden Ländern – wir in der nordöstlichen Ecke, Hamelin im Westen, Rotterdam im Norden, die Verbotenen Länder und Mersailles im Südwesten. Die unterschiedlichen Gebiete sind mit dicken schwarzen Linien gekennzeichnet und zeigen an, wo ich überall schon war. Ich bin in jedes Gebiet gereist, um herauszufinden, bis wohin der Einfluss des Ritters reicht, indem ich mir Geschichten über ihn angehört habe. Die Erzählungen wurden merkwürdiger, je weiter ich mich von Queen's Bridge entfernte. Er wurde schon an so weit nördlich gelegenen Orten wie Dead Man's Peak und selbst an der Grenze zu Hamelin gesichtet. Doch Queen's Bridge ist seine Heimat, daher richtet er hier auch den größten Schaden an. Die Truhe ist wie ein Tresor voller Geheimnisse, unsäglicher Geschichten, Erzählungen von Menschen, die den Ritter oder sein reisendes Schloss gesehen haben.

Ich hole eine kleine Sammlung handschriftlicher Notizen hervor, die in ein Tuch gewickelt und mit einer Kordel zusammengebunden sind. Sie zählen zu meinen kostbarsten

Besitztümern, denn es handelt sich um Aufzeichnungen über Dinge, die sich Menschen vom Ritter gewünscht haben – im exakten Wortlaut –, und über die oft katastrophalen Konsequenzen dieser scheinbar simpelsten Wünsche.

Die erste Erzählung handelt von einer Frau, deren Gemahl Midian hieß. Er suchte den Ritter auf, um sich zu wünschen, mit Gold und Reichtum überhäuft zu werden. Am Ende wurde er während seiner Arbeit in der South Step Mine von einem kostbaren Smaragd erschlagen.

Eine Frau namens Hazel wünschte sich, ihre Tochter sollte der strahlendste Stern auf dem jährlichen Fest zur Wintersonnenwende sein, doch sobald sie ankamen, verwandelte sie sich tatsächlich in einen leuchtenden Stern.

Ein neidischer Mann wünschte sich, dass die Frau seines Nachbarn nur an ihn denken sollte. Sie wurde danach so besessen von ihm, dass sie sogar vergaß, zu essen, zu trinken und zu schlafen, bis sie schließlich starb. Er selbst wurde von dem Gemahl der Frau getötet.

Zudem gab es die Geschichte über einen Mann namens Kingfisher und seine sieben Söhne, obwohl ich nicht herausfinden konnte, wie der Ritter mit ihm und seinen Kindern in Kontakt getreten war. Es war kein Bericht aus erster Hand, sondern eine Erzählung, die mir bruchstückhaft von mehreren Personen zugetragen wurde – von einer Familie, deren Mitglieder allesamt vom Fluch des Ritters getroffen wurden. Die Einzelheiten sind vage, aber der Ausgang war eindeutig derselbe wie bei allen anderen Erzählungen über ihn.

Es gibt Dutzende Berichte, einer schlimmer als der andere.

Ruin. Fäulnis. Das sind die einzigen Dinge, die der Ritter zu bieten hat.

Ich stelle mir vor, wie ich ihn mit meinem Degen erledige. Beinahe kann ich das Gewicht der Waffe in meiner Hand spüren, mir den Ausdruck in seinen Augen vorstellen, wenn er erkennt, dass mein Gesicht das Letzte ist, was er jemals sehen wird.

Als ich plötzlich eine Bewegung zu meiner Linken wahrnehme, springe ich eilig auf, meine Finger mit hämmerndem Herzen um den Degen gelegt.

Etwas Schwarzes ist in dem kleinen runden Spiegel über dem Waschbecken aufgeblitzt. Panisch schaue ich mich in meiner Kammer um, doch natürlich bin ich allein, und alles ist still, abgesehen von dem prasselnden Feuer im Kamin. Der Hocker steht immer noch vor der Tür, doch auf meinem Körper hat sich eine Gänsehaut gebildet, und das Gefühl, nicht allein zu sein, überwältigt mich. Als ich mich dem Spiegel nähere und hineinblicke, sehe ich nur mich selbst. Die langen schwarzen Vorhänge bewegen sich leicht im Luftzug, der durch die Ritzen der Backsteine um das Fenster herum hereindringt.

Schließlich lege ich meinen Degen auf den Tisch neben dem Waschbecken und seufze. Dann ziehe ich mein Nachtgewand an und binde meine Haare zu einem hohen Knoten zusammen. Nachdem ich eine kleine Lampe angezündet habe, mache ich mich auf den Weg zu den Gemächern meiner Mutter am Ende des Ganges. Ihre Tür ist geschlossen, so wie immer am späten Abend, wenn sie sich eine Pause davon gönnt, die Probleme von Queen's Bridge zu lösen, und ein wenig verschnauft.

Ich hebe eine Hand, um anzuklopfen, doch halte abrupt inne, als ich die Stimme meiner Mutter durch die Tür höre.

Ihre Worte klingen beinahe panisch, allerdings spricht sie so leise, dass ich sie nicht verstehen kann. Ich beuge mich näher an die Tür heran.

»Bitte«, presst sie hervor. »Sagt mir, was ich tun kann.«

Jemand antwortet ihr.

Ich schaue zu dem kleinen Buntglasfenster am Ende des Ganges. Es ist schon lange dunkel. Ich kann mir nicht vorstellen, dass sie zu dieser späten Stunde noch Besuch empfangen würde.

»Das wisst Ihr längst«, erwidert die Stimme, die tief, heiser und … unnatürlich klingt, nahe und weit entfernt zugleich.

Mich durchfährt ein Schauer, der mich sofort in Alarmbereitschaft versetzt.

Die Stimme fährt fort. »Hör auf mit dem Flehen, meine Königin. Es ist töricht.«

»Ist es nicht!«, versetzt meine Mutter, barsch und wütend. »So muss es nicht sein.«

Am liebsten würde ich die Tür eintreten und sie verteidigen. Stattdessen klopfe ich an. »Mutter?«, rufe ich. »Ist alles in Ordnung?«

Eine lange Pause entsteht, in der ich meine Hand an die Tür lege, bereit sie zu öffnen, selbst wenn ich nicht hereingebeten werde.

»Ja«, antwortet meine Mutter endlich.

Ein Schatten bewegt sich unter der Tür, als würde jemand direkt dahinter stehen, aber als meine Mutter wieder spricht, ist zu hören, dass sie sich irgendwo am anderen Ende ihrer Kammer aufhält. »Gute Nacht, Eve. Ich liebe dich.«

»Ich liebe dich auch.« Ich kenne meine Mutter gut genug, um deutlich herauszuhören, dass sie weint.

Wie ein Schatten stehe ich da, ohne zu wissen, wie lange. Nach einer Weile gehe ich in meine Kammer zurück.

An den von Ruß geschwärzten Backsteinen im Kamin züngeln Flammen hinauf. Ich binde mir ein Tuch um das Haar, klettere ins Bett und ziehe mir die Decke bis zum Kinn hoch.

Mir gefällt es nicht, dass meine Mutter traurig ist, aber mir geht noch etwas anderes nicht aus dem Kopf. Eine Erinnerung dringt aus dem Teil meines Geistes an die Oberfläche, an dem lange Vergangenes ruht. Es geht um meine Mutter – und die Stimme, die durch ihre verschlossene Tür gedrungen ist.

Ich habe sie schon einmal gehört.

4

Ich wache auf, sobald die Sonne durch mein Fenster scheint. Nachdem ich aus dem Bett gekrochen bin und mich angekleidet habe, husche ich in den Flur hinaus.

Von unten dringt das Klappern von Töpfen und der Duft von Brot herauf. Obwohl sich im Schloss gerade erst alle aus ihren Betten erheben, ist meine Mutter bereits wach und angezogen und geht in ihrem Salon auf und ab.

»Guten Morgen«, begrüße ich sie, als ich eintrete und Platz nehme. »Du bist offenbar schon bei Tagesanbruch aufgestanden.«

»Ich habe gar nicht geschlafen.«

»Was ist los?«, frage ich. »Ich habe dich gestern Abend durch die Tür gehört. Du hast aufgebracht geklungen.«

Sie meidet meinen Blick und schaut stattdessen starr aus dem Fenster. Eine Frostschicht hat sich über das Land gelegt wie eine glitzernde Decke. »Ich muss ein paar Arbeiterinnen und Arbeiter aussenden, damit sie Sir Gregory dabei helfen, seinen desaströsen Fehler auszumerzen. Wärst du ebenfalls bereit, ihn zu unterstützen?«

»Natürlich.«

Sie lächelt und entspannt ihre Schultern ein wenig.

»Ich habe mit Huntress über meinen Geburtstag gesprochen.«

Nun dreht sie sich zu mir um und schaut mir fest in die Augen. »Darüber haben wir doch schon geredet.«

»Ja«, erwidere ich leise. »Aber ich hatte gehofft, du würdest es dir anders überlegen.«

Noch während ich die Worte ausspreche, weiß ich, wie lächerlich sie klingen. Der Ritter richtet Unheil in unserm Land an, und ich verlange ein Fest. Aber am Ende des Tages ist genau das der Grund, aus dem ich hoffe, dass sie ihre Meinung ändern wird. Ich möchte meine ständige Sorge vergessen, selbst wenn es nur für ein paar Stunden ist. Und immer mehr keimt der Wunsch in mir auf, ein hübsches Kleid zu tragen, den ganzen Abend lang zu tanzen und so zu tun, als könnte das Leben immer so sein.

»Siebzehn ist kein großer Unterschied zu sechzehn, und damals bist du auch ohne viel Tamtam ausgekommen«, erwidert Mutter.

Vollkommen ohne Tamtam, um genau zu sein. Schon seit ich dreizehn geworden bin, habe ich meinen Geburtstag nicht mehr richtig gefeiert. Jedes Jahr habe ich abgewartet, aber nichts ist passiert, und auch diesmal scheint es wieder so abzulaufen.

Huntress tritt ein und nimmt am Fenster Platz.

»Ich will nicht mehr darüber sprechen«, verkündet meine Mutter. »Der Einfluss des Ritters schwebt beständig und bedrohlich über uns. Spürst du es nicht? Wie können wir in Zeiten wie diesen feiern?«

»Aber wir könnten wenigstens etwas Kleines organisieren. Ich verbringe so viel Zeit damit, zu kämpfen, dass ich mir nur einen Abend wünsche, an dem ich ausnahmsweise nicht zum Angriff bereit sein muss.«

»Nicht ständig zum Angriff bereit?« Meine Mutter wiederholt die Worte, als würde sie deren Bedeutung nicht verstehen, und mir wird klar, dass ich zu viel gesagt habe. »Ich habe noch nie in meinem Leben etwas so Unbesonnenes gehört.«

Erschrocken schweige ich. Sie ist nicht die Art von Mutter oder Königin, die mit Wut herrscht. Sie ist gütig und sanftmütig, verständnisvoll und gerecht – willensstark, aber bereit zuzuhören. In diesem Moment jedoch, als sie schwer atmend die Hand auf den Tisch presst, verspüre ich einen Anflug von Furcht.

»Meine Königin«, schaltet sich Huntress ein, um sie zu besänftigen. »Sie ist deswegen dauernd abgelenkt. Schon seit Wochen.«

Es kommt mir vor, als wollte mich Huntress schlechtmachen. Ich straffe die Schultern. »War ich auch abgelenkt, als ich dich gestern besiegt habe?«, frage ich. »War ich abgelenkt, als ich das Reh erlegt oder dir das Leben im Wald gerettet habe?«

Huntress lacht. »Mein Leben war nicht in Gefahr.«

»Der Wolf hat das sicherlich anders gesehen.«

»Wolf?« Meine Mutter hebt die Brauen und sieht mich dann aus schmalen Augen an. »Einen Wolf hast du nicht erwähnt.«

»Die Situation war nicht der Rede wert. Ich hab ihn in die Flucht geschlagen.«

»Es war ein Schattenwolf«, erklärt Huntress.

Mutters Mund formt ein O, und ihre Augen werden groß. »In Queen's Bridge? Schon seit Jahren hat sich keiner mehr von ihnen hierher verirrt.«

»Vielleicht ist es ein Zeichen«, erwidert Huntress.

Ich verdrehe die Augen, was Huntress nicht entgeht.

»Schau mich nicht so an.« Sie beugt sich vor.

»Ich tue, was ich will.« Ich blicke ihr fest in die Augen.

Huntress' Miene entspannt sich, als sie sich wieder auf dem Stuhl zurücklehnt und Königin Sanaas Käfig antippt. »Seht Euch Eure Tochter an. Genauso starrsinnig und arrogant, wie Ihr es stets wart«, sagt sie an den Vogel gewandt.

Gerade will ich etwas erwidern, das mir gewiss einen Tadel von meiner Mutter einbringen wird, doch sie kommt mir zuvor.

»Das steht Euch nicht zu«, warnt Mutter. »Wagt es nie wieder, in meiner Gegenwart so über Sanaa zu sprechen.«

Huntress erhebt sich und neigt den Kopf zu einer Verbeugung. »Ich wollte nicht respektlos sein, meine Königin. Es ist nur, dass Sanaa …«

»*Königin* Sanaa«, unterbricht meine Mutter. »Sie ist immer noch hier, und Ihr werdet sie mit dem Respekt behandeln, der einer Königin gebührt.« Die Brust meiner Mutter hebt und senkt sich so angestrengt, dass ihr die letzten Worte kaum noch über die bebenden Lippen kommen.

Huntress nickt und legt sich eine Hand ans Herz. »Jawohl, Eure Hoheit. Königin Sanaa war zweifellos eigensinnig. Ich hätte das Wort ›arrogant‹ nicht verwenden sollen. Ich bitte vielmals um Verzeihung.«

Meine Mutter schaut sie noch einen Moment lang an, ehe sie den Blick abwendet und die Arme schwer an ihre Seiten fallen lässt, ehe sie sich wieder mir zuwendet. »Bring die Sache mit dem Fest nicht noch einmal zur Sprache. Es steht zu viel auf dem Spiel, da der Ritter mit jedem Jahr zu einer größeren Bedrohung für uns wird …« Sie seufzt. »Wir konzentrieren uns auf die aktuellen Aufgaben – Sir Gregorys Farm und die Sicherheit unseres Ortes – und nichts anderes. Ist das klar?«

Ich suche in ihrem Gesicht nach Anzeichen dafür, dass sie es schade findet, diese Entscheidung treffen zu müssen, doch ich entdecke nichts als Angst und Wut in ihren Augen. Schließlich schaue ich zu Boden.

»Ja, meine Königin.« Ich erhebe mich und steuere die Tür an.

»Wohin gehst du?«, fragt meine Mutter.

»Ich muss den Kopf freibekommen, also reite ich aus. Heute Nachmittag komme ich wieder.«

»Nein.« Meine Mutter geht um den Tisch herum und stellt sich vor mich. »Huntress wird dich zu Sir Gregory begleiten, und du wirst dabei helfen, die Arbeit zu organisieren, damit wir verhindern, dass uns der Flachs die Wasserversorgung abschneidet. Bewege dich keinen Schritt über Sir Gregorys Ländereien hinaus.«

Ich wirbele herum und schaue sie an.

Sie begegnet meinem Blick, ohne mit der Wimper zu zucken.

»Du hast mir noch nie vorgeschrieben, wie weit ich ausreiten soll«, gebe ich zu bedenken. »Ich kann schon auf mich aufpassen.«

»In der Tat. Dennoch wirst du nicht weiter reiten. Ende der Diskussion.« Mit diesen Worten wendet sie sich ab und betrachtet wieder ihre Landkarten.

In diesem Moment betritt Captain Mock den Raum, gefolgt von Lady Anne, die ein Tablett mit Brotscheiben und einer dampfenden Kanne trägt. Sie setzt es auf dem Beistelltisch ab und kommt zu mir.

»Nur noch drei Wochen«, flüstert sie mir zu. »Siebzehn. Ich kann es kaum glauben. Und ich habe deine gesamte Entwicklung miterlebt. Deine ersten Worte. Deine ...«

»Stopp.« Die Stimme meiner Mutter klingt barsch und lässt Lady Annes Begeisterung erlöschen wie eine Kerze. Sie blickt nicht von der Karte auf, ihr Körper ist steif, und sie hat die Finger fest auf die Tischplatte gepresst. »Habe ich nicht deutlich zum Ausdruck gebracht, dass wir von diesem Thema nicht mehr sprechen wollen?«

Lady Anne dreht sich zu meiner Mutter um. »Ich habe selbst Kinder, meine Königin. Ihr kennt sie gut. Ich weiß, dass es angsteinflößend ist zu sehen, wie sie größer werden und zu eigenständigen Menschen werden.« Sie lacht leise, meine Mutter dagegen bleibt stumm. Nun geht Lady Anne auf sie zu und legt ihr sanft eine Hand auf die Schulter. »Meine Königin, bitte. Das Mädchen verdient ein Fest. Es kann doch nicht ständig um das Lernen und Kämpfen gehen.«

Meine Mutter hebt den Kopf und schaut Lady Anne in die Augen. »Ihr habt Kinder. Und Ihr liebt sie so sehr, dass Ihr alles tun würdet, um sie zu schützen, nicht wahr?«

»Natürlich. Alles.«

»So geht es mir auch.« Meine Mutter strafft die Schultern und räuspert sich. »Ich werde es noch einmal sagen, damit es ein für alle Mal klar ist – erwähnt nie wieder Eves Geburtstag, ein Fest oder irgendetwas, das mit diesen Themen zu tun hat. Weder in meiner Gegenwart noch in Euren eigenen Gemächern. Wenn ich auch nur noch ein Wort darüber höre, werde ich dafür sorgen, dass Ihr es bereut.« Sie wendet sich Captain Mock zu. »Erlasst ein Dekret und sorgt dafür, dass es alle in Queen's Bridge wissen.«

Captain Mock nickt nur und eilt aus dem Raum.

Huntress hält ihren Blick starr auf den Boden gerichtet.

»Ein Dekret?«, frage ich. »Ist das wirklich nötig?«

»So scheint es.« Meine Mutter mustert Lady Anne vorwurfsvoll, doch die hält ihrem Blick ungerührt stand.

»In all den Jahren habe ich Euch noch nie so erlebt. Was bekümmert Euch?«

»Was mich bekümmert?« Meine Mutter schnaubt. »Ich habe eine Bürde zu tragen, die schwer genug ist, uns alle zu erdrücken, und Ihr fragt, was mich bekümmert?« Sie schüttelt den Kopf. »Das wäre alles, Lady Anne«, fügt sie knapp hinzu, lässt sich auf ihren Stuhl fallen und vergräbt das Gesicht in den Händen.

Lady Anne zögert kurz, verbeugt sich dann aber leicht und verlässt die Kammer.

Ich gehe auf meine Mutter zu, bleibe ihr gegenüber stehen und beobachte sie, während sie schnell und schwer atmet, als hätte sie Panik. Da ihr Gesicht hinter ihren Händen verborgen ist, brauche ich einen Moment, um zu erkennen, dass sie versucht, ihre Tränen zurückzuhalten.

»Mutter«, sage ich sanft.

Sie hebt eine Hand. »Reite zu Sir Gregory.«

Da ich weiß, dass ich in diesem Moment nicht zu ihr durchdringen kann, verlasse ich den Raum und eile zum Stall. Das leise Summen, das von meinem Pferd ausgeht, hat eine ganz eigene leiernde Melodie, die irgendwie beruhigend ist.

Huntress kommt nun auch in die Scheune geschlendert und lehnt sich an einen Pfosten, die Arme vor der Brust verschränkt.

»Warum führt sie sich so auf?«, frage ich gepresst. Ich bin derart wütend, dass ich schreien könnte. »Wie sie mit Lady Anne gesprochen hat … Die Frau hat sich schon um sie gekümmert, als sie selbst noch ein Baby war.«

Huntress schüttelt den Kopf. »Ich weiß, und ich verstehe es auch nicht recht. Sie ist schon seit Tagen angespannt, aber versucht mit aller Macht, es zu verbergen.«

»Na, das hat wohl nicht geklappt.«

Huntress nickt. »Das stimmt. Heute Morgen hat sie bereits ganz früh die Bediensteten angewiesen, deinen bevorstehenden Geburtstag mit keinem Wort zu erwähnen. Alle, die sich nicht daran halten, laufen Gefahr, entlassen zu werden. Aber du weißt ja, wie Lady Anne ist.«

»Ja. Und ich weiß auch, wie *du* bist. Warum stichelst du ständig? Diese Bemerkungen über meine angebliche Arroganz – was sollte das?«

»Habe ich denn unrecht?«

»Darum geht es nicht«, fahre ich sie an.

»Doch.« Sie macht einen Schritt auf mich zu. »Deine Arroganz und deine Wut werden angetrieben von deinem Hass auf den Ritter. Das verstehe ich, aber du kannst dich nicht davon beherrschen lassen, sonst wirst du uns alle, besonders deine Mutter, in Gefahr bringen.«

Ich kehre ihr den Rücken zu. »Ich möchte nicht mehr darüber reden, meine Wut zu verdrängen.« Seufzend lehne ich die Stirn an die Flanke meines Pferdes. »Lieber würde ich sie als Waffe nutzen.«

»Das überrascht mich nicht. Und es bestätigt nur mein Argument.«

Ich hasse es, wenn sie recht hat.

»Warum befiehlt sie den Leuten, so zu tun, als würde mein Geburtstag nicht stattfinden? Was ist falsch daran, mir nur einen Abend lang zu gestatten, alles andere zu vergessen? Begreift sie nicht, dass der Ritter eine Bürde für uns alle ist?«

Wieder wirkt Huntress, als hätte sie keine Erklärung dafür.

»Irgendetwas macht ihr zu schaffen. Vielleicht ist es tatsächlich das, was Lady Anne gesagt hat. Seine Kinder aufwachsen zu sehen, ist ein Geschenk, aber auch eine Erinnerung an die eigene Sterblichkeit. Ich weiß noch, wie es war, als du klein warst, und jetzt sieh dich nur an.« Sie lächelt. »Nun bist du erwachsen und bereit, es mit der ganzen Welt aufzunehmen.«

»Nicht mit der ganzen Welt«, widerspreche ich. »Nur mit dem Ritter.«

»Du brauchst kein Fest. Es ist Zeit, erwachsen zu werden.«

Ich schaue sie an. Ihr Kiefer ist angespannt, und sie hat ihren Blick starr auf mich gerichtet. In ihrer Miene ist Verärgerung zu erkennen, aber sobald sie bemerkt, wie eingehend ich sie mustere, setzt sie eilig ein Lächeln auf und zieht die Brauen hoch.

»Wir sollten losreiten und nach Sir Gregory sehen«, schlägt sie vor.

Ich steige auf mein Pferd, und Huntress reitet mir hinterher. Während wir uns vom Schloss und von meiner Mutter entfernen, hoffe ich, dass der Wind, der mir ins Gesicht weht, alle negativen Gedanken vertreibt.

Sir Gregorys Flachs ist mittlerweile so weit über die Grenzen seiner Felder hinausgewachsen, dass die blassvioletten Blüten aus der Ferne aussehen, als hätten sie ganz Queen's Bridge überwuchert.

Eine kleine Gruppe Ortsbewohnerinnen und Ortsbewohner hacken die wild wachsenden Pflanzen nieder, als Huntress und ich ankommen. Sir Gregorys Kinder helfen, wo sie können, aber die meisten von ihnen sind noch zu klein, um irgendetwas anderes zu tun, als den Arbeitenden Wasser und Essen zu bringen.

Sir Gregory kommt, um uns zu begrüßen, dann gehen wir gemeinsam zum Fluss, um die Pflanzen aus nächster Nähe zu betrachten.

»Ich glaube, wir haben die Sache endlich unter Kontrolle«, erklärt er.

Es sieht kein bisschen danach aus, als wäre die Sache unter Kontrolle. Neuer Flachs sprießt unter meinen Stiefeln aus der Erde.

»Versucht Ihr, mich oder Euch selbst davon zu überzeugen?«, frage ich.

»Dann ist die Königin also sauer?«, fragt er, als wäre er ein Kind.

Huntress verdreht die Augen. »Euer Handel mit dem Ritter hat ganz Queen's Bridge in Gefahr gebracht. Also ja: Sie ist *sauer*.«

Sir Gregory schweigt, als wir noch näher ans Ufer treten.

Eine große Frau mit grauem Wollkleid und Schürze schwingt eine Sense und schneidet ein Dutzend Flachsstängel dicht über der Erde ab. Dann tritt sie zurück, eine Hand in die

Hüfte gestemmt; mit der anderen hält sie die Sense so fest umklammert, dass ihre Fingerknöchel weiß hervortreten.

»Und jetzt wartet kurz«, sagt sie atemlos.

Die abgeschnittenen Stängel bilden Ableger, und innerhalb von ein paar Sekunden sind die Pflanzen wieder vollständig nachgewachsen.

»Ihr habt um Flachs im Überfluss gebeten«, sage ich zu Sir Gregory. »Wie es aussieht, ist Euer Wunsch in Erfüllung gegangen.«

Huntress nimmt einem Mann, der auf einem Heuballen schläft, die lange gebogene Sense ab und macht sich an die Arbeit.

Ich lege den Kopf in den Nacken, um die grauen Wolken über mir in Augenschein zu nehmen. Sie sind dunkel und dünn, aber mehr brauche ich nicht. Ich hebe meinen Arm in Richtung Himmel und atme tief durch, woraufhin sich die Wolken zu einem langen schlangenartigen Gewirr formen, das sich mit meiner Handfläche verbindet. Ich schiebe die graue Masse dicht zusammen, sodass sie ein Heft und ein Schwert bildet, das länger ist, als ich groß bin.

»Tretet zurück!«, rufe ich den anderen Helferinnen und Helfern zu, die mich daraufhin mit einer merkwürdigen Mischung aus Angst und Erstaunen anstarren.

Nun schwinge ich die Klinge des Schwertes über den Flachs und schneide ihn mit einer schwungvollen Bewegung dicht über der Erde ab. Schmutz und Stängel fliegen durch die Luft. Danach vollführe ich einen zweiten Schnitt und befreie einen weiteren Teil von Sir Gregorys Ländereien von den Gewächsen. Als ich einen Schritt zurücktrete und zulasse, dass das Schwert sich in Luft auflöst, wachsen die abgeschnittenen Enden bereits wieder nach.

Ich seufze. Einen Versuch war es wert.

Die anderen nehmen ihre Arbeit wieder auf und schwingen die Sensen in ihrem niemals enden wollenden Bemühen, den Flachs vom Fluss fernzuhalten.

Sir Gregory schüttelt den Kopf und schlendert zum Flussufer.

Ich folge ihm.

Er steht schweigend da und blickt auf das vorbeirauschende Wasser hinaus, das von den schneebedeckten Bergen im Norden hinabströmt. An der Oberfläche treiben Tausende violette Blüten. Es wäre schön, wenn ich nicht wüsste, dass der Ritter dahintersteckt.

»Ich wusste nicht, dass dies die Konsequenz sein würde«, gesteht Sir Gregory.

Ich grabe meine Absätze in das schlammige Ufer. »Ein Handel mit dem Ritter läuft nie, wie man es erwartet. Das wissen alle in Queen's Bridge.«

Seufzend schüttelt er den Kopf. »Ich war verzweifelt.«

Ich schaue ihn an. In gewisser Hinsicht habe ich sogar ein bisschen Mitleid mit ihm. Schließlich hat er eine große Familie und trägt damit viel Verantwortung, aber jetzt besteht wegen ihm die Gefahr, dass wir alle unsere Wasserversorgung verlieren.

»Meine Mutter stellt stets sicher, dass für die Leute von Queen's Bridge gesorgt ist. Wenn es ein Problem gab, hättet Ihr zu ihr gehen können.«

»Das wollte ich aber nicht. Ich wollte mich allein darum kümmern.«

»Und wo hat das hingeführt?«

Er hebt eine Braue und presst die Lippen zu einem dünnen Strich zusammen. Ich bin mir sicher, er muss sich ein paar barsche Worte verkneifen.

»Wir sehen zu, dass ständig Freiwillige hier sind, die den Flachs in der Nähe des Flusses abschlagen, damit sich niemand überarbeitet«, erkläre ich ihm. »Und Ihr seid Euch sicher, dass Euer Wunsch nur bis zum Ende der Jahreszeit gilt?«

Sir Gregory nickt. »Ich bin froh, dass ich mich in dieser Hinsicht klar ausgedrückt habe, sonst hätte sich der Ritter auch dies zunutze gemacht.«

Ich schaue auf den Fluss. »Ihr hättet den Wunsch gar nicht erst aussprechen sollen. Nun müssen wir abwarten, wie klar Ihr Euch wirklich geäußert habt.«

Das Rauschen des Flusses füllt die Stille zwischen uns, der Himmel ist klar und die Luft kühl. Ich kann meilenweit sehen und erkenne in der Ferne etwas, das nicht dort sein sollte – eine schwarze Rauchwolke. Sie steigt neben der Bergwand auf wie Dampf aus einem Kessel und bauscht sich hoch in der Luft.

»Seht«, sage ich.

Der dunkle Rauch weht über den schneebedeckten Gipfel, und obwohl ich nicht ausmachen kann, woher genau er stammt, kenne ich die Antwort. Daran, dass die Schwaden alle paar Sekunden an einer neuen Stelle aufsteigen, erkenne ich, dass es sich um eine Struktur handeln muss, die sich stetig fortbewegt, und das kann nur eines bedeuten …

»Das ist er«, sagt Sir Gregory. »Sein verfluchtes Schloss nähert sich durch das Gebirge. Wahrscheinlich ist es auf dem Weg nach Rotterdam, vielleicht auch nach Mersailles. Wer weiß, was für fürchterliche Geschäfte er dort zu erledigen hat.«

Während ich den schwarzen Rauch mit meinem Blick verfolge, setzt sich ein schweres Gewicht in meinem Magen fest.

»Welche Magie kann es sein, die ihm erlaubt, sein schreckliches Schloss auf diese Weise von Ort zu Ort zu lenken?«, fragt Sir Gregory verwundert. »Wisst Ihr, als ich noch ein Junge war, hat mir meine Mutter erzählt, das Schloss des Ritters habe die Beine eines Wolfes, die ihn dorthin trügen, wo er hinwill, da er die Macht über die Tiere habe.«

Ich habe das Schloss des Ritters noch nie aus der Nähe gesehen, obwohl ich viele Berichte darüber gehört habe. In keinem von ihnen kamen Wolfsbeine vor, doch Sir Gregorys Geschichte bestätigt wieder einmal, wie viele Gerüchte sich um den Ritter ranken. Einige behaupten, er sei mehr als drei Meter groß, dass sein Schwert unzerstörbar sei oder dass er die Tiere des Waldes beherrsche. Ich weiß nicht, welche fürchterlichen Geschichten der Wahrheit entsprechen und welche lediglich der Angst der Menschen entsprungen sind, also wappne ich mich für alle Möglichkeiten.

Sir Gregory seufzt. »Im Schnee ist das Schloss leichter zu verfolgen, denn es hinterlässt unverkennbare Spuren.«

Obwohl ich nichts erwidere, präge ich mir diese neue Information gut ein, um sie nicht zu vergessen.

Er fährt sich mit einer Hand durch seinen ergrauenden Bart und wirft mir einen Seitenblick zu. »Ihr seid überaus neugierig, Prinzessin. Und Ihr sprecht mit einer solchen Verachtung von ihm.« Er senkt die Stimme, als könnte der Ritter ihn sonst hören. »Fürchtet Ihr Euch nicht genauso sehr vor ihm, wie es Eure Mutter tut?«

»Sie fürchtet sich nicht vor ihm«, erwidere ich mit Nachdruck, obwohl ich weiß, dass dies nicht die ganze Wahrheit ist. »Und das tue ich auch nicht.«

Ich werfe einen letzten Blick zu den Bergen. Die kleine schwarze Rauchwolke ist verschwunden.

Sir Gregory schnaubt. »Das solltet Ihr aber.« Mit diesen Worten geht er davon und lässt mich am Flussufer stehen.

5

Der Abend legt sich über Queen's Bridge. Die Luft ist kühl, denn die Vorboten des Winters schleichen sich an und verdrängen langsam den Herbst. Der Schnee hat bereits die Berge erreicht, schon bald wird er sich wie ein Schleier über das ganze Land breiten, und die Dunkelheit der kalten Jahreszeit wird uns einhüllen.

Ich habe noch nicht mit meiner Mutter gesprochen, seit ich von Sir Gregorys Farm zurückgekehrt bin. Obwohl ich schon ein halbes Dutzend Mal vor ihrer Tür gestanden habe, konnte ich mich nicht dazu durchringen anzuklopfen. Zwar können wir die Dinge nicht so stehen lassen, aber ich habe keine Ahnung, was ich sagen soll. Irgendetwas nagt an ihr, das sehe ich jedes Mal, wenn ich mit ihr spreche, in ihren Augen. Ich weiß, dass sie schon immer da gewesen ist – diese leise Melancholie, die sie einhüllt wie eine Decke, aber in letzter Zeit ist sie viel ausgeprägter, was mir Sorgen bereitet.

Nun tapse ich erneut den Flur entlang auf die Gemächer meiner Mutter zu. Im Schloss schlafen schon alle, das einzige Geräusch sind meine eigenen hallenden Schritte. Als ich vor ihrer Tür stehe und meine Hand hebe, um anzuklopfen, höre ich erneut ihre Stimme von drinnen. Ich habe den Eindruck, dass sie weint, bin mir aber nicht ganz sicher.

»Mutter?«, rufe ich. »Ich wollte mit dir sprechen, ehe es allzu spät wird.«

»Morgen, Eve.«

In ihrer Stimme schwingt nichts mit, was mich beunruhigt. Vielleicht zittert sie ein wenig, und die Worte klingen nicht allzu fest, dennoch trete ich von der Tür weg.

Dann bleibe ich stehen und lausche.

Als ihre Stimme erneut erklingt, bin ich mir sicher, dass sie weint. Sie flüstert auch diesmal mit panischem Unterton. Ich kann die Worte nicht verstehen, aber ich höre wieder und wieder meinen Namen wie in einem Gebet.

Schnell gehe ich zurück in meine Kammer und tausche mein Nachtgewand gegen Kleidung, in der ich klettern kann.

Draußen ist es vollkommen dunkel bis auf die funkelnden Punkte aus Sternenlicht, die am Himmel tanzen und von der kühlen Nachtluft vergrößert werden. Die Kälte lässt mich an meinem Plan zweifeln. Ich könnte in mein warmes Zimmer zurückkehren und mich in die Decken einkuscheln, aber dann fällt mir wieder das Schluchzen meiner Mutter ein.

Also betrete ich das hintere Grundstück und vergewissere mich, dass niemand in der Nähe ist. Als ich mir sicher bin, allein zu sein, hebe ich die Hände hoch über den Kopf und fixiere den Himmel. Ich habe schon aus Donner und Blitzen, aus Eis und Schnee Waffen gemacht, doch der Nachthimmel eignet sich nicht als Werkzeug der Zerstörung. Er hat die Aufgabe, zu nähren, zu trösten und zu beschützen.

Vor meinem inneren Auge sehe ich, wie sich der dunkle Himmel zusammenfaltet wie eine Fahne im Wind. Ich male mir aus, wie es sich anfühlen würde, ihn zu berühren, und als ich es tue, gleiten meine Hände über etwas Bauschiges und Weiches wie Gänsedaunen. Ich krümme die Finger, als wollte ich danach greifen, dann wickele ich mir den Himmel um den Körper. Eingehüllt in die Nacht fühle ich mich sicher. Und noch wichtiger: Ich bin unsichtbar. Die Falten des Umhangs verschmelzen so perfekt mit der Dunkelheit, die mich umgibt, dass man mich nur als verschwommenen Umriss wahrnehmen würde. Vielleicht würde man mich sogar mit einem Schatten verwechseln. Von allen außergewöhnlichen Dingen, die ich tun kann, finden meine Mutter und Huntress diesen Trick am verstörendsten. Mutter rät mir, ihn nicht anzuwenden, und Huntress verbietet mir sogar strikt, ihn während der Jagd und unseren Übungen einzusetzen.

Ich erklimme die hintere Fassade des Schlosses, indem ich mich an den unebenen Steinen hochziehe, und klettere langsam höher, bis ich irgendwann den Balkon meiner Mutter erreiche. Links und rechts neben der Terrassentür befindet sich je ein beinahe bodentiefes Fenster, von denen eines offen steht. Ich ducke mich ein wenig und spähe hinein.

Meine Mutter steht in ihrem Nachthemd und mit offenem Haar, das ihr über die Schultern fällt, da und weint.

»Ich kann das nicht tun«, wimmert sie. »Deine andauernde Quälerei zehrt mich aus.«

Indem ich mich so weit vorlehne, wie ich mich traue, versuche ich einen Blick auf die Person zu erhaschen, mit der sie redet.

Als sie einen Schritt nach rechts macht, stockt mir der Atem, denn sie steht vor einem Spiegel, der größer ist als sie. Seine ungleiche Kontur ragt an einer Seite spitz nach oben, die Spiegelfläche selbst ist schwarz wie der Nachthimmel. Ich sehe die Silhouette meiner Mutter, während sie mit ... sich selbst spricht.

»Lass mich in Ruhe!«, ruft sie nun. »Ich kann das nicht, und ich werde es nicht tun!« Nun lässt sie sich auf einen Stuhl fallen und schluchzt mit bebendem Körper in ihre Hände. »Ich habe getan, was ich konnte, aber *das* kannst du nicht von mir verlangen!«

Meine Mutter verteidigt Queen's Bridge und ihr Volk mit allem, was sie geben kann, hat dabei aber offenbar versäumt, sich selbst vor dem Stress zu schützen, den ihre Stellung mit sich bringt. Ich verstehe, unter welchem Druck sie als Königin steht, da sie sich um die Bevölkerung kümmern muss; und ich habe ein schlechtes Gewissen, weil ich trotzdem weiter von meinem Geburtstag gesprochen habe, obwohl sie mich mehrmals darum gebeten hat, das Thema ruhen zu lassen. Und jetzt redet sie mit ihrem eigenen Spiegelbild?

Ich starre den Spiegel an, den ich noch nie gesehen habe. Ihre Gemächer sind bescheiden eingerichtet, beherbergen lediglich ein Himmelbett, einen kleinen Tisch mit zwei Stühlen, an dem wir beide uns unzählige Stunden unterhalten und miteinander gelacht haben, ein Waschbecken und einen Teppich aus dem weichen Pelz eines Braunbären.

Ich richte mich auf und lege eine Hand auf das Geländer des Balkons, wobei ich mit dem Fuß abrutsche und einen Lehmtopf umstoße. Er rollt zur Kante des Balkons, fällt runter und zerschellt auf der Erde, ehe ich ihn aufhalten kann. Der Lärm durchbricht die Stille wie ein Donnerschlag.

Schnell springe ich über das Geländer und klammere mich an die Unterseite des Überhangs. Wenn jemand in genau diesem Moment nach oben schauen würde, so würde er oder sie nur einen Fleck schwarzen Sternenhimmels sehen, der am Balkon der Königin klebt.

Meine Mutter tritt nach draußen und legt ihre Hände auf das Geländer.

Mit schmerzenden Schultern versuche ich, mich festzuhalten, ohne zu atmen, mich zu bewegen oder einen Laut von mir zu geben.

Meiner Mutter schaut kurz nach unten, geht dann aber wieder hinein, wobei sie die Tür hinter sich schließt und die Vorhänge an beiden Fenstern zuzieht.

Als ich ausatme, rutsche ich ab und falle. Meine Finger schaben an den Backsteinen entlang, als könnte ich mich so davor schützen, in die Tiefe zu stürzen. Im nächsten Moment lande ich rücklings auf dem gefrorenen Gras. Mir weicht sämtliche Luft aus der Lunge, und kurz wird mir schwarz vor Augen. Es folgt ein Augenblick der Stille und Verwirrung, bevor der Schmerz einsetzt. Mein Rücken, mein Bein, meine Schulter – alles tut weh, aber ich kann nicht genügend Luft inhalieren, um das gequälte Ächzen auszustoßen, das in meiner Brust feststeckt. Mit offenem Mund und tränenden Augen drehe mich auf die Seite. Aufzustehen scheint beinahe unmöglich, doch schließlich schaffe ich es. Ich werfe meinen Umhang aus Sternen ab, woraufhin er sich auflöst, so wie es alle Dinge tun, die ich benutze, nachdem ich mit ihnen fertig bin.

Dann hinke ich in meine Kammer, lege mich auf das Bett und versuche, den stärker werdenden Schmerz in meinem Hinterkopf zu ignorieren.

Die Morgensonne bringt eine neue Welle des Schmerzes mit sich, von der kein einziger Teil meines Körpers verschont bleibt. Ich beschließe allen, die fragen, zu erzählen, dass ich von meinem Pferd gefallen bin, und so fühle ich mich auch, also werde ich kein allzu schlechtes Gewissen wegen meiner Lüge haben.

Meine Mutter frühstückt nicht mit mir, und als ich an ihre Salontür klopfe, ist sie nicht dort.

»Sie ist noch in ihrem Schlafgemach«, informiert mich Huntress, die im Türrahmen steht, an den sie sich anlehnt, als würde sie ihn aufrecht halten. »Sie hat heute Morgen dort gefrühstückt und lässt niemanden herein. Ich muss zugeben, dass ich ein wenig besorgt bin.«

»Ich hatte gehofft, mit ihr sprechen zu können«, erwidere ich. »Sie wollte gestern Abend nicht reden. Zumindest nicht mit mir.« Noch immer verstehe ich das, was ich gesehen habe, nicht recht. Sie hat mit sich selbst gesprochen, dennoch hatte ich zuvor hinter derselben verschlossenen Tür die Stimme einer anderen Person gehört. Dessen bin ich mir sicher.

Huntress schüttelt den Kopf.

Ich gehe zu dem goldenen Käfig, in dem Königin Sanaa eine fröhliche Melodie zwitschert. Das damit einhergehende Summen hallt in meinen Ohren und in meinem Kopf wider.

»Glaubst du, sie weiß, wer ich bin?«, frage ich, während ich meine Finger sanft an die Seite des Käfigs presse.

Königin Sanaa flattert mit den Flügeln und fliegt im Käfig umher. Ihre einzigartige Stimme klingt glockenklar, aber es ist schwer, das, was ich tatsächlich höre, von dem zu trennen, was ich gern hören will. »Manchmal frage ich mich, wie viel von ihr übrig geblieben ist.« Ein Kloß bildet sich in meiner Kehle. »Ich weiß nicht, was schlimmer ist – zu denken, dass jeder Teil von ihr, der sich an mich erinnert, für immer fort ist, oder dass ihre gesamte Persönlichkeit im Körper dieses Vogels gefangen ist. Dass sie alles mitbekommt, aber nichts unternehmen kann.«

Huntress zuckt mit den Schultern. »Ich weiß es nicht, denn mir ist nicht bekannt, zu welcher Art von Magie der Ritter imstande ist. Sie ist mit nichts anderem zu vergleichen ...« Sie bricht abrupt ab und schaut mich an. »Nun ... mit *fast* nichts anderem zu vergleichen.«

»*Ich* bin *kein* Monster, das Wünsche erfüllt«, entgegne ich.

»Nein. Aber du wurdest mit magischen Fähigkeiten geboren, die an seine heranreichen. Ihr beide seid ein Produkt der Magie, die Queen's Bridge umgibt.«

»Mich kümmert nicht, welche Art von Magie es ist und wo sie herkommt. Ich will nur einen Weg finden, den Ritter dazu zu bringen, uns und die Leute von Queen's Bridge für immer in Frieden zu lassen.«

»Dazu müsste er sterben«, erwidert Huntress unumwunden. »Tot und begraben sein.«

Ich schaue sie an. »Dagegen hätte ich nichts einzuwenden.«

Huntress stößt ein kurzes herzhaftes Lachen aus. »Ich auch nicht.« Sie kommt in den Raum geschlendert, stellt sich neben mich und sieht in den Vogelkäfig. »Wir haben noch ein anderes Problem. Ich will nicht herzlos klingen, aber wir müssen dafür sorgen, dass deine Mutter gute Miene zum bösen Spiel macht. Ich fürchte, dass ihr der Stress des letzten Vorfalls mit dem Ritter schwer zugesetzt hat, dennoch braucht das Volk Trost von ihr.«

Seufzend schaue ich aus dem Fenster. »Ich weiß nicht, was ich tun soll.«

»Du tust es längst«, sagt meine Mutter.

Als ich herumwirbele, sehe ich, dass nun sie, reglos wie eine Statue, im Türrahmen steht. Das Weiß ihrer Augäpfel ist gerötet, und ihre Lider sind geschwollen, als habe sie geweint.

Huntress verbeugt sich rasch und stellt sich neben die Tür.

Mutter kommt zu mir und nimmt mein Gesicht zwischen ihre Hände. »Du tust längst alles, was du tun musst. Du lernst die Grenzen deiner Kräfte kennen und darüber hinaus, sie einzusetzen. Darauf solltest du dich konzentrieren.«

»Das fällt mir schwer, wenn ich mir solche Sorgen um dich mache. Du siehst aus, als hättest du nicht geschlafen. Seit wir erfahren haben, was Sir Gregory getan hat, bist du ... anders.«

Sie seufzt, geht zum Tisch, nimmt Platz und betrachtet die Karte. »Langsam geht mir die Geduld aus. Ich fühle mich, als könnte ich ihm – dem Ritter – nicht entkommen. Ganz egal, wie sehr ich mich bemühe.« Als sie zum Vogel schaut, presst sie die Lippen zusammen. Ihre Gesichtszüge sind von Schmerz erfüllt, was mein Herz in Millionen Stücke zerbrechen lässt. »Ich kann mich nicht vor dem verstecken, was ich sehe, wenn ich in den Spiegel schaue.« Sie zieht scharf die Luft ein, als würde sie versuchen, die Worte wieder einzufangen. »Was ich ausdrücken will, ist, dass ich dort die Realität sehe – die Tatsache, dass mir kaum noch Optionen bleiben, wie ich mit dem Ritter verfahren soll.«

»Kaum noch Optionen?«, frage ich. »Klingt eher so, als hättest du nur eine Option: ihn zu töten.«

Der Blick meiner Mutter wandert zum Fenster, vor dem die späte Morgensonne das Sims erwärmt. »Das ist einfacher gesagt als getan.« Ihre Stimme klingt mit einem Mal matt und fremdartig.

»Ich bin bei dir, komme, was wolle«, verspreche ich. »Egal welchen Ausgang die Sache nimmt. Ist es nicht das, worauf du mich vorbereitet hast?«

Sie seufzt. »Ja, aber ich wollte nicht, dass es tatsächlich so weit kommt. Ich habe immer noch die Hoffnung, dass es sich abwenden lässt.«

»Warum? Wenn es das ist, was getan werden muss, warum erlaubst du mir dann nicht, ihn zu erledigen?«

Sie atmet tief durch und schüttelt den Kopf. »Könntest du mich und Huntress für einen Moment allein lassen?«

Sie wird mir keine Antwort geben, also beschließe ich, das Thema ruhen zu lassen. »Gewiss«, sage ich stattdessen nur, berühre sanft ihre Hand und wende mich ab.

Sie schließen die Tür hinter mir, und während Fetzen ihres Gesprächs durch den Spalt darunter zu mir herausdringen, steuere ich, so schnell mich meine Beine tragen, die Schlafkammer meiner Mutter an.

Vor dem Zimmer vergewissere ich mich, dass niemand im Flur ist, ehe ich vorsichtig die Tür aufdrücke und hineinhusche. Das Bett ist gemacht, und das Waschbecken auf dem Stand vor einem großen ovalen Spiegel ist halb leer. Diesen Spiegel kenne ich. Er hat einen goldenen Rahmen und hängt schon, seit ich denken kann, an der gleichen Stelle an der Wand. Den größeren Spiegel von gestern Abend entdecke ich nirgends.

Auf Zehenspitzen schleiche ich durch ihre Kammer zu den Fenstern, die zum Balkon hinausgehen, und kehre ihnen den Rücken zu, um die Position meiner Mutter nachzustellen. Hatte sie den Spiegel von irgendwo hergeholt und wieder weggeschafft, bevor die Sonne aufging? Das erscheint mir nicht sonderlich praktisch, schließlich war er höher und breiter als sie. Er muss ziemlich schwer gewesen sein. Ich kann mir keinen Reim darauf machen, warum sie ihn geheim hält. Vielleicht hat ihr jemand dabei geholfen, ihn zu bewegen. Aber aus irgendeinem Grund glaube ich nicht wirklich daran.

Gerade als ich meine Suche aufgeben will, weckt etwas meine Aufmerksamkeit – ein Dreieck schwarzen Stoffes, das zwischen den großen flachen Steinen auf dem Fußboden in der Nähe des Kamins hervorragt. Als ich mich hinknie und versuche, es aufzuheben, rührt es sich kein Stück, als wäre es an etwas unter den Platten befestigt.

Ich fahre mit der Hand über die Nahtstelle der Steine und an der Wand neben dem Kamin hinauf. Auf Augenhöhe befindet sich ein Backstein, der kleiner ist als die anderen und in der Mitte abgenutzt wirkt, als hätte jemand seinen Finger Hunderte, vielleicht Tausende Male darüber gleiten lassen. Vorsichtig drücke ich auf den Punkt, woraufhin ein leises Klicken unter meinen Füßen ertönt. Ich taumele zurück, als sich die Steinplatten öffnen. Ein robustes Objekt, das in dicken schwarzen Stoff gewickelt ist, steigt aus dem Boden auf.

Mein Herz beginnt so zu rasen, dass ich mich am Bettpfosten festhalten muss. Als ich mich endlich wieder gesammelt habe, trete ich näher heran und ziehe an dem Stoff, bis er auf die Erde fällt. Ich hatte fest damit gerechnet, dass es ein Spiegel ist, in den meine Mutter geblickt hat, da ihr Bild so deutlich darin zu erkennen war, doch als ich genauer hinsehe, erkenne ich, dass es etwas ganz anderes ist.

Das Glas in dem geschnitzten dunkelbraunen Holzrahmen wurde nicht so zurechtgeschnitten, dass es in ihn hineinpasst, sondern der Rahmen wurde stattdessen in der ungleichmäßigen Form des Glases konstruiert. Überrascht stelle ich fest, dass die Spiegelfläche nicht einmal aus Glas besteht; es handelt sich um einen onyxschwarzen Stein, der so gründlich poliert wurde, dass sich alles darin spiegelt.

Ich sehe mich selbst ... Mein Haar ist tief im Nacken zu einem Dutt gebunden, obwohl sich ein paar Locken hinter meinen Ohren daraus gelöst haben. Ich kann die Falten meines Hemdes und meiner Hose erkennen.

Ein solcher Stein ist mir noch nie untergekommen. Als ich mit den Fingern über die Oberfläche fahre, ist sie glatt wie Eis und auch ebenso kalt. Ich lehne mich nach vorn und führe mein Gesicht so nahe heran, dass die glänzende Oberfläche unter meinem Atem beschlägt. Es ergibt keinen Sinn. Sie ist vollkommen flach – und ebenmäßig. Es gibt keine Spuren von Werkzeugen, keine Sprünge, keine Kratzer. Es kommt mir vor, als würde ich mitten in der Nacht auf die flache, ruhige See schauen. Der Stein scheint unendlich tief zu sein. Als ich mich noch weiter vorbeuge, habe ich plötzlich den Eindruck, ich würde am Abhang einer Klippe stehen, über die ich stürzen würde, träte ich noch näher heran.

Ich lehne mich wieder weiter weg – von dem Spiegel, von meiner Reflexion. Nein, nicht von meiner Reflexion. In einem Anflug von schwindelerregender Verwirrung erkenne ich, dass es nicht mehr mein Gesicht ist, das ich auf der Oberfläche sehe, sondern dass mich ein Paar große graue Augen anstarrt.

Ich weiche zurück, führe die Hand automatisch an meine Hüfte, wo mein Degen befestigt sein sollte, es jedoch nicht ist, weil ich mich noch nicht bewaffnet habe.

Die grauen Augen befinden sich inmitten eines kantigen Gesichts, von dem ich meinen Blick nicht abwenden kann, selbst als sich auch ein Körper im Spiegel abzuzeichnen beginnt.

Abrupt drehe ich den Kopf, denn ich bin mir sicher, dass jemand eingetreten sein muss, ohne dass ich es bemerkt habe, doch ich bin allein.

Klopf. Klopf. Klopf.

Die Gestalt hat ihre Hand gehoben und tippt mit den Fingern an die Oberfläche des Steins – von innen.

Ich bin erstarrt, stehe wie angewurzelt da, kann weder atmen noch mich bewegen, denn alles, was ich fühle, ist ein schreckliches Unbehagen angesichts des Bewusstseins, etwas zu sehen, das nicht existieren sollte.

In dem polierten Stein befindet sich ein junger Mann, der sich nun leicht verbeugt. Als er mich wieder ansieht, teilen sich seine vollen Lippen, und während er den Blick über mich wandern lässt, hebt sich ganz leicht einer seiner Mundwinkel.

Nun schiebt sich eine weitere Gestalt neben ihn, doch diesmal weiß ich, dass es kein Bild ist, das meiner Fantasie entsprungen ist – es ist die Reflexion meiner Mutter, die hinter mir steht. Ich habe nicht gehört, wie sie eingetreten ist, da ich zu fasziniert von der Person im Spiegel war.

»Was tust du da?«, flüstert sie mit kalter Stimme. Sie schaut den Spiegel nicht an, sondern hält ihren Blick starr auf mich gerichtet, wobei sich eine Mischung aus Unglauben und Wut auf ihren Zügen abzeichnet.

»Ich ... Ich hab dich gestern Abend beobachtet.« Mein Blick huscht von ihr zu dem Spiegel, aus dem mich die Gestalt immer noch ansieht. »Du ... Du warst aufgebracht, als du mit dem Spiegel gesprochen hast.«

Meine Mutter hebt energisch das Tuch vom Boden auf und wirft es über den Stein.

Die Gestalt des jungen Mannes verschwindet, doch ich könnte schwören, noch ein weit entferntes Lachen zu hören.

»Was ist das?« Das erdrückende Gewicht überwältigender Angst legt sich auf mich. »Was geht hier vor?«

»Raus«, befiehlt meine Mutter. Sie schreit nicht, doch ihre Worte sind von Traurigkeit und Enttäuschung durchzogen.

Ich habe eine Grenze überschritten, und was immer es ist, sie wird mir in diesem Moment keine Erklärung liefern. Vielleicht wird sie das nie tun.

Ich gehe zur Tür, und sobald ich die Schwelle überschritten habe, schließt Mutter sie hinter mir.

Dann hallt ihr Schluchzen durch den Flur.

6

Am nächsten Morgen befindet sich ein schwerer Riegel an der Innenseite der Tür, die in die Kammer meiner Mutter führt. Ich erhasche einen Blick darauf, als ihn drei kräftige Arbeiter ächzend und schwitzend anbringen. Meine Mutter sieht ihnen zu, während ich sie vom Flur aus beobachte.

»Wie willst du denn allein die Tür verriegeln?«, frage ich.

Sie gibt mir keine Antwort, sondern tut so, als hätte ich nichts gesagt. Als die Arbeiter fertig sind, verschwindet sie wieder in ihrer Kammer und kommt für den Rest des Tages nicht mehr heraus.

So geht es zwei Tage und zwei Nächte lang, was dazu führt, dass sich im Schloss ein Gerücht verbreitet. Hinter vorgehaltener Hand und verschlossenen Türen wird geflüstert, unsere geliebte Königin habe den Verstand verloren.

Doch das scheint nur naheliegend zu sein, wenn man die Hintergründe nicht kennt. Niemand hat mitbekommen, wie sie gegen ihre Trauer angekämpft hat, um mir ein einigermaßen erträgliches Leben zu ermöglichen, nachdem Königin Sanaa in einen Vogel verwandelt worden war. Sie hat nicht zugelassen, dass ihr Herz kalt wurde. Wir haben zusammen geweint, über unsere Wut und Trauer gesprochen und schließlich von unseren schönen Erinnerungen und Hoffnungen für die Zukunft. Es gibt immer noch Momente der Schwermut und unerträglicher Trauer, aber was derzeit geschieht, ist etwas vollkommen anderes.

Am dritten Abend sitze ich vor der Tür meiner Mutter und spreche mit ihr, weil ich weiß, dass sie mich hören kann.

»Ich habe heute Morgen mit Huntress trainiert.« Ich drücke meine Stirn gegen die Tür. »Eine weitere Lehrstunde im Fährtenlesen. Ich bin immer noch furchtbar schlecht darin, falls du dich fragst, wie es gelaufen ist. Es ist die einzige Sache, die ich offenbar ohne den Einsatz meiner anderen Gaben nicht perfektionieren kann. Huntress nennt es Schummeln.« Ich seufze. »Das ist es aber nicht, und ich glaube, das weiß sie.«

Aus ihrer Schlafkammer dringt ein Murmeln, doch ich kann die Worte nicht verstehen.

»Wir planen eine weitere Lehrstunde«, fahre ich fort. »Huntress sagt, dass ich mich immer noch nicht ohne Beaufsichtigung vom Grundstück des Schlosses entfernen darf. Wenn sie mich begleitet, widerspricht das nicht deinen Regeln, oder?«

Ein leises Seufzen erklingt. Sie muss direkt hinter der Tür stehen, doch weigert sich weiterhin, sie zu öffnen.

»Mutter.« Meine Kehle verengt sich, Tränen treten mir in die Augen. »Bitte. Du solltest hören, was sich die Leute über dich erzählen.«

»Das kümmert mich nicht.«

Ihre Stimme zu hören, fühlt sich an, als würde ich nach einem kalten, dunklen Winter die warme Sonne auf meinem Gesicht spüren. »Ich weiß. Niemand meint es böse, da bin ich mir sicher. Die Leute machen sich einfach Sorgen. Und das tue ich auch.«

Aus dem Raum ertönt ein Rascheln, doch es kommt keine Antwort.

Die Leuchter, die den Flur säumen, werfen dunkle Schatten auf den Boden, als der Abend über Queen's Bridge hereinbricht. Die Buntglasfenster an beiden Enden des Ganges gehen von Grün in Schwarz über, während das Licht draußen langsam schwindet.

Ich schließe die Augen.

Abrupt schrecke ich auf und schüttele mich. Ich bin schon an unbequemeren Orten eingenickt. Gerade als ich mich hochrappeln und in meine Kammer zurückkehren will, vernehme ich eine tiefe Stimme. Zuerst glaube ich, sie kommt von irgendwoher unter mir – aus der Küche oder dem Rittersaal –, aber im nächsten Moment erkenne ich, dass sie aus dem Gemach meiner Mutter hallt.

Ich presse ein Ohr an die Tür und halte den Atem an. Es ist die Stimme meiner Mutter – sie klingt wieder panisch und flehend.

»Mehr Zeit ... bitte ... Ich muss ... Sie ist doch noch ein Kind.«

Mit rasendem Herzen drücke ich mich fester an die Tür. Ich war eingeschlafen, aber wäre mit Sicherheit aufgewacht, wenn jemand das Zimmer betreten hätte. Der neu angebrachte Riegel wäre bewegt worden, und diese beinahe nicht zu bewerkstelligende Aufgabe hätte so viel Lärm erzeugt, dass ich selbst aus dem tiefsten Schlaf erwacht wäre.

Auf einmal packt mich eine Hand an der Schulter.

Ich fahre erschrocken herum, krache gegen die Tür und raffe mich auf.

Die gedämpfte Stimme meiner Mutter im Inneren der Kammer verstummt.

Huntress sieht mich aus verengten Augen an. »Was machst du hier?«

Ich straffe die Schultern und bemühe mich, nicht verdächtig zu wirken. »Ich versuche, mit meiner Mutter zu sprechen.«

»Und?« Huntress blickt mich ungerührt an.

»Und ich hatte keinen Erfolg.«

Huntress legt mir einen Arm um die Schultern und zieht mich durch den Flur. Nachdem wir in den Salon meiner Mutter eingetreten sind, schließt sie die Tür hinter uns. Dann lässt sie sich auf einen Stuhl sinken und reibt sich die Schläfen.

»Die Tür ist verriegelt, weil du neugierig warst.«

»Das stimmt«, gebe ich zu. »Aber war das wirklich nötig? Sie hätte mir einfach verbieten können reinzukommen.«

»Hättest du auf sie gehört?«

Ich zögere.

»Siehst du? Sie kennt dich besser, als du dich selbst kennst.« Huntress lehnt sich auf dem Stuhl zurück und massiert sich seufzend den Nacken. »Der Querbalken an der Tür muss fast fünfzig Kilo wiegen. Du hast recht damit, dass er übertrieben ist, selbst wenn er dich davon abhalten soll, deine Nase in anderer Leute Angelegenheiten zu stecken.«

Ich schnaube und verschränke die Arme vor der Brust.

»Sei nicht kindisch«, tadelt Huntress. »Das passt nicht zu dir.« Sie lehnt sich vor und faltet die Hände vor ihrem Körper. »Was hast du denn in der Kammer gesehen, das deine Mutter so verärgert hat?«

Ich schaue sie fragend an, denn ich habe damit gerechnet, dass meine Mutter ihr etwas darüber erzählt hat, doch wie es scheint, ist Huntress genauso verwirrt wie ich. »Sie hat einen Spiegel. Einen, den ich noch nie zuvor in ihrer Schlafkammer oder sonst irgendwo gesehen habe.«

Huntress' gesamter Körper versteift sich mit einem Mal. Sie lässt die Hände in den Schoß sinken.

»Was ist denn? Weißt du etwas darüber?«, frage ich.

Sie schüttelt den Kopf. »Ich verstehe es nicht.«

Ich gehe zu ihr und knie mich vor sie. »Alle im Schloss denken, sie verliert den Verstand«, sage ich leise.

Huntress verdreht die Augen und schüttelt den Kopf. »Übles Geschwätz.«

»Siehst du? Du glaubst es nicht, und ich tue es auch nicht, aber schau dir nur ihr Verhalten in den letzten Tagen an. Irgendetwas geschieht mit ihr.«

»Sie ist nicht verrückt. Sie steckt in Schwierigkeiten.«

Mit einem Mal schlägt mir das Herz bis zum Hals. Instinktiv geht meine Hand zum Degen, der nun sicher an meiner Hüfte befestigt ist, auch wenn mir das nicht ausreichend erscheint. Ich schaue zum Fenster hinaus in den verhangenen Nachthimmel. Aus den Wolken könnte ich eine Klinge erschaffen, die scharf genug ist, um ein einzelnes menschliches Haar zu spalten.

»Ich weiß nicht, ob es etwas ist, bei dem deine Magie oder die Zauberkünste irgendeiner anderen Person helfen könnten.« Huntress scheint meine Gedanken gelesen zu haben.

»Was geschieht hier? Bitte sei ehrlich zu mir.«

Huntress lehnt sich in den Schatten des Salons näher zu mir heran. Im Raum brennen keine Kerzen oder Leuchter, doch selbst in der Dunkelheit kann ich ihre gequälte Miene ausmachen.

»Was ich dir jetzt erzählen werde, bleibt unter uns. Das ist keine Bitte, sondern ein Befehl. Schwöre es.«

»Ich schwöre«, sage ich, ohne zu zögern.

»War der Spiegel, den du gesehen hast, schwarz und von einem hölzernen Rahmen umgeben?«

»Du hast ihn auch gesehen?«

Huntress nickt. »Nur ein einziges Mal. Ich war hier, als er ins Schloss gebracht wurde.«

»Vor Kurzem?«

»Vor fünfzehn Jahren. Kurz vor deinem zweiten Geburtstag. Er kam im Dunklen im Schloss an und wurde heimlich in ihre Gemächer getragen. Nicht einmal Lady Anne und Captain Mock wussten etwas davon. Auch ich hätte es nicht erfahren sollen, aber ich hatte in jener Nacht zufällig Wachdienst und habe mich ein wenig zu weit von meinem Posten entfernt.« Sie seufzt und kommt noch näher. »Und es ist kein Spiegel.«

»Was?«

»Nein. Es ist ein sogenannter Sehstein. Der größte, den ich je gesehen habe.«

»Ein Sehstein?« Ich versuche, mich zu erinnern, wo ich diesen Begriff schon mal gehört habe.

Huntress verengt die Augen. »Es ist ein Werkzeug, das von Hexen verwendet wird, um die Zukunft, die Vergangenheit und sogar die Gegenwart zu sehen.«

Ich habe Mühe, meine Gedanken zu ordnen, während ich versuche, die neuen Informationen zu verarbeiten. »Meine Mutter ... Sie ist keine Hexe.«

»Das behaupte ich auch nicht. Ich sage nur, dass es ein typisches Hexenwerkzeug ist. Warum es hier ist, weiß ich nicht. Ich war mir nicht mal sicher, ob sie den Sehstein noch hat, bis du ihn erwähnt hast.«

»Er ist unter einer Steinplatte im Fußboden verborgen«, wispere ich ganz leise. »Ich habe gesehen, wie sie mit ihm gesprochen hat ... mit dem Stein. Und als ich ihre Kammer betreten habe, habe ich jemanden darin gesehen, obwohl ich allein im Raum war.«

Huntress hebt abrupt den Kopf, dann mustert sie mich lange, ehe sie sagt: »Ich habe immer geglaubt, dass der Sehstein verflucht ist.«

»Wie kommst du darauf?«

Huntress schaut sich um, als wollte sie sich vergewissern, dass niemand in Hörweite ist, bevor sie sich erneut näher zu mir heranbeugt. »Weil deine Mutter sich verändert hat, nachdem der Stein hergebracht worden war. Sie und Sanaa haben sich andauernd gestritten. Königin Sanaa wollte, dass deine Mutter ihn zerstört, aber sie hat sich geweigert. Ich weiß nicht, was er ist oder welchen Zweck er erfüllt, aber er hat einen dunklen Schatten über diesen Ort geworfen. Das konnte ich spüren.«

»Magie existiert«, erwidere ich. »Das sehen wir immer wieder an den schlimmen Taten des Ritters, an mir und an anderen, die weniger starke Kräfte haben.« Ich öffne und schließe meine Hand. »Nur weil sie ein magisches Objekt hat, heißt das noch lange nicht, dass es verflucht ist.«

»Du wurdest mit magischen Kräften geboren. Und du wendest sie nur an, um deine Mutter und das Volk von Queen's Bridge zu verteidigen. Der Ritter nutzt seine Fähigkeiten, um Chaos zu stiften und anderen Leid zuzufügen. In diesem Land und darüber hinaus gibt es unzählige Menschen, die zaubern können. Magie ist nicht gut oder böse, nicht schwarz oder weiß. Sie ist das, was die praktizierende Person daraus macht. Wer sagt uns, dass derjenige, der den Sehstein erschaffen hat, keine schlechten Absichten hatte?«

»Dann glaubst du also nicht, dass sie den Stein selbst erschaffen hat?«

»Nein.« Ihr Tonfall klingt todernst. »Wie gesagt wurde er von woanders hierhergebracht.« Sie seufzt und schüttelt den Kopf, als sei sie erschöpft. »Deine Mutter besitzt einen Hexensehstein, obwohl sie keine Hexe ist.«

»Nehmen wir also an, sie hat ihn nicht selbst erschaffen. Na schön. Aber sie verwendet ihn ganz eindeutig, denn sie verbarrikadiert sich in ihrer Kammer und spricht mit ihm.« Ich denke wieder an ihr Schluchzen und ihr panisches Flehen zurück. »Warum?«

Huntress schüttelt den Kopf. »Ich weiß es nicht, aber du darfst mit niemandem darüber reden. Gib deiner Mutter ein wenig Zeit, dann sprechen wir sie gemeinsam darauf an.«

Ich nicke, und Huntress lässt mich allein im Salon zurück.

Zwar werde ich niemandem ein Sterbenswörtchen von dem erzählen, was wir soeben besprochen haben, aber ich werde auch nicht einfach rumsitzen und nichts tun. Huntress glaubt, der Sehstein sei verflucht, während ich mir dessen nicht so sicher bin – dennoch weiß ich, dass meine Mutter aufgrund des Steins Qualen leidet.

Ich werde nicht zulassen, dass sie sich weiterhin quält. Der Sehstein muss vernichtet werden, und ich werde diejenige sein, die es tut.

Lady Anne stellt ein Tablett mit Essen vor der Tür meiner Mutter ab.

Mutter holt es herein und stellt es wieder zurück, wenn sie fertig ist.

Am vierten Tag ihres selbst auferlegten Exils positioniere ich mich am Ende des Ganges und presse mich mit dem Rücken an die Wand in der staubigen Nische hinter der Statue meiner Großmutter. Hier sind die Schatten am dunkelsten, und auch wenn es nicht mehr ganz so einfach ist wie als Kind, mich dort zu verstecken, muss es für den Moment genügen.

Bald kommt Lady Anne und setzt das Tablett für meine Mutter auf dem Boden ab, fleht sie durch die Tür an herauszukommen und geht weinend wieder, als sie erkennt, dass es nichts bringt. Sie tut mir unendlich leid.

Sobald sie außer Sichtweite ist, bringe ich das Essen heimlich in meine Kammer, ehe ich auf meinen Posten zurückkehre, um zu warten.

Kurz darauf ist ein lautes Schaben zu hören, als sich die Tür unter einem Ächzen öffnet, bevor meine Mutter erscheint. Ihre Haare sind offen, sie hat dunkle Ringe unter den Augen und trägt ein schwarzes Nachthemd, das den Boden streift, als sie in den Flur tritt und sich in beide Richtungen umschaut.

Ich halte den Atem an und drücke mich tiefer in die Nische, obwohl ich am liebsten zu ihr rennen und sie in meine Arme ziehen würde.

Sie schnauft und murmelt etwas vor sich hin, während sie die Tür hinter sich schließt und durch den Flur tapst. Als ich ihre leisen Schritte am unteren Treppenabsatz höre, verlasse ich mein Versteck und husche so schnell und leise in ihre Kammer wie möglich.

Es ist ein schrecklicher Plan, aber der Fluch, mit dem der Sehstein meine Mutter belegt hat, wird wahrscheinlich gebrochen, wenn ihn jemand zerstört. Als ich die geheime Kerbe berühre und sich der Spiegel aus dem Boden erhebt, greife ich nach einem schweren Schüreisen neben dem Kamin. Ich umfasse eine Ecke des Tuches, das über dem Spiegel liegt, und hebe das Schüreisen hoch über meinen Kopf.

»Warte«, erklingt eine heisere Stimme.

Ich wirbele herum in der Erwartung jemanden in der Kammer zu sehen, doch ich bin nach wie vor allein. Das schwere schwarze Tuch fällt zu Boden, und als ich mich wieder zum Sehstein umdrehe, ist erneut die merkwürdige Gestalt des jungen Mannes in der glasartigen Oberfläche zu erkennen.

»Das willst du nicht tun«, sagt er. Seine Stimme kommt aus dem Inneren des Sehsteins.

Ich blinzele verwirrt. »Wie ... wie kannst du mit mir sprechen?«, stammele ich.

»Genauso wie du es tust«, erwidert er leichthin. »Ich mache den Mund auf, und Worte kommen heraus. Stell dir das mal vor.«

Ich umklammere das Schüreisen und versuche, meine bebenden Hände zu beruhigen. »Meine Mutter spricht mit *dir*?«

Ein Mundwinkel des jungen Mannes hebt sich, als würde er versuchen zu lächeln. Seine grauen Augen funkeln wie Sterne am Nachthimmel. Er tritt näher an die Oberfläche des Sehsteins heran und lässt seinen Blick über mich wandern. Darin sind Verwunderung und etwas zu erkennen, das Traurigkeit sein könnte. Als er seufzt, bildet sich eine Gänsehaut auf meinem Körper.

»Antworte mir. Wer bist du? Ich habe dich schon einmal in dem Stein gesehen. Wie machst du das?«

»Ich bin dir keine Erklärung schuldig.« Seine Stimme ist tief, jede Silbe lässt den Raum leicht erbeben.

»Doch. Und die werde ich bekommen – oder deinen Kopf. Die Entscheidung liegt bei dir.«

Er legt eine Hand an die Oberfläche des Sehsteins, sodass es wirkt, als würde ich ihn durch eine Glasscheibe betrachten. Während er mit den Fingern auf der unsichtbaren Oberfläche klimpert, lässt er den Blick zu meinem Gesicht wandern, wobei die markanten Konturen seines Kiefers weicher werden und seine Lippen sich teilen.

Obwohl sich mein Magen verkrampft, hebe ich das Schüreisen, bereit auszuholen und zuzuschlagen, doch in dem Moment umfasst der junge Mann zu meinem Schrecken den Rahmen und zieht sich aus dem Sehstein heraus.

7

Ich taumele zurück, bis ich gegen den Bettpfosten gedrückt dastehe, das Schüreisen immer noch zum Schlag erhoben, als der junge Mann einen Schritt auf mich zu macht.

»Komm nicht näher«, warne ich. Ich habe meine Angst so weit unterdrückt, dass sie nur noch unter meiner Haut köchelt und meinen Fokus schärft.

»Willst du mich damit schlagen?«, fragt er mit leiser, heiserer Stimme.

»Ja. Und wenn du daran zweifelst, komm ruhig einen Schritt näher.«

Als er stehen bleibt, habe ich die Gelegenheit, ihn genauer zu betrachten. Sein dunkles Haar ist am Hinterkopf zu einem kleinen Dutt zusammengebunden. Mehrere gewellte Strähnen haben sich daraus gelöst und fallen ihm sanft um das Gesicht. Am Körper trägt er einen wallenden schwarzen Umhang, der aussieht, als bestünde er aus Schatten und Rauch. Wie etwas, das ich mit meiner Gabe heraufbeschwören könnte.

Er mustert mich aus schmalen Augen.

Ich straffe die Schultern und mache einen Schritt auf ihn zu. »Wer bist du?«

»Mein Name ist Nova.« Er sieht mich direkt an, doch ich kann seine Miene nicht deuten. »Und du bist Eve, nicht wahr?«

Das Herz hämmert in meiner Brust. »Woher kennst du meinen Namen?«

Er legt den Kopf in den Nacken, sodass ich die weiche Haut an seinem Hals sehen kann, und lacht. »Den hat mir ein Vögelchen gezwitschert.«

Ich lasse das Schüreisen sinken. Nicht weil ich mich scheue, es einzusetzen, sondern weil ich eine wirkungsvollere Waffe aus dem Feuer im Kamin heraufbeschwören kann, wenn es sein muss. Als ich es wegwerfe, fällt es scheppernd zu Boden. »Willst du mich zum Narren halten?«

Novas Mundwinkel ziehen sich nach unten. »Ich habe mir nichts dabei gedacht.«

Seine Worte versetzen mir einen schmerzhafteren Stich, als er sich vorstellen kann.

»Wer bist du?«, frage ich erneut.

»Ich habe dir meinen Namen doch schon verraten.«

Die Tatsache, dass er mir solch ausweichende, vage Antworten gibt, entfacht Wut in mir. »Was hast du in den Gemächern meiner Mutter zu suchen?«

»Ich stehe mit dem Ritter in Verbindung.«

Er spricht die Worte so beiläufig aus, dass ich sie im Kopf noch einmal wiederholen muss, um sicherzugehen, mich nicht verhört zu haben. Ich bin schockiert darüber, wie gelassen er dieses große Geständnis ablegt.

»Du gibst zu, dass du mit ihm im Bunde stehst?«, hake ich nach.

»Ich bin sein Bote. Sein Vollstrecker. Sein Diener.« Das Licht des Feuers blitzt in seinen Augen auf, als er die Worte ausspricht – nicht prahlend, sondern sachlich, als hätten sie keine große Bedeutung für ihn.

»Aber was tust du *hier*?« Ich spüre die Wärme, die sich in meiner Handfläche sammelt, als das Feuer im Kamin an den schwarzen Steinen hinaufzüngelt.

Er blinzelt mehrmals, als würde meine Frage in seinen Augen keinen Sinn ergeben. »Hast du nicht zugehört? Ich bin ein Bote des Ritters und vermittele zwischen ihm und denjenigen, die einen Handel mit ihm eingehen.«

»Das habe ich gehört, aber ...« Auf einmal trifft es mich wie der Schlag. Nova vermittelt zwischen dem Ritter und denjenigen, die sich auf einen Handel mit ihm eingelassen haben. Und er ist hier – in den Gemächern meiner Mutter. »Meine Mutter hat ein Abkommen mit dem Ritter?«

Nova zieht seine Unterlippe zwischen die Zähne und fährt sich mit den langen schlanken Fingern über die Seite seines Gesichts, bis er an seinem markanten Kiefer angelangt ist. »Ich kann mich nicht zu den Angelegenheiten anderer äußern. Wenn du selbst nichts von dem Abkommen weißt, darf ich es dir nicht verraten. Vielleicht solltest du andere um diese Informationen bitten.«

Nein. Das kann ich mir nicht vorstellen. Heiße Wut wird in mir entfacht. Meine Mutter verbringt jeden Tag ihres Lebens damit, ihr Volk vor dem Ritter zu schützen. Sie kümmert sich um die Leute, damit sie niemals die Hilfe des Ritters annehmen müssen. Und wenn es doch jemand tut, so wie Sir Gregory, versucht sie, den Fehler wieder wettzumachen. Sie hasst den Ritter für das, was er unserem Volk angetan hat, und würde sich nie auf einen Handel mit ihm einlassen. Niemals. Nova muss ein Lügner sein.

Dieser schnalzt mit der Zunge und schüttelt den Kopf. »So viel Verwirrung. Was ist es denn? Glaubst du, es gäbe keine Geheimnisse zwischen euch beiden?« Er lacht leise. »Ihre Geheimnisse könnten einen ganzen Ozean füllen.«

»Sie hält nichts vor mir geheim.« Noch während ich die Worte ausspreche, weiß ich, dass es eine Lüge ist. Der Spiegel ist der perfekte Beweis dafür, doch ich will es nicht glauben.

»Ach, Prinzessin.« Nun macht er sich doch über mich lustig. »Du steckst so tief in der Sache drin, dass du gar nicht bemerkst, dass du ertrinkst. Du verstehst es nicht einmal annähernd. Besser du hältst dich raus, ehe es dir zu viel wird. Vielleicht bist du nicht in der Lage, mit dem, was du erfahren könntest, umzugehen.«

Ein weiterer Anflug von Wut überkommt mich. Kurzerhand beschwöre ich ein Schwert aus Feuer und Glut herauf. Das Heft formt sich in meiner Hand, und ich umklammere es fest. Dann schwinge ich es in einem Bogen aus Flammen hinunter und ziele auf Novas Kopf, doch er tritt eilig wieder in den Sehstein. Die feurige Klinge trifft laut krachend auf die glasartige Oberfläche, auf der sich ein Spinnennetz aus gezackten Sprüngen bildet. Sie zerbricht jedoch nicht.

Nova lacht, was nun gedämpft klingt, da er wieder im Spiegel ist.

Als ich mit der flachen Hand auf die glatte Oberfläche schlage, löst sich Novas Gestalt auf wie Nebel in der aufgehenden Sonne.

Ein scharfes Einatmen hinter mir lenkt meine Aufmerksamkeit zum Türrahmen.

Meine Mutter steht reglos da, ihre Hände an den Seiten zu Fäusten geballt, den Blick auf den Sehstein gerichtet, in dem Novas Umrisse eins mit der Dunkelheit werden.

Ich lasse die Waffe, die ich heraufbeschworen habe, verschwinden, woraufhin Asche auf den Boden rieselt. Dann dränge ich mich ohne ein Wort an meiner Mutter vorbei. Als ich den Flur entlang zu meiner Kammer gehe, höre ich, wie sie die Tür schließt und verriegelt.

Am nächsten Tag sitze ich am Kopfende des Tisches, während meine Mutter am anderen Ende Platz genommen hat. Die Morgensonne fällt durch die hohen Buntglasfenster ihres Salons. Huntress kommt herein, doch meine Mutter schickt sie sofort wieder weg. Eine Million unausgesprochene Dinge hängen zwischen uns in der Luft.

Endlich seufzt sie, legt ihre Hände flach auf den Tisch und wendet mir ihren Blick zu. »Du wirst weder mit mir noch mit irgendjemand anderem darüber sprechen, was du in dem Stein gesehen hast. Niemals. Hast du verstanden?«

Über den Tisch hinweg starre ich sie an. Sie war noch nie kalt oder abweisend zu mir, aber nun nehme ich sowohl Furcht als auch kalte Wut in ihrer Stimme wahr.

»Du hast behauptet, es soll keine Geheimnisse zwischen uns geben«, sage ich leise. So wütend ich auch bin, ich kann nicht verbergen, wie verletzt ich mich fühle. »Und jetzt muss ich feststellen, dass du sehr wohl Dinge vor mir geheim gehalten hast.«

»Das ist etwas anderes.«

»Wer ist Nova, und warum kann er einfach so in einem Spiegel auftauchen?«

Die Augen meiner Mutter weiten sich, aber sie schweigt.

»Ich habe gehört, dass du in deiner Kammer mit jemandem gesprochen hast«, fahre ich fort, wobei ich ihren Blick meide. »Und nicht erst in den letzten Tagen, sondern auch schon vor langer Zeit habe ich eine andere Stimme gehört. War das er?«

Nova sah nicht viel älter aus als ich, also ist er vielleicht nicht derjenige, den ich vor Jahren aus Mutters Schlafkammer gehört habe, aber wer sollte es sonst gewesen sein? »Wie kann er aus dem Sehstein heraustreten? Welche Art von Magie ist das? Ich verstehe es nicht.«

Mutter richtet sich kerzengerade auf. »Aus ... Aus dem Sehstein heraus?« Sie zieht die Brauen zusammen und legt sich eine zitternde Hand an die Lippen. »Er hat sich dir gezeigt? In voller Gestalt? Nicht nur als Spiegelbild?«

»Ich hätte ihn beinahe getötet.« Ich denke daran zurück, wie meine Hand gebrannt hat, als ich sie um das Heft der heraufbeschworenen Waffe gelegt habe.

Die normalerweise strahlend braune Haut meiner Mutter wirkt aschfahl, ihre Augen sind schreckgeweitet, und ihr Mund ist geöffnet, als würde jeden Moment ein Schrei daraus hervordringen, aber sie bleibt stumm.

»Mutter, wer ist er?«

»Frag mich das nicht.« Ihre Stimme zittert.

»Warum? Ich erzähle dir alles. Wir haben keine Geheimnisse voreinander!«

»Ach nein? Hast du mir erzählt, was sich in der Truhe unter deinem Bett verbirgt?«

Ich zucke zurück. »Du hast sie geöffnet?«

Sie schüttelt den Kopf. »Das würde ich niemals tun. Aber ich weiß, dass sie da ist und dass ihr Inhalt deine Gedanken von Tag zu Tag mehr einnimmt. Ich weiß, dass du Reisen unternommen hast, von denen du mir nicht erzählt hast – an Orte, die bekanntermaßen verflucht sind.«

»Es sind Berichte über Wünsche an den Ritter«, gebe ich, ohne zu zögern, zu. Vielleicht öffnet sie sich mir ebenfalls, wenn ich ehrlich bin. »Das ist es, was sich in der Truhe verbirgt. Ich wollte seine Abkommen genauer unter die Lupe nehmen, deshalb habe ich Erzählungen von Menschen gesammelt, die über Einzelheiten seiner gefährlichen Machenschaften Bescheid wissen.«

Ein panischer Ausdruck huscht über das Gesicht meiner Mutter.

»Nun war ich ehrlich zu dir«, sage ich, auch wenn es nicht die ganze Wahrheit ist. Meine Pläne, den Ritter ausfindig zu machen und zu töten, befinden sich ebenfalls in der Truhe, aber davon kann ich ihr nicht erzählen. Noch nicht. »Du solltest mir die Wahrheit über den Sehstein und Nova sagen.«

Sie schlägt so hart mit den Fäusten auf den Tisch, dass die Kerzenleuchter scheppern, dann stützt sie sich mit einem tiefen Atemzug auf der Tischplatte ab. Ohne ein weiteres Wort schiebt sie den Stuhl dermaßen schwungvoll nach hinten, dass er umfällt, und rauscht davon, nicht jedoch ohne noch einmal im Türrahmen haltzumachen. Als sie mich ansieht, stehen ihr Tränen in den Augen, und ihre Unterlippe bebt. Sie klammert sich so heftig am Türrahmen fest, dass ich befürchte, er könnte zerbersten. Schließlich macht sie den Mund auf, als wollte sie etwas sagen, doch dann wendet sie sich abrupt ab und verschwindet im Flur.

Mit einem Kloß im Hals starre ich auf meinen Schoß. Tränen laufen in kleinen Rinnsalen an meinen Wangen hinab.

Meine Mutter hat einen Handel mit dem Ritter abgeschlossen, und ich habe keine Ahnung, warum. Nach allem, was sie gesehen hat, nach all dem Chaos, das er angerichtet hat, sollte sie besser als jede andere wissen, dass es kein gutes Ende nehmen kann.

Eine Sache steht fest: Meine Mutter wird weder mir noch irgendeiner anderen Person verraten, was das Abkommen beinhaltet. Stattdessen wird sie sich erneut einschließen – ein Gedanke, der mich so wütend macht, dass ich aufstehen und mich bewegen muss.

Ich gehe zum Stall und setze mich in eine der Boxen, bis ich mich so weit beruhigt habe, dass ich klar denken kann. Mutter wird mir nichts verraten, doch das heißt nicht zwingend, dass ich die Konditionen des Abkommens nicht selbst herausfinden kann. Der junge Mann im Spiegel – Nova – kennt alle Einzelheiten, doch ohne Zugang zum Sehstein habe ich keine Chance, ihn darüber auszuhorchen. Es gibt nur einen anderen, der weiß, worum sich der Handel dreht, und ich habe mich mein ganzes Leben darauf vorbereitet, ihm gegenüberzutreten.

Ich sattle mein Pferd und entferne mich, so schnell ich kann, von Castle Veil.

Als ich am frühen Nachmittag die Farm erreiche, sitzt Sir Gregory auf der Veranda und schnitzt an einem Stück Holz herum, das aussieht, als würde es der Arm für eine seiner Marionetten werden.

»Ihr könnt der Königin ausrichten, dass wir alles unter Kontrolle haben«, sagt er, als er mich entdeckt. »Wir arbeiten in Schichten, um den Flachs niederzuschlagen. Ich glaube, er wächst mittlerweile langsamer.«

Ich schaue zu den Feldern und stelle fest, dass es tatsächlich so wirkt, als sei weniger von Sir Gregorys Ländereien von Flachs bedeckt als noch vor ein paar Tagen.

»Das ist gut. Aber das ist nicht der Grund, aus dem ich hier bin. Ist Mekhi da?«

Sir Gregory hält kurz inne, zeigt dann jedoch zum Fluss. »Es ist seine Schicht, also muss er gerade dort draußen arbeiten. Was wollt Ihr von ihm?«

»Er ist ein Fährtensucher. Das habe ich unseren vorherigen Unterhaltungen entnommen. Deswegen habt Ihr ihn mit zum Hastwich Pass genommen, nicht wahr?«

Sir Gregory nickt. »Ihr wollt jagen?«

»Fährten suchen ist nicht gerade meine Stärke. Es gibt einen Wolf, der ein paar Einwohnerinnen und Einwohner in den nördlichsten Gebieten terrorisiert.« Die Lüge ist plausibel. »Ich hatte gehofft, Mekhi könnte mir helfen, ihn aufzuspüren.«

»Ich bin mir sicher, es wäre ihm eine Ehre, Euch zu helfen, Prinzessin.« Er widmet sich wieder dem Marionettenarm. »Sorgt nur dafür, dass er wohlbehalten zurückkehrt.«

»Ihr habt mein Wort.«

Ich wende mich ab und gehe zum Flussufer, wo Mekhi zusammen mit drei anderen den Flachs niederhackt. Die Stängel wachsen zwar nach, jedoch nicht mehr so schnell wie zuvor. Die Jahreszeit neigt sich dem Ende entgegen und damit auch die Bedingungen des Abkommens mit dem Ritter. Die Familie hat Glück, dass dies alles ist, was sie durchstehen muss.

Als Mekhi mich entdeckt, vollführt er eine kleine Verbeugung, zieht seine Kappe und drückt sie sich an die Brust. »Prinzessin Eve. Mein Vater ist am Haus …«

»Ich war schon bei ihm, aber ich bin nicht hier, um mit ihm zu reden. Ich brauche *deine* Hilfe. Und bitte vergiss meinen Titel – nenn mich einfach Eve.«

»Meine Hilfe?« Er klingt verwirrt.

»Kannst du kurz mitkommen?«

Er setzt sich die Kappe wieder auf und wirft die Sense zu Boden, ehe er auf mich zugeeilt kommt. »Mir ist jede Ausrede recht, um hier wegzukommen. Meine Schultern schmerzen. Vielleicht bitte ich meinen Vater, mir neue Arme zu schnitzen, wenn das alles vorbei ist.«

»Er hat gerade an einem Arm gearbeitet. Ich bin mir sicher, er macht die besten Holzarme und -beine in ganz Queen's Bridge. Er ist ein wahrer Meister darin.«

»Daran scheint er mehr Spaß zu haben, als er jemals an seinen Ländereien hatte«, erwidert Mekhi. »Ich bewundere seine Leidenschaft.« Er lässt sich ein paar Schritte zurückfallen, sodass ich mich zu ihm umdrehe. »Er ist ein guter Mensch.« Mekhi blickt auf meine Füße. »Er vergöttert meine Mutter und liebt mich und meine Geschwister von ganzem Herzen. Es gibt nichts, was er nicht für uns tun würde, und deshalb ...«

»Ich weiß«, unterbreche ich ihn. »Daran hatte ich nie Zweifel, und meine Mutter weiß es ebenso. Wenn es das ist, worüber du dir gerade den Kopf zerbrichst – wie du deinen Vater verteidigen kannst –, so kann ich dir versichern, dass das nicht nötig ist. Nichts von alledem spielt für mich gerade eine Rolle. Das, worüber ich mit dir sprechen wollte, hat nichts mit deinem Vater zu tun.«

Mekhi legt fragend den Kopf schief. »Ich höre.«

»Nicht hier. Sondern an einem Ort, wo wir ungestört sind. Lass uns ein Stück reiten.«

Mekhi zögert.

»Was ist los?«, frage ich.

Er schüttelt den Kopf und tritt mit der Spitze seines Stiefels gegen den kalten, harten Boden. »Ich will nicht respektlos erscheinen, aber ... du wirst mich doch nicht töten, oder?«

Ich lache, doch Mekhis Miene bleibt ernst.

»Ach, das sollte kein Witz sein. Warum fragst du denn so was?«

»Dein Ruf eilt dir voraus.« Mekhi weicht meinem Blick aus und scheint seine Worte sorgfältig abzuwägen. »Man nennt dich den Rachegeist der Königin.«

»Wer ist ›man‹?«

Mekhi reibt sich den Kopf, ehe er die Hände vor seinem Körper faltet, als würde er beten. »Alle in Queen's Bridge. Sie behaupten, dass sich die Soldaten aus Hamelin und Rotterdam wegen dir nicht ohne Einladung in unser Gebiet trauen.«

Ich beiße die Zähne zusammen, um mir ein Grinsen zu verkneifen. Vielleicht liegt es an meiner Arroganz, von der Huntress immer spricht, aber der Gedanke, dass sich gut bewaffnete Soldaten vor mir fürchten, bereitet mir ein Hochgefühl.

»Das sind nur Gerüchte«, entgegne ich.

»In jedem Gerücht ist ein Funken Wahrheit enthalten. Die Leute sehen, wie hart du trainierst. Besonders bei Gewitter haben sie Angst vor dir.«

Nun kann ich mein Grinsen nicht länger zurückhalten. Ich trainiere bei jedem Wetter in unterschiedlichen Gebieten von Queen's Bridge, aber mein Lieblingsort ist eine kleine Lichtung im Tiefland westlich von Trapper's Ridge. Wenn der Himmel eine wirbelnde graue Masse ist und sich bei jedem Donnerschlag, bei jedem gezackten Blitz teilt. Ich mache mir all das – den Regen, die Hitze des Blitzes und die feuchte Erde – zunutze, um Waffen heraufzubeschwören. Mir ist nie in den Sinn gekommen, dass mich die Menschen aus der Ferne beobachten könnten, aber offenbar tun sie das.

Ich steige auf mein Pferd auf. »Komm. Dir wird bei mir nichts zustoßen.«

Mekhi nickt und entfernt sich, um sein Pferd aus dem Stall zu holen. Kurze Zeit später kehrt er auf einem schwarzen Hengst mit glänzender kupferroter Mähne zurück. Ein wunderschönes Tier, von dem ein leises volltönendes Summen ausgeht, das sich von dem meines Pferdes und dem Pferd meiner Mutter unterscheidet.

Der Hengst ist aufgewühlt und schnaubt laut, als Mekhi ihn zwischen den Ohren krault. Ich lausche aufmerksam. Die gleiche Unruhe und ein leichter Anflug von Schmerz.

»Überprüfe deinen Sattelgurt«, rate ich. »Deinem Pferd passt irgendetwas nicht.«

Mekhi greift nach unten und lockert den Gurt, worauf das Pferd wiehert und sich schüttelt. Augenblicklich wird sein Summen leiser und ruhig.

»So ist es besser«, stelle ich fest.

Dann gebe ich meinem Pferd die Sporen, und wir reiten an Sir Gregorys Farm vorbei, bis die Bäume dicht stehen und die Luft klirrend kalt ist. Wir befinden uns am Fuß einer weitläufigen Gebirgskette, die die Landschaft, die zum nördlichsten Punkt von Queen's Bridge hinaufführt, dominiert. Eine dünne Schneeschicht bedeckt die Erde.

Ich steige ab und binde mein Pferd an einem Baum an.

»Erzählst du mir jetzt endlich, was du vorhast?«, fragt Mekhi, der nun auch von seinem Pferd abspringt und sich neben mich stellt. Da er sich immer wieder nervös über die Schulter umblickt, bemühe ich mich, ihn zu beruhigen.

»Du bist ein begabter Fährtensucher. Das hat dein Vater mir erzählt.«

Mekhis Brauen schießen in die Höhe. »Ich ... Danke.«

»Ich muss wissen, ob du jemanden für mich aufspüren kannst.«

»Eine Person? Das tue ich für gewöhnlich nicht. Menschen aufspüren, meine ich.«

»Es ist keine Person.« Ich trete einen Schritt näher zu ihm heran. »Es geht um den Ritter.«

Verwirrung legt sich für einen Moment auf Mekhis Züge, ehe er begreift, worum ich ihn bitte. Er stößt ein nervöses Lachen aus, wobei sich sein warmer Atem in der kalten Luft in Dampf verwandelt.

»Ist daran irgendwas lustig?«, frage ich.

»Ja. Kann ich ehrlich zu dir sein?«

»Etwas anderes würde ich nicht akzeptieren.«

Mekhi atmet tief durch, sodass sich kleine Wölkchen vor seinem Mund bilden. »Ich habe dich beobachtet, als du zu uns gekommen bist und über den Ritter gesprochen hast. Ich weiß nicht, ob es dir bewusst ist, aber dein Hass auf ihn ist regelrecht greifbar. Ich konnte spüren, wie er von dir ausging.«

»Das kann ich nicht bestreiten.«

»Hast du schon mal jemanden getroffen, der ihn genauso sehr hasst wie du?«, fragt Mekhi.

Es ist eine merkwürdige Frage, doch ich beantworte sie trotzdem. »Vielleicht meine Mutter. Die meisten Leute fürchten ihn eher. Ihr Hass wird von der Sorge gemildert, dass er ihnen oder einer Person, die sie lieben, Schaden zufügen könnte.«

Mekhi nickt. »Ich hätte nicht gedacht, dass es irgendjemanden in Queen's Bridge gibt, der ihn so hasst wie ich – bis ich dir begegnet bin.«

Ich neige den Kopf und schaue Mekhi an. Sein Gesicht verändert sich irgendwie. Wo zuvor noch ein glücklicher, beinahe leerer Ausdruck gelegen hat, sehe ich nun braune Augen mit stählernem Blick und ein entschlossen vorgeschobenes Kinn. Seine vorherige Miene war nur eine Fassade – dies hier ist sein wahres Ich.

»Was hat er dir angetan?«, stelle ich die einzige Frage, die angebracht ist. »Es kann nicht um den Flachs deines Vaters gehen.«

»Nein.« Selbst seine Stimme hat sich verändert und klingt nun tiefer. »Es gab da ein Mädchen…« Er bricht ab und setzt wieder die Maske der Unschuld auf.

Ich lege ihm eine Hand auf den Arm. »Verschließe dich nicht. Erzähl es mir, und erspare mir keine Details.« Diese Geschichte, wovon immer sie handeln mag, wird in meine Truhe unter dem Bett kommen. An Mekhis Miene erkenne ich, dass sie zu denen zählen wird, die mich bis in meine Albträume verfolgen.

Mekhi blickt zu den schneebedeckten Bergen, wo ich zuletzt die unverkennbare schwarze Rauchwolke gesehen habe, die stets vom Schloss des Ritters aufsteigt.

»Vor zwei Jahren habe ich eine junge Frau aus Hastwich Pass kennengelernt«, beginnt er. »Ihr Name war Fairouz, und es war bei uns beiden Liebe auf den ersten Blick. Ihr Haar war so schwarz, dass es beinahe blau wirkte, und ihre Augen waren von dunkelstem Braun. Sie war schön und schlau, und ich hätte alles für sie getan. Ich habe sie mit zu mir nach Hause gebracht und meiner Familie vorgestellt. Alle haben sie geliebt. *Ich* habe sie geliebt.« Mekhi nimmt ein paar lange Atemzüge und ballt die Hände an seinen Seiten zu Fäusten. »Meine Mutter hat sie vergöttert, aber sie erinnerte Fairouz an ihre eigene Mutter, die gestorben war, als sie noch klein war.«

Mein Herz schlägt schneller.

»Fairouz hat jeden Tag ihres Lebens um sie getrauert, und eines Tages bat sie mich um ein geheimes Treffen am Ufer des River Farris, wo er aus dem Fuß des Gebirges strömt.« Mekhi tritt einen Schritt von mir weg. »Sie erzählte mir, dass sie etwas getan habe. Etwas Schreckliches. Als ich sie drängte, sich mir zu offenbaren, gestand sie mir, dass sie den Ritter aufgesucht und sich gewünscht habe, dass ihre Mutter von den Toten zurückkehren würde.«

Ich ziehe scharf die Luft ein. »War das der exakte Wortlaut des Wunsches?«

Mekhi nickt.

»Bedingungen oder Bezahlung?«

»Bezahlung«, antwortet er. »Sie gab ihm sieben Silberringe, die sie von ihrem Vater bekommen hatte.«

»Um solche Dinge schert er sich nicht.« Es gibt nur wenige Wünsche, die der Ritter gegen eine Bezahlung erfüllt. Die meisten Menschen glauben, sie könnten ihn zufriedenstellen, indem sie ihm einfach irgendeinen unvorstellbaren Preis nennen, aber sie täuschen sich fast immer.

»Ich vermute, es war nur eine Formalität«, erwidert Mekhi. »Er scheint Regeln zu folgen, die schwer zu verstehen sind. Fairouz entschied sich für eine Bezahlung, und er verriet ihr erst, wie diese aussehen sollte, nachdem sie ihren Wunsch ausgesprochen hatte. Ihm war der Wert der Ringe gleichgültig, wichtig war ihm lediglich, dass sie sich damit an das Abkommen hielt. Als Gegenleistung brachte er ihre Mutter von den Toten zurück.«

Ein Schauer läuft mir den Rücken hinab.

»Während sie mir dies erzählte, trat ihre Mutter plötzlich aus dem Wald. Es war der reinste Albtraum.« Mekhis Stimme bebte, als er fortfuhr. »Sie war eine schlurfende, verweste Leiche. Ihre Knochen waren durch das zerfetzte Fleisch hindurch zu sehen, und ihr Schädel glänzte so weiß wie ein polierter Stein. Die Laute, die sie von sich gab, waren nicht menschlich, und ihre Augen waren leer, tot ...« Seine Stimme verliert sich. Seine eigenen Augen werden glasig und unfokussiert.

»Du musst nicht fortfahren.«

Nun wird sein Blick wieder wach, und er sieht mich an. »Ich hatte Angst. Ich zog das Schwert meines Vaters, doch Fairouz trat zwischen uns. Sie flehte mich an, es nicht zu tun, doch ich habe nicht auf sie gehört und die Leiche ihrer Mutter niedergeschlagen.«

Instinktiv umfasse ich das Heft meines Degens, als ich mir vorstelle, wie es wäre, wenn eine wiederauferstandene Tote auf mich zu getaumelt käme. Ich will mir gar nicht ausmalen, was Mekhi empfunden haben muss.

»Sie hat mich dafür gehasst«, fährt er fort. »Fairouz. Sie hat mich angeschrien und geweint und mit ihren Fäusten auf mich eingeschlagen. Ich konnte nur dastehen. Sie wollte ihre

Mutter zurück und hat bekommen, was sie sich gewünscht hatte, doch ich habe es ihr wieder genommen.«

»Nein«, widerspreche ich. »Du hast das Richtige getan.«

Mekhi starrt geradeaus, ohne zu blinzeln. »Sie hat das aufgesammelt, was von ihrer Mutter übrig war, hat die Leichenteile in den Fluss geworfen und ist dann ebenfalls ins Wasser gegangen. Ich habe versucht, sie aufzuhalten, doch sie behauptete, mich zu hassen, mich nie geliebt zu haben und dass sie sich wünsche, ich wäre tot.« Er atmet tief durch. »Sie hat sich von der Strömung forttreiben lassen.«

Eine lange Weile schweigen wir, bevor ich mich traue, wieder zu sprechen.

»Ich will den Ritter ein für alle Mal erledigen«, verkünde ich. »Ich habe mich lange darauf vorbereitet, aber ich brauche Hilfe dabei, seine Fährte aufzuspüren.«

Mekhi kommt näher. »Denkst du wirklich, du kannst es schaffen? Obwohl wir wissen, wozu er in der Lage ist? Sieh mir in die Augen und sag mir, du glaubst fest daran, dass du ihn erledigen kannst.«

Ich strecke meine Hand nach unten zum schneebedeckten Boden aus. Vor meinem inneren Auge sehe ich, wie sich die Waffe formt. Eine Schicht nach der anderen baut sich auf. Aus dem weißen Pulver bildet sich eine große Kugel. Schließlich lege ich meine Hand auf die kalte Oberfläche und drücke sie zu einer flachen Scheibe mit rasiermesserscharfen Kanten. Ich umfasse sie fest, schlinge den Arm um meine Brust, um auszuholen, und werfe. Die Scheibe fliegt an Mekhis erschrockenem Gesicht vorbei und bleibt im Stamm einer hohen Kiefer stecken. Im nächsten Moment rieseln Schnee und vertrocknete Nadeln von den Ästen auf uns herab.

Ich atme tief ein und lasse mich von der kalten Luft ausfüllen. Die neue Waffe fühlt sich an, als wäre sie eine Verlängerung meiner selbst, ein Gefäß, das all meine Wut speichert, all meine Trauer.

»Ich werde ihn töten und uns, das Volk von Queen's Bridge, von ihm befreien. Du hast mein Wort.«

Mekhi schaut meine Waffe an und nickt knapp, dann richtet er seinen Blick wieder auf die Berge.

»Dein Vater hat berichtet, dass das Schloss einen deutlichen Abdruck hinterlässt. Ich weiß, dass du es gesehen hast, und brauche deine Hilfe dabei, es aufzuspüren. Ich kann dich bezahlen, falls das einen Unterschied macht.«

»Und wenn keiner von uns beiden lange genug lebt, um zu zahlen oder sich bezahlen zu lassen?« Er schnaubt.

»Dann sind wir tot und müssen uns ohnehin um nichts mehr Sorgen machen.«

»Wie stellst du dir die Sache vor?« Er schiebt die Hände in seine Taschen, um sich vor einem kalten Windstoß zu schützen. »Wir spüren ihn auf und dann ... was?«

»Ich tue, was getan werden muss, aber vorher muss ich alle Einzelheiten über einen Handel herausfinden, den er mit einer anderen Person abgeschlossen hat.«

Mekhi reibt sich den Nacken. »Meinst du ehrlich, er wird dir einfach so alle Informationen geben?«

»Er wird keine Wahl haben. Führ mich zu ihm, ich kümmere mich um den Rest. Bist du dabei oder nicht?«

Mekhi zögert. »Ja, aber ich muss zugeben, dass es mir vorkommt wie eine nicht zu bewältigende Aufgabe.«

»Mir ist bewusst, dass ich viel von dir verlange. Aber du hast gesagt, dein Vater sei bereit, alles für seine Familie zu tun, und dabei ist er sogar so weit gegangen, den Ritter selbst ausfindig zu machen. Das hier ist nichts anderes. Ich muss es tun. Ich bezahle dich mit zwanzig Silberstücken.«

Mekhis Augen werden groß. »Der Lohn eines halben Jahres?«

Ich nicke.

»Kannst du sie stattdessen meinem Vater geben?«, fragt er. »Bezahle ihn, dann kann er sich für eine Weile voll und ganz auf seine neue Freizeitbeschäftigung konzentrieren.«

Ich strecke meine Hand aus, und er greift danach, womit unser Abkommen besiegelt ist. Als er versucht loszulassen, halte ich seine Hand fest. »Lass uns die Details vorab klären. Ich bezahle dir die Hälfte jetzt und die andere Hälfte, wenn wir zurückkehren. Du verrätst niemandem ein Sterbenswörtchen darüber. Niemals. Sag deinem Vater, wir jagen einen Wolf. Verstanden?«

Mekhi nickt, woraufhin ich ihm ein Münzsäckchen mit dem Silber, das ich ihm versprochen habe, in die Hand drücke.

»Wir treffen uns morgen bei Sonnenuntergang an der Highmoore Bridge«, sage ich. »Komm allein. Bring mit, was immer du brauchst, um seine Fährte aufzunehmen.«

Nachdem er erneut genickt hat, steige ich auf mein Pferd und reite davon, ehe es sich einer von uns anders überlegen kann.

8

Keine der Geschichten, die ich über den Ritter gehört habe, enthält irgendwelche persönlichen oder aufschlussreichen Informationen über ihn. Seine Grausamkeit und Gleichgültigkeit in Bezug auf die Sicherheit aller anderen wird in jedem seiner Abkommen deutlich, doch bisher konnte mir niemand einen Einblick geben, welches Wesen sich hinter seiner grauenhaften Fassade verbirgt.

Keiner weiß genau, wer oder was der Ritter ist.

Einem Gerücht zufolge soll er einst ein sterblicher Mann gewesen sein, der von einer Hexe dazu verflucht wurde, bis in alle Ewigkeit durch das Land zu ziehen. Egal wen ich in Queen's Bridge befrage, fast jeder und jede ist schon einmal einer Hexe begegnet. Es ist also nicht unmöglich, denn Magie ist überall. Sowohl der Ritter als auch ich dienen als Beweis dafür. Hexen sind jedoch meist Heilerinnen, die sich der Leiden und Sorgen anderer Frauen annehmen, und bekannt dafür, im Wald zu leben, fernab von neugierigen Blicken.

Weit nördlich von Queen's Bridge gab es einst Gerüchte darüber, dass eine Hexe einen Mann von den Toten zurückgeholt hat. Allerdings vermute ich, dass es sich dabei um eine Gruselgeschichte handelt, die dazu dienen soll, Kinder vor Fremden und dem Wald zu warnen. Sollte der Ritter tatsächlich verflucht sein, war es garantiert nicht das Werk einer Hexe.

Ich bin mir so gut wie sicher, dass er nie ein Sterblicher war, sondern glaube fest daran, dass er während seines außergewöhnlich langen Lebens seine magischen Fähigkeiten stets perfektioniert und irgendwann erkannt hat, dass er Gefallen daran findet, Menschen zu quälen. Huntress behauptet oft, niemand sei ohne Grund böse, aber das glaube ich nicht. Grausamkeit liegt ganz einfach in der Natur des Ritters.

Als der Abend anbricht, ziehe ich eine weitere Schicht Kleidung an, um der feuchten Kälte zu trotzen, die mich einhüllen wird, wenn ich durch den Schnee reise. Ich schlüpfe in meine robustesten Stiefel, binde mein Haar tief im Nacken zusammen und schiebe meinen Degen in die Scheide an meiner Hüfte.

Über der Waschschüssel hängt ein kleiner ovaler Spiegel mit silbernem Rahmen an der Wand. Als ich einen Blick auf mich selbst erhasche und sehe, wie erbittert meine Miene wirkt, halte ich inne und schaue hinunter in das Becken.

»So ernst«, sagt eine vertraute Stimme.

Abrupt hebe ich den Kopf und schaue in den Spiegel. Nova steht hinter meiner rechten Schulter. Instinktiv wirbele ich mit in der Luft geballten Fäusten herum, doch er ist nicht im Raum. Als ich mich wieder zum Spiegel umdrehe, sehe ich ihn jedoch.

Er starrt mich an. Und grinst.

»Dieses Grinsen würde ich dir nur allzu gern mit der Spitze meines Degens aus dem Gesicht wischen.«

Novas Augen weiten sich. »Bist du immer so verdrießlich?«

»Was geht dich das an?«

»Nichts. Aber es macht dich unglaublich langweilig.«

Ich beuge mich näher an den Spiegel heran und setze ein übertriebenes Grinsen auf. »Das Gute ist, dass dich niemand eingeladen hat. Niemand will dich hierhaben. Man wird dich nicht vermissen, also solltest du wohl am besten ... gehen.«

Nova blinzelt zweimal, als würde er versuchen, meine Worte zu verarbeiten.

»Du befindest dich im Aufbruch.« Sei Grinsen ist nun verschwunden. »Hättest du auf deiner Reise gern Gesellschaft?«

Beinahe muss ich lachen. »Wessen Gesellschaft? Deine? Nein.«

Nova legt sich eine Hand ans Herz. »Das verletzt meine Gefühle.«

Ich funkele ihn an. »Als würde mich das kümmern.«

Nova legt den Kopf schief, und wieder fällt mir das Funkeln in seinen Augen auf. Offenbar hat ihn nichts von dem, was ich gesagt habe, getroffen, obwohl ich versucht habe, ihn zu beleidigen.

»Deine Mutter behauptet, du seist eine außergewöhnlich fürsorgliche Person.« Er mustert mich von Kopf bis Fuß. »Ich glaube, sie täuscht sich.«

»Meine Mutter hat dir Dinge über mich erzählt?« Ich versuche nicht einmal zu verbergen, wie wütend mich das macht. »Mir ist das Volk von Queen's Bridge wichtig und meine Familie. Ich liebe meine Mutter, aber du und deine Gefühle sind mir egal. Was auch immer du meiner Mutter erzählt hast, hat sie traurig gemacht. In den letzten Tagen hat sie ihre Gemächer nie länger als ein paar Minuten verlassen.«

»Das ist deine Schuld«, erwidert Nova.

Einen Moment bin ich verdutzt, doch dann überkommt mich brodelnder Hass. »Wie bitte? Wie soll das bitte meine Schuld sein?«

Nova zuckt mit den Schultern und hebt einen Mundwinkel. »Du stellst zu viele Fragen und hast ohne ihre Erlaubnis in ihrer Kammer herumgeschnüffelt.« Er schnalzt mit der Zunge. »Ich verstehe, warum sie sich verbarrikadiert. Scheinbar braucht sie ein wenig Zeit für sich.«

Ich umfasse meinen Degen und schlage mit dem Heft gegen das Glas. Als sich Risse auf der Oberfläche bilden, schallt Novas Lachen durch den Raum. Noch immer kann ich sein Gesicht in den einzelnen Fragmenten des zersprungenen Glases sehen. Ich wünschte, sein Gesicht wäre tatsächlich derart zersprungen, nicht nur im Spiegel.

Eilig schwinge ich mir meine Tasche über die Schulter, sichere meinen Degen und husche in den Flur hinaus, wo ich zunächst still stehen bleibe und lausche. Auf dem gesamten Stockwerk ist es ruhig, genauso wie im übrigen Teil des Schlosses. Zumindest größtenteils. Ein paar gedämpfte Stimmen dringen von irgendwo unten herauf.

Auf halbem Weg zur Treppe bleibe ich erneut stehen, denn der Balken an der Innenseite der Tür meiner Mutter ächzt, als würde er geöffnet. Ich rechne mit meiner Mutter, doch stattdessen kommt Nova mit seinem wallenden schwarzen Umhang aus der Kammer.

Sofort eile ich auf ihn zu und erreiche ihn gerade, als er die Tür hinter sich zuzieht. Gleich darauf schiebt jemand von innen den Riegel vor.

Nova steht mit zusammengelegten Händen da, als wäre dies der Ort, an den er gehört. Als er mich sieht, lässt er den

Blick wieder einmal über mich wandern, ehe sich sein Umhang in eine schwarze enge Stoffhose und ein schwarzes Hemd, das am Hals geöffnet ist, verwandelt. Seine Füße stecken in Reitstiefeln, sein Haar ist nach hinten gebunden.

Ich musterte ihn forschend. »Was machst du hier?«

»Das Gleiche könnte ich dich fragen.«

Ich starre ihn finster an. »Nein, könntest du nicht, denn immerhin wohne ich hier.«

Nova lacht. »Wenn Ihr Euch dann besser fühlt, Prinzessin.«

Mein Titel aus seinem Mund klingt aus irgendeinem Grund fürchterlich. Als ich die Hand an meinen Degen lege, grinst Nova.

»Was hast du vor?«, fragt er. »Willst du mich erstechen?«

Ich zögere keine Sekunde. »Ja.«

Er tritt einen Schritt zurück und betrachtet mich eingehend von oben bis unten, fast als würde er mich zum ersten Mal wahrnehmen, jetzt erst mein wahres Ich erkennen oder sich ein neues Bild von mir machen. Gut so.

Ich straffe die Schultern und hebe das Kinn.

»Schon wieder so ernst«, merkt er erneut an. »Falls es dich beruhigt, ich werde dir nichts tun.«

Ich ziehe meinen Degen und berühre mit der Spitze seine Brust. »Das würde ich auch nicht zulassen.« Als ich fester zudrücke, stelle ich fest, dass ich kaum auf Widerstand stoße. Es fühlt sich an, als könnte ich ihn einfach so aufschlitzen. »Was bist du?«

Nova blickt auf die Klinge hinab und sieht dann wieder mich an. »Ich bin ein Bote, mehr nicht.«

Ich schiebe den Degen zurück in die Scheide. »Hast du mir etwas mitzuteilen? Ist es nicht das, was Boten tun?«

Er richtet den Blick in den Flur hinter mir. »Noch nicht, aber möchtest du mir vielleicht verraten, wo du hinwillst? Du siehst aus, als würdest du in die Schlacht ziehen.«

»Vielleicht tue ich das auch«, murmele ich. Er steht mit dem Ritter in Verbindung, was bedeutet, dass er ihn höchstwahrscheinlich vorwarnen wird, wenn er herausfindet, dass ich auf dem Weg zu ihm bin, um ihn zu töten. »Ich werde es dir wohl kaum auf die Nase binden. Denn dann würdest du sofort zu ihm laufen und es ihm verraten.«

Nova weicht zurück, als sei er beleidigt. »Nein, ich ... ich glaube nicht, dass das nötig ist.«

Verwirrt schaue ich ihn an, denn ich verstehe nicht, warum er hier ist, wenn er mir keine Nachricht zu überbringen hat und auch nicht vorhat, mich beim Ritter zu verraten.

»Ich werde dich begleiten.« Novas Grinsen ist zurück – und es geht mir langsam gehörig auf die Nerven.

Mein Blick huscht zur Schlafgemachtür meiner Mutter. »Halt dich von mir fern.«

Nova zieht übertrieben die Mundwinkel nach unten. »Nun hast du erneut meine Gefühle verletzt.«

»Das sagst du immer wieder«, entgegne ich. »Offenbar begreifst du nicht, dass mir deine *Gefühle* vollkommen egal sind.« Ich trete um ihn herum und gehe durch den Flur zur Salontür meiner Mutter. Ich brauche eine Landkarte und bin zu dem Schluss gekommen, dass ich nicht meine eigene mitnehmen will, weil ich dann die Nadeln und Notizen entfernen müsste, die ich daran befestigt habe.

Ich entzünde eine kleine Fackel an der Wand, die den Raum in warmes bernsteinfarbenes Licht taucht. Königin Sanaa gurrt leise auf ihrer Stange in dem goldenen Käfig. Ich nehme eine aufgerollte Karte vom Schreibtisch meiner Mutter und schiebe sie in meine Tasche. Als ich mich umdrehe, um den Raum zu verlassen, stelle ich fest, dass Nova unbemerkt hereingekommen ist und neben dem Käfig steht.

»Halt dich von ihr fern!«, versetze ich wütend.

»Sie ist reizend. Aber ich finde es barbarisch, dass ihr so ein wunderschönes Wesen in einem Käfig haltet.«

Instinktiv geht meine Hand zum Degen, und die Fackel flackert. Ich muss meine Wut zügeln. »Du hast keine Ahnung, wovon du sprichst.«

»Ich sehe einen Vogel«, erwidert Nova. »Er gehört in die Freiheit, findest du nicht?«

Ich marschiere schnurstracks auf ihn zu. Er ist mehrere Zentimeter größer als ich und hat breite Schultern. Während meine Hand weiterhin am Degen ruht, hebe ich die andere und klappe die Tür des Käfigs auf, sodass die Nachtigall herausfliegt und auf meiner Schulter landet. »Sie ist keine Gefangene. Und sie ist kein Vogel – zumindest war sie das nicht immer.«

Nova betrachtet erst die Nachtigall und dann mich. »Das musst du mir erklären.«

»Warum sollte ich? Du führst dich auf, als hättest du bereits Antworten auf alles. Warum weißt du also nicht, dass es sich bei dieser Nachtigall um meine Mutter, Königin Sanaa, handelt, die vom Ritter verwandelt wurde?«

Novas Miene wirkt verblüfft.

Die Nachtigall, die einst meine Mutter war, flattert um meinen Kopf herum, wobei sie schnell mit ihren winzigen Flügeln schlägt, ehe sie sich wieder auf ihre Stange setzt.

Ich schließe die Tür des Käfigs und trete näher an Nova heran, der nach wie vor schweigt.

»Du weißt offenbar nicht so viel, wie du vorgibst«, merke ich an, und es verschafft mir eine unvorstellbare Genugtuung.

»Vielleicht«, gesteht er leise. »Es gab ... Gerüchte.«

»Gerüchte? Du weißt rein gar nichts über mich, und ich möchte, dass es auch so bleibt, also lass mich in Ruhe.« Damit wende ich mich ab und verlasse den Raum.

Im Stall lade ich meine Tasche auf das Pferd und trete meinen Ritt in Richtung Highmoore Bridge an. Alles ist verschlafen und still. Rauch strömt aus Kaminen und vermischt sich mit der grauen Wolkendecke am Himmel. Während ich die Straße entlangreite, die von Castle Veil wegführt, erkenne ich auf einmal erschrocken, dass ich nicht allein bin in dem dichten Nebel.

Das Geräusch von galoppierenden Hufen erklingt von irgendwo hinter mir. In der Hoffnung, dass wer immer sich hinter mir befindet, einfach überholen wird, drossele ich das Tempo meines Pferdes zu einem langsamen Trab, doch das andere Pferd verliert ebenfalls an Geschwindigkeit.

Sofort beginnt mein Herz zu rasen. Ich spüre das Gewicht meines Degens an meiner Seite, aber ich brauche eine bessere Tarnung. Als ich meine Hand ausstrecke, breitet sich ein warmes Prickeln von meiner Brust bis in meinen Arm aus, und der Nebel hüllt uns noch dichter ein.

Meine Stute wiehert, sodass ich sie sanft zwischen den Ohren kraulen muss, um sie zu beruhigen. Mit einem vorsichtigen Zug an den Zügeln bringe ich sie zum Anhalten. Dann warte ich, den Degen gezückt.

Die Person auf dem Pferd nähert sich, aber bewegt sich nicht an mir vorbei, sondern hält neben mir an. Nur der dichte Nebel trennt uns.

Mit angehaltenem Atem harre ich weiter aus.

»Ich kann dich nicht sehen, aber ich weiß, dass du da bist«, erklingt eine vertraute Stimme.

Meine Anspannung verwandelt sich in zügellose Wut. Mit einer Handbewegung sorge ich dafür, dass der Nebel wegzieht, sodass Nova auf einem nachtschwarzen Hengst wie ein Geist vor mir auftaucht.

»Ich habe dir in aller Deutlichkeit gesagt, dass ich dich auf meiner Reise nicht dabeihaben will.« Ich fahre mit den Fingern über den Griff des Degens. »Aber nur für den Fall, dass ich dich noch einmal daran erinnern muss: Ich will dich nicht dabeihaben.«

»Ah, und ich habe das gegenteilige Problem«, erwidert Nova in einem so fröhlichen, unbeschwerten Tonfall, dass ich noch wütender werde. »Ich war offenbar nicht deutlich *genug*. Also lass es mich jetzt klarstellen.« Er setzt sich im Sattel zurecht und zieht den wallenden schwarzen Umhang, den er nun wieder trägt, enger um den Körper. »Mir ist bewusst, dass du mich nicht dabeihaben willst, aber das ist mir gleichgültig. Ich gehe dorthin, wo ich hinwill, genau wie du.«

Noch nie habe ich einen solchen Drang verspürt, jemanden mit meinem Degen niederzuschlagen wie den Ritter. »Verschwinde«, stoße ich zwischen zusammengebissenen Zähnen hervor.

»Ich werde dir nicht im Weg sein.« Er zuckt mit den Schultern. »Ich bin nur gespannt, wo du in einer solch dunklen

Nacht wie dieser hin reitest. Du könntest es mir einfach verraten und dir eine Menge Ärger ersparen.«

»Oder ich könnte dir sagen, dass du dich um deinen eigenen Kram kümmern und mich in Ruhe lassen solltest, bevor ich dir den Nebel um den Hals wickele.« Ich male mir aus, wie sich die wirbelnden grauen Schwaden um seine Kehle schlingen, und schon geschieht es in Wirklichkeit. Ein dickes dunstiges Band schlängelt sich um ihn, doch als ich tief und zittrig durchatme, verpufft es. Ich habe mich nicht auf diese Reise begeben, um *ihn* zu töten, sondern es auf den Ritter abgesehen. Wenn ich jetzt Nova umbringen würde, müsste ich seine Leiche irgendwo verstecken, und dafür habe ich keine Zeit.

Nova schaut die Straße entlang und dann wieder mich an. »Du verlässt das Schlossviertel – warum?«

Ich gebe meinem Pferd die Sporen und lasse ihn stehen. Wie der Blitz sausen wir den Weg entlang, doch als ich die Highmoore Bridge erreiche, trabt Nova auf seinem Pferd hinter mir her, als wären die beiden vollkommen entspannt und nicht soeben noch im schnellsten Galopp geritten, um mit uns mitzuhalten.

Sein Pferd hat keine Stimme, kein inneres Summen, sodass ich mich frage, um welche Art von Wesen es sich handelt.

Mekhi sitzt neben der Brücke auf seinem Pferd. Seine Augen weiten sich, als er Nova entdeckt.

»Ich wusste nicht, dass du einen Freund mitbringen würdest«, bemerkt Mekhi, dessen Blick zwischen uns hin und her zuckt.

»Ich hab ihn nicht eingeladen. Und er ist kein Freund von mir.«

Nova verspannt sich, und ich hoffe sehr, dass die Beleidigung gesessen hat.

»Keine Sorge«, sagt er. »Ihr werdet nicht mal merken, dass ich da bin.«

»Wer seid Ihr?«, fragt Mekhi.

Nova sieht Mekhi so desinteressiert an, als würde er ein Blatt dabei beobachten, wie es vom Wind fortgeweht wird. »Ich heiße Nova.«

»Sprich nicht mit ihm«, rate ich. Ich muss mich zusammenreißen, um keine Waffe heraufzubeschwören und Nova in die Flucht zu schlagen, vielleicht geradewegs in den eisigen Fluss unter der Brücke. Seine Gegenwart bringt all meine Pläne in Gefahr.

Als ich die Karte hervorhole und sie Mekhi gebe, positioniere ich mich so, dass Nova nicht darauf sehen kann. »Kannst du mir die beste Stelle zeigen, um zu beginnen?«

Mekhi blickt auf die Landkarte hinab und hält sie dann näher vor sein Gesicht. »Ich kann kaum was erkennen. Bist du dir sicher, dass du es nicht lieber bei Tag tun willst?«

Ich hole einen kleinen Feuerstein aus meiner Tasche und lasse ihn am Zaumzeug meines Pferdes entlanggleiten. Als ein Funke aufglimmt, forme ich daraus eine kleine, aber stabile Flamme, die ich in meiner Handfläche halte.

Mekhi bleibt der Mund offen stehen, als die Flamme mit ihrem dunstigen orangefarbenen Schein den Nebel durchbricht. »Tut dir das nicht weh?«

»Ein bisschen«, antworte ich wahrheitsgemäß und bringe mein Pferd dazu, ein wenig näher an ihn heranzutreten. »Es ist kalt hier draußen, Mekhi. Und ich bin unfassbar wütend.«

Ich werfe Nova einen Blick zu. »Wenn wir uns also beeilen könnten ...«

»In Ordnung«, sagt Mekhi nervös.

Er dreht die Karte um und studiert sie, während mein Blick wieder zu Nova huscht.

Er starrt die Flamme in meiner Hand an, als hätte er noch nie Feuer gesehen. Seine Stirn ist gerunzelt, und um seinen Mund liegt ein konzentrierter Zug. Im Licht der Flamme sieht er beinahe bemitleidenswert aus.

»Hier«, verkündet Mekhi nun. »Ich habe den Rauch des Schlosses am späten Nachmittag direkt hinter Trapper's Ridge gesehen. Vielleicht ist er noch nicht viel weiter gekommen. Er scheint keine großen Reisen zu unternehmen, wenn keine Eile besteht.«

Schnell nehme ich die Karte wieder an mich und presse mir einen Finger an die Lippen. Ich möchte nicht, dass Mekhi vor Nova etwas von unseren Plänen verrät. »Sobald es in Sichtweite ist, musst du mich nicht mehr begleiten«, versichere ich Mekhi. »Ich erwarte nicht von dir, dass du ihm allzu nah kommst.«

»Gut, denn es war ohnehin mein Plan, dich allein zu lassen, sobald wir das Schloss des Ritters sehen.«

»Ihr sucht den Ritter«, mischt sich Nova ein. Es ist keine Frage, sondern eine Feststellung, bei der sich Sorge auf seine Miene legt.

Ich werfe Mekhi einen bösen Blick zu.

»Tut mir leid«, entschuldigt er sich.

Als ich wieder Nova anschaue, sehen seine Augen, in denen sich die Flamme spiegelt, aus, als würden sie von innen heraus glühen wie funkelnde Sterne in wirbelndem Nebel. Ich lasse die Flamme in meiner Hand erlöschen, doch der Schimmer verschwindet nicht aus seinen Augen. »Ich habe dir doch gesagt, dass dich das nichts angeht.«

»Hegst du den Wunsch, zu sterben, oder bist du lediglich unbesonnen?«, fragt Nova.

Ich rutsche von meinem Pferd, Nova tut es mir gleich. Wir gehen in der Dunkelheit aufeinander zu. Es ist mir egal, welche magischen Fähigkeiten er besitzt, denn ich vertraue meinen eigenen genug.

»Ich weiß nicht, wie deutlich ich es noch ausdrücken muss«, presse ich zornig hervor, wobei ich meine zitternden Hände zu Fäusten balle. »Das hier hat nichts mit dir zu tun.«

»Oh, das hat es sehr wohl«, flüstert Nova, wobei sein eisiger Atem auf mein Gesicht trifft. Sein Blick ruht fest auf mir. »Wenn du ihn findest, was wirst du dann tun?«

»Ich will wissen, welches Abkommen er mit meiner Mutter getroffen hat.«

Nova schüttelt den Kopf. »Das wird er dir nicht erzählen.«

Ich lege die Hand an meinen Degen. »Dann werde ich ihn dazu zwingen.«

Nova schweigt, was mich freut. Seine Gegenwart verärgert mich, obwohl mir solche Dinge normalerweise nichts ausmachen. Nicht einmal Captain Mock und seine überhebliche Art haben mich bisher so wütend gemacht, und Nova kenne ich erst seit ein paar Tagen.

Ich wende mich Mekhi zu. »Wenn wir in Richtung Trapper's Ridge reiten wollen, sollten wir jetzt aufbrechen.«

»Du willst wirklich nicht warten, bis es hell ist?«, fragt Mekhi noch einmal.

»Nein«, antworte ich entschlossen. »Genau genommen finde ich sogar, wir sollten das Tageslicht meiden. Die Dunkelheit bietet uns Schutz.«

Mekhi schaut zum schwarzen Himmel hinauf und hält für einen Moment den Atem an, ehe er resigniert seufzt.

»Das ist töricht«, tadelt Nova. In seiner Stimme schwingt etwas mit, das verdächtig nach Furcht klingt. »Du hast keine Ahnung, auf was du dich einlässt.«

»Genug davon!«, schreie ich ihn an, unfähig, meinen Zorn länger im Zaum zu halten. »Du findest, wir sollten ihn nicht suchen. Na schön! Dann hau doch ab! Verschwinde und lass es mich allein erledigen!«

»Du wirst ihn nicht dazu bringen, dir die Einzelheiten seines Abkommens mit deiner Mutter zu offenbaren«, warnt er tonlos.

Ich wende mich bebend vor Wut von ihm ab. »Weil er in Bezug auf seine Abkommen so geheimniskrämerisch ist? Noch einmal: Es ist mir egal.«

»Das ist nicht der Grund.«

»Was dann?«

»Er wird glauben, dass du ihn austricksen willst, und annehmen, dass du längst etwas über das Abkommen weißt, weil es etwas mit dir zu tun hat.«

9

Als ich herumwirbele, ist Novas Miene ausdruckslos.
Mekhi schaut zwischen uns hin und her und senkt dann den Kopf.

»Was hast du da gerade gesagt?«, frage ich.

»Du hast mich schon verstanden«, entgegnet Nova. »Sein Abkommen mit deiner Mutter hat etwas mit dir zu tun, und wenn du glaubst, du könntest ... Wie hast du es noch gleich ausgedrückt? Du könntest ihn dazu zwingen, es dir zu verraten ...« Er schüttelt den Kopf und kommt näher.

Ohne mich vom Fleck zu bewegen, grabe ich meine Absätze in die harte Erde. Eine Waffe beschwöre ich nicht herauf, denn im Moment fühle ich mich, als könnte ich ihn mit bloßen Händen zu Boden bringen.

Seine Augen sind nun dunkler, als würden sie einen Teil der Schwärze um uns herum absorbieren. Während ich ihm ins Gesicht schaue, kann ich merkwürdigerweise nur daran denken, wie jung er aussieht. Die weiche Haut an seinen Wangen und an seiner Stirn ist leicht rosig; es wirkt, als würde er sich für irgendetwas schämen und nicht nur in der kalten Abendluft frieren. Sein Haar ist nachlässig zu einem unordentlichen Zopf zusammengebunden. In diesem Moment streicht er sich ein paar pechschwarze Strähnen, die sich daraus gelöst haben, aus dem Gesicht. Er ist in meinem Alter, obwohl das keinen Sinn ergibt. Aus seinem Mund klang es so, als wäre er schon länger an der Seite des Ritters – viel länger als meine siebzehn Lebensjahre.

»Selbst ich kenne die Details des Abkommens mit deiner Mutter nicht«, flüstert er mir ins Ohr, indem er sich vorbeugt. »Aber du scheinst auch nichts zu wissen.«

Ich lege meine Hände an seine Brust und stoße ihn weg. »Hau ab.« Heiße Wut sammelt sich in meinem Magen und schießt mir durch den Körper. »Ich werde alle Einzelheiten in Erfahrung bringen, und ich muss jetzt sofort wissen, ob du ihn vorwarnen wirst.« Ich strecke meine Hand aus und lasse ein Schwert aus der Schneedecke entstehen – eine tödliche Klinge aus Eis und Magie.

Während Nova seinen Blick erneut über mich wandern lässt, gerät seine ruhige Fassade ins Wanken. »Nein ... ich ... das würde ich niemals tun.« Er hält inne, strafft die Schultern und legt sich eine Hand ans Herz. »Deine Mutter hat dafür gesorgt, dass du in Sicherheit bist – warum sollte ich ihr Werk jetzt zunichtemachen?«

Ich hebe das Schwert und ziele damit auf ihn. »Sprich nicht von meiner Mutter.«

Nova schiebt das Kinn auf eine Art vor, die mir verrät, dass er nichts mehr zu sagen hat, und darüber bin ich froh. Es kostet mich Mühe, ihn nicht anzugreifen. Doch statt ihm weitere Beachtung zu schenken, lasse ich mich von Mekhi in Richtung Trapper's Ridge führen.

Nova folgt uns, wobei er so viel Abstand zwischen uns lässt, dass ich ihn nicht mit der Spitze meiner Klinge erreichen könnte, jedoch so nahe bleibt, dass ich ihn schnaufen höre, als Mekhi und ich uns darüber unterhalten, wo sich das Schloss des Ritters befinden könnte. Falls Nova den Ritter vorwarnen will, so soll er es tun, ich kann ohnehin nichts daran ändern. Als ich mich zu ihm umschaue, blickt er zu irgendeinem Punkt in der Ferne, doch wendet sich dann mir zu. Eilig lenke ich meine Aufmerksamkeit wieder auf den Weg.

Während wir uns einen Pfad durch die dünne Schneeschicht bahnen, die den unteren Hang bedeckt, fällt es mir schwer, mich zu konzentrieren. Bei dem Abkommen des Ritters mit meiner Mutter soll es um mich gehen? Da meine Mutter und ich uns immer nahestanden, fühle ich mich hintergangen. Sie ist meine beste Freundin, und ich bin ihre größte Unterstützerin, ihre treueste Verteidigerin. Dennoch hat sie dieses Geheimnis vor mir. Zwar bin ich mir nicht sicher, was es sein könnte, aber ich weiß, dass es nichts Gutes ist.

Der River Farris wird von den dauerhaft schneebedeckten Bergen im Norden gespeist. Als wir am Ufer stromaufwärts reiten, wird die Luft kälter, und wir werden langsamer. Wir halten mehrmals an, da Mekhi absteigen und die Erde und die gebogenen Äste der Bäume auf Anzeichen dafür untersuchen muss, dass vor uns schon jemand anderes diesen Weg entlanggekommen ist.

»Hier«, verkündet Mekhi endlich nach mehreren Stunden erfolgloser Suche. Er springt von seinem Pferd und entfernt sich entschlossen von unserer Gruppe, obwohl ich nichts sehe als eine Decke aus weißem Schnee.

Dennoch laufe ich ihm hinterher, wobei ich darauf achte, ihn nicht abzulenken.

Schließlich weist er mich auf einen Abdruck im Schnee hin.

»Was ist das?« Ich sehe nichts als eine leichte Vertiefung in der weißen Schicht. Sie könnte von allem Möglichen stammen – einem heruntergefallenen Ast, einem anderen Pferd oder einem wilden Tier.

»Schau mal, dort.« Mekhi deutet auf einen weiteren Abdruck ein Stück entfernt. »Er hat die gleiche Form und befindet sich auf der gleichen Linie wie der erste Abdruck. Es ist ein Schritt des Schlosses.«

»*Ein* Schritt? Wie ist das möglich?« Der Abstand zwischen den beiden Abdrücken ist vier- oder fünfmal so lang wie mein eigener Körper.

Nova, der immer noch auf seinem Pferd sitzt, schnaubt, doch ich schenke ihm keine Beachtung.

»Ich muss mir die Sache genauer ansehen.« Mekhi erklimmt die Spitze eines kleinen Hügels in der Nähe, wo er sich bäuchlings in den Schnee legt.

Ich eile zu ihm und lasse mich neben ihm nieder. Vom Hügel aus ist ein tiefes Tal zu erkennen, und dort unten, am tiefsten Punkt, ist das zu sehen, wonach wir gesucht haben.

Es scheint zu atmen wie ein lebendiges Wesen, scheint sich auszudehnen und zusammenzuziehen, wobei bei jedem Ausatmen Rauch aus den vielen Kaminen tritt. Seine Außenseite besteht aus Platten glänzenden schwarzen Metalls, zusammengehalten von Nieten, die im Mondschein schimmern. Die Fenster sind mit Läden verschlossen, die Türen bilden riesige Stücke aus splitterndem Holz mit schwarzen Metallscharnieren.

Endlich haben wir das fürchterliche Schloss des Ritters aufgespürt.

»Was jetzt?«, fragt Mekhi mit bebender Stimme.

»Er ist zu Hause.« Ich starre das Schloss an. Bisher habe ich es nur von Weitem gesehen – eine Linie aus Rauch am Himmel oder ein Schatten der Struktur zwischen Bäumen. Aus der Nähe ist es das merkwürdigste Konstrukt, das ich jemals gesehen habe. Ich frage mich, wie es entstanden ist und welche magischen Kräfte es besitzt, aber schon im nächsten Moment erkenne ich, dass das keine Rolle spielt.

Ich stupse Mekhi an und bedeute ihm, zu den Pferden zurückzukehren. Dann rutsche ich ebenfalls den Abhang hinunter und binde mein Pferd an einem Baum an. »Ich werde allein gehen.«

Als Nova von seinem Pferd steigt und sich wie mein Schatten in den Nebel stellt, bedenke ich ihn mit einem bösen Blick. »Du musst deine Sicherheit nicht für mich aufs Spiel setzen, ich komme schon zurecht«, sage ich zu ihm.

»Zurecht?«, fragt Nova mit zusammengezogenen Brauen. Er tritt näher. »Wie das? Wie kommst du auf die Idee, dass du *zurechtkommst*?« Er schüttelt schnaubend den Kopf. »Lächerlich.«

»Warum, glaubst du, habe ich den ganzen Weg auf mich genommen?«, frage ich. »Um mir sein Schloss aus der Ferne anzuschauen?«

»Nein. Aber ich dachte, du würdest es dir anders überlegen, sobald du es aus nächster Nähe siehst.«

Seine Ehrlichkeit schockiert mich. Er versucht nicht einmal zu verbergen, dass er mich für feige gehalten hat, was ich als Beleidigung empfinde.

Mekhi stößt scharf die Luft aus. »Prinzessin, vielleicht ...«

»Vielleicht was?«, versetze ich.

»Vielleicht hat er recht.«

»Oder vielleicht täuscht ihr euch beide und fürchtet euch einfach nur. Auf mich trifft keins von beidem zu.«

Mekhi wirkt getroffen, sodass ich es bereits im nächsten Moment bereue, so schroff zu ihm gewesen zu sein.

»Es ... Es tut mir leid.« Ich schaue Mekhi fest in die Augen. »Natürlich fürchtest du dich. Sieh dir das Schloss nur an.« Ich schüttele den Kopf. »Ich erwarte nicht von dir, dass du hierbleibst. Den Rest schaffe ich allein, und ich werde dir keinen Vorwurf daraus machen. Deine Bezahlung bekommst du natürlich auch.«

»Darum geht es nicht«, erwidert Mekhi leise.

Ich ziehe mir meinen Umhang enger um den Körper und trete meinen Weg über den steilen, gewundenen Pfad in die Leere des Tals unter mir an. Zwar rechne ich nicht damit, dass die zwei mir folgen, doch als ich mich umsehe, kommen mir beide hinterher.

Der Weg ist schmal, und die Bäume sind uns nahe. Zu nahe. Auf einmal befällt mich ein Gefühl von Platzangst, sodass ich an meinem Kragen zupfe. Mein Umhang verfängt sich mehrmals an tief hängenden Ästen, und ich habe Mühe, auf dem glatten Boden nicht auszurutschen. Auf halber Strecke bleibe ich stehen und kratze mit meinem Degen über die Sohle meiner Stiefel, um ein bisschen mehr Halt zu bekommen.

Was mir in der Dunkelheit des Waldes am stärksten auffällt, ist die Stille. Als ich klein war, hat mir Huntress beigebracht, den Geräuschen des Waldes zu lauschen und dass Stille bedeutet, die Tiere haben Gefahr gewittert. Ich habe gelernt, dass die Tiere bei einer Bedrohung sogar die Rufe einstellen, die nur ich hören kann. Und genauso ist es auch jetzt.

Mekhi scheint ebenfalls zu dieser Erkenntnis zu gelangen, denn er bleibt so dicht hinter mir, dass ich fast meine, seinen Atem im Nacken zu spüren.

»Irgendetwas stimmt hier nicht«, flüstert er.

Die Waldtiere mögen still sein, aber ein anderes Geräusch ist in der tiefen Dunkelheit zu hören. Ein leises Grollen wie das tiefe Knurren eines Wolfes, das in pulsierenden Wellen vom Schloss des Ritters auszugehen scheint.

Ist es lebendig? Das kann nicht sein. Ich kann das Metall und Holz sehen, aus dem die Struktur geschaffen ist, als wir den Fuß eines seiner vier massiven Beine erreichen. Mein Herz beginnt zu rasen, während ich an dem monströsen Schloss hinaufschaue. Als ich Mekhi gegenüber behauptet habe, mich nicht zu fürchten, habe ich nicht gelogen. Dennoch erscheint mir die mechanische Bestie, die dem Volk von Queen's Bridge so viel Leid zugefügt hat, bedrohlich. Mit einem Mal kommt es mir vor, als wäre alles verloren, und das ist ein viel schlimmeres Gefühl als Angst.

»Du kannst immer noch umkehren«, merkt Nova an, als hätte er meine Gedanken gelesen. »Du musst nicht so töricht sein.«

Ohne auf seine Worte einzugehen, halte ich nach einem Eingang Ausschau. Es gibt zwar Türen, doch sie befinden sich hoch über unseren Köpfen und sind allesamt geschlossen. Klinken oder Knaufe sind nicht zu sehen. Ich strecke meinen Arm aus und fahre mit der Hand über die Seite des Beines.

Mekhi weicht zurück. »Wir sollten abhauen. Sieh dir das Ding nur an, wir können ihn nicht besiegen.« Er schaut an dem Schloss hinauf. »Wir sollten uns so schnell wie möglich aus dem Staub machen und ...« Er bricht ab, als ein Geräusch ertönt.

Wir können es alle hören – ein unverkennbarer Schmerzensschrei, in dem Angst und Schrecken mitschwingen.

»Was war das?«, fragt Mekhi.

Nova lässt den Kopf hängen. »Der Ritter scheint im Augenblick beschäftigt zu sein.«

Schnell werfe ich meinen Umhang ab und setze einen Fuß in einen der Zwischenräume im Gelenk des Beines, um mich zu einer mit Nieten befestigten Platte an der Unterseite des Schlosses hochzuziehen. Ich ziehe meinen Degen und versuche, die Schrauben zu entfernen, was jedoch nicht funktioniert. Einen Augenblick denke ich nach, dann hole ich erneut den kleinen Feuerstein aus meiner Stiefeltasche. Als ich ihn schwungvoll am Bein entlanggleiten lasse, flammt ein Funke auf, den ich in meiner Handfläche zu heißer Glut werden lasse und schließlich in ein brennendes Schwert verwandele. Ich ziehe es genau an der Naht einer Platte entlang, bis die Nieten orange aufglühen und sich unter der Hitze verformen. So gelingt es mir, ein paar der Nieten abzuschlagen, die bei ihrer Landung im Schnee kleine Dampfwölkchen erzeugen. Die Platte löst sich, sodass ich in die Schwärze über mir schauen kann. Mit beiden Händen klammere ich mich an der Kante fest, bereit, mich hochzuziehen.

»Halt«, warnt Nova und schaut finster zu mir hoch. »Weiter solltest du nicht gehen.«

»Als würde ich auf dich hören.«

Nova reckt das Kinn. »Deine Arroganz wird dich noch umbringen.«

»Arroganz?« Ich lasse mich am Bein hinabgleiten und baue mich mit an den Seiten geballten Fäusten vor ihm auf. »Du glaubst, dass ich hier bin, weil ich *arrogant* bin?«

Nova nickt. »Es kann keinen anderen Grund geben.«

Ich trete einen Schritt auf ihn zu. »Du hast doch gesehen, was er Königin Sanaa angetan hat. Und du siehst, was er den Leuten von Queen's Bridge antut. Trotzdem hältst du mich für arrogant?« Wut überkommt mich und vertreibt jeden rationalen Gedanken.

»Du hast deinen Plan nicht ausreichend durchdacht. Glaubst du ernsthaft, eine Begegnung mit ihm überleben zu können?«

Ich schnaube. »Ich bin bereit zu sterben, solange ich ihn nur besiegen kann.«

Nova presst die Lippen zusammen, worauf das Funkeln in seinen Augen ein wenig nachlässt.

»Das stört dich?«, frage ich.

»Ja«, antwortet er leise. »Du ahnst nicht, wie sehr.«

»Warum?«, frage ich. »Warum spielt das eine Rolle? Du kennst mich nicht einmal. Wieso sollte es dich kümmern, ob ich lebe oder sterbe?«

»Ich finde, deine Mutter sollte nicht ohne ihr einziges Kind sein«, erwidert er.

Ich wende mich von ihm ab, um in die schwarze Leere zu blicken, die über mir auf mich wartet.

»Ich gehe rein«, verkünde ich. »Wenn du dich mir in den Weg stellst, werde ich dich töten.«

Nova zögert, wobei ein Muskel an seiner Schläfe zuckt, als würde er mit den Zähnen knirschen.

Ich dränge mich an ihm vorbei, wobei ich ihn mit der Schulter anrempele, sodass er einen Schritt zurücktaumelt.

»Kommst du mit?«, frage ich Mekhi. »Du musst nicht, denn du hast mir schon genug geholfen.«

Er scheint nachzudenken, und auf einmal fühle ich mich schuldig, weil ich ihn in die Sache hineingezogen habe.

Mekhi schaut nach oben. Er hat seine eigene Rechnung mit dem Ritter zu begleichen. »Ich begleite dich.«

Zum zweiten Mal klettere ich das Bein hinauf und stemme mich durch die kleine Luke ins Innere, dann ziehe ich Mekhi hinter mir hoch.

Die Hitze im Schloss ist beinahe genauso erdrückend wie die Dunkelheit. Wir befinden uns in einem schmalen Flur. Dampf fährt zischend an der Metalldecke entlang, eine schwarze Flüssigkeit rinnt die Wände hinab und sammelt sich zu meinen Füßen. Eine einzelne Fackel taucht den Gang in schwaches gelbes Licht. In der heißen Luft hängt ein solcher Gestank, dass ich mich beherrschen muss, um nicht zu würgen.

Mekhi legt sich eine Hand über Mund und Nase.

Als Nova plötzlich neben ihm auftaucht, überkommt mich eine neue Welle der Wut. Er wird mich offensichtlich nicht in Ruhe lassen, egal was ich tue. Doch dass er hier ist, bedeutet auch, dass er uns nicht vorauseilt und den Ritter vor uns warnt.

»Welchen Weg gehen wir?«, fragt Mekhi.

Ein schrilles, schmerzerfülltes Kreischen schallt durch den engen Gang.

»Wir folgen den Schreien«, verkünde ich.

Mit Mekhi und Nova im Schlepptau trete ich meinen Weg durch den Gang an, biege erst links, dann rechts ab und steige anschließend ein paar ungleichmäßige Stufen hinauf, auf denen sich die gleiche rußartige schwarze Masse abgelagert hat, die von den Wänden getropft ist.

Das Schloss des Ritters ist das reinste Labyrinth. Einige der Räume haben keine Türen und sind mit unterschiedlichen Arten von Gerümpel vollgestellt. Ein kleiner Raum hat ein Eisentor, hinter dem sich ein riesiger Berg aus verfaultem Stroh auftürmt, daneben steht eine Art Webstuhl, der zerbrochen ist und beinahe in sich zusammenfällt. In einem anderen Raum befindet sich lediglich ein langer Tisch, auf dem eine Spule mit schwarzem Faden liegt.

»Hier waren wir schon«, bemerkt Mekhi.

Ich schaue mich zu ihm um. »Tatsächlich?«

Er nickt und fährt mit den Fingern über eine auffällige Vertiefung in der Wand, die aussieht, als stamme sie von einem Tier mit langen Krallen. »Wir sollten hier abbiegen und dann noch einmal nach rechts.« Er deutet zu der Gabelung vor uns. »Oder wir könnten einfach wieder gehen. Diese Möglichkeit besteht natürlich auch.«

Ich schüttele den Kopf. »Nein, das kommt nicht infrage.«

Mekhi seufzt, seinen schlaksigen Körper ängstlich gekrümmt. Auch wenn er mir offenbar helfen will, kann er seine Furcht nicht verbergen.

»Du kannst gehen«, gebe ich ihm erneut die Chance, nach Hause zu reiten.

»Ehrlich gesagt glaube ich nicht, dass du ohne mich den Weg hier rausfinden würdest.« Er weicht meinem Blick aus. »Du hast nicht gelogen, als du gesagt hast, das Fährtensuchen sei nicht deine Stärke.«

Nova stößt einen Laut aus, der wie ein unterdrücktes Lachen klingt, doch ich gehe nicht darauf ein und nehme stattdessen die Route, die Mekhi vorgeschlagen hat.

Als wir über eine Schwelle am Ende des gewundenen Ganges treten, finden wir uns in einem Raum wieder, der größer ist als alle bisherigen. Darin sind Holztische unterschiedlicher Größe verteilt, von der Decke baumeln Ketten. Ein tosendes Feuer brennt in einer Nische in der schwarzen Wand.

Auf meiner Stirn bildet sich Schweiß, rinnt an meinen Schläfen und meinem Hals hinab und durchnässt meinen Kragen. Dichter Nebel liegt in der Luft. An der Wand hängen Eisengebilde – hauptsächlich Schüreisen in unterschiedlichen Größen, alle voller Ruß. Die Luft ist von einem fauligen Geruch nach Kot und Schweiß, vermischt mit der metallischen Note von Blut, geschwängert.

Auf einmal erklingen Schritte hinter uns im Flur.

Sofort schlägt mir das Herz bis zum Hals, und ich packe Mekhi am Arm, ziehe ihn an die Wand neben der Tür und hinter einen großen Holztisch. Mit einer Hand halte ich ihm den Mund zu, mit der anderen umfasse ich das Heft meines Schwertes. Als ich mich nach Nova umschaue, stelle ich fest, dass er verschwunden ist.

Feigling.

Von unserem Versteck aus beobachten wir, wie eine Gestalt schwerfällig den Raum betritt. Obwohl ich ihn noch nie mit eigenen Augen gesehen habe, weiß ich, dass es sich um das Monster handelt, den Übeltäter, der dem Volk von Queen's Bridge so viel Schmerz und Leid bereitet hat.

Es ist der Ritter.

Er trägt eine schwarze Rüstung, sodass sein gesamter Körper hinter Metallplatten verborgen ist, und hat sich einen Mann über die Schulter geworfen, der ächzt, als er ihn grob auf einem der Tische absetzt.

Der Mann ist nackt, von Schmutz bedeckt und hat offene Wunden am ganzen Körper. »Bitte«, fleht er. »Ich tue alles, was du verlangst. Bitte! Hör auf!«

»Alles, was ich verlange …«, wiederholt der Ritter.

Ich muss mir auf die Zunge beißen, um beim Klang seiner Stimme nicht nach Luft zu schnappen. Sie hört sich tatsächlich so fürchterlich an wie in den Geschichten, die ich gesammelt habe, und trieft vor Boshaftigkeit. Bisher hat er nur vier Worte gesprochen, doch sie genügen, um die Natur seiner Seele preiszugeben. Er ist durch und durch niederträchtig.

Nun kettet der Ritter den Mann an Händen und Füßen am Tisch fest, sodass er daliegt wie ein Reh kurz vor dem Ausweiden. Mit den von Metall bedeckten Fingern fährt er über die Schüreisen und tippt jedes an, ehe er das größte von seinem Haken an der Wand nimmt. Als er es ins Feuer stößt, wird seine riesige Gestalt erleuchtet. Seine Schultern sind so breit wie die eines Ochsen, und er ist höher gewachsen als jede Person, der ich jemals gegenüberstand. Durch ihn fühlt sich der Raum beengt und klein an. Seine Brust hebt und senkt sich gleichmäßig. Sein Gesicht kann ich durch den schmalen Schlitz in seinem Helm nicht sehen, und dort, wo sich eigentlich seine Augen befinden sollten, ist nur Dunkelheit zu erkennen.

»Ich hatte keine Wahl«, schreit der angekettete Mann.

»Man hat immer eine Wahl«, erwidert der Ritter und hebt den Kopf. »Vielleicht ist es keine Wahl, die dir gefällt, dennoch gibt es eine.«

Mekhi zittert so stark, dass ich ihn am Arm packen und ihm meine Finger ins Fleisch graben muss. Ich hoffe, dass er begreift, was ich ihm damit mitteilen will. *Beweg dich nicht. Atme nicht einmal.*

»Meine Tochter …«, beginnt der Mann.

»Unser Abkommen war eindeutig. Hast du das schon vergessen? Du hast dich für Bezahlung entschieden, und ich habe etwas Realistisches verlangt.« Er bewegt das Schüreisen im Feuer, sodass ein paar Rußpartikel im schwarzen Kamin aufsteigen. »Verrate mir deinen Wunsch. Sage ihn mit den gleichen Worten, die du benutzt hast, als wir unseren Pakt geschlossen haben.«

Der Gefangene schluchzt. Seine Tränen strömen ihm an den Wangen hinab und spülen den Schmutz und das Blut fort, von dem beinahe sein gesamtes Gesicht bedeckt ist. »Ich … Ich habe mir genügend Silber gewünscht, um zwanzig Jahre damit auszukommen.«

Der Ritter dreht ihm seinen maskierten Kopf zu. »Und welche Bezahlung habe ich als Gegenleistung genannt?«

Der Mann wirft seinen Kopf auf dem Tisch hin und her. »Mein Erstgeborenes.«

Wieder schnappe ich fast nach Luft.

Der Ritter jedoch lacht nur, was klingt wie Donner, der die Luft durchteilt.

»Ich habe dir meine Tochter gegeben«, ruft der Mann. »Sie hat nur einen Atemzug genommen, ehe ihr Herz aufhörte zu schlagen. Woher sollte ich das wissen? Aber ich habe die Bedingungen unseres Abkommens erfüllt. Das schwöre ich!«

Der Ritter zieht das Schüreisen aus dem Feuer und geht auf den Mann zu, der verzweifelt versucht, sich zu befreien.

Der Ritter hält mit einer Hand das Bein des Mannes fest, der nun wieder zu schreien beginnt.

Mekhi zuckt unter meinem Griff, aber ich packe fester zu.

»Das Mädchen hatte noch eine Zwillingsschwester«, entgegnet der Ritter.

Die Augen des Gefangenen werden größer, doch er versucht eilig, seinen Schock zu verbergen.

»Du dachtest, du könntest mir ein lebloses Kind überbringen und vor mir verbergen, dass das andere nicht existiert. Du kannst sie nicht für immer von mir fernhalten. Ich werde sie finden und die Bedingungen unseres Abkommens erfüllen, denn so funktioniert es nun mal. So war es schon immer. Du dachtest, du bist mir einen Schritt voraus, doch da hast du dich getäuscht. Du kannst mich nicht austricksen.« Mit diesen Worten zieht er das Schüreisen über den nackten Bauch des Mannes, der vor Schmerzen wimmert, während sich der Geruch von verbranntem Fleisch im Raum ausbreitet. »Weißt du, wie lange ich schon in dieser Gegend herumreise?« Als der Mann kein Wort herausbringt, fährt der Ritter fort. »Du bist nicht der Erste, der glaubt, schlauer zu sein als ich, und du wirst auch nicht der Letzte sein, aber ihr liegt alle falsch. Ich werde dir so lange Schmerzen zufügen, bis du die Bedingungen erfüllst.«

»Bitte«, fleht der Mann resigniert. »Bitte, Ritter.«

Der Ritter lacht. »Ritter? So nennt mich dein erbärmliches Volk, doch wie könnt ihr mich um etwas anflehen, wenn ihr meinen Namen nicht kennt? Es ist so respektlos, dass es kaum auszuhalten ist.« Nun lässt er die Spitze des Schüreisens über die Fußsohle des Mannes gleiten, der wieder aufschreit und dann das Bewusstsein verliert. Sein Kopf fällt zur Seite, seine Augen sind halb geschlossen.

Mekhi würgt, und für einen Moment verliert sich das Geräusch in dem Prasseln des Feuers und dem Klappern der Rüstung, als der Ritter zum Kopf des Tisches geht. Doch dann dreht er sich zu meinem Entsetzen in unsere Richtung.

Mekhi wischt sich den Schweiß von der Oberlippe und kneift die Augen zu, doch er kann ein weiteres Würgen nicht unterdrücken.

Nun können wir uns nicht mehr länger verstecken. Ich springe auf in der Hoffnung, dass der Ritter dafür Mekhi in seinem Versteck nicht entdecken wird.

Obwohl seine Körperhaltung nichts preisgibt und sein Gesicht nicht zu sehen ist, spüre ich, dass er mich eingehend betrachtet.

»Du.« Seine Stimme klingt wie das Echo in einer Höhle.

Mein Herz setzt einen Schlag aus. »Du... Du kennst mich?«

Der Ritter neigt seinen Kopf leicht nach rechts, erwidert jedoch nichts.

Ich strecke meine Hand nach der orangefarbenen Flamme im Kamin aus, sodass das Feuer einen Bogen bildet, aus dem ein brennendes Schwert entsteht.

Der Ritter scheint genau zu beobachten, was vor sich geht.

Das brennende Schwert mit beiden Händen fest umklammert, gehe ich auf ihn zu. Ich hatte nicht vorgehabt, aus einem Versteck zu springen und ihn derart zu überrumpeln, dass er nicht einmal Zeit hat, nach seiner Waffe zu greifen. Stattdessen habe ich mir immer ausgemalt, mir an einem abgeschiedenen Ort ein Duell mit ihm zu liefern. An einer Stelle, wo ich seinen Körper anschließend verbrennen könnte und niemandem sagen müsste, wo sich seine sterblichen Überreste befinden.

Der Ritter strafft die Schultern. Ich kann seinen Atem hören, der ruhig klingt, als hätte ihn mein plötzliches Auftauchen kein bisschen aus der Fassung gebracht.

In diesem Moment kommt Mekhi aus seinem Versteck hinter dem Tisch hervor und rennt auf die offene Tür zu.

Der Ritter dreht den Kopf in seine Richtung, doch ehe er etwas unternehmen kann, hebe ich mein Feuerschwert, das den Raum mit seinem orangefarbenen Schein erhellt.

Ich stelle einen Fuß fest hinter mir auf und mache mich bereit, die Klinge über seinem Kopf niedersausen zu lassen. Mit einem Mal wird mir bewusst, dass dies der Moment ist, auf den ich mich in meinem jahrelangen Training vorbereitet habe.

Ich bin hier. Ich habe es geschafft, und in diesem Augenblick fühle ich mich, als könnte ich Berge versetzen.

Nun schwinge ich mein Schwert nach unten, aber der Ritter weicht geschickt aus, indem er sich nach links duckt. Die brennende Klinge prallt an seinem Armpanzer ab, sodass Funken auf den Boden hinabrieseln. Mit einem lauten Schrei, der tief aus meiner Brust dringt, hebe ich das Schwert erneut.

Indem der Ritter seinen Arm ausstreckt, fängt er das Schwert in der Luft ab. Der plötzliche Widerstand wirft mich zur Seite. Während ich mich bemühe, das Gleichgewicht wiederzufinden, entreißt er mir die Waffe, die unverzüglich zu schwarzem Rauch und verglühenden Funken verpufft. Dann holt er mit seiner gepanzerten Hand aus und schlägt mir mit der Rückseite schwungvoll ins Gesicht.

Für einen Moment wird alles um mich herum schwarz und vollkommen still – bevor mich der Schmerz wie eine Flutwelle von den Füßen reißt. Nach Luft schnappend liege ich auf dem Boden und versuche, nach meinem Schwert zu greifen, doch ich weiß jetzt schon, dass diese Waffe nicht genügen wird. Stattdessen strecke ich meinen Arm wieder in Richtung Feuer aus, doch als die Flammen in meine Richtung züngeln, versperrt der Ritter ihnen den Weg. Er greift mit seinen gepanzerten Händen nach dem Feuer, das sich daraufhin zu einem wogenden Ball formt. Indem er die Hand schließt, löscht er schnell die Flamme, sodass nur noch schwarzer Rauch zwischen seinen Fingern aufsteigt.

Meine Magie kann sich offenbar nicht mit der Macht messen, die der Ritter besitzt. Er muss nicht einmal sein Schwert zücken. Ich spüre in jeder Faser meines Körpers, dass dies mein Ende ist.

Auf einmal steht eine dunkle Gestalt zwischen mir und dem Ritter.

Nova.

»Wenn du sie jetzt tötest«, warnt er, »wird der Handel, den du mit ihrer Mutter eingegangen bist, nicht zum Abschluss gebracht.«

Ich rappele mich hoch und trete rückwärts Richtung Tür. In meinen Ohren klingelt es, meine Sicht ist immer noch verschwommen, und ich schmecke Blut.

»Das hast du noch nie zugelassen«, fährt Nova fort. »Warum solltest du dir von diesem Mädchen einen Strich durch die Rechnung machen lassen? Ist sie das wirklich wert?«

Die Verärgerung, die Nova zuvor in mir ausgelöst hat, verwandelt sich in rasende Wut. Ich will ihn zusammen mit dem Ritter unter die Erde bringen.

Wieder greife ich nach dem Feuer, doch als sich die Flamme meiner Hand nähert, hebt der Ritter einen Fuß und trampelt sie nieder. Auf dem Boden bildet sich ein gezackter Riss, der sich bis zum Kamin erstreckt und dort die Backsteine in der Mitte spaltet. Die Hälfte des Kamins fällt in sich zusammen. Die Flammen flackern ein letztes Mal auf, ehe sie erlöschen, sodass wir abgesehen von dem schwachen Licht, das die Fackel an der Wand spendet, vollkommen in Dunkelheit gehüllt sind.

»Eve!«, ruft Mekhi aus dem Flur. »Lauf!«

Nova, der mir den Rücken zugewandt hat, schaut sich um, sodass ich sein Profil erkennen kann. In seinen funkelnden grauen Augen ist eindeutig Angst zu erkennen.

Als ich auf wackeligen Beinen die Tür ansteuere, höre ich klapperndes Metall; es klingt wie das Tosen eines Gewitters.

Mekhi hat sich im Flur gegen die Wand gedrückt, doch ich packe ihn an der Vorderseite seines Mantels und ziehe ihn mit mir, während ich durch den Gang stürze. Furcht ergreift meinen Körper und meinen Geist. Als ich mich umblicke, sehe ich die riesige Gestalt des Ritters im Türrahmen. Die Klinge seines gezückten Schwertes glänzt in der Dunkelheit wie Glut.

Wir rennen durch die gewundenen Gänge des Labyrinths, die für mich alle gleich aussehen. Nachdem wir ein paarmal abgebogen sind, weiß ich schon nicht mehr, wo wir sind, und ich spüre neue Panik in mir aufkeimen.

»Wo entlang?«, schreie ich.

Mekhi schaut mich aus weit aufgerissenen Augen an. »Nach links!«

Ich folge seiner Anweisung, nur um festzustellen, dass wir uns wieder in dem Flur befinden, der zur Folterkammer führt. Der Ritter ist aus dem Türrahmen verschwunden, doch seine donnernden Schritte und das Schaben von Metall schallen von irgendwoher durch den Gang.

Auf einmal scheint sich das gesamte Schloss zur Seite zu neigen wie ein Segelschiff, sodass ich hart gegen die Wand pralle. Das Metall ächzt unter unseren Füßen.

»Was ist das?«, fragt Mekhi, dessen Brust sich unter seinen schnellen Atemzügen hektisch hebt und senkt. »Was geschieht hier?«

»Wir haben uns in Bewegung gesetzt. Wir müssen sofort hier raus!«

»Ich ... Ich kenne den Weg aber nicht«, stammelt Mekhi.

Ich laufe wieder los, wobei ich Ausschau nach irgendeinem Hinweis darauf halte, dass wir uns der geöffneten Luke nähern.

Gerade als ich glaube, für immer in diesem Labyrinth gefangen zu bleiben oder zumindest bis uns der Ritter findet und zu Tode foltert, entdecke ich die Vertiefung in der Wand.

»Hier! Wir sind fast draußen!« Endlich sehe ich die Öffnung und sprinte darauf zu, doch im gleichen Moment schwankt das Schloss und neigt sich erneut zur Seite.

Mekhi geht zu Boden, und in der nächsten Sekunde geben auch meine Beine unter mir nach. Krabbelnd schleppe ich mich weiter, umklammere die Seiten der Luke, bereit, mich hindurchfallen zu lassen. Nur leider ist die Erde viel weiter entfernt als bei unserer Ankunft.

Wieder bewegt sich das Schloss, die Beine verlängern sich und heben die gesamte Struktur so hoch, dass sie die Baumwipfel überragt. Einen Sturz aus dieser Höhe würde ich nicht überleben.

»Götter.« Mekhi schnappt nach Luft, als er neben mir durch die Luke schaut.

Ich atme tief durch, beuge mich durch die Öffnung und greife nach der obersten Strebe des Beines. Der schneidend kalte Wind peitscht mir ins Gesicht, zusammen mit einem Strom aus Eis und Schnee. Die betäubende Kälte lässt meine Knochen schmerzen, und ich habe Schwierigkeiten, mich an dem eisigen Metall festzuhalten, da meine Finger gefühllos werden.

»Komm schon!«, rufe ich Mekhi zu, während ich am Bein des Schlosses hinabklettere. »Folge mir. Sofort!«

Ich sehe, wie Mekhis Beine aus der Luke herausragen, während er sich bemüht, die Arme um die Strebe zu schlingen.

Derweil arbeite ich mich weiter vor, zwinge meine Hände dazu, sich zu bewegen, obwohl meine Gelenke langsam steif werden. Als ich wieder hochschaue, um nachzusehen, ob Mekhi schon weitergekommen ist, stelle ich fest, dass er verschwunden ist und an seiner Stelle der Ritter aus dem Bauch des Schlosses blickt.

Erschrocken ziehe ich die Luft ein.

Hinter dem Schlitz in seinem Helm ist weiterhin nichts anderes zu sehen als schwarze Leere, und ich spüre immer noch die Boshaftigkeit und den Hass, die von ihm ausgehen. Als er von der Luke wegtritt, erklingt ein Laut, wie ich ihn schon öfter gehört habe – das Ächzen, das Menschen während Kämpfen ausstoßen. In den letzten Jahren hat es davon so wenige gegeben, dass ich fast vergessen habe, wie sich ein sterbender Mann anhört. Ich vernehme ein kehliges, heiseres Ächzen und dann eine Art gurgelnden Laut.

Im nächsten Moment fällt Mekhis Körper aus der Luke. Als er mich streift, erhasche ich einen Blick in seine aufgerissenen Augen und die Leere darin. Er ist tot, noch bevor er auf die Erde schlägt.

Das Schloss hebt sich auf einmal, sodass ich meinen ohnehin schon unsicheren Griff um das Metallbein verliere und falle. Während ich in die Tiefe stürze, scheinen die Äste der Bäume nach mir zu greifen wie Krallen und hinterlassen offene Wunden an Hals und Händen. Als ich rücklings auf den Boden pralle, bewegt sich das Schloss des Ritters über mir wie eine Bestie, die ihre verlorene Beute zum Verrotten zurücklässt. Im nächsten Moment umhüllt mich nur noch Dunkelheit.

10

»Eve.«

Die weit entfernte Stimme, die meinen Namen ruft, kommt mir bekannt vor, doch sie spendet mir keinen Trost. Stattdessen löst sie in mir den Wunsch aus, mich noch tiefer in die Grube zu verkriechen, in die mein Geist sich geflüchtet hat.

»Eve. Steh auf. Wir müssen von hier weg.«

Während ich zu den Bäumen hinaufschaue, erwachen meine Sinne langsam wieder zum Leben. Die Schmerzen strömen auf mich ein wie ein Sturm, rauben mir den Atem und bringen mich dazu aufzuschreien. Sie schießen von meinem Rücken in meinen Arm und bis in die Fingerspitzen hinein.

Als ich den Kopf zur Seite drehe, sehe ich Novas Füße. Ich schließe die Augen.

»Hau ab.« Selbst sprechen tut weh. Ächzend quäle ich mich in eine Sitzposition hoch. Es fühlt sich an, als würde ich auf einem Bett aus zerbrochenem Glas sitzen.

»Wir müssen sofort von hier verschwinden.« Nova hakt sich bei mir unter und zieht mich auf die Füße.

Ich stoße ihn so hart gegen die Brust, dass ich beinahe hintenüberfalle. »Hau ab! Fass mich nie wieder an!« Voller

Panik sehe ich mich um. Ich muss zu Mekhi. Vielleicht besteht die Chance, ihn doch noch zu retten. Das ist die Lüge, die ich mir selbst immer wieder einrede. »Wo ist er? Wo?« Obwohl ich Ausschau nach der Stelle halte, an der Mekhi heruntergefallen ist, kann ich in der Dunkelheit kaum etwas erkennen.

Ich krümme meine Finger und schaue nach oben, mache den hellsten Stern ausfindig, der über dem verschlungenen Dach aus nackten Ästen zu erkennen ist. Der Stern am Himmel blinkt, und als ich meine Handfläche öffne, sammelt sich sein Licht darin – eine perfekte Kugel, die den umliegenden Wald erleuchtet.

Entschlossen steuere ich eine Vertiefung in der Erde ein paar Schritte entfernt an, doch Nova stellt sich mir in den Weg.

Als er spricht, meidet er meinen Blick. »Bitte nicht.«

Ich funkele ihn an. »Was, nicht?«

»Du willst ihn nicht sehen.«

»Erzähl mir nicht, was ich zu wollen habe!«, schreie ich. »Tritt zur Seite, sonst stoße ich dich weg!«

»Das Schloss ist über ihn getrampelt, nachdem er gefallen war.« Nova spricht so leise, dass es einen Moment dauert, bis ich seine Worte verarbeitet habe.

Da ich aber auch dann noch nicht wahrhaben will, was er mir mitgeteilt hat, dränge ich mich an ihm vorbei und spähe in die große Vertiefung im Schnee und der feuchten Erde, die der Fuß des Schlosses hinterlassen hat.

Mekhi – oder das, was von ihm übrig ist – liegt mit dem Gesicht nach unten auf dem Boden, sein Körper ist fest in die Vertiefung gedrückt. Als der Saum seines Mantels vom

Wind hochgeweht wird, ist zu erkennen, dass sein Oberkörper nicht mehr mit seiner unteren Körperhälfte verbunden ist.

Ich taumele zurück, während der saure Geschmack von Erbrochenem in meiner Kehle aufsteigt.

Nova hält mich fest, aber ich entziehe mich seinem Griff.

»Ich hab dich ja gewarnt.« Er blickt in die Grube, die nun Mekhis Grab ist. »Alles, was ich tun konnte, war, dir Zeit zum Fliehen zu geben, dennoch hast du nach einer Waffe gegriffen.«

»Sprich nicht mit mir.« Meine Stimme klingt erstickt vor Wut. »Und stell es bloß nicht so dar, als hättest du versucht, mir zu helfen!«

»Was können wir schon gegen seine Macht ausrichten?«, fragt Nova leise. »Ich bin ihm genauso ausgeliefert wie alle anderen.«

Er hat recht, und das ist mir zuwider. Ich war mir meiner Fertigkeiten und Fähigkeiten so sicher, aber sie sind nichts gegen das, zu dem er in der Lage ist.

Nun lasse ich mich im Schnee nieder und den Kopf hängen. Ich habe mein ganzes Leben darauf hingearbeitet, dem Ritter gegenüberzutreten. Meine Mutter und Huntress haben mich glauben lassen, dass ich hart genug trainiert habe, dass ich ihn vielleicht ein für alle Mal erledigen könnte, wenn ich die Kräfte einsetze, die mir geschenkt wurden.

Novas Worte hallen in meinem Kopf nach wie ein Nagel, der mir in die Schläfe gehämmert wird. Der Ritter reist schon seit langer Zeit in dieser Gegend herum; er ist nicht nur eine Bestie, die ich töten, sondern ein Fluch, den ich brechen muss. Und nichts, was ich gelernt oder mir antrainiert habe, konnte mich darauf vorbereiten. Ich bin vollkommen unfähig. Meine Waffen sind ... nutzlos.

Vorsichtig setze ich die Kugel aus Sternenlicht im Schnee ab und raffe mich hoch, wobei mich Schmerz durchfährt. Ich kann meinen Blick nicht von Mekhis zerteiltem Körper abwenden. Schuldgefühle überkommen mich – *ich* sollte es sein, die in dieser Grube liegt. Doch statt mir ist Mekhi gestorben, ein Junge, der seine Familie liebte, der seine eigenen Gründe hatte, den Ritter zu hassen. Ein Junge, dessen Vater von diesem Verlust am Boden zerstört sein wird, nur weil ich geglaubt habe, es mit dem Ritter aufnehmen zu können. Wut droht sich über die Schuldgefühle zu legen, doch das lasse ich nicht zu. Ich habe es verdient, diese Qualen und Reue zu empfinden.

Ich beuge mich vor und berühre Mekhi sanft an der Schulter, bevor ich die Hände ausstrecke und den Schnee dazu bringe, sich über ihn zu legen wie ein Leichentuch.

Dann steige ich auf mein Pferd auf und reite in Richtung Queen's Bridge, wobei mir Nova folgt wie ein verfluchter Schatten.

Bei unserer Ankunft lasse ich mein Pferd am Schlosstor zurück und eile zum Gemach meiner Mutter. Die Tür ist nicht mit dem Balken verriegelt, sondern sogar einen Spalt geöffnet.

Ich trete ein, ohne zu klopfen, und sehe sie vor dem prasselnden Feuer im Kamin stehen. Huntress sitzt auf einem Stuhl in der Ecke, die Beine überschlagen, die Hände gefaltet.

»Wo warst du?«, fragt meine Mutter. »Ich hab mir ...« Sie hält inne, als sie mich genauer betrachtet.

Ich sehe mich selbst im Spiegel über der Waschschale und stelle fest, dass Blut an mir klebt und ich sichtbare Verletzungen davongetragen habe. Mein gesamter Körper schmerzt.

Meine Mutter eilt mir entgegen und nimmt mein Gesicht zwischen ihre Hände. »Was ist passiert?«

Es bringt nichts mehr, zu lügen. »Ich habe den Ritter gejagt.«

Huntress beugt sich auf ihrem Stuhl vor und schüttelt den Kopf. »Eve ...«

»Das kannst du dir sparen«, versetze ich.

»Du solltest auf deinen Ton achten.«

»Und du solltest nicht vergessen, dass ich die Tochter der Königin bin, nicht deine«, schreie ich.

Huntress, die sichtlich verletzt ist, lehnt sich sofort wieder zurück und senkt den Blick.

»Eve«, tadelt meine Mutter sanft.

»Nein!«, brülle ich. »Nein! Ihr habt mich die ganze Zeit angelogen! Das endlose Training, wie man ein Schwert und einen Degen schwingt, eine Axt, wie ich mit bloßen Fäusten kämpfen kann – wozu das alles?« Ich löse den Degen von meiner Hüfte und werfe ihn auf den Boden, dann wende ich mich wieder meiner Mutter zu. »Du musst gewusst haben, dass ich ihn niemals besiegen kann. Wie sollte mir das gelingen? Meine Kräfte sind nichts gegen seine. Warum habt ihr mich die ganze Zeit in dem Glauben gelassen, ich könnte es mit ihm aufnehmen?«

»Wir haben zugelassen, dass du dich in deine Pflichten vertiefst«, erklärt Mutter. »Wir haben dich sogar dazu ermutigt. Ich ... Ich wusste nicht, was ich sonst tun sollte.« In ihren Augen schimmern Tränen, während sie spricht.

»Du wusstest nicht, was du tun sollst?« Ich begreife nicht, was sie meint. »Ihr habt mich glauben lassen, ich sei dazu bestimmt, ihn zu besiegen?«

»Das hat auch seinen Sinn, Prinzessin«, schaltet sich Huntress ein, ohne aufzublicken.

»Mekhi Gregory ist tot.« Die Worte dringen tief aus meinem Bauch, denn dort sitzt die Wut. »Und ich wäre auch fast umgekommen.«

Ein Geräusch an der Tür erregt meine Aufmerksamkeit. Nova ist aufgetaucht und betrachtet uns besorgt.

Ich rechne damit, dass meine Mutter Angst hat, ihn anflehen wird, so wie sie es getan hat, als ich sie bei ihrem Gespräch mit Nova belauscht habe, doch auf ihrer Miene zeichnet sich lediglich Zorn ab. Sie verabscheut Nova und macht sich keine Mühe, dies zu verbergen. Ohne ihn aus den Augen zu lassen, greift sie nach dem Schwert, das sogar an ihrer Hüfte befestigt ist, wenn sie ihren Morgenmantel trägt. Als sie einen Schritt auf Nova zu macht, weicht der mühelos zur Seite aus.

»Du hast zugelassen, dass sie ihn aufsucht?«, schreit meine Mutter und stößt dabei fast ihr Waschbecken um.

»Als hätte ich sie aufhalten können«, erwidert Nova. »Sie ist deine Tochter, und ich bin mir sicher, dass sie ihre Starrsinnigkeit von dir hat.«

Meine Mutter schnaubt verärgert. »Du hättest sie sehr wohl aufhalten können, doch das hast du nicht getan.« Sie schiebt das Schwert zurück in die Scheide und geht auf Nova zu, diesmal ruhiger, aber ich kann sehen, dass ihre Wut noch nicht abgeklungen ist. Sie verengt ihre Augen auf eine Art, bei der es mir eiskalt den Rücken hinabläuft. »Du willst ihn genauso gern tot sehen wie ich und hast gehofft, dass Eve ihn erledigen kann. Gib es zu!«

Ich rechne damit, dass sich Nova über ihren Vorwurf empört, doch stattdessen blinzelt er nur und sieht sie mit leerem Blick an.

»Das werde ich nicht tun«, erwidert er. »Ich wünsche niemandem, Opfer seines Zornes zu werden.«

Meine Mutter lässt ihren Blick über ihn wandern. »Wenn es dich glücklich macht, dich selbst zu belügen.«

»Du hast gut reden, wenn es um Lügen geht«, werfe ich ein.

Schlagartig senkt sich Stille über den Raum, die sich unendlich schwer anfühlt. Sie ist so umfassend, dass ich einen Schritt zurücktrete, als würde ich mich von meinen Worten distanzieren wollen. Noch nie in meinem Leben war ich derart wütend auf meine Mutter, denn dazu bestand bisher noch kein Grund. Sie hat mich immer dazu ermutigt, meine Gedanken und Gefühle offen auszusprechen, und das habe ich getan. Aber diesmal ist es anders. In mir tobt ein Zorn, den ich nicht um des Anstandes willen unterdrücken kann.

»Ich werde nicht zulassen, dass du so mit ihr sprichst«, warnt Huntress.

Ich werfe ihr einen überheblichen Blick zu.

»Nein«, sagt Mutter. »Nein, ich habe es verdient.« Sie wendet sich mir zu. »Du hast recht. Es bringt nichts, das Schauspiel weiterzuführen. Ich war nicht ehrlich zu dir, und ich fürchte, das hat dich in noch größere Gefahr gebracht.«

Die Wut, die sich wie ein Eisklotz um mein Herz geschlossen hat, beginnt zu tauen. »Aber jetzt wirst du ehrlich zu mir sein?« Ich gehe zum Kamin, drücke auf die kleine Vertiefung im Stein und sehe zu, wie der Spiegel aus seinem Versteck hervorkommt.

Für einen Moment schweigt meine Mutter, bis sie schließlich nickt. »Ich vermute, ich habe keine andere Wahl.« Sie lässt sich auf ihren Stuhl sinken und massiert für einen Moment ihre Schläfen, ehe sie die Fingerspitzen an ihre geschürzten Lippen legt. »Verriegele die Tür.«

Huntress gehorcht, doch als sie den Balken vorschiebt, zittern ihre Hände.

Nova begibt sich ans andere Ende des Raumes, wo er sich wie eine Statue hinstellt, die Hände vor seinem Körper zusammengelegt, den Blick gesenkt, während sich meine Mutter sammelt.

Als die Tür fest verriegelt ist, nimmt meine Mutter einen tiefen, bebenden Atemzug. »Was ich dir jetzt erzählen werde, ist etwas, über das nur ich, Nova und der Ritter Bescheid wissen. Und meine geliebte Sanaa natürlich.«

Huntress gibt einen ungläubigen Laut von sich, und ich wende mich ihr zu. Hat sie wirklich geglaubt, sie kennt jeden Gedanken, der meiner Mutter durch den Kopf geht?

Doch jetzt ist nicht der richtige Zeitpunkt, um sich über Nichtigkeiten zu ärgern.

Mutter stößt zischend den Atem aus. »Ich habe vor vielen, vielen Jahren einen Pakt mit dem Ritter geschlossen.«

Obwohl ich bereits damit gerechnet habe, schockiert es mich, die Worte aus ihrem Mund zu hören. Ich trete von einem Fuß auf den anderen und widerstehe dem Drang zu fragen, wie sie so etwas tun konnte. Wie konnte sie so unbesonnen sein, obwohl sie genau weiß, wie der Ritter agiert?

»Wie dir bekannt ist, bin ich meiner Mutter nach ihrem Tod auf den Thron gefolgt. Dann habe ich Sanaa geheiratet und war vollkommen glücklich. Eine solche Zufriedenheit hatte ich noch nie zuvor verspürt.«

Sie auf diese Weise über Königin Sanaa sprechen zu hören, lässt mein Herz schmerzen.

»In jenen frühen Tagen hätten wir glücklicher nicht sein können. Doch bald nach unserer Heirat keimte in uns das Gefühl auf, dass uns etwas fehlt.«

»Was hätte euch denn fehlen sollen?«, frage ich. »Du warst Königin, du warst verliebt. Du hattest den gesamten Reichtum von Queen's Bridge ...«

»Eine Familie«, unterbricht mich meine Mutter. »Ein Kind, um genau zu sein.«

Mein Herz beginnt heftiger zu hämmern.

»Es gibt unterschiedliche Wege, dies zu erzielen.« Sie weicht meinem Blick aus. »Aber keiner davon schien ... richtig zu sein. Also haben wir unser Schicksal lange Zeit einfach akzeptiert.« Sie seufzt und legt sich eine Hand aufs Herz. »Wir waren nie gut darin, einander etwas vorzumachen. Obwohl Sanaa und ich behauptet haben, alles sei gut, wussten wir, dass es nicht stimmte. Wir haben uns so sehr eine Familie gewünscht, also habe ich ... den Ritter zur Sprache gebracht. Sanaa hat sich geweigert, es auch nur in Erwägung zu ziehen.«

»Aus gutem Grund«, meldet sich Nova zu Wort. Seine Stimme klingt wie das Heulen des Windes – kalt und bedrohlich.

Mir fehlen die Worte. Eine böse Vorahnung setzt sich in meinem Magen fest.

Meine Mutter geht nicht auf Novas Worte ein. »Irgendwann hat Sanaa doch über meinen Vorschlag nachgedacht, auch wenn sie sehr zögerlich war. Uns war beiden bewusst, was passieren könnte, wenn wir auch nur einen Fehler machen würden. Eines Abends saß ich allein am Fenster meiner Kammer und blickte hinaus. Der Winter brach gerade an, und ich war vollkommen aufgelöst, weil wir nicht vorankamen in unserer Planung. Ich versuchte, mich damit abzulenken, eines von Sanaas Lieblingskleidern zu flicken, wobei ich mir versehentlich in den Finger stach.« Sie hält inne und versteift sich. Ihr Blick ist mit einem Mal umwölkt. Sie wirkt, als würde sie jeden Moment von ihrem Stuhl aufspringen und aus dem Raum laufen.

Ich halte den Atem an. Mein Herz schlägt mir immer noch bis zum Hals.

»Ein einzelner Tropfen Blut fiel in den Schnee, der durch das Fenster hereingeweht worden war«, fährt sie fort. »Und auf einmal war ich nicht mehr allein in meiner Kammer.« Sie schaut zu Nova auf, der seinen Kopf wegdreht. »Nova ist als Spiegelung im Buntglasfenster erschienen. Als Bote des Ritters hat er mir ein Angebot unterbreitet. Er erzählte mir, er könne mir meinen Wunsch erfüllen. Meine Frau und ich könnten ein Kind haben, sodass alles so sein würde, wie wir es uns vorgestellt hatten, aber …«

»Aber was?«, flüstere ich. Meine Gedanken rasen. »Willst du damit sagen, ich existiere nur wegen des Ritters?«

»Nein. Du existierst wegen mir und Sanaa.«

Huntress stößt einen erstickten Laut aus, als müsste sie einen ganzen Wortschwall zurückhalten.

»Du hast dich auf ein Abkommen mit ihm eingelassen, damit ich geboren werde?« Ich bin vollkommen entsetzt. Ein schrecklicher Gedanke kommt mir. »Was waren die Bedingungen?«

Meine Mutter sieht mich nicht an. »Es war eine simple Vereinbarung. Gegen eine Bezahlung.«

»Was hat er von dir verlangt?«, frage ich. Mein Herz rast noch schneller. Mein Mund ist mit einem Mal trocken, meine Hände dagegen sind schweißnass.

»Das wollte er mir nicht verraten. Er hat verlangt, dass ich mich erst auf das Abkommen einlasse, ehe er mir den Preis verrät. Natürlich habe ich abgelehnt.« Sie seufzt schwer. »Doch dann erschien mir Nova auf einem Spaziergang am River Farris. Ein Stein von der Größe einer Tür lag in der gefrorenen Schneeschicht am Ufer. Die Bilder, die er mir darin zeigte, vertrieben die Verzweiflung, die ich empfunden hatte. Ich ließ den Stein reinigen und bei Nacht in meine Kammer schaffen. Ich konnte darin Bilder von einem dunkelhaarigen Baby mit goldener Haut sehen. Uns zusammen, wie wir lachten. Ich sah Sanaa, die das Kind hielt, ihre Nase an seinem Hals vergrub und sanft in seine perfekten kleinen Arme und Beine kniff. Ich konnte das Lachen hören, die Wärme spüren und die Fröhlichkeit.« Tränen steigen ihr in die Augen, ihr Kinn bebt. »Jeden Tag sah ich diese Bilder, und irgendwann konnte ich es ganz einfach nicht mehr ertragen. Ich rief Nova zu mir, und er erschien im Spiegel. Ich habe ihm gesagt, dass ich mich auf das Abkommen mit dem Ritter einlasse. Mittlerweile war ich bereit, ihm alles zu geben, denn ich glaubte, dass ...«

»Was?«, dränge ich. »Dass seine Bezahlung nicht grausam sein würde? Dass der Preis für das, was du dir mehr wünschtest als alles andere, nicht hoch sein würde?« Dann stelle ich die Frage, die in diesem Moment am wichtigsten ist. »Was war die Bezahlung?«

Als sie mich ansieht, laufen ihr Tränen über die Wangen. In ihren Augen liegt ein verzweifelter Ausdruck. »Ich habe den Wunsch ausgesprochen, und die Bezahlung dafür war dein Leben. Ich soll dich um Mitternacht an deinem siebzehnten Geburtstag töten. Entweder selbst oder jemand muss es in meinem Namen tun.«

Ich bin sprachlos. Es fühlt sich an, als würde ich fallen, als würde sich der Raum drehen. Ich taumele zurück, doch auf einmal liegt Novas Hand an meinem Rücken und hält mich. Eilig winde ich mich aus seinem Griff.

Mutter betupft sich die Augen. »Ich dachte ... Ich weiß auch nicht. Ich dachte, dass ich vielleicht einen Weg finde, ihn zu ...«

»Was?«, unterbricht Nova. »Ihn zu überlisten? Der Bezahlung zu entgehen?« Er schüttelt den Kopf. »Ich habe dich für schlauer gehalten.«

»Du wagst es, mich zu tadeln?«, fragt meine Mutter erzürnt. »Nach allem, was du zu dem Abkommen beigetragen hast?«

Obwohl ich in erster Linie wütend auf meine Mutter bin, weiß ich, dass auch Nova eine gewisse Schuld trifft.

Als ich mich zu ihm umdrehe, presst er die Lippen zusammen und weicht meinem Blick aus.

»Du hast meine Mutter mit Bildern gequält, die etwas zeigten, das sie nie würde haben können. Du hast sie dahingehend manipuliert, sich auf einen Handel mit dem Ritter einzulassen.«

»Nein. Ich habe nur das getan, worum sie gebeten hat, und ihr geholfen, mit dem Ritter in Kontakt zu treten. Sie wusste ganz genau, was passieren könnte.«

»Das stimmt«, pflichtet meine Mutter Nova mit gepresster Stimme bei. »Aber du hast auch nicht die ganze Wahrheit gesagt.«

Nova zieht die Augenbrauen hoch. »Na, in dem Fall sind wir ja schon zu zweit, nicht wahr?«

Ich wende mich meiner Mutter zu. »Was ist dann geschehen? Nachdem du dich einverstanden erklärt hast?«

Wieder betupft sie sich die Augen mit den Fingern und seufzt. »Der Ritter kam zu mir, und ich habe zugesehen, wie er dich aus der goldenen untergehenden Wintersonne und den leuchtenden Sternen erschuf. Er holte sie vom Himmel, hauchte dir Leben ein, und auf einmal warst du da. Ich hielt dich in meinen Armen, als du deinen ersten Atemzug nahmst, und wusste, dass es nichts gab, was ich nicht für dich tun würde. Wenn der Ritter als Bezahlung ein Leben forderte, würde ich mein eigenes opfern. Oder einen anderen Weg finden.«

Ich blicke hinab auf meine Hände und nackten Unterarme. Er hat mich aus den Dingen gemacht, die meine Mutter am meisten liebt – dem Himmel, wenn die untergehende Sonne den Horizont färbt, den leuchtenden Sternen und der Kälte des Winters. Meine Kräfte, die sich einst magisch anfühlten, kommen mir nun eher vor wie ein Fluch.

»Und, hast du einen Weg gefunden?«, frage ich. »Einen Weg, ihn zu überlisten?«

Meine Mutter erhebt sich. »Ich habe darüber nachgedacht, wie ich die Bedingungen verändern könnte. Ich habe um ein Treffen mit ihm gebeten, doch er hat abgelehnt. Das Einzige, was mir einfiel, war, dich auf ein Aufeinandertreffen mit ihm vorzubereiten, damit du ihn unter Umständen töten könntest, bevor er seine Bezahlung einfordert.«

»Die Bedingungen werden sich nicht ändern lassen«, merkt Huntress an. Ihre Stimme erschreckt mich. Sie ist vollkommen still gewesen, während wir der Geschichte meiner Mutter gelauscht haben. »Wie konntest du jemals glauben, dass er sich umstimmen ließe? Und die noch wichtigere Frage lautet: Was hätte er davon?«

»Ich weiß es nicht!«, versetzt meine Mutter schluchzend. »Ich wollte Eve. Meine Eve! Und ich würde mein Leben geben, um dich zu beschützen, doch was ich damals nicht sehen wollte, war, dass jeder Pakt mit dem Ritter eine Grausamkeit birgt. Er genießt das Leid der anderen – *mein* Leid. Und er wird versuchen, mich dazu zu bringen, mein Kind zu töten.« Sie sieht mich an. »Doch ich würde mich lieber selbst töten, als dir etwas anzutun.«

»Nein«, stoße ich hervor. So wütend, wie ich bin, kann ich ihr nicht zuhören, wie sie davon spricht, für mich zu sterben. Sie und ich haben beide schreckliche Fehler begangen und Dinge falsch eingeschätzt. Mekhi ist wegen mir tot. Wir müssen gemeinsam eine Lösung finden, denn wenn sie zugrunde geht, werde ich es auch tun.

»Wir haben keine Zeit und keine Optionen mehr«, gibt Huntress zu bedenken. »Der Ritter wird sich das holen, was Ihr ihm schuldet.« Sie sieht meine Mutter mit gequälter Miene an. »Wenn ihm das nicht gelingt, wird er Rache nehmen. Das wisst Ihr. Euer Leben kann nicht als Pfand dienen. Ich und jedes Mitglied der Leibgarde und des Volkes von Queen's Bridge würde sein Leben opfern, um Euch zu schützen, weil Ihr unsere Königin seid und es unsere Pflicht ist.« Sie presst die Lippen aufeinander, als würde sie sich zusammennehmen, um nicht das auszusprechen, was sie hinzufügen möchte.

Es entsteht eine bedeutungsschwere Stille, bevor Nova auf uns zukommt. Ich muss mich beherrschen, um die Flammen des Kamins nicht zu einem Schwert zu formen und es ihm ins Herz zu rammen.

»Vielleicht gibt es da etwas, das wir tun können«, verkündet er leise. »Ein Plan, den du dir im betrunkenen Zustand nach zu viel Wein überlegt hast. Wann war es noch gleich? Vor fünf Jahren?«

Mutter begegnet seinem Blick.

Nova schüttelt den Kopf. »Ein Teil von mir glaubt, dass du die ganze Zeit darauf hingearbeitet hast. Bewusst oder unbewusst.«

Mutter schließt die Augen. »Doch der Plan verlangt ein anderes Opfer.« Nun hebt sie flatternd die Lider. »Eines, das vielleicht niemand von uns bereit ist, zu bringen.« In der nächsten Sekunde hat sie sich vor Nova aufgebaut. »Du wusstest von meinem Plan und hast dem Ritter nichts verraten?«

»Welcher Plan?«, fragt Huntress.

»Ich kann dir nicht vertrauen, Nova«, sagt Mutter. »Du warst schon immer eine Schachfigur des Ritters und führst blind seine Befehle aus.«

»Wir kennen einander schon sehr lange, meine Königin, aber du weißt nicht mal annähernd so viel über mich, wie du glaubst. Ich habe versucht, Eve davon abzuhalten, zu ihm zu gehen. Ich habe den Ritter abgelenkt, damit sie entkommen kann. Und nun bin ich hier, bereit, ihn erneut zu hintergehen.«

»Warum?«, fragt meine Mutter. »Warum riskierst du so viel für uns?«

Als Nova mich ansieht, blitzt etwas in seinen Augen auf, das mich beunruhigt – etwas aufrichtig Sanftes. Schnell fängt er sich wieder.

»Es spielt keine Rolle«, sagt er schließlich.

Frustration überkommt mich, sodass ich meinen Degen in die Hand nehme und damit auf Nova zugehe. Ich will den Druck in meiner Hand spüren, wenn ich ihm die Klinge zwischen die Rippen treibe.

»Du kannst mich nicht besiegen«, sagt er gelassen.

»Du hast keine Ahnung, was ich kann.«

Nova weicht mit erhobenen Händen zurück. »Du kannst mich nicht besiegen, weil ich nicht gegen dich kämpfen werde.«

Nun forme ich doch ein Schwert aus Feuer und Funken im Kamin. Die Flammen erhellen das Zimmer und legen sich in meine Hand, während ich mich ihm nähere. »Du bist ein Feigling.«

Nova lässt die Hände an seine Seiten fallen. »Tu es. Töte mich.«

Ich halte inne, denn er wirkt vollkommen resigniert.

»Was hätte ich tun sollen?«, fragt Nova.

»Du hättest dem Ritter nicht dabei helfen sollen, meine Mutter zu quälen!«, rufe ich. »Ihm generell nicht helfen sollen! Warum tust du das?«

»Du stehst auf der Seite deiner Mutter. Du bist ihre rechte Hand. Genau das Gleiche bin ich für meinen Vater.«

Huntress zieht so scharf die Luft ein, dass sie sich verschluckt und hustet.

Ich lasse die Flammen in meiner Hand zu einer schwarzen Rauchwolke verpuffen.

Meine Mutter macht einen Schritt auf ihn zu. »Dein Vater?«

Nova starrt auf den Boden, die Hände vor seinem Körper zusammengelegt. »Verstecke den Spiegel.«

Meine Mutter betätigt den Mechanismus, woraufhin sich der Spiegel wieder in den Boden senkt.

Nova lässt die Schultern hängen und schlingt die Arme um seinen Körper, als würde er sonst auseinanderfallen. »Er ist mein Vater, und selbst ich habe mich auf einen Pakt mit ihm eingelassen – dessen Einzelheiten ich niemals preisgeben werde.«

»Du bist sein Sohn und musst dich trotzdem an die Bedingungen seiner gefährlichen Abkommen halten?« Ich kann es kaum glauben.

Er sieht mich an. »Ich dachte, du wüsstest, wie grausam er sein kann, aber offenbar hast du nicht aufgepasst.« Er tritt von einem Fuß auf den anderen. »Ich bin schon sehr lange an seiner Seite und weiß ganz genau, welch fürchterliche Konsequenzen es nach sich zieht, wenn man sich nicht an eine Vereinbarung hält. Du glaubst, zuzusehen, wie ein Mann gefoltert wird, ist das Schlimmste, dessen man Zeuge werden kann?« Der Ausdruck in seinen Augen verrät mir, dass er Dinge mitangesehen hat, die zu fürchterlich sind, um sie zu erzählen. Ich erschaudere, als ich mir ausmale, worum es sich handeln könnte.

»Du warst schon als Kind an seiner Seite?«, frage ich.

»Ich war schon immer der, der ich jetzt bin. Nicht älter und nicht jünger. Einfach ... so.«

Ich beschließe, ihn nicht weiter zu bedrängen.

Er macht einen Schritt auf mich zu. »Wenn deine Mutter versucht, einen Weg zu finden, sich nicht an die Bedingungen halten zu müssen, wird sich sein Zorn gegen die Menschen von Queen's Bridge richten. Kein Mensch, jung oder alt, wird verschont bleiben. Und niemand wird schlimmere Konsequenzen zu tragen haben als die Königin. Außer dir vielleicht, Eve.« Er haucht meinen Namen, als wäre er halb Fluch, halb Geheimnis.

Ich wende mich von ihm ab, und auch meine Mutter entfernt sich von ihm.

»Warum«, setzt sie an, »machst du dir nach all dieser Zeit plötzlich Sorgen?«

Ich spüre Novas Blick im Rücken und schaue mich um.

Er starrt mich tatsächlich an. »Das kann ich nicht verraten. Ich glaube, nichts, was ich tun kann, wird dazu führen, dass man mir verzeiht.«

»Wer sollte dir verzeihen? Und was?«, frage ich.

»Alle, die mich vielleicht als denjenigen sehen, der ich wirklich bin, und nicht als den, zu dem man mich gemacht hat.«

»Wir sind, was wir sind.«

»Bist du der Rachegeist der Königin? Oder das Mädchen, das einen unschuldigen Jungen so schweren Herzens im Wald beerdigt hat, dass du dich von dem Verlust wahrscheinlich niemals erholen wirst?« Er hält meinen Blick fest, bis ich wegsehe, frustriert darüber, wie sehr mich seine Worte treffen.

»Absolution kann ich dir nicht erteilen«, sagt meine Mutter sanft. »Ich habe selbst zu viele Fehler in meinem Leben begangen. Aber wenn es das ist, was du dir wünschst, kannst du damit beginnen, mir zu schwören, dass du uns nicht betrügen wirst.«

Nova blickt zu Boden. »Ich schwöre es.«

Sein Wort ist für mich bedeutungslos, doch meine Mutter scheint für den Moment zufrieden zu sein.

Huntress erhebt sich und schaut Nova flehend an, ehe sie ihren Blick meiner Mutter zuwendet. »Was hat es mit diesem Plan auf sich, von dem Ihr gesprochen habt? Ich muss es wissen.« In ihrer Stimme schwingt Verzweiflung mit, und ich frage mich, warum sie immer so barsch zu mir ist, wenn sie sich offenbar solche Sorgen um mich macht.

»Wir müssen ihn zu der Annahme verleiten, dass ich den Preis gezahlt habe«, erklärt meine Mutter leise.

»Und dann müsst ihr euer Leben so leben, als wäre das tatsächlich der Fall«, fügt Nova hinzu. »Es ist eine List, an die ihr euch für den Rest eures Lebens halten müsst.«

»Was für eine List?«, frage ich.

»Wir müssen ihn hinters Licht führen«, antwortet meine Mutter. »Wir müssen Eves Tötung planen und ausführen – durch meine Hand – und beten, dass der Ritter niemals die Wahrheit erfährt.«

Huntress wirft entsetzt und resigniert ihre Hände in die Luft. »Das könnt Ihr nicht ernst meinen. Bitte, meine Königin, sagt mir, dass das ein Scherz ist.«

In der Erwartung, dass sie wütend wird, wende ich mich meiner Mutter zu, doch sie wirkt eher erbittert. In ihren Augen flammt etwas auf, das ich schon lange nicht mehr bei ihr wahrgenommen habe.

»Vielleicht ist das der einzige Weg«, sagt sie leise.

Huntress' Blick huscht zwischen meiner Mutter und Nova hin und her. »Das ist lächerlich. Es wird niemals funktionieren.«

»Doch«, widerspricht Mutter. »Und ich brauche Eure Hilfe, Huntress. Eure Loyalität ist nun wichtiger als jemals zuvor.«

»Du ... hast das wirklich geplant?«, frage ich.

»Nein … Vielleicht. Vielleicht in Teilen«, stammelt sie. »Die Idee wurde aus zu viel Wein und zu großer Verzweiflung geboren, aber ich habe mir damals nicht viel dabei gedacht.« Sie legt mir eine Hand an die Wange. »Das ist unsere einzige Chance. Und wenn es bedeutet, dass du am Leben bleiben kannst, ist es das Einzige, was zählt.«

»Ich hoffe, du bist dir sicher.« Novas Stimme ist ebenso ernst wie sein Blick. »Laut eurer Vereinbarung soll ich dem Ritter Eves noch schlagendes Herz überbringen. Wir müssen also einen Ersatz finden.«

11

Entsetzen durchfährt mich wie ein Blitz und erschüttert mich wie ein Donnerschlag.

Mutter nimmt meine Hände in ihre. Sie würde mir niemals wehtun, das bezweifele ich nicht; aber die Tatsache, dass sie immer gewusst hat, dass der Ritter dies von ihr erwartet und sie sich einen Plan überlegen muss, der wahrscheinlich nicht funktionieren wird, übersteigt meine Vorstellungskraft.

»Uns bleibt nicht viel Zeit«, flüstert sie. »In zwei Wochen wird Eve siebzehn, und der Ritter will seine Bezahlung an diesem Tag bis spätestens Mitternacht. Es ist ein Wettlauf gegen die Zeit.«

Nova nickt.

»Und wir dürfen Eve nicht in unsere Planung involvieren«, fügt meine Mutter hinzu.

Abrupt schaue ich sie an. »Was? Warum?«

»Je weniger du weißt, desto besser.«

Huntress umfasst das Heft ihres Schwertes. »Falls – oder sollte ich sagen, *wenn* – der Plan scheitert, hat der Ritter vielleicht Mitleid mit dir, solange du nicht mitgemischt hast.«

Mutter zieht eine Augenbraue hoch. »Bisher habt Ihr stets fest an mich geglaubt, und jetzt zweifelt Ihr an mir?«

»Verzeiht mir.« Huntress legt sich eine Hand an die Brust und verbeugt sich leicht. »Ich halte es nur für einen weitaus besseren Plan, ihn zu töten. Eve hat es nicht geschafft, aber das bedeutet nicht, dass es unmöglich ist.«

»Es ist nicht daran gescheitert, dass ich nicht dazu in der Lage war«, verteidige ich mich, denn ich habe den Eindruck, dass ihre Worte ein Seitenhieb waren. »Der Ritter ist nur einfach keine ausgestopfte Strohfigur, die reglos auf der Lichtung steht. Er wird nicht tatenlos zusehen und darauf warten, dass du ihm das Schwert in den Hals treibst. Er ist ein lebendiges Monster, und er hätte dich fertiggemacht, wenn du da gewesen wärst.«

Huntress schnaubt. »Das bezweifele ich. Ich hätte ihn getötet.« Sie wendet sich Nova zu. »Es kümmert mich nicht, ob er dein Vater ist oder nicht. Ich will ihn tot sehen, und sobald sich mir die Chance dazu bietet, werde ich ihn niedermetzeln, ohne zu zögern.«

Nova sieht Huntress an, wobei sich immer noch eine undefinierbare Traurigkeit auf seinen Zügen abzeichnet. »Du könntest es versuchen. Und du würdest scheitern, so wie alle anderen vor dir gescheitert sind.« Seine Miene verrät nicht, ob ihn Huntress' Worte getroffen haben.

Meine Mutter drückt erneut meine Hand. »Wir dürfen auf ein besseres Leben für uns hoffen, aber in erster Linie sind wir dem Volk von Queen's Bridge verpflichtet. Wir müssen den Ritter besänftigen, ganz egal, was es kostet. Wenn wir versagen, wird uns wahrscheinlich ein Unheil ereilen, das mit nichts zu vergleichen ist, was wir jemals erlebt haben.«

Huntress versteift sich, wobei ihre Augen glasig wirken.

Seufzend schaue ich zu Boden. Pflichten. Unsere Aufgabe ist es also, ein Opfer zu bringen, das meine Mutter davor bewahrt, mich zu töten, und gleichzeitig dafür zu sorgen, dass das Volk nicht leidet, obwohl wir uns dem Ritter widersetzen. Mein Hass auf ihn steigert sich ins Unermessliche und droht mich zu verzehren.

»Nun gut«, sagt meine Mutter auf einmal zu mir. »Das genügt. Geh. Wir müssen nicht mehr länger davon sprechen.«

In den folgenden Tagen trifft sich meine Mutter mehrmals mit Huntress und Nova, während ich zur Farm reite, um Sir Gregory über Mekhis Tod zu unterrichten. Ich habe in meinem Leben viele schlimme Dinge gesehen, und obwohl die Bilder von Mekhis zerteiltem Körper zu den fürchterlichsten gehören, hätte mich nichts auf den Ausdruck vorbereiten können, der über Sir Gregorys Miene huscht, als ich ihn anlüge. Ich erzähle ihm, dass Mekhi und ich in einem Schneesturm voneinander getrennt wurden, während wir der Fährte eines gefährlichen Wolfes bis in die hohen Berge gefolgt sind, und dass ich ihn später tot aufgefunden habe. Dass es aussah, als sei er von seinem Pferd gefallen. Ich erzähle ihm, dass ich seine Leiche aufgrund des Schnees nicht mitbringen konnte, verspreche jedoch, dass ich ihn im Frühling nach Hause holen werde.

Als er mich fragt, wo es passiert sei, tische ich ihm weitere Lügen auf. Ich will einfach nicht, dass er loszieht und Mekhis Körper aus dem frostigen Boden ausgräbt.

Als ich mit meinem Bericht fertig bin, fällt Sir Gregory unkontrolliert schluchzend zu Boden, wo er inmitten der geschnitzten Gliedmaße der Marionetten liegen bleibt.

Innerhalb der folgenden zwei Wochen ist meine Mutter damit beschäftigt, ihren Plan in die Wege zu leiten, obwohl ich mich kaum darauf vorbereitet fühle, wie immer er ausgehen mag.

Ich erhalte einen Brief von ihr, in dem sie mich bittet, mich auf ein rauschendes Fest anlässlich meines Geburtstags und alle damit einhergehenden Feierlichkeiten vorzubereiten. Ich kenne keine Einzelheiten, aber offenbar hat Nova den Vorschlag gemacht, dass meine Mutter nicht nur der Feier zustimmt, sondern sie auch noch so übertrieben wie möglich gestaltet.

Nichts davon dient allerdings meinem Vorteil oder meiner Unterhaltung; es soll so aussehen, als halte sich meine Mutter an ihren Teil der Abmachung. Denn was würde eine Mutter tun, die kurz davorsteht, ihre einzige Tochter zu töten? Sie würde für einen Abschluss mit Pauken und Trompeten sorgen.

Als der Abend des Festes gekommen ist, stehe ich in einem Kleid aus Sternenstaub und Schnee vor meinem Spiegel. Ich habe es selbst erschaffen, sodass es sich an meinen Körper schmiegt wie eine zweite Haut. Die Weiß- und Silbertöne des Stoffes stehen im Kontrast zu meiner tiefgoldbraunen Haut. Ich löse mein Haar, sodass mir meine kleinen schwarzen Locken, die mit filigran gearbeiteten Klammern aus honigfarbenem Bernstein und funkelnden grünen Smaragden verziert sind, um die Schultern fallen. Als ich mein Spiegelbild betrachte, kommt es mir nicht so vor, als sei ich das Kind des Ritters, sondern die Kreation meiner Mutter, die aus ihrem tiefen Wunsch nach einer Familie entstanden ist. Diese Vorstellung mildert den wachsenden Hass, den ich für den Ritter empfinde, ein wenig. Wenn meine Verachtung für ihn zuvor ein struppiges Unkraut war, so ist sie jetzt eine giftige Ranke, die sich immer weiter in die Höhe schlängelt und bereit ist, den Ritter zu erwürgen.

Ich muss in den Festsaal hinuntergehen und gute Miene zum bösen Spiel machen. Das ist meine Pflicht. Meiner Mutter zu vertrauen, war nie ein Problem für mich, aber nun empfinde ich anders. Schließlich hat sie ihre Pläne vor mir geheim gehalten, sodass ich mir verletzlich und bloßgestellt vorkomme.

Als ich einen letzten Blick in den Spiegel werfe, sehe ich, dass mich Nova aus seinen großen Augen anschaut, als würde er direkt hinter meiner rechten Schulter stehen. Ich taumele so erschrocken zurück, dass ich beinahe das Waschbecken umstoße.

»Es tut mir leid«, entschuldigt er sich leise und tritt zurück, als würde er sich in die Schatten des Spiegels zurückziehen. In den letzten zwei Wochen habe ich nur ein- oder zweimal von ihm gehört. Er wirkt nun kleiner, aber auch entschlossener. Als er meinem Blick begegnet, richtet er sich plötzlich auf und legt sich eine Hand ans Herz. »Du siehst...« Er hält mitten im Satz inne, wobei sich seine Miene verhärtet.

Meine Haut prickelt. »Und ich dachte schon, du willst mir ein Kompliment machen.«

»Das wäre angemessen. Schließlich feiern wir heute deinen Geburtstag.«

Der Satz klingt merkwürdig in meinen Ohren. Meine Mutter hat mich auf diesen Abend vorbereitet, und es ist genau das, was ich mir gewünscht habe – ein Fest –, aber die Umstände sind so fürchterlich wie die Abkommen des Ritters.

Nova nähert sich dem Spiegel von der anderen Seite. Sein Gesicht ist dem Glas ganz nahe, und er betrachtet mich eingehend aus seinen grauen Augen. Er atmet ein, ganz leise, doch der Klang lässt eine Welle der Verwirrung durch meinen Körper fahren.

»Du siehst müde aus«, sagt er schnell und wendet den Blick ab.

»Ah. Na endlich.« Nun habe ich wieder einen klaren Kopf. Ein schönes Gesicht genügt wohl kaum, um all das wettzumachen, was er getan hat. Nun schäme ich mich dafür, dass ich mir erlaubt habe, für einen Moment auf diese Art an ihn zu denken. »Du kannst nicht anders, als unhöflich und gemein zu sein, oder? Das gehört einfach zu dir.«

»Gemein?« Er zieht leicht die Augenbrauen hoch. »So denkst du über mich?«

»Es spielt keine Rolle, was ich denke.« Ich streiche die Vorderseite meines Kleides glatt, obwohl es kein bisschen zerknittert ist. »Warum bist du hier?«

»Der Ritter hat mich darüber in Kenntnis gesetzt, dass deine Mutter und Huntress dich heute töten werden. Er ist überaus zufrieden.«

»Ich verstehe«, erwidere ich leise und versuche, die fehlenden Puzzleteile in meinem Kopf zusammenzusetzen. »Im Rahmen unserer List hast du ihm erzählt, dass meine Mutter heute ihren Teil der Vereinbarung ausführt. Das ergibt Sinn.«

Nova legt den Kopf schief. »List?«

»Der Plan. Ich weiß, dass ich nicht alle Einzelheiten kenne, aber es ist doch offensichtlich. Das alles ist eine List, die ihn glauben lassen soll, dass wir uns an die Abmachung halten.«

Novas Miene ist ausdruckslos. »Ja, das stimmt, aber … hast du nicht gehört, was wir zuvor gesagt haben? Damit es funktioniert, müssen wir anschließend so tun, als wäre die schreckliche Tat begangen worden.«

»Doch, das habe ich gehört. Wir werden das Fest feiern, den Auftritt hinlegen, den meine Mutter und Huntress geplant haben, und dann tauche ich für eine Weile unter. Wie lange glaubst du, muss ich …«

»Nein.« Novas Stimme klingt leise und tonlos. »Nein, Eve. Du verstehst nicht. Du wirst deine Mutter nie wiedersehen. Du wirst … für immer untertauchen. Nur so kann es funktionieren.«

Während ich Nova anstarre, verstummt die Welt um mich herum, und mein Herz wird schwer. Ich habe mich so darauf konzentriert, dass der Plan funktionieren muss, dass ich nicht über die Konsequenzen nachgedacht habe. Und ja, ich habe tatsächlich gehört, was sie besprochen haben, doch …

»Ich werde mich nicht für immer vor dem Ritter verstecken müssen. Gewiss wird eine Zeit kommen, wo es sicher ist, meine Mutter wiederzusehen.«

»Der Ritter lebt schon außergewöhnlich lange«, gibt Nova in seinem sachlichen Tonfall zu bedenken. »Er wird länger als deine Mutter und du und auch als die Generationen nach euch leben.« Er lässt den Kopf hängen. »Du wirst niemals vor ihm sicher sein. Nicht bis zu deinem Tod, und nicht einmal dann …« Nova bricht ab und schüttelt den Kopf.

Ich kehre dem Spiegel und Nova den Rücken zu. Im Grunde weiß ich, dass seine Worte wahr sind, doch ich sträube mich trotzdem dagegen. Ich will es nicht akzeptieren, auch wenn es so aussieht, als würde mir nichts anderes übrig bleiben.

Während ich bis vor Kurzem noch gedacht habe, ich könnte den Ritter besiegen, muss ich ihn nun davon überzeugen, dass wir uns an seinen grausamen Plan halten. Das zerfrisst mich innerlich, denn so wird er nicht für seine Taten bezahlen.

»Es ... Es tut mir leid, Prinzessin. Ich wünschte, es wäre anders.«

»Wirklich?«, frage ich mit tränenerstickter Stimme.

Nova seufzt. »Ja.«

Als ich mich wieder umschaue, ist er verschwunden.

Ich versuche verzweifelt, mich zusammenzureißen, doch ich kann an nichts anderes denken als an den Ritter und daran, wie sehr ich ihn hasse. Nun hole ich die Truhe unter meinem Bett hervor, nehme die Landkarten und die Erzählungen über seine grausamen Taten heraus und werfe alles in den Kamin. Das Papier fängt Feuer und kräuselt sich, bis nur noch Asche übrig ist.

Nachdem ich mich gesammelt habe, steuere ich den Festsaal an.

Menschen strömen aus der Kälte herein und gehen in Richtung Saal, wobei sie mich mit einem breiten Lächeln begrüßen und sich darüber unterhalten, wie grandios der Abend werden wird – ein Fest, an das man sich noch lange erinnern wird.

Was wird meine Mutter ihnen erzählen, wenn ich fort bin? Welche Legende wird sich um mich ranken? Die Situation kommt mir unwirklich vor.

Als ich schließlich durch die großen Doppeltüren trete, hüllen mich lebhafte Musik, Gelächter und fröhliche Stimmen ein. Die Leute tanzen und stoßen mit bis zum Rand gefüllten Kelchen an.

Überall im Saal prangt das Wappen der Familie Miller auf smaragdgrünen Fahnen. Auf einer Seite des Raumes wurde ein Tisch eingedeckt, an dem bereits meine Mutter und Huntress sitzen. Darauf befinden sich Berge aus honigsüßem Konfekt, gepökeltem Fleisch und frischem Brot. Die Wand wird von Bottichen mit Wein gesäumt, den ein Diener der durstigen Menge in Kupferkelchen serviert. Der Geruch von Kerzenwachs und vom Rauch des prasselnden Feuers liegt in der Luft. Die Menschen lachen miteinander. Sie wirken glücklich, es herrscht eine feierliche Stimmung.

Nachdem ich den Saal betreten habe, wenden sich mir alle zu und stimmen ein Geburtstagslied an, mit dem sie mir Glück, Gesundheit und Wohlstand wünschen.

Ich muss ein Lächeln aufsetzen und Hände schütteln, während ich mir einen Weg durch die Menge bahne, obwohl sich ein fürchterlicher Groll in meinem Magen festgesetzt hat. Eilig verdränge ich ihn, denn woher sollen meine Gäste wissen, dass heute mein letzter Abend unter den Lebenden ist?

Je länger ich darüber nachdenke, desto klarer wird die Erkenntnis, dass es tatsächlich stimmt. Auch wenn mir mein Herz nicht wirklich aus der Brust gerissen und dem Ritter als makabres Geschenk überbracht wird, bin ich nach heute Abend gezwungen, wie ein Geist durch das Land zu wandeln.

Am Tisch angekommen, setze ich mich neben meine Mutter. Sie trägt ein Kleid, das so dunkelgrün ist, dass es fast schwarz aussieht. Es wirkt, als hätte sie sich in Verzweiflung und Trauer gehüllt.

Sie ergreift meine Hand. »Ist es nicht schön?«, fragt sie tonlos, ohne mich anzusehen.

Ich kann nicht sprechen, denn in meiner Kehle hat sich ein Kloß festgesetzt. Wenn ich jetzt den Mund aufmache, um etwas zu sagen, wird mir ein Schluchzen entfahren, und das darf ich nicht zulassen. Nicht wenn so viel davon abhängt, wie überzeugend unser Schauspiel ist. Nicht wenn ganz Queen's Bridge von mir erwartet, dass ich die Feierlichkeiten anlässlich meines siebzehnten Geburtstags genieße.

Noch immer blickt meine Mutter starr geradeaus, ohne zu blinzeln, was mir zuwider ist.

»Du solltest tanzen«, schlägt Huntress vor.

Wir beide sehen sie an, als hätte sie etwas Respektloses von sich gegeben.

Huntress schnaubt. »Gute Miene zum bösen Spiel, Eve. Lass dir von deiner Starrsinnigkeit nicht deine Pläne für den heutigen Abend durchkreuzen.«

Einen Moment lang schließt meine Mutter die Augen. »Vielleicht wäre das tatsächlich eine gute Idee.«

»Ich will aber nicht tanzen.«

»Das spielt keine Rolle«, versetzt Huntress. »Tu es trotzdem. Deiner Mutter zuliebe.«

Mir gefällt weder ihr Tonfall noch ihr panischer Blick. Sie führt sich auf, als hätte sie mehr zu verlieren als ich. Und als hätte sie das Recht dazu, mir vorzuschreiben, was ich zu tun habe. Ich sitze stumm da, trommele mit den Fingern auf die smaragdgrüne Tischdecke und versuche, mich von dem Drang abzulenken, Huntress hier und jetzt zu einem Duell herauszufordern.

Die Flammen der Kerzen in meiner Nähe züngeln in die Höhe. Eine Frau, die neben dem Tisch steht, schaut erst die Flammen an und dann mich, wobei sich ihre Augen weiten.

Schließlich weicht sie zurück und verschwindet zwischen den anderen Gästen.

Mutter drückt meine Hand. »Nicht jetzt. Bitte, Eve.« Sie sieht aus, als würden ihr alle Sorgen der Welt auf den Schultern lasten und als könnte sie jeden Moment unter dem unvorstellbaren Gewicht zerbrechen.

Ich bedenke Huntress mit einem tödlichen Blick, ehe ich mich entschuldige und durch die Menge der Feiernden schlendere, als wäre ich in einer albtraumhaften Realität gefangen. Lächelnde Gesichter wirbeln an mir vorbei, und die Musik löst ein Pochen hinter meinen Schläfen aus. Auf meiner Brust scheint ein Gewicht zu ruhen, und meine Kehle ist so zugeschnürt, dass ich meinen Hals berühren muss, um mich zu vergewissern, dass sich nichts darum geschlungen hat. Auf meiner Haut bildet sich ein Schweißfilm. Ich fühle mich eingekesselt. Am liebsten würde ich davonlaufen, kämpfen, schreien. Mehr verschwommene Gesichter rauschen an mir vorbei, überreizen meine Sinne.

Als ich die Tür ansteuere, legt sich plötzlich eine Hand auf meinen Unterarm.

Im Begriff, eine Aufforderung zum Tanz abzulehnen, drehe ich mich um und blicke in ein Paar vertraute graue Augen.

Nova. Er ist ganz in Schwarz gekleidet, sein Haar hat er zu einem ordentlichen Dutt am Hinterkopf zusammengebunden.

Er dreht mich herum und legt mir eine Hand an die Taille. »Du sahst aus, als würdest du ohnmächtig werden. Oder fluchtartig den Raum verlassen wollen. Ich bin mir nicht sicher, was von beidem.«

Es widerstrebt mir, ihm so nahe zu sein, aber er hat recht. Meine Beine halten mich gerade so aufrecht, und in meinen Augenwinkeln tanzen schwarze Punkte.

Bei den ersten Tanzschritten bringt er seinen Mund ganz dicht an mein Ohr. »Ist es wirklich nötig, dich daran zu erinnern, dass du dich so verhalten musst, als hättest du keinen blassen Schimmer, was später geschehen wird?«

»Du musst mich an gar nichts erinnern.« Mit einem Mal habe ich wieder einen klaren Kopf. »Was tust du überhaupt hier? Ich bezweifele, dass du zum Tanzen und Trinken gekommen bist.«

»Ich trinke nicht. Aber hin und wieder tanze ich gern. Allerdings merke ich, dass du noch nie in deinem Leben einen Walzer getanzt hast.«

Hitze steigt mir ins Gesicht. Das stimmt nicht ganz. Im letzten Jahr habe ich auf einem Frühlingsball versucht, mit einer jungen Frau zu tanzen. Sie war viel besser als ich, sagte jedoch nichts, als ich ihr ständig auf die Füße trat und versuchte zu führen, obwohl ich ihr die Führung hätte überlassen sollen. Nova dagegen hält mit seiner Meinung nicht hinterm Berg, und trotz meines Misstrauens ihm gegenüber bin ich froh darüber.

Nun grinst er mich an, doch sein Lächeln wirkt verkrampft und unnatürlich. »Ich bin hier, um dafür zu sorgen, dass das Abkommen erfüllt wird.«

»Du verrichtest also nur deine grausame Arbeit«, murre ich, während ich mich aus seinem Griff löse, um mich auf die Suche nach einem kalten Getränk zu machen.

»Ja.« Nova geht neben mir her. »Ich verrichte meine Arbeit, und du solltest deine verrichten. Deiner Pflicht nachkommen…«

»Sprich nicht von meinen Pflichten«, fahre ich ihn an und trete einen Schritt zur Seite. »Ich weiß, was zu tun ist.« Die Wut, die sich in meinem Bauch sammelt, ist beinahe unerträglich.

»Ja, das weißt du gewiss«, erwidert Nova leise. Er senkt den Blick, als gäbe es etwas Unausgesprochenes zwischen uns.

Endlich entdecke ich einen leeren Kelch und tauche ihn in eine große Schale mit einer Flüssigkeit in der Farbe von Gold – Honigwein. Er schmeckt süß. Als ich mich nach mehreren Schlucken umdrehe, stelle ich fest, dass Nova näher an mich herangetreten ist und sich sein Arm sanft gegen meinen drückt.

Als er zu mir hinabblickt, frage ich mich, ob er die Überreste des süßen Getränks auf meinen Lippen sehen kann.

Er atmet tief ein und lässt seinen Blick zu dem Tisch wandern, an dem Mutter und Huntress sitzen. Auf einmal zieht er die Mundwinkel nach unten und die Augenbrauen zusammen.

Ich folge seinem Blick durch den Raum.

Huntress hat eindeutig zu viel getrunken, denn sie hängt über der Armlehne ihres Stuhles. Das Haar fällt ihr in Dutzenden dünnen Braids ins Gesicht wie ein Vorhang.

»Das erklärt, warum sie so wütend auf mich war. Sie ist leicht reizbar, wenn sie getrunken hat.«

»Das ist keine Entschuldigung«, entgegnet Nova verärgert. »Sie sollte wachsam sein, stattdessen hat sie sich gehen lassen. Sie braucht einen klaren Kopf.«

Im nächsten Moment ist Nova verschwunden, doch bald darauf sehe ich, dass er hinter Huntress wieder auftaucht, was allerdings niemandem aufzufallen scheint. Er bewegt sich wie ein Geist zwischen den betrunkenen Gästen. Nun beugt er sich vor und flüstert Huntress etwas ins Ohr, woraufhin diese sich abrupt erhebt, leicht schüttelt und etwas ruft, das ich aufgrund der Musik und dem Stimmengewirr nicht verstehe. Die Linien auf ihrer Stirn vertiefen sich, und sie verzieht den Mund, als sei sie verärgert.

Während Huntress davonstürmt, bleibt Nova ungerührt stehen.

Da packt mich schon wieder jemand am Arm. Als ich herumwirbele, blicke ich in ein vertrautes Gesicht.

»Prinzessin«, spricht Sir Gregory mich an, doch seine Stimme klingt nicht wie seine eigene.

»Sir Gregory.« Ich meide seinen Blick. Am liebsten würde ich ihm sagen, dass er nicht hätte kommen sollen, aber das liegt nur daran, dass ich mich davor fürchte, seine Trauer zu sehen, die er trägt wie einen Umhang. Sie hüllt ihn ein, bedeckt jeden Teil seines Körpers. Seine dauerhaft finstere Miene ist die eines Mannes, der nie wieder so glücklich sein wird, wie er es einst war.

Als ich versuche, mich aus seinem Griff zu lösen, hält er mich noch fester.

»Ich wollte mir die Chance nicht nehmen lassen, Euch zum Geburtstag zu gratulieren. Ihr seid siebzehn. Mekhi war achtzehn. Er hat ein Jahr mehr bekommen, aber weitere Geburtstage wird er nicht erleben.«

Während ich Sir Gregory in die Augen blicke, hoffe ich, dass er die Scham sieht, die ich in mir trage. »Es tut mir leid.« Ich habe Mühe, meine Tränen zurückzuhalten. »Es ist meine Schuld. Ich ... Ich hätte ihn nicht bitten sollen, mit mir auf Wolfsjagd zu gehen.« Ich lüge ihn immer noch an, aber ich kann ihm einfach nicht die Wahrheit sagen.

»Wo ist er? Wo sind die sterblichen Überreste meines Sohnes?«

Als er mir näher kommt, weiche ich zurück und trete dabei versehentlich einer Frau auf den Fuß, die hinter mir tanzt.

»Entschuldigung«, sage ich zu ihr.

Sie schenkt mir ein breites Lächeln. »Das ist doch nicht schlimm, Prinzessin. Ich habe mich so über die Einladung gefreut.« Strahlend küsst sie erst meine rechte und dann meine linke Wange. »Herzlichen Glückwunsch zum Geburtstag, Hoheit. Nie gab es ein prunkvolleres Fest.«

Sir Gregory tritt einen Schritt zurück, doch sein Blick ruht nach wie vor fest auf mir.

»In den Bergen«, antworte ich endlich auf seine Frage. »Im Tal am Fuß des Dead Man's Peak.«

Die Frau neben mir redet immer noch, doch ich höre nicht zu. Alles, was ich sehe, ist Sir Gregorys Gesicht, während er die Information verarbeitet und schließlich in der Menge verschwindet.

Auf einmal erscheint Nova wieder an meiner Seite, zieht mich wortlos von der schwatzenden Frau weg und beginnt mit mir zu tanzen. »Was hat Sir Gregory zu dir gesagt?«

Ich schüttele den Kopf. »Er gibt mir die Schuld an Mekhis Tod, und dazu hat er jedes Recht. Es ist tatsächlich meine Schuld.«

Nova erwidert nichts, was ich als Zeichen deute, dass er meine Meinung teilt. »Wir alle treffen unsere eigenen Entscheidungen«, sagt er dann jedoch. »So wie es Mekhi getan hat. Er war sehr mutig, auch wenn ihn diese Eigenschaft nicht retten konnte.« In seinen Worten schwingt etwas mit, das mich beunruhigt. Ich habe den Eindruck, er will mir mitteilen, dass mich bald das gleiche Schicksal ereilen wird wie Mekhi. »Kannst du diese Sorge für einen Moment vergessen?«

»Nein«, erwidere ich, während wir uns im Kreis drehen und ich mich von Nova führen lasse. Es fühlt sich an, als würde ich in einem Albtraum herumwirbeln – eine tanzende Gestalt, die Pirouetten auf einer vergoldeten Spieluhr vollführt, um den Schein aufrechtzuerhalten.

Der Abend nimmt seinen Lauf, und Nova wirbelt mich weiter in niemals endenden Kreisen herum. Ich vermute, dass er mich ablenken will. Jedes Mal, wenn ich meine Mutter anschaue, wird mein Herz schwer. Ihr gelingt es ebenfalls kaum, gute Miene zum bösen Spiel zu machen. Am liebsten würde ich zu ihr gehen, meine Arme um sie schlingen und ihr verkünden, dass wir den Plan über Bord werfen, dass wir gegen den Ritter kämpfen werden, selbst wenn wir dabei sterben. Doch ein Blick in ihr Gesicht genügt – das Kinn entschlossen vorgeschoben, die Augen schmal –, um zu erkennen, dass sie längst ihre Entscheidung getroffen hat, wie dieser Abend verlaufen wird. Sie will, dass ich am Leben bleibe, aber ich weiß nicht, ob ein Leben ohne sie die Sache wert ist.

»Deine Mutter wird schon zurechtkommen«, flüstert mir Nova ins Ohr.

Ich lege den Kopf in den Nacken, um ihn anzusehen. Nun da ich ihm so nahe bin, fallen mir die braunen Sprenkel in seinen grauen Augen auf, die geschwungenen Konturen seiner Lippen.

Er drückt sich enger an mich, eine Hand an meiner Taille, die andere fest in meiner Hand. »Ich habe noch nie jemanden wie sie kennengelernt. Abgesehen von dir natürlich.«

»Ich wünschte, ich wäre mehr wie sie«, gestehe ich. »Wenn ich mutiger oder schlauer wäre, würde ich vielleicht einen Weg finden, all das zu beenden, ohne von ihr getrennt zu werden.«

»Ich finde, du beleidigst deine Mutter mit Aussagen wie dieser«, erwidert Nova und zieht mich an sich. »Du bist mutig und intelligent. Und das ist sie auch. Doch das reicht nicht aus, um den Ritter zu besiegen.«

Ich lächele – zum ersten Mal an diesem Abend, wie ich glaube. »Hast du mir gerade ein Kompliment gemacht?«

Nova erwidert mein Lächeln. »Habe ich das? Ich bitte vielmals um Verzeihung, Hoheit.«

Als die Glocken zu läuten beginnen und das Ende des Abends ankündigen, wird mir bewusst, dass ich mich vollkommen in meinem Tanz mit Nova verloren habe. Für einen kurzen Moment gestatte ich mir, so zu tun, als wäre dies mein richtiges Leben, doch mit dem letzten Glockenschlag werde ich aus meiner Traumwelt gerissen.

Nova steht reglos vor mir, die Hände an meiner Taille, und streift mit den Lippen mein Haar.

Ich löse mich aus seinem Griff und trete von ihm weg.

Unsere Gäste steuern ihre Kutschen und Pferde an, wobei sie torkeln und lachen und Pläne für den nächsten Tag schmieden. Ich beneide sie darum, dass sie wissen, was kommt.

Die Fackeln werden gelöscht, und das übrig gebliebene Essen wird abgeräumt. Die Musikerinnern und Musiker packen ihre Instrumente weg und holen sich ihren Lohn ab.

Irgendwann sind nur noch Nova, meine Mutter, Huntress und ich im Festsaal, der eben noch so überfüllt war, dass ich kaum gehen konnte, und nun unfassbar leer und totenstill wirkt. Es kommt mir vor, als hätten wir alle Angst, zu sprechen oder auch nur zu atmen.

Im Gang ertönen Glocken – das Zeichen, dass es zehn Uhr ist.

Ich stehe mitten im Saal und betrachte die Fahnen. Die Kerzen und Lampen brennen noch, und die Tränen, die sich in meinen Augen gesammelt haben, brechen das Licht wie ein Kaleidoskop.

»Eve.« Die Stimme meiner Mutter klingt belegt.

Ich will sie nicht anschauen, aber dann fällt mir ein, dass dies meine letzte Chance ist. Als ich mich zu ihr umdrehe, sehe ich in ihren Augen jeden Kuss, jede warme Umarmung, jedes gemeinsame Lachen und Weinen. In ihrem Blick liegt die Erinnerung an meine Mutter Sanaa.

»Wir müssen uns nun trennen«, verkündet sie.

»Sag mir nicht Lebewohl.« Wütend wische ich mir die Tränen weg. »Wir werden uns wiedersehen.«

Meine Mutter zwingt sich zu einem Lächeln. »Oh, daran hege ich keinen Zweifel.« Sie lügt. Das erkenne ich daran, dass sie meinem Blick ausweicht und stattdessen auf ihre verschränkten Finger hinabblickt. »Ich habe dich geliebt, bevor du existiert hast. Selbst als du noch ein Traum warst, habe ich dich geliebt. Und als du erschaffen wurdest, habe ich dich noch mehr geliebt. Ich werde dich für den Rest meiner Tage lieben, und es tut mir unendlich leid, dass es so weit kommen musste.« Ihr stockt der Atem. »Ich wünschte, ich könnte die Dinge ändern, aber wenn ich den Pakt mit dem Ritter nicht geschlossen hätte, wären mir diese Jahre mit dir verwehrt geblieben. Ich dachte, dass ich eine andere Lösung finden könnte, aber es ist vorbei.«

Mir fehlen die Worte. Ich will immer noch nicht glauben, dass dies unsere einzige Option ist. Es fühlt sich an, als würde ich keine Luft bekommen, als wäre ich in einem Raum ohne Fluchtmöglichkeit eingesperrt.

Nun nimmt meine Mutter meine Hände in ihre, streift ihren Ring ab und steckt ihn mir an den Mittelfinger. »Bewahre ihn gut auf. Versprich es.«

»Ich verspreche es«, erwidere ich mit tränenerstickter Stimme. »Ich schwöre es.«

Mutter räuspert sich. »Huntress hat sich mit einer Familie in Verbindung gesetzt, die bereit ist, dich aufzunehmen. Selbst ich weiß nicht, wo sich ihr Haus befindet oder in welche Richtung du reisen wirst. So ist es besser.«

»Sobald wir die Tötung vorgetäuscht haben, werde ich dem Ritter Bericht erstatten«, meldet sich Nova zu Wort. »Es ist mein aufrichtiger Wunsch, dass der Plan glückt.«

Huntress schnaubt. »Das Letzte, was wir jetzt gebrauchen können, sind noch mehr Wünsche. Seht nur, wohin sie geführt haben.«

Meine Mutter senkt den Kopf und wendet mir den Rücken zu. »Geh«, sagt sie über die Schulter. »Schau nicht zurück. Sonst überlege ich es mir vielleicht anders und verdamme uns alle.«

Ich befolge den Befehl meiner Mutter, aber als ich im Begriff bin, den Saal zu verlassen, drehe ich mich nichtsdestotrotz noch einmal um. Sie hat mir nach wie vor den Rücken zugekehrt, doch Nova schaut mir mit an den Seiten hinabhängenden Armen hinterher. Seine Miene ist schwer zu deuten; wenn ich es nicht besser wüsste, würde ich vermuten, dass sich Trauer darauf abzeichnet.

Erst als wir den Stall erreichen, verliere ich die Selbstbeherrschung. Huntress legt mir sanft eine Hand auf den Rücken, während ich meiner Trauer freien Lauf lasse.

»Komm schon, Eve.« Sie lallt ein wenig von dem vielen Met, den sie getrunken hat. »Wisch dir deine Tränen ab, Prinzessin. Alles wird gut werden.«

Ich weiß nicht, wie das gehen soll. Bisher hatte ich noch nie einen Grund, mir auszumalen, wie ein Leben ohne meine Mutter aussehen könnte. Ich kann die Tränen nicht eindämmen, denn mein Herz schmerzt beinahe unerträglich.

»Wir müssen jetzt aufbrechen.« Huntress torkelt einen Schritt zur Seite.

»Kannst du überhaupt auf dein Pferd steigen?«, frage ich.

Sie hebt den Kopf und sieht mich aus halb geschlossenen trüben Augen an. »Mach dir lieber Sorgen um dich selbst.«

Huntress ist schon an meiner Seite, solange ich denken kann. Oder besser gesagt war ich in all dieser Zeit an ihrer Seite. Sie hat mich trainiert, mir beigebracht, zu jagen, zu kämpfen und zu töten, wenn es sein muss. Sie ist keine Frau der vielen Worte, und ihr Tonfall ist manchmal barsch, aber sie war nie grausam. In diesem Moment ist sie es jedoch. Und ich kann es ihr nicht verdenken. Auch sie liebt mich, und ihre Art, mit der Situation umzugehen, ist vielleicht, eine kalte Fassade zu zeigen.

Also befolge ich ihre Anweisungen und bereite mich auf den Ritt vor, wobei ich mich bemühe, nicht an meine Mutter zu denken. Eilig ziehe ich mich in der kalten Nachtluft um, indem ich mein Kleid verschwinden lasse und durch etwas ersetze, das sich besser für eine lange Reise eignet. Dann raffe ich den Reitumhang enger um meinen Hals. Meine Tasche wurde bereits auf das Pferd geladen.

Unbeholfen zieht sich Huntress auf ihren Hengst hinauf und reitet mir voran aus dem Stall in Richtung South Steps: ein weitläufiges Gebirge, das sich aus Queen's Bridge hinauswindet, an der östlichen Grenze von Hamelin entlangläuft und bis in das Gebiet hineinreicht und an die Verbotenen Länder grenzt.

Obwohl der Schmerz in meiner Brust stärker ist als jemals zuvor, schaue ich mich nicht um, während wir in die Nacht hinausreiten. Ich fürchte, dass ich ein klaffendes Loch entdecken würde, wenn ich nach unten zu meinem Herzen blicke. Stattdessen drehe ich den Ring meiner Mutter an meinem Finger und treibe das Pferd weiter an in dem Versuch, meiner Trauer davonzureiten. Es ist nicht mehr möglich umzukehren, denn das Schicksal der Leute von Queen's Bridge, auch das meiner Mutter, steht auf dem Spiel.

12

Stundenlang reite ich Huntress hinterher, bis sich der Sattel unangenehm in meine Beine drückt und mein Rücken schmerzt. Als ich so erschöpft bin, dass ich mich kaum noch aufrecht halten kann, gibt mir Huntress endlich das Signal, anzuhalten. Ich wünsche mir nichts mehr, als abzusteigen und mich in den Schnee zu legen, bis die eisige Kälte meine Schmerzen betäubt.

Wir binden unsere Pferde am Rand der kleinen Lichtung an, die von allen Seiten von dichtem schwarzem Wald umgeben ist. Der Schnee ist abgesehen von ein paar Tierspuren unberührt.

»Rehe«, sage ich leise und berühre die Abdrücke. »Sieht aus, als wären es zwei oder drei gewesen.«

Huntress stemmt die Hände in die Hüften. »Du bist besser im Fährtensuchen geworden?«

»Wahrscheinlich zeigt dein ständiges Nörgeln nun doch endlich seine Wirkung.«

Etwas huscht über Huntress' Züge – ein zuckender Schatten, der ihre Augen leer wirken lässt.

»Hier schlagen wir unser Lager für die Nacht auf.« Sie wendet schnell den Blick ab.

Ich befreie eine Stelle auf der Lichtung vom Schnee, bevor ich beginne, Äste für das Feuer zu sammeln. Huntress geht derweil zu ihrem Pferd und wühlt in einer ihrer Satteltaschen.

Über uns ziehen Krähen ihre Kreise. Es müssen mindestens zwanzig sein. Ich kann mich nicht erinnern, wann ich zuletzt so viele auf einmal gesehen habe. Sie sind von Natur aus Einzelgänger oder höchstens zu zweit oder dritt unterwegs. Ihre Rufe klingen in meinem Kopf melodisch, hoch und verwirrt. Die unaufhörlichen schwindelerregenden Kreisbewegungen wirken beinahe chaotisch.

»Machst du Feuer?«, fragt Huntress.

»Ich brauche einen Feuerstein. Das Holz ist so feucht, dass es ohne nicht funktionieren wird. Ich hab keinen mitgebracht. Hast du vielleicht…« Abrupt halte ich inne.

Huntress hat sich mir zugewandt und hält eine kleine Holzkiste in der Hand.

»Damit könnte es funktionieren«, sage ich. »Was für eine schöne Schatulle. Wenn das Holz trocken ist, lässt es sich gewiss anzünden. Bist du dir sicher, dass du sie verbrennen willst?«

Huntress schüttelt den Kopf. »Sie ist nicht für das Feuer.«

»Ach nein?« Trotz meines Umhangs bekomme ich eine Gänsehaut.

»Der Ritter verlangt einen Beweis für deinen Tod. Wir brauchen ein Herz.«

Ich starre die Kiste an. Wie hat sie es geschafft, ein Herz zu beschaffen, ein menschliches Herz?

»Wie hast du das gemacht?« Ich bin mir nicht sicher, ob ich die Antwort hören will, aber ich kann mich auch nicht davon abhalten, die Frage zu stellen. »Bitte sag mir, dass es von jemandem stammt, der schon tot war.« Ich lache unsicher, denn mit einem Mal hat das Gespräch eine unangenehme Note angenommen.

Huntress öffnet den Deckel der Schatulle und zeigt mir, dass sie leer ist.

Ich stoße zischend den Atem aus. »Du hast mir einen ganz schönen Schreck eingejagt. Einen Moment lang dachte ich schon, du wärst zur Grabräuberin geworden. Was willst du hineinlegen? Das Herz eines Rehs?« Ich lausche aufmerksam, doch stelle fest, dass das Summen der Tiere weit von uns entfernt ist.

Als ich Huntress ein Lächeln schenke, erwidert sie es nicht.

»Ich habe Kontakte von hier bis Mersailles«, erklärt sie. »In meinem Leben habe ich die unterschiedlichsten Arten von Menschen getroffen. Ich hätte mühelos das Herz einer jungen Frau beschaffen können, aber …« Ihre Stimme verliert sich, und ihr Blick ist mit einem Mal umwölkt. »Er würde merken, dass es nicht dir gehört. Er ist kein Narr. Das Herz eines Rehs wäre sogar eine noch größere Beleidigung.«

Instinktiv mache ich einen Schritt auf mein Pferd zu, doch Huntress folgt mir wie ein Schatten und versperrt mir den Weg.

»Wie weit ist es noch bis zu den Leuten, bei denen ich unterkommen soll?« Meine Stimme klingt gedämpft. Der Atem dringt mir in kleinen abgerissenen Wölkchen aus dem Mund, während ich mit überschlagenden Gedanken versuche zu begreifen, was in diesem Wald geschieht, weit entfernt von den liebenden Armen meiner Mutter.

Huntress seufzt und lässt die Kiste in den Schnee fallen. »Weißt du eigentlich, wie lange ich deine Mutter schon liebe?«

Ich starre sie an und kann endlich den Ausdruck in ihren Augen deuten – es ist Mitleid.

»Ich weiß, dass du sie liebst. Das tun wir alle.«

»Ich bin in sie *verliebt*«, korrigiert sie mich. Die Wut, die in ihren Worten mitschwingt, erschreckt mich.

Sie kommt einen Schritt auf mich zu. Ihr Mund ist verzogen, ihre Augen sind glasig und leer. Der Alkohol rauscht nach wie vor durch ihre Adern, das ist nicht zu übersehen.

»Du bist betrunken. Am besten setzt du dich hin und ruhst dich aus.«

»Als Königin Sanaa verwandelt wurde, war deine Mutter am Boden zerstört. Und wer war da, um ihr zu helfen?« Wieder macht sie einen wankenden Schritt in meine Richtung. »Du warst noch ein Kind. Das bist du immer noch. Aber *ich* war für sie da. Unzählige Nächte hat sie an meiner Schulter geweint.« Nun schließt sie den restlichen Abstand zwischen uns und packt mich am Handgelenk. »Deine Mutter hätte auch nach Königin Sanaa ein erfülltes, bedeutsames Leben führen können, aber das ist ihr nicht gelungen – wegen dir.«

Ich versuche, mich aus ihrem Griff zu lösen, doch sie hält mich eisern fest.

»Wovon sprichst du? Warum stellst du es so dar, als wäre es meine Schuld?«

»Deine Mutter war zu abgelenkt von dir, um zu erkennen, was sich direkt vor ihren Augen befand.« Ich rieche den Wein in ihrem Atem, auf ihrer Stirn haben sich trotz der Kälte Schweißperlen gebildet. »Ständig hat sie sich in Fantasien darüber verloren, wie sie den Ritter überlisten kann. Und das nur wegen dir. All das wegen des unrealistischen

Traumes, dich für den Rest ihres Lebens an ihrer Seite zu haben.«

»Sie ist meine Mutter. Jede Mutter will ihr Kind an ihrer Seite haben.« Wut verschleiert mir die Sicht. Das ist der Grund, warum sie so wütend auf mich ist – sie will meine Mutter ganz für sich und betrachtet mich als Hindernis. Der Ritter ruiniert alles, was er anrührt, und dies ist der perfekte Beweis dafür. »Du bist nicht meine Mutter.« Ich nähere mich ihrem Gesicht. »Dazu hast du nicht das Zeug.«

Huntress blinzelt zweimal, als weiche, fluffige Schneeflocken hinabzurieseln beginnen und sich in ihren Wimpern verfangen. Sie legt den Kopf nach hinten und schaut in den Himmel. »Es ist töricht, Eve. All die Pläne. Siehst du das nicht ein? Begreifst du nicht, dass wir verpflichtet sind …«

Ich versetze ihr einen solch harten Stoß gegen die Brust, dass sie meinen Arm loslässt und nach hinten taumelt, doch sie findet ihr Gleichgewicht schnell wieder. »Erzähl mir nichts von Pflichten! Ich habe mein Soll erfüllt. Ich habe stets das Volk und meine Mutter verteidigt.«

»Und das wirst du auch jetzt tun, weil ich nicht zulassen werde, dass dieser lächerliche Plan deine Mutter in Gefahr bringt.« Mittlerweile trieft ihre Stimme vor Zorn. »Wir müssen den Ritter nicht überlisten, da es tatsächlich dein Herz ist, das in dieser Kiste liegen wird. Das ist deine Pflicht, deine Bestimmung.«

»Meine Pflicht? Du willst mich töten?«, frage ich und klinge wie ein Kind.

Wir haben uns alle bemüht, unseren Pflichten nachzukommen, und wo hat es hingeführt? Die Schreckensherrschaft des Ritters kann niemals ein Ende finden, wenn wir uns von unseren Pflichten zurückhalten lassen. »Was glaubst du, wird das mit meiner Mutter machen?«

»Denkst du, ich gehe so unbesonnen mit ihren Gefühlen um?«, fragt Huntress, als hätte sie nicht vor, mich zu ermorden. »Deine Mutter wird glauben, unser Plan hätte funktioniert. Sie wird niemals erfahren, dass du hier draußen in diesem Wald gestorben bist; und ich werde da sein, um sie in ihrer Trauer zu begleiten und ihr das Glück zu schenken, nach dem sie sich so verzweifelt sehnt.« Mit diesen Worten zieht sie ihren Degen aus der Scheide.

Instinktiv tue ich es ihr gleich und halte meine Waffe mit zitternden Händen in die Höhe.

»Du würdest mich derart hintergehen?«, frage ich, fassungslos darüber, dass sie tatsächlich bereit ist, diese fürchterliche Aufgabe auszuführen. »Du behauptest, dass du meine Mutter liebst, und willst mich trotzdem töten?«

Sie beißt die Zähne zusammen und schluckt schwer. »Ich habe dich immer geliebt, glaub mir. Aber wenn du weiterlebst, wird deine Mutter nie wieder in Sicherheit sein, und das kann ich nicht zulassen.«

»Unser Plan kann funktionieren!«, schreie ich sie an und erschaudere, da der geschmolzene Schnee langsam in den Stoff meines Umhangs sickert. »Huntress ... bitte.« Ich versuche, an die Frau zu appellieren, die so lange meine Mentorin war. »Es kann funktionieren, wenn alles so abläuft, wie ihr es besprochen habt.«

»Wir wissen beide, dass das ein Irrglaube ist. Und wenn dir deine Mutter wichtig wäre, würdest du nur allzu bereitwillig deinen Kopf hinhalten.«

»Du betrachtest es als deine Pflicht, ja?« Meine Stimme bricht beinahe. »Und dennoch erkennst du nicht, dass wir auf diese Weise immer wieder dem Ritter zum Opfer fallen. So darf es nicht weitergehen.«

Als sie die Schultern strafft, glaube ich für einen Moment, ich hätte sie dazu gebracht, wieder rational zu denken. Doch meine Hoffnung schwindet, als sie einen Fuß hinter sich im Schnee aufstellt und den Kopf leicht senkt.

»Du hast recht«, erwidert sie. »Es darf nicht so weitergehen.«

Schneller, als ich es ihr im betrunkenen Zustand zugetraut hätte, macht sie einen Satz auf mich zu. Als ich zur Seite ausweiche, packt sie mich am Arm und wirft mich in den Schnee, doch ich stehe schon wieder, bevor sie mit ihrem Degen ausholen kann. Nun kommt sie erneut auf mich zugestürmt, aber ich hebe meinen Fuß und trete sie mitten im Schritt in den Oberschenkel.

Ein schreckliches Knacken ist zu hören, im nächsten Moment stößt sie einen lauten Schrei aus. Sie packt sich ans Bein, fällt jedoch nicht hin. Mit zusammengebissenen Zähnen springt sie mir entgegen.

Schnell weiche ich zurück, rutsche jedoch auf dem Eis aus und lande hart auf dem Rücken. Alle Luft weicht mir aus der Lunge, sodass ich kaum Zeit habe, einen weiteren Atemzug zu nehmen, bevor sich Huntress auf mich setzt und mit ihrem vollen Gewicht auf die Erde drückt.

Sie hebt ihren Degen und zielt auf meine Brust.

Ich drehe mich nach rechts, bin jedoch nicht schnell genug. Die Klinge dringt in meine Schulter ein wie ein heißes Messer in Butter. Wie ein Blitz durchfährt mich der Schmerz.

Als ich laut aufschreie, zieht sie den Degen mit einem ekelerregenden schmatzenden Laut aus meiner Schulter.

Vor meinen Augen wird es schwarz, und mein Magen zieht sich zusammen.

Als sie den Degen noch einmal hebt, reiße ich schützend meine Hand hoch und sehe Huntress durch einen Nebel aus Schmerz und Verwirrung an. Ihr Blick wirkt wahnsinnig, ihr Mund steht offen, ihre Lippen sind trocken und aufgeplatzt.

»Huntress. Bitte.«

Diesmal durchdringt die Spitze des Degens meine Handfläche und drückt sie an meiner Brust fest, wo sie an meinen Rippen entlangschabt. Dann lehnt sich Huntress mit ihrem gesamten Gewicht auf das Heft des Degens.

Kurz ziehe ich in Erwägung, eine Waffe herbeizuzaubern, entscheide mich aber dagegen. Vielleicht hat Huntress am Ende doch recht. Wenn ich tot bin, muss meine Mutter nicht mehr lügen. Wenn ich jetzt sterbe, kann sie vielleicht wieder glücklich werden.

Ich schnappe nach Luft, als sich mein Mund mit Blut füllt. Hustend pruste ich kleine rote Tröpfchen aus, die Huntress im Gesicht treffen und wie Rosenblüten im Schnee landen.

Auf einmal rast eine schwarze Masse auf uns nieder. Ihre Rufe sind in meinem Kopf und außerhalb meines Kopfes. Die Krähen, doppelt so viele wie zuvor, stürzen sich auf Huntress' Rücken. Sie picken die Haut an ihrer Stirn auf und hinterlassen kleine Wunden, die aussehen wie winzige blutige Münder, und schlagen wild mit ihren Flügeln. Plötzlich rollt Huntress nach hinten, stößt gegen einen Baum, bleibt kurz reglos liegen, ehe sie sich ächzend auf den Rücken dreht.

Ich schaue zum schwarzen Himmel mit den winzigen Lichtpunkten hoch. Es ist wunderschön. Ich höre das melodische Flüstern anderer Tiere, den merkwürdigen, aber vertrauten Ruf eines Fuchses. Sie bleiben im Wald verborgen, aber ich spüre, dass sie sich in die Lichtung begeben und Lebewohl sagen wollen.

Waren es wirklich die Krähen, die Huntress das angetan haben? So viel Grausamkeit hätte ich ihnen nicht zugetraut, doch ich bewundere sie dafür.

Auf einmal steht jemand über mir. Im nächsten Moment schreie ich auf, denn ein brennender Schmerz erweckt meine Sinne zum Leben, als die Person mir den Degen aus der Brust und dann aus der Hand zieht.

»Eve.«

Ich kenne diese Stimme. Es waren nicht die Vögel, die mich vor Huntress gerettet haben, obwohl der erste Angriff von ihnen ausging.

»Nova.«

Huntress rafft sich hoch und funkelt Nova an, der zwischen uns steht.

Obwohl ich kaum den Kopf heben kann, lege ich eine Hand an mein Schwert.

»Töte sie!«, schreit Huntress. »Du weißt, dass du deinen Vater nicht überlisten kannst. Er wird uns auf die Schliche kommen. Glaubst du, er wird dich verschonen? Da täuschst du dich!«

»Hast du wirklich gedacht, ich hätte deinen Verrat nicht geahnt?« Nova stellt die Frage, als würde er über das Wetter plaudern. »Man hat dir deutlich angesehen, was du vorhattest.«

»Und auf diesem Gebiet bist du schließlich der Experte, nicht wahr? Deine eigenen Lügen werden dich immer wieder einholen!« Huntress holt ein Messer unter den vielen Schichten aus Kleidung hervor, und im nächsten Moment blitzt eine kleine Klinge auf. »Glaubst du ernsthaft, das würde ich nicht gegen dich verwenden?«

Nova beißt die Zähne zusammen und ballt seine Hände zu Fäusten.

Huntress und er stürmen aufeinander zu. Sie zielt mit dem Messer auf seine Kehle, doch er packt sie am Handgelenk und entreißt ihr die Waffe. Sobald er sie in der Hand hat, treibt er Huntress die Klinge ins Fleisch. Als er das Heft hochreißt, fallen Huntress' Eingeweide in den frischen Schnee. Sie geht zu Boden, und im nächsten Moment wird alles um mich herum schwarz.

13

Die Bewegungen des Pferdes unter mir fühlen sich an wie das sanfte Schaukeln eines Schiffes. Der Sattel gräbt sich in meine Hüfte und erinnert mich daran, dass ich mich auf keiner Vergnügungsreise befinde.

Nova hält mich an seine Brust gedrückt, und ich spüre seinen warmen Atem auf meinem Gesicht.

Einatmen.

Ausatmen.

Vor mir sehe ich ein Durcheinander aus aneinandergereihten Bildern – Novas Gesicht, den Nachthimmel, ein Haus in der Ferne, von dessen Kamin eine Säule aus grauem Rauch aufsteigt, ein Strohdach über meinem Kopf. Dann nur noch Schmerzen. Unerträgliche Schmerzen.

»Die Wunde muss verbunden werden, sonst verblutet sie«, erklingt die Stimme eines Mannes.

»Dann tu es«, erwidert Nova.

»Ich weiß nicht, ob sie durchkommen wird. Allein der Schmerz könnte zu viel sein.«

»Sie ist stärker, als sie aussieht.«

Schmerzen.

Ein schrilles Klingeln in meinen Ohren.

Schweiß, der mir auf der Stirn ausbricht.

Dann nichts mehr.

Ich starre hinauf zu der mir unbekannten Zimmerdecke. Es fühlt sich an, als würde ich erwachen, doch meine Augen sind längst geöffnet. Als ich feststelle, wie trocken sie sind, frage ich mich, ob sie möglicherweise gar nicht geschlossen waren.

Jedes Blinzeln fühlt sich an, als würden winzige Glassplitter über meine Augenlider kratzen. Ich versuche zu sprechen, doch auch meine Kehle ist trocken wie Sand.

Auf einmal wird der Schmerz direkt über meinem Herzen so stark, dass mir ein Ächzen entfährt.

»Versuch, dich nicht so viel zu bewegen«, rät mir eine Männerstimme.

Am Fußende des schmalen Bettes sitzt ein stämmiger Mann mit kariertem Hemd und brauner Hose. Über seinem Kragen befindet sich ein ordentlich getrimmter, von Grau durchzogener Bart. Oberhalb seiner großen braunen Augen sitzen zwei buschige Brauen.

Als er sich schnell erhebt, stößt er beinahe mit dem Kopf an die Decke. Er drückt mir einen Krug mit brühend heißer Flüssigkeit in die Hände, doch als ich versuche, ihn zu heben, schmerzt die Wunde an meiner Handfläche.

»Darf ich dir helfen?«, fragt der Mann und wartet auf meine Antwort.

Ich will Nein sagen, aber die Flüssigkeit duftet himmlisch, und ich habe so großen Durst wie noch nie zuvor in meinem Leben. Also nicke ich.

Er hebt den Krug an meine Lippen, und ich nippe daran.

Wenn auch alles andere in meinem Körper vor Schmerzen schreit, fühlt sich nun wenigstens meine Kehle besser an.

»Das hilft immer«, merkt er an, während er den Krug auf dem kleinen Tisch neben dem Bett abstellt und die Decke über meinen Füßen zurechtrückt, die über der Kante hängen. »Tut mir leid wegen des kleinen Bettes«, entschuldigt sich der Mann. »Mein jüngster Sohn ist der Einzige, dem es nichts ausmacht, sein Bett einer anderen Person zu überlassen. Er sucht immer nach einer Ausrede, um bei mir zu schlafen.« Er kratzt sich am Bart. »Ich hätte dir ja mein Bett überlassen, aber ich glaube, dieses hier würde in alle Einzelteile zerbrechen, wenn ich mich reinlegen würde.«

»Wo bin ich?«, frage ich. »Wo ist Nova? Und wer bist du?«

Panik keimt in mir auf und prickelt unter meiner Haut. Ich kenne diesen Mann nicht, und das Letzte, woran ich mich klar erinnere, ist, dass Huntress versucht hat, mich zu töten, und dass Nova mich gerettet hat. In meinem Kopf dreht sich alles. Als ich nach meinem Schwert greifen will, stelle ich fest, dass es verschwunden ist.

»Das sind viele Fragen auf einmal, aber ich verspreche dir, dass ich gute Antworten auf alle habe.« Der Mann schenkt mir ein Lächeln, das sichtbar werden lässt, dass seine Vorderzähne fehlen und die anderen in merkwürdigen Winkeln aneinandergedrängt stehen. »Du bist in meinem Haus in South Queen's Bridge. Wir befinden uns an der südlichsten Grenze zu Hamelin, direkt am Fuß der South Steps. Nova hat gesagt, dass er gleich wieder da ist. Ich bin Claude Kingfisher.«

»Kingfisher?« Der Name kommt mir bekannt vor, aber ich brauche einen Moment, um mir in Erinnerung zu rufen, woher ich ihn kenne.»Ich habe eine Geschichte von einem Mann namens Kingfisher gehört. Ein Mann mit sieben Söhnen.«

Claude zieht einen robusten Holzstuhl heran und lässt seine massige Gestalt darauf sinken. Dann lehnt er sich zurück, streckt die Arme hoch über seinen Kopf und reibt sich die Schultern, als wollte er eine Verspannung lösen, ehe er die Fingerspitzen vor seinem Körper zusammenlegt.»Und du fragst dich vermutlich, ob die Geschichte von mir handelt«, stellt er tonlos fest.

Ich schaue mich im Raum um. In zwei ordentlichen Reihen sind insgesamt sieben identische Betten aufgestellt. Drei davon sind nicht bezogen, aber die anderen sehen aus, als würde regelmäßig jemand darin schlafen. Die Patchwork-Decken sind gefaltet, und unter dem Gestell stehen Schuhe. In Körben befinden sich Spielzeuge und in den unteren Regalreihen Bücher.

»Die Geschichte ist wahr«, fährt Claude fort. Etwas Düsteres huscht über seine Züge, während er dieses Geständnis ausspricht. »Zumindest in Teilen.«

Ich versuche, mich in eine Sitzposition hochzuziehen, doch der Schmerz lässt mich sofort wieder nach hinten sacken. Ich zucke zusammen, als die Wunde in meiner Brust pulsiert.

Claude streckt den Arm nach mir aus, doch hält dann inne. »Darf ich dir helfen?«

Als ich nicke, greift er mir mit seinen riesigen Händen unter die Arme und zieht mich hoch. Dann schiebt er mir ein paar Kissen in den Rücken und steckt die Decke um meine Beine fest. »Besser?«

»Ja. Danke. Die Kingfisher-Geschichte ist die einzige, die ich nicht aus erster Hand gehört habe. Niemand kannte die Einzelheiten.«

Claude seufzt. »Und ich nehme an, die willst du jetzt von mir hören?«

»Ich weiß nicht, ob das noch eine Rolle spielt.«

»Wenn es nicht allzu sehr eilt, würde ich vorschlagen, dass wir dieses Gespräch ein andermal führen.« Er zieht die Brauen zusammen. »Ich muss mich um eine Menge Dinge kümmern.«

»Natürlich.«

Er sieht noch kurz nach den Verbänden an meiner Hand und meiner Brust. »Deine Wunden sind gesäubert. Und sie werden heilen, aber du musst dich ausruhen.«

Als ich mich zurücklehne, hüllt mich ein einschläfernder Nebel ein. Ich habe Zeit, die Frage ist nur, wie viel. Nachdem ich zugesehen habe, wie Nova Huntress getötet hat, fürchte ich, dass unser Plan nicht funktioniert hat. Kurz überlege ich, ob Nova Kontakt zu meiner Mutter aufgenommen hat, ob Huntress' Leiche fortgeschafft wurde und – am allerwichtigsten – ob der Ritter mittlerweile weiß, was wir versucht haben. Von all den unbeantworteten Fragen gibt es eine, die mich ganz besonders umtreibt: Kann ich meine Mutter wiedersehen und wenn ja, wann?

Der Nebel zieht mich in den Schlaf, und für eine Weile verliere ich mich in der Dunkelheit.

Als ich erwache, blicke ich in ein kleines rundes Gesicht am Fußende des Bettes. Das Kind, das mich neugierig aus großen braunen Augen, die Claudes ähneln, anschaut, kann nicht älter als neun oder zehn sein.

»Du bist wach«, stellt der Junge leise fest. »Vater hat gesagt, ich soll ihm Bescheid geben, wenn du aufwachst. Ich hab dich beobachtet. Weißt du eigentlich, dass du schnarchst wie ein Monster?«

Kinder haben es mir nicht gerade angetan. Im Schlossbezirk laufen viele von ihnen herum, aber ich empfinde sie hauptsächlich als schmutzig, laut und nervtötend.

»Ich heiße Chance. Ich bin zehn. Es freut mich, deine ... deine ...«

»Bekanntschaft zu machen«, vollendet Claude, der gerade mit einem Tablett mit einer Schale Suppe und einem dampfenden Krug hereinkommt, den Satz seines Sohnes. »Sieh es ihm bitte nach. Wir arbeiten noch an höflichen Begrüßungen.«

Als ich den Jungen wieder anschaue, grinst er. Genau wie seinem Vater fehlen ihm ein paar Zähne, doch seine werden vermutlich nachwachsen.

»Schon in Ordnung.« Ich schaue zum Fenster, durch dessen schweren Vorhang ein orangefarbener Lichtschleier hereindringt. »Ist schon Abend? Ich habe den ganzen Tag geschlafen?«

»Hast du!«, antwortet Chance. »Jedes Mal, wenn ich nach dir geschaut habe, hast du mit offenem Mund geschnarcht. Sogar ein bisschen Sabber ist dir aus dem ...«

»Chance!«, tadelt Claude. »Genug.«

Der Junge nickt seinem Vater zu und grinst mich dann an.

Ich setze mich auf, um mich an das Kopfende des Bettes zu lehnen, und ignoriere den stechenden Schmerz, der durch meinen Körper schießt. Dabei fällt mir eines der schlichten Kissen auf den Boden. Chance eilt herbei, schüttelt es auf und legt es wieder auf die Matratze.

Aus dem Flur dringen Stimmen zu uns herein.

»Hört sich an, als wäre eine ganze Armee zum Abendessen eingetroffen«, merke ich an.

Claude stellt das Tablett auf meinem Schoß ab und sieht zu, wie ich einen Löffel Suppe zum Mund führe. Sie ist köstlich, und die Wärme bewirkt, dass ich mich ein wenig besser fühle.

»Keine Sorge«, beruhigt mich Claude. »Das sind nur meine Söhne. Alle noch im Wachstum. Alle ständig hungrig. Ich könnte ebenso gut tatsächlich eine ganze Armee durchfüttern.«

Ich blicke auf meine Schale hinab.

Claude sitzt auf dem gleichen Holzstuhl wie zuvor, den linken Fuß auf das rechte Knie gelegt. »Ich möchte dich wissen lassen, dass du hier sicher bist. Dafür werde ich sorgen.«

Seine Gastfreundlichkeit fühlt sich aufrichtig an und scheint nicht allein auf Pflichtgefühl zu basieren.

»Danke«, sage ich.

»Ich dachte mir, dass jetzt vielleicht der richtige Zeitpunkt ist, um dir ein paar weitere Einzelheiten der Geschichte zu erzählen. Damit du weißt, was wahr ist und was Gerüchte oder sogar Lügen sind. Ich mag es nicht, wenn die Leute hinter meinem Rücken reden, aber wahrscheinlich ist das unter diesen Umständen unumgänglich.«

Ich lehne meinen Kopf an das Kissen. »Bisher habe ich noch mit keiner Person gesprochen, die alles wusste. Die Leute vermuten nur, dass du etwas mit dem Ritter zu tun hast.«

Claude verspannt sich sichtlich bei seiner Erwähnung. »Ja, nun, die Geschichte hat sich vor nicht allzu langer Zeit zugetragen. Mein jüngster Sohn ist neun. Ich nehme an, dass die Leute noch nicht alle Details herausgefunden haben, aber das ist gewiss nur eine Frage der Zeit.« Seufzend fährt er sich mit einer Hand über den Bart, scheinbar eine nervöse Geste, denn er wiederholt sie häufig. »Und verzeih mir, aber wenn ich dir davon berichte, dann so, wie man eine Geschichte erzählt.«

»Warum?«

»Es geht um mein Leben. Und was passiert ist, ist so fürchterlich, dass es sich sonst zu nahe anfühlt. Verstehst du das?«

Ich glaube schon. Bereits jetzt erkenne ich die Traurigkeit, die sich auf seinem freundlichen Gesicht abzeichnet.

»Sie geht so: Ein Mann namens Kingfisher und seine Frau sehnten sich nach einem Kind. Nachdem sie vergeblich auf eine Schwangerschaft gewartet hatten, schlossen sie einen Pakt mit dem Ritter.« Claude klingt, als würde er aus einem Buch vorlesen, nicht, als sei ihm all das selbst widerfahren. »Kingfisher bat den Ritter, ihn und seine Frau mit so vielen Kindern wie möglich zu segnen – und sie bekamen genau das, was sie sich gewünscht hatten.« Claudes Miene verfinstert sich, während er nervös über den abgetragenen Stoff seiner Hose reibt. »Nicht mehr, nicht weniger. Die Kingfishers bekamen einen Sohn und nicht lange nach seiner Geburt einen weiteren. Die Freude darüber blieb allerdings aus, da der Kingfisher nicht mit seiner Frau geschlafen hatte.« Claude schaut auf den Boden. »Er misstraute ihr nicht, denn sie war die ganze Zeit bei ihm gewesen, während sie sich von der ersten Geburt erholte. Und so ging es weiter. Sieben Söhne in sieben Jahren. Der Zauber des Ritters war erbarmungslos und fürchterlich und exakt das, worum sie gebeten hatten. Lady Kingfisher gebar tatsächlich so viele

Kinder, wie ihr Körper austragen konnte, ehe sie an der Belastung zugrunde ging. Sie starb bei der Geburt ihres siebten Sohnes, und die Jungen und ihr Vater lebten fortan mit der Trauer um sie.«

Ich sehe Claude an. Er atmet tief ein, füllt seine massive Brust mit Luft und stößt sie durch die Zähne wieder aus. Der umwölkte Ausdruck in seinen Augen klart auf, und er schaut mich an.

»Meine Frau Leah ist tot.« Er nimmt nun wieder eine natürlichere Haltung an. »Außerdem starben drei der Jungen, ehe sie ihren ersten Geburtstag erlebten. Vier Söhne sind noch bei mir; sie sind der Grund dafür, dass ich am Leben bleibe.«

Die Geschichte ist fürchterlich – das wusste ich bereits, bevor Claude sie mir aus erster Hand erzählt hat. Mitleid keimt in mir auf, denn der Mann, der mir gegenübersitzt, wirkt so gütig und aufmerksam, dass es mir unbegreiflich ist, wie er all das durchgemacht hat, ohne dabei seine Menschlichkeit einzubüßen.

»Ihr habt also einen Pakt mit dem Ritter geschlossen«, stelle ich fest.

»Ja, das haben wir. Wir dachten, es wäre ein simpler Wunsch – eine Großfamilie.«

»Ein Abkommen mit dem Ritter ist niemals simpel.« Ich denke an meine Mutter, die einen ähnlichen Wunsch aus den gleichen Gründen ausgesprochen hat.

»Das weiß ich mittlerweile auch.« Er fährt sich mit einer Hand über den Kopf, wobei sich sein Blick erneut umwölkt. »Ich glaube, wir wussten es sogar schon damals. Was veranlasst einen dazu, sich auf einen Handel mit dem Ritter einzulassen, obwohl einem vollkommen bewusst ist, dass es niemals simpel oder einfach wird?«

»Ich wünschte, ich würde die Antwort darauf kennen.« Wieder kommen mir meine Mutter, Sir Gregory und all die anderen Menschen von Queen's Bridge in den Sinn, denen meine Mutter versucht hat zu helfen, nachdem sie die Konsequenzen ihres Wunsches zu spüren bekommen hatten.

»Ich muss aufstehen«, verkünde ich. »Es fühlt sich an, als würde ich nur Zeit verschwenden, indem ich hier herumsitze.«

Claude beugt sich vor, nimmt das Tablett von meinem Schoß und hält mir seine Hand hin. »Geh ganz langsam. Ich möchte nicht, dass die Nähte aufplatzen. Sie haben mich ganz schön viel Arbeit gekostet, weil die Ränder der Wunde so ausgefranst waren.«

Ich berühre den Verband, der meine Brustwunde bedeckt. Als ich mir ausmale, wie Claude mit seinen unglaublich großen Händen meine Verletzung näht, dreht sich mir der Magen um.

»Die Naht ist nicht sonderlich hübsch geworden«, gesteht Claude mit einem Blick auf den Verband. »Aber ich habe mein Bestes gegeben.«

»Es muss auch nicht hübsch aussehen. Danke für alles, was du getan hast. Ich werde fortgehen, sobald ich dazu in der Lage bin.« Ich weiß, dass dies der Ort ist, an dem ich bleiben sollte, doch schon jetzt denke ich darüber nach, wie ich von hier fortkomme. Vermutlich muss ich nicht einmal fliehen; irgendetwas sagt mir, dass Claude mich einfach zur Tür hinausspazieren lassen würde.

Claude presst die Lippen zusammen und schüttelt den Kopf. »Am besten konzentrierst du dich erst einmal darauf, es den Flur hinunter zu schaffen. Wenn dir das gelingt ... nun ...«

Ich schaue ihm in die Augen, suche nach irgendwelchen Anzeichen für eine List darin, nach dem gleichen Ausdruck, den ich bei Huntress wahrgenommen habe. Doch ich finde nichts dergleichen, nur Güte und tiefe Traurigkeit.

Als ich mich erhebe, halte ich mich an seinem Arm fest. Meine Beine sind schwer und schmerzen, sodass mich schon der erste Schritt fast zu Fall bringt. Aber Claude fängt mich auf, was mir Zeit verschafft, die Balance wiederzufinden.

Zusammen gehen wir durch den schmalen Flur. Bei jedem Atemzug schießt mir ein stechender Schmerz in die Brust, doch ich versuche, mich abzulenken, indem ich die ungewöhnlichen Dinge an den Wänden betrachte. Reh- und Elchköpfe sind an Holztafeln befestigt, Schneeschuhe hängen an einem rostigen Nagel, und auf einem hohen Regal liegen ein paar alte Bärenfallen. Ein Strauß getrockneter Blumen baumelt mit den Blüten nach unten an einem Metallhaken, daneben hängen einige Gemälde von einer schönen Frau mit brauner Haut und langem schwarzem Haar. Chance hat Ähnlichkeit mit ihr.

»Leah«, erklärt Claude, der meinem Blick gefolgt sein muss.

»Sie ist wunderschön.«

Er schenkt mir ein angespanntes Lächeln. »Das war sie.«

Zu dem Zeitpunkt, zu dem wir das Esszimmer betreten, bin ich derart außer Atem, dass ich mich auf den nächstbesten Stuhl fallen lasse, wobei mich vier Jungen von ihren Plätzen am Tisch anstarren. Alle haben Claudes Augen, jedoch Leahs Mund und Wangenknochen. Sie sehen fast identisch aus, obwohl die älteren bereits einen ersten Bartflaum haben.

»Vater«, sagt ein großer schlaksiger Junge mit einem dichten Schopf aus winzigen schwarzen Locken. »Bist du dir sicher, dass sie aufstehen sollte? Sie sieht fürchterlich aus.«

Ich mustere ihn aus schmalen Augen.

Er zuckt mit den Schultern. »Tut mir leid. Ich meine ja nur, dass du ein blaues Auge und eine aufgeplatzte Lippe hast. Du siehst aus, als könntest du Schlaf und Suppe vertragen.«

»Da hast du nicht unrecht«, pflichtet Claude ihm bei. »Aber sie möchte nicht mehr im Bett liegen.«

»Und das ist ihre Entscheidung«, fügt der kleine Junge, der sich mir als Chance vorgestellt hat, hinzu, wobei er seine Arme vor der Brust verschränkt. »Hör auf, ihr vorzuschreiben, was sie zu tun hat, Hunter.«

»Das tue ich doch gar nicht«, verteidigt sich der andere und wendet sich seinem Vater zu. »Chance versucht nur, von der Tatsache abzulenken, dass er alle Kekse gegessen hat, bevor wir anderen eine Gelegenheit dazu hatten.«

»Wie gierig«, tadelt ein anderer Junge.

»Bin ich nicht! Vater, sag Junior, er soll aufhören, mich zu beschimpfen!« Chance stampft mit dem Fuß auf und schiebt seine Unterlippe vor.

»Das genügt, beruhigt euch wieder«, mahnt Claude, woraufhin seine Söhne umgehend verstummen. »Eve ist unser Gast. Sie kommt aus … einem weit entfernten Ort und wird bei uns bleiben, solange sie will. Ich möchte, dass ihr ihr helft, wenn sie Hilfe braucht, und sie in Ruhe lasst, wenn sie allein zu sein wünscht.« Er wendet sich mir zu. »Das sind die Kingfisher-Jungen. Claude Junior ist der Älteste. Er ist fünfzehn. Hunter ist vierzehn. Chance, den du ja schon kennengelernt hast, und mein jüngster Sohn heißt Grumpy.«

Ich unterdrücke ein Lachen, hauptsächlich, weil es mir Schmerzen bereitet, aber auch, weil ich den jüngsten Sohn nicht wegen seines ungewöhnlichen Namens beleidigen will.

»Es ist ein Spitzname«, erklärt der und zuckt mit den Schultern. »Weil ich manchmal grummelig bin.«

»Immer«, berichtigt Junior.

Claude räuspert sich. »So, nun kennt ihr euch alle. Können wir jetzt essen? Ich bin vollkommen ausgehungert.«

Die Jungen klatschen begeistert in die Hände und murmeln etwas Zustimmendes, ehe sie beginnen, sich Kartoffelpüree und Mais auf die Teller zu laden.

Ich bin erleichtert, als Claude eine Schale Suppe vor mir abstellt, denn ich glaube nicht, dass mein Magen bereits eine feste Mahlzeit vertragen würde.

»Chance, hol eine Flasche Cider aus dem Keller«, bittet Claude.

Der Junge springt auf, geht zu einer kleinen Luke im Küchenboden, die vermutlich in einen Erdkeller führt, und verschwindet darin. Kurz darauf kehrt er mit einer Flasche mit Korkverschluss zurück, die er seinem Vater reicht.

Claude schenkt allen ein wenig Cider ein, dann heben sämtliche Familienmitglieder ihre Krüge, und ich imitiere die Geste, so gut ich kann. Obwohl sich mein Arm steif anfühlt, halte ich ihn ganz still.

»Auf Mutter«, sagt Junior. »Und auf Ace, The Kid und Fisher. Wir lieben euch, auf immer und ewig.«

Nachdem alle einen Schluck getrunken haben, stellen sie ihre Krüge auf dem Tisch ab.

Mein Herz ist bereits gebrochen von den Geschehnissen der letzten Tage, aber diese Szene zerschmettert beinahe noch die letzten wenigen intakten Teile.

Als unter dem Tisch ein leises Knurren zu hören ist, erstarre ich. Zusätzlich erklingt ein weiterer Ruf, den nur ich hören kann. Es ist der Laut eines Wolfes, jedoch vermischt mit etwas anderem, vielleicht mit dem eines Hundes.

»Was ist das?«, frage ich und gestikuliere unter den Tisch.

»Maggie«, antwortet Chance.

Ich hebe das ausgeblichene Tischtuch an und spüre, dass mein Herz zu hämmern beginnt, als ein Wolf zum Vorschein kommt. Nein. Bei genauerem Hinsehen stelle ich fest, dass es kein Wolf ist, sondern dass sich eine Hündin von der Größe eines kleinen Bären auf dem Boden zu Chance' Füßen zusammengerollt hat.

Sie hebt träge den Kopf, betrachtet mich kurz und stupst dann Chance mit ihrem riesigen Kopf an. Der Junge fährt mit seinem bestrumpften Fuß über ihren Rücken, woraufhin sie wieder einnickt.

»Ihre Mutter war eine Wölfin«, erklärt Claude. »Sie ist überaus sanft zu den Jungen, doch ihre natürlichen Instinkte kommen zum Vorschein, wenn sie Ärger wittert. Die treueste Hündin, die man sich vorstellen kann.«

Sie ist so groß wie der Schattenwolf, den ich im Wald gesehen habe. Beim Gedanken an Huntress steigt sofort wieder Wut in mir auf.

Ich lasse das Tischtuch sinken, lehne mich auf meinem Stuhl zurück und höre zu, wie die Jungen sich über die Jagd unterhalten, der Hunter offenbar seinen Namen zu verdanken hat. Sie sprechen vom Angeln und einem Mangel an

Forellen im nahe gelegenen See. Sie lachen und scherzen und essen, bis ihre Bäuche voll sind und ihre Lider schwer. Dann räumen sie den Tisch ab, und die beiden älteren Jungen spülen das Geschirr in einer Schale mit Seifenwasser, während die beiden jüngeren den Boden wischen. Claude trägt die Essensreste nach draußen, wo sie ein paar Mastschweine halten, wie die Jungen mir berichten. Nachdem Claude sich wieder zu mir an den Tisch gesetzt hat, umarmen ihn seine Söhne einer nach dem anderen, wobei er seine Stirn an ihre drückt und ihnen sagt, dass er sie liebt, bevor er sie ins Bett schickt.

»Gute Nacht, Eve«, sagt der kleine Grumpy.

Ich lächele ihn an. Für jemanden, der so jung ist, hat er tatsächlich recht viele Zornesfalten auf der Stirn, die ihn wirken lassen wie einen mürrischen alten Mann. Langsam strecke ich meine Hand zum Fenster an der Vorderseite des gemütlichen kleinen Hauses aus und erschaffe aus dem Frost auf der Fensterbank den Umriss eines Herzens.

Grumpys Augen werden groß, und sein Mund formt ein kleines O. Er wendet sich seinem Vater zu. »Pa! Du hast uns gar nicht gesagt, dass sie zaubern kann.«

Claude sieht besorgt aus. »Das wusste ich selbst nicht.«

Grumpy hüpft davon, um schlafen zu gehen, während Claude mir Tee einschenkt.

Ich lege meine verletzte Hand um den warmen Krug, was den Schmerz ein wenig lindert. »Kann ich dich etwas fragen?«

Claude nickt und nippt an seinem Tee.

»Nova hat mich hergebracht – woher kennst du ihn?«

Mit einem Seufzen stellt Claude den Krug ab. »Er ist der Diener des Ritters.«

Ich lehne mich zurück. »Dann hat er dir also dabei geholfen, das Abkommen mit dem Ritter zu schließen?«

Er nickt, ohne aufzublicken. »In der Tat.«

»Und du hasst ihn nicht dafür? Dass er dazu beigetragen hat?«

Nun hebt er doch den Blick. »Ich nehme an, du hast seine Bekanntschaft auf die gleiche Art gemacht wie ich.«

»Ich habe mich nie auf einen Handel mit dem Ritter eingelassen. So töricht bin ich nicht.«

Als Claude das Gesicht verzieht, bereue ich meine Worte sofort. »Tut mir leid. Ich wollte nicht ...«

Er winkt ab und trinkt einen weiteren Schluck. »Ich bin froh, dass du nie verzweifelt genug warst, um die Option in Erwägung zu ziehen. Es gibt Menschen, die nicht so viel Glück haben.«

»Meine Mutter hat einen Pakt mit ihm geschlossen, und dabei ging es um mich. Das habe ich erst kürzlich erfahren.«

»Wenn eine Königin glaubt, sich etwas vom Ritter wünschen zu müssen, welche Hoffnung gibt es dann für uns?«

Claude legt seine Hände auf den Tisch. »Es tut mir leid. Für gewöhnlich bin ich nicht so verdrießlich, aber du hast es selbst gesagt. Unschuldige Menschen kommen durch seine grausamen Bedingungen immer wieder zu Schaden, und es fühlt sich an, als könnten wir ihm niemals entkommen. Aber um deine Frage zu beantworten: Nein. Ich hasse Nova nicht. Ich spüre, dass ihn irgendetwas an den Ritter bindet. Etwas Schreckliches, dem er sich nicht entziehen kann.«

Also hat Nova auch Claude nicht eingestanden, in welcher genauen Beziehung er zum Ritter steht. Ich frage mich, warum er meiner Mutter und mir etwas verraten hat, was er offensichtlich lieber geheim halten will.

»Er scheint ebenso zu den Schachfiguren des Ritters zu zählen wie wir«, fährt Claude fort. »Ich habe versucht, ihm zu verzeihen, denn an dem Hass festzuhalten, den ich einst gespürt habe, war eine zu schwere Last. Das hätte meine Leah nicht gewollt. Hin und wieder spüre ich den Hass immer noch, aber er tut mir nicht gut.«

Auch wenn ich Claudes Frau nicht kannte, frage ich mich, ob sie das wirklich nicht gewollt hätte oder ob er sich das nur einredet, um sich besser zu fühlen.

Auf einmal erklingt ein Klopfen an der Tür, und ich halte erschrocken den Atem an.

Claude geht zur Tür. Während er nach der Klinke greift, legt er gleichzeitig eine Hand an seine Hüfte, um ein Jagdmesser mit einer funkelnden gezackten Klinge zu ziehen.

Ich strecke meine Hand zum Feuer im Kamin aus, sodass sich ein gelber Flammenbogen bildet und zu einem Schwert aus Feuer und Asche formt.

Claude blinzelt, ehe ein Schmunzeln über seine Lippen zuckt. Als er die Tür öffnet, huscht Nova herein.

Nova betrachtet erst mein Schwert aus Feuer und dann das Messer in Claudes Hand. »Bitte tötet mich nicht.«

Ich lasse die Waffe verschwinden, doch Claude umklammert noch einen Moment lang das Messer, ehe er es wegsteckt und die Tür schließt.

Nova nimmt neben mir am Tisch Platz. Claude setzt sich ebenfalls wieder hin, wobei er es vermeidet, Nova in die Augen zu sehen. Als Nova seine Kapuze herunterzieht, stelle ich fest, dass sein Gesicht ein wenig hagerer aussieht als sonst und seine Augen etwas von ihrem Strahlen eingebüßt haben.

»Wie geht es deinen Wunden?«, fragt er und betrachtet den Verband um meine Hand.

»Sie tun weh, aber dank Claude heilen sie.«

Nova schaut ihn an. »Danke, dass du dich hierzu bereit erklärt hast.«

»Ich muss schließlich versuchen, meine Fehler wiedergutzumachen.«

Ich werfe Claude einen Blick zu und frage mich, was er damit meint.

Nova schüttelt den Kopf. »Das hast du schon hundertmal getan. Du bist ein guter Mensch, Claude.«

Der ältere Mann legt den Kopf schief. »Das bin ich nicht, und das weißt du auch.«

Eine Stille voller Schmerz und Traurigkeit folgt. Nova legt seine Hand auf den Tisch neben meine – ohne mich zu berühren, aber so nahe, dass ich seine Wärme spüren kann.

Ich ziehe meine Hand weg.

Nova wendet sich mir zu. »Ich wollte dir erzählen, dass ich zum Ritter zurückgekehrt bin. Er glaubt, dass deine Mutter ihren Teil des Abkommens erfüllt hat.«

Abrupt drehe ich den Kopf in seine Richtung. Ich war der festen Überzeugung, dass wir gescheitert sind und sich der Ritter darauf vorbereitet, Rache zu üben. »Wie ist das möglich?«

»Die Trauer deiner Mutter ist echt, fast greifbar«, erklärt Nova.

Ich beiße die Zähne so fest zusammen, dass mein Kiefer schmerzt. Der Gedanke, sie vielleicht nie wiederzusehen, ist unerträglich. Ich weiß nicht, wie ich auf Dauer damit zurechtkommen soll.

»So einfach war es, den Ritter zu überlisten?« Claude klingt misstrauisch.

»Nein«, antwortet Nova. »Aber im Schnee war genug Blut, um ihn davon zu überzeugen, dass es ein grausames Ende gab.« Er zögert, als würde er uns etwas verschweigen.

»Und Huntress?« Ihren Namen auszusprechen, lässt meine Wut von Neuem aufflammen, denn ihr Betrug schmerzt. Dennoch muss ich wissen, was aus ihr geworden ist.

»Sie hat ihren Teil dazu beigetragen, den Ritter glauben zu machen, dass du tot bist«, erklärt Nova.

Ich beuge mich vor, was meine Brust schmerzen lässt. »Ach ja?« Sie ist davon ausgegangen, dass wir den Ritter nicht überlisten könnten, und nun hat sie uns angeblich dabei geholfen, unsere Lüge überzeugend darzustellen.

Novas Blick wird leer; rasch richtet er ihn gen Boden. »Ihr Herz war in der Holzkiste, die ich dem Ritter überbracht habe. Also ja, sie hat einen großen Teil dazu beigetragen.«

»Du ... Du hast ihr Herz in die Schatulle gelegt?« Ich bin vollkommen verblüfft.

»Ja. Und zwar mit der größten Freude. Sie hätte dich getötet, daran habe ich keinen Zweifel.«

Natürlich ist es mir lieber, dass Huntress' Herz anstelle meines Herzens in der Kiste liegt, aber dass Nova es getan hat? Ehe ich Gelegenheit habe, genauer darüber nachzudenken, strecke ich den Arm aus und lege meine Hand auf Novas. »Du hast mir das Leben gerettet. Ich stehe in deiner Schuld.«

Nova sieht mich an, und in diesem Moment gibt es nichts anderes außer ihn und mich. Irgendetwas flammt zwischen uns auf, genau wie während unseres Tanzes auf meinem Geburtstagsfest. Eilig ziehe ich meine Hand wieder zurück.

Nova schaut auf seinen Schoß. »Ich bin nicht mein Vater. Du bist mir nichts schuldig.«

Für eine Weile bleibt es still im Raum, ehe Claude sich räuspert. »Nichts verbindet mehr als Mord und Verstümmelung.«

»Huntress hat versucht, mich zu töten«, erwidere ich.

»Oh, ich wollte damit nicht andeuten, dass es nicht gerechtfertigt war. Aber wenn wir uns schon verhalten wie Monster, dann lasst es uns wenigstens offen zugeben.«

»Ich bin kein Monster«, entgegne ich.

»Dich meinte ich auch nicht.« Claude wirft Nova einen bedeutungsvollen Blick zu.

Der dreht seinen Kopf ganz leicht, um ihn anzusehen, wobei seine Miene reglos bleibt. Sie scheinen stumme Worte auszutauschen.

»Es tut mir leid«, sagt Claude schließlich. »Ich habe es nicht so gemeint. Für einen Moment habe ich die Wut die Oberhand gewinnen lassen.«

»Das kann ich dir nicht verdenken.«

»Es würde ihr nicht gefallen.«

Ich vermute, dass er wieder von seiner Frau spricht.

Claude entschuldigt sich, steht auf und verlässt den Raum. Er hat behauptet, Nova für das, was er seiner Familie angetan hat, nicht zu hassen, doch es gibt viele Gefühle, die ebenso schwer wiegen – Groll und Reue.

Als ich seufze, schießt erneut Schmerz durch meine Brust und meinen Rücken.

»Tut mir leid, dass ich dich nicht früher gefunden habe.« Novas Blick gleitet über meine Verbände.

»Warum warst du überhaupt dort? Wenn Huntress es geschafft hätte, mich zu töten, wären die Bedingungen des Abkommens mit deinem Vater erfüllt. Es wäre unnötig gewesen, eine Lüge zu erfinden.«

Novas Augen blitzen im Licht des Feuers. »Glaubst du, ich will, dass du stirbst?«

»Ich weiß überhaupt nicht, was du willst. Du hast lange versucht, meine Mutter dazu zu überreden, sich an die Vereinbarung mit dem Ritter zu halten und mich an meinem siebzehnten Geburtstag zu töten. Aber dann hast du mich vor Huntress gerettet, obwohl es einfacher gewesen wäre, mich sterben zu lassen.«

»Einfacher für wen?«, fragt er überrascht und rutscht auf seinem Stuhl herum. »Deine Mutter wird dich bis ans Ende ihrer Tage vermissen. Sie hat ihre Frau verloren und jetzt auch noch ihre Tochter. Fort, aber nicht tot. Nahe und doch so fern. Ich glaube, dieses Schicksal ist schlimmer, als wenn du oder Königin Sanaa tatsächlich gestoben wärt. Trotzdem konnte ich nicht zulassen, dass du …« Er bricht ab und wirkt mit einem Mal in Gedanken sehr weit weg.

Plötzlich kann ich meine Tränen nicht mehr zurückhalten.

»All das ist fürchterlich«, räumt Nova ein. »Du bist am Boden zerstört wegen dem, was in den letzten Tagen passiert ist. Und auch … auch an mir geht es nicht spurlos vorbei.«

Ich mustere ihn durch einen Schleier aus Tränen. »Ach nein?«

Er schüttelt den Kopf. »Weil ich meinen Teil dazu beigetragen habe. Verzeih mir oder nicht, es macht keinen Unterschied. So oder so muss ich damit leben, was ich getan habe. Es wird mich immer verfolgen. Absolution ist unmöglich. Zumindest für mich.«

»Du solltest dir selbst verzeihen.«

Nova schnaubt. »Das habe ich nicht verdient. Ich weiß also nicht, ob ich es jemals kann.« Er hebt den Kopf und begegnet meinem Blick. »Aber vielleicht verdiene ich mir eines Tages deine Vergebung. Das ist vielleicht das Einzige, was zählt.«

Ich schweige, denn ich habe nun begriffen, dass da irgendetwas zwischen uns ist. Dass ich ihn unglaublich schön und zugleich tragisch finde, kann ich nicht bestreiten. Ich weiß, dass ich ihm nicht verzeihen sollte, aber ich würde es so gern. Allerdings bin ich mir nicht sicher, was ich bräuchte, um das tun zu können.

»Dich zu retten, war die richtige Entscheidung«, sagt Nova. »Ich habe nicht immer das Richtige getan; viel häufiger habe ich mich entschieden, das Falsche zu tun. Es liegt in meiner Natur.«

»Was ist es denn nun? Entscheidung oder Natur? Es kann nicht beides sein.«

Er schiebt seinen Stuhl zurück und steht auf. »Das spielt keine Rolle.«

»Für mich schon. Dank dir bin ich noch am Leben. Und Mekhi wäre es ebenfalls, wenn wir auf dich gehört hätten. Wenn *ich* auf dich gehört hätte.« Ich kämpfe gegen meine Tränen an, als ich an Mekhis zerteilten Körper auf der gefrorenen Erde zurückdenke. »Vielleicht bin ich doch ein Monster.«

Nova blickt zum Feuer im Kamin. »Ich habe dich durch die Augen deiner Mutter gesehen und kann mir nicht vorstellen, so geliebt zu werden, wie sie dich liebt.«

»Alle Mütter lieben ihre Kinder.«

Seine Miene wirkt gequält. »Das, Prinzessin, ist weiter von der Wahrheit entfernt, als du dir vorstellen kannst.« Er greift unter seinen Umhang und holt ein Stück gezacktes schwarzes Glas hervor, das er auf den Tisch legt. »Ein Stück des Spiegels deiner Mutter. Ich muss für eine Weile fort. Mein Vater hat mich zu sich gerufen; leiste ich seinem Befehl nicht Folge, wird er Verdacht schöpfen.«

Ein Ziehen in meinem Magen bringt mich dazu, mich aufrechter hinzusetzen. »Du gehst fort?«

»Du wirst schon zurechtkommen. Claude ist sehr gut darin, sich um andere zu kümmern. Auch wenn er das nicht mehr muss, nun da deine Wunden heilen.«

Ich ertappe mich dabei, dass ich nach einem Grund suche, aus dem er bleiben sollte. »Dann kennst du Claude also gut? Er hat erzählt, dass du bei seinem Abkommen mit dem Ritter deine Finger im Spiel hattest.«

Nova nickt. »Von allen Abkommen meines Vaters war das, was er Lady Kingfisher angetan hat, wahrlich eines der schlimmsten Dinge, die ich je erlebt habe.« Er zieht die Luft ein und hält sie an, wobei er sich von mir abwendet. »Ich habe versucht, sie vor ihrem Schicksal zu bewahren, doch es ist mir nicht gelungen. Claude behauptet, er habe mir verziehen, doch was geschehen ist, ist unverzeihlich. Er sollte mich bis an sein Lebensende hassen.«

»Aber du würdest dir wünschen, dass er dir vergibt? Es würde dir etwas bedeuten?«

Nova schweigt einen Moment, ehe er antwortet. »Er glaubt, dass ich es verdient habe, doch er kennt mich nicht so gut, wie er denkt.«

»Glaubst du, dass du es verdient hast?«

Er lässt die Schultern hängen und sieht mit einem Mal erschöpft aus. »Nein. Nein, das glaube ich nicht.« Er zieht den Umhang enger um seine Schultern.

Ich möchte ihm eine Frage stellen, doch ich fürchte, die wahre Antwort schon zu kennen und ihn dann wieder so zu hassen wie damals, als ich erfahren habe, wer er ist und inwieweit er zum Leid meiner Mutter beigetragen hat. Dennoch entscheide ich mich dafür, sie auszusprechen. »Warum tust du es? Warum hilfst du dem Ritter immer wieder?«

Er presst die Lippen zusammen. »Ich habe keine Wahl, da ich an ihn gebunden bin. Und wenn ich ehrlich bin, habe ich ihm eine Weile sogar gern gehorcht. Aber dann …« Er hält inne.

»Was?«, dränge ich. »Was ist dann passiert?«

»Ich habe mitbekommen, was er von deiner Mutter gefordert hat, um dich zu erschaffen, und erkannt, wie er mich dazu benutzt hat, sie zu manipulieren. Ich wollte es nicht tun, aber der Ritter – mein Vater – hat seine ganz eigene Art, das zu bekommen, was er will. Und er wollte unbedingt der Königin – deiner Mutter – auf eine Art schaden, die grausamer war als bei den meisten anderen.« Wieder hält er inne.

»Und das hat dich so sehr gequält?«

Er nickt. »Ja, aber das war nicht das Einzige.« Ein resigniertes Lächeln zupft an seinen Mundwinkeln. »Du hast den Mann gesehen, den er vor deinen Augen gefoltert hat. An wem, glaubst du, hat er das geübt?«

Mein Magen zieht sich zusammen. »Nova, ich …«

»Ich will kein Mitleid von dir«, unterbricht er eilig. »Du hast mich gefragt, warum ich ihm helfe, und meine Antwort lautet, dass ich keine Wahl hatte und ihm zu treu ergeben war, als dass es mich gekümmert hätte, was er tat – bis ich deine Mutter getroffen habe. Dieses Abkommen hat etwas in mir zerbrechen lassen. Etwas, das sich nicht reparieren lässt.« Er seufzt und schüttelt den Kopf. »Ich muss jetzt gehen. Wenn du mich brauchst ...« Er lässt die Worte in der Luft hängen. »Benutze die Scherbe des Spiegels.«

»Wirst du zurückkommen?« Ich halte meinen Blick starr auf das langsam erlöschende Feuer gerichtet, während ich all das, was Nova mir erzählt hat, zu verarbeiten versuche.

Er kommt zu mir an den Tisch und legt seine Hand auf meine. »Ja. Aber ich kann nicht genau sagen, wann.«

Als ich zu ihm aufschaue, lächelt er nicht, sondern sieht mich nur an, als hätte er endlich eine klare Sicht auf alles. Ich möchte, dass er bleibt, doch er wendet sich ab, verlässt das Haus und schließt die Tür hinter sich.

14

Wochenlang erscheint mir Nova alle drei Abende im Spiegel.

Obwohl ich vor nicht allzu langer Zeit ausschließlich Wut empfunden habe, ihn in dem glänzenden schwarzen Stein zu sehen, empfinde ich nun eine gewisse Vorfreude. Die prickelnde Anspannung zwischen uns besteht immer noch, doch nun sitzt sie tief in meinem Bauch und windet sich angenehm. Zwar habe ich ihm noch nicht verziehen, und darum hat er mich auch nicht gebeten, aber in diesen Momenten besteht dazu auch keine Notwendigkeit.

Wenn er im Spiegel erscheint, betrachte ich seinen Mund, während er von meiner Mutter erzählt, die er stets aus der Ferne im Blick behält. Ich will wissen, was er gesehen hat, und empfinde es als tröstlich, dass er ein Auge auf sie hat, doch auf der anderen Seite missfällt es mir, dass er damit Sehnsucht in mir weckt. Er kann sich allerdings nicht davon abhalten, mir Bericht zu erstatten, oder vielleicht bin ich es, die ihn mit ihrer Neugier dazu veranlasst, immer wieder von ihr zu erzählen. Seine Lippen teilen sich, um mir mitzuteilen, dass sich meine Mutter bester Gesundheit erfreut, jedoch niemals, um mir zu verkünden, dass sie glücklich ist. Seine Stirn legt sich in Falten, wenn er von seinem Vater berichtet, obwohl er seine Worte stets sorgfältig abwägt.

»Und du?«, fragt er jedes Mal. »Was geht in deinem Herzen vor sich?« Es klingt, als wollte er wissen, wie sehr ich meine Mutter vermisse, aber das ist nur die halbe Wahrheit. Es schwingt noch etwas anderes in seiner Frage mit.

Ich muss mich davon abhalten, ihm zu offenbaren, dass mein Herz schneller schlägt, wenn ich ihn im Spiegel erblicke, dass ich mich danach sehne, ihm von Angesicht zu Angesicht gegenüberzustehen. Aber ich habe die schreckliche Angewohnheit, mit solchen Dingen hinterm Berg zu halten. Unsere Gespräche enden jedes Mal gleich.

»Sehen wir uns in drei Tagen wieder?«, fragt er. »Ich werde nicht böse sein, wenn du dich dagegen entscheidest.«

»Ich werde da sein«, antworte ich ein ums andere Mal.

»Dann werde ich hier warten … auf dich.«

Und wenn er aus dem Spiegelstück verschwindet – denn es ist immer er, der zuerst geht –, vermisse ich ihn augenblicklich. Ich traue mich nicht, es laut auszusprechen, denn inmitten dieser brenzligen und gefährlichen Lage ist es zu viel für mich. Ich bin keine Närrin. Mir ist vollkommen bewusst, dass einige oder sogar alle von Novas Taten unverzeihlich sind, aber er bittet mich nicht um Vergebung, sondern lediglich um Verständnis. Und das kann ich ihm tatsächlich entgegenbringen.

Ich denke an all das, was ich in meinem Training gelernt habe – zu töten, wenn es sein muss –, den Ritter zu erledigen und alle, die sich mir in den Weg stellen. Zu Mekhis Tod habe ich eindeutig beigetragen. Nova und ich sind also nicht allzu verschieden, aber so, wie er redet, stellt er sich als Bösewicht dar. Diese Rolle hat er für sich akzeptiert. Womit er nicht gerechnet hat, ist, dass ich sie ebenfalls akzeptieren würde.

Claude versorgt meine Wunden, sodass ich drei Wochen nach meiner Ankunft in seinem Haus bei den täglichen Aufgaben mithelfen kann. Jede Woche, wenn Claude zur Arbeit in der Smaragdmine in den South Steps aufbricht, ist er mehrere Tage am Stück fort. Junior und Hunter nimmt er oft mit, während sich die beiden jüngeren Söhne um das kleine Haus kümmern.

Chance ist erst zehn, dennoch ist er fähiger als viele Erwachsene, denen ich begegnet bin. Er hält seinen kleinen Bruder in Schach, obwohl er nur ein Jahr älter ist als er.

Ich komme ihnen nicht in die Quere, denn ich habe kein Interesse daran, ihre Kinderfrau zu spielen, und Claude hat deutlich zum Ausdruck gebracht, dass er das auch nicht von mir erwartet. Wenn sie jedoch Feuerholz hacken müssen, um das Haus zu heizen, beaufsichtige ich sie, um sicherzustellen, dass sie keine Körperteile verlieren.

Eines Abends, knapp sechs Wochen, nachdem Huntress mir fast das Herz herausgeschnitten und für den Ritter in eine Holzkiste gelegt hätte, warte ich in der kühlen Abendluft auf den Stufen vor dem Haus, während sich Claude, Junior und Hunter nach ihrer viertägigen Arbeit in der Mine vom nahe gelegenen Bergkamm her nähern. Ich höre sie, noch bevor ich sie sehe. Sie singen ein rhythmisches Lied, etwas Altes und Sehnsüchtiges. Von Claude weiß ich, dass es eine Melodie ist, die er von seinem Urgroßvater gelernt hat, der in der gleichen Mine gearbeitet hat. Ihre Stimmen werden vom Wind zu mir getragen, und als ich sie erspähe, schicke ich ihnen eine Decke aus Sternenhimmel, die sie einhüllt und auf ihrem Heimweg wärmt.

»Eve!«, schreit Junior, während er mir entgegenrennt, und schlingt, bei mir angekommen, seine Arme um meine Taille. »Wir haben dich vermisst.«

Lachend erwidere ich seine Umarmung. »Ich hab euch kein bisschen vermisst«, necke ich ihn. In Wahrheit vermisse ich ihn und Hunter und sogar Claude ganz fürchterlich, wenn sie fort sind, denn ich habe sie ins Herz geschlossen.

Erst als Claude schwerfällig die Veranda betritt, erkenne ich, dass er ein Reh auf dem Rücken trägt. Er schenkt mir ein angestrengtes Lächeln.

»Ich hoffe, ihr hattet nicht zu viel Ärger damit.« Ich deute auf das bereits ausgeweidete Tier.

Claude lacht herzhaft und tätschelt mir mit der freien Hand die Schulter. »Dank ihm werden wir in den nächsten Tagen gutes Essen genießen dürfen.« Er wirft das Reh ab und bleibt vor mir stehen, wobei seine Miene kurz weicher wird.

Gerade als er etwas sagen will, kommt Chance zur Tür herausgestürmt und springt lachend und quietschend in Claudes Arme. Maggie folgt ihm und läuft aufgeregt um Claudes Beine, woraufhin er sie zwischen den Ohren krault.

Nachdem sich Claude und seine Söhne gewaschen haben, setzen wir uns im Haus zusammen an den Tisch. Chance schürt das Feuer im Kamin, und Hunter gibt Teile des frisch erlegten Rehs aus. Der Duft von gesalzenem, geröstetem Fleisch und gekochten Rüben mit Rosmarin liegt in der Luft und lässt mir das Wasser im Mund zusammenlaufen. Chance und

Grumpy ärgern einander unnachgiebig, jede Stichelei barscher als die vorherige, doch gehen dabei nie so weit, die Gefühle des anderen zu verletzen. Es wird gelacht und geredet, und alle sind froh, dass der Vater und die beiden Söhne heimgekehrt sind.

Ich sitze neben Claude, der seine Familie betrachtet. So sehr er seine Söhne auch liebt, liegt in seinem Blick immer eine gewisse Traurigkeit.

Als er erkennt, dass ich ihn beobachte, tätschelt er mir die Hand und nimmt die heilende Wunde, die nicht mehr verbunden ist, in Augenschein. »Sieht gut aus«, stellt er fest. »Die Verletzung ist anständig verheilt. Ich hoffe, die Jungen haben dir das Leben nicht allzu schwer gemacht, während ich fort war.«

Chance grinst. »Wir haben ihr das Leben zur Hölle gemacht.«

Claude mustert ihn mit schief gelegtem Kopf. »Irgendetwas ist anders an dir.«

»Er hat keine Haare mehr«, sage ich.

Claude macht große Augen.

Ich kann es ihm nicht verdenken, dass es ihm nicht sofort aufgefallen ist; immerhin sitzt er vier Köpfen gegenüber, die unterschiedliche Haarlängen, aber fast identische Gesichter haben, und Claude sind solche Dinge nicht wichtig.

»Er hat vor ein paar Tagen in der Scheune geschlafen und ist mit Läusen zurückgekommen«, erkläre ich. »Also musste ich ihm die Haare schneiden. Seine Bettwäsche und Kleidung habe ich ausgekocht. Wir anderen scheinen verschont geblieben zu sein.«

Chance fährt sich grinsend mit einer Hand über den Kopf. »Mir gefällt's.«

»Dein Kopf glänzt wie ein Sehstein«, merkt Claude an. »Ich wette, ich kann die Zukunft darin lesen.«

Der Junge lacht, und ich grinse, aber Claudes Worte erinnern mich daran, dass meine Zeit mit Nova näher rückt. Er erscheint für gewöhnlich nie vor Sonnenuntergang in dem Steinsplitter und ist in den vergangenen sechs Wochen kein einziges Mal persönlich hergekommen.

Was es wohl mit dem Sehstein auf sich hat? Der einzige, aus dem Nova heraustreten kann, scheint der zu sein, den meine Mutter in ihrem Gemach aufbewahrt. Obwohl ich Nova auch in meiner kleinen Scherbe des Sehsteins erblicken kann, ist es ihm offenbar nicht möglich, daraus hervorzukommen. Ich bin mir sicher, dass der Ritter dafür verantwortlich ist. Es ist eine weitere Methode, andere zu kontrollieren.

Nachdem die Jungen aufgegessen haben, ziehen sie sich zum Schlafen zurück. Als sie den Raum verlassen haben, schiebe auch ich meinen Stuhl zurück.

»Bitte bleib noch einen Moment hier.« Claude klingt ernst.

Mittlerweile weiß ich, dass er streng darauf achtet, was er vor seinen Kindern sagt und was er in ihrer Gegenwart lieber verschweigt.

Ich nehme wieder Platz. »Ich hoffe, du bist nicht wütend wegen Claudes Haar.«

»Überhaupt nicht. Ehrlich gesagt ...« Er bricht ab und scheint mit einem Mal in Gedanken zu sein. »Sie sehen einander so ähnlich, dennoch unterscheiden sie sich in vielerlei Hinsicht stark voneinander.«

»Das ist mir auch schon aufgefallen.«

»Während ich sie aufwachsen sehe, frage ich mich, wie ihre Brüder wohl geworden wären – die drei, die Leah und ich verloren haben. Fisher, Ace und The Kid.« Claude spricht ihre Namen aus wie Gebete, die er den Göttern zuflüstert. »Ich kann mir vorstellen, wie sie aussehen würden, aber was hätten sie für einen Charakter? Wovor würden sie sich fürchten?«

Ich lege meine Hand auf Claudes, obwohl ich sie kaum bedecken kann.

Er schüttelt sich und strafft die Schultern. »Tut mir leid. Ich wollte dich nicht damit belasten.«

»Jetzt, wo ich ihre Namen kenne, kann ich sie in die Dunkelheit sprechen, so wie die vieler anderer, die von uns gegangen sind.« Ich denke an Mekhi. Wie oft habe ich seinen Namen wohl schon gesagt?

Claude nickt und schluckt schwer. »Ich habe etwas Wichtiges mit dir zu besprechen, doch wollte warten, bis die Jungen im Bett sind.«

Mein Herz schlägt mit einem Mal ein wenig schneller.

»Bei uns in der Mine gibt es einen Boten«, beginnt Claude. »Er überbringt Nachrichten von unserem Standort in nahe gelegene Orte. Oft bekommen wir Bestellungen von Händlern, die Smaragde verkaufen, aber hin und wieder erhalten wir zusammen mit den Bestellungen auch Neuigkeiten. Selbst aus so weit entfernten Orten wie Castle Veil.«

»Neuigkeiten?« Als ich begreife, worauf er hinauswill, erhebe ich mich. »Es gibt Neuigkeiten vom Schloss?«

Er nickt und blickt kurz in Richtung Flur. »Und leider keine guten.«

Ich beginne zu zittern. »Sag mir sofort, worum es geht!«

Claude atmet tief durch. »Die Königin ist krank.«

»Krank?«, wiederhole ich das Wort, als hätte ich es noch nie zuvor gehört. »Ich verstehe nicht.«

»Diese Krankheit, welche auch immer es sein mag, hat dazu geführt, dass sich die Königin in ihrer Kammer einschließt und schon seit Wochen Selbstgespräche führt. Alle haben Sorge, dass sie nach deinem angeblichen Tod den Verstand verloren haben könnte. Dass sie sich nicht von dem Verlust erholen wird und Queen's Bridge ohne sie dem Ritter ausgeliefert ist.«

Ich schiebe meinen Stuhl zurück und renne in mein Zimmer, eine kleine Besenkammer, die Claude für mich ausgeräumt und die Jungen für mich mit Kränzen aus getrockneten Sonnenblumen dekoriert haben. Sie bietet gerade genug Platz für eine Strohpritsche und meine wenigen Habseligkeiten. Eilig entledige ich mich meiner Kleidung und ziehe meine wärmste Unterwäsche an. Jetzt, mitten im Winter, wird die Reise lang und beschwerlich sein.

»Eve«, sagt Claude, der mir gefolgt ist. »Eve, hör mir gut zu. Wenn du jetzt zurückgehst, war alles, was du auf dich genommen hast, umsonst.«

»Ich muss aber.« Ich bin bereits dabei, mir die Stiefel über die zwei Paar Wollsocken zu ziehen.

»Und wenn man dich sieht? Wenn der Ritter erfährt, dass du lebst? Was dann?«

»Ich weiß es nicht. Aber es ist mir egal.«

»Nun, uns aber nicht.« Claude schaut zu der geschlossenen Tür des Zimmers seiner Söhne. »Du bist zu einem Teil unserer Familie geworden, daher ist es *uns* nicht egal, Eve.« Er seufzt. »Und ich würde lügen, wenn ich behaupten würde, meine Sorge gelte nur dir. Wie schwer kann es sein, dich hierher zurückzuverfolgen, wenn man dich entdeckt. Ich kann meine Familie nicht wegen dir in Gefahr bringen, und ich glaube, das willst du auch nicht.«

Ich halte inne und schaue ihn an. Da die Traurigkeit, die sich immer auf seiner Miene spiegelt, mit einem Mal noch deutlicher wird, überkommen mich Schuldgefühle. »Ich werde einen Umhang aus der Schwärze der Nacht tragen. Das verspreche ich.« Ich schaue zum Zimmer der Jungen. »Niemals würde ich ihre Sicherheit gefährden; und für den unwahrscheinlichen Fall, dass man mich doch sieht, werde ich nicht zurückkehren. Ich muss sie sehen. Irgendetwas stimmt nicht. Sie weiß, dass ich noch am Leben bin, dennoch trauert sie. Warum?« Eine Million Möglichkeiten gehen mir durch den Kopf. Hat sie selbst nicht daran geglaubt, als sie mir versichert hat, wir würden uns eines Tages wiedersehen? »Und falls es keine Trauer ist, die sie belastet, was ist es dann? Warum verkriecht sie sich? Und mit wem spricht sie?« Das alles kommt mir falsch vor, und der Drang, zu ihr zu reiten, wird so unerträglich, dass die Gefahr besteht, dass ich unbesonnene Pläne schmiede, die ich später bereuen werde.

»Eve«, erklingt plötzlich eine andere Stimme und lässt mich zusammenfahren.

Claude schaut zu meiner Schlafpritsche.

Eilig trete ich an mein Bett und hole den Splitter des Sehsteins darunter hervor.

Novas Gesicht ist auf der glasartigen Oberfläche zu sehen. »Wenn du ernsthaft darüber nachdenkst, jetzt loszureiten, muss ich dich bitten, es noch einmal zu überdenken«, sagt er.

»Du hattest nicht vor, mir zu erzählen, dass etwas nicht stimmt?«, frage ich wütend. »Ich habe mich entschieden. Versuch gar nicht erst, es mir auszureden.« Mir ist bewusst, dass ich wie ein bockiges Kind klinge.

Claude sieht mich auf die gleiche Weise an wie seine Söhne, wenn sie ein wenig zu vorlaut werden.

»Ich bin mir der Gefahren bewusst und bereit, sie auf mich zu nehmen.«

»Auch die Gefahr, in die du Claude und seine Familie bringst?«, gibt Nova zu bedenken. »Hast du dieses Risiko ebenfalls bedacht?«

Ich schaue zu Claude, der sich den Nacken reibt.

»Wenn man dich entdeckt und dir folgt, sind sie in Gefahr«, fährt Nova fort.

»Ich weiß, was du vorhast, aber ich habe auch diesen Teil bedacht.«

»Ich bemitleide jeden, der glaubt, er könnte einfach so in mein Haus eindringen«, wirft Claude ernst ein. »Ich habe genügend Platz für Gräber auf meinem Grundstück.«

Ich hege keinerlei Zweifel an Claudes Absichten, will aber dennoch nichts riskieren. »Ich nehme eine längere, weniger bereiste Route zum Schloss, damit mir niemand folgt. Die Tiere werden mich warnen, sollte sich jemand nähern. Ich habe Kräfte, die mir helfen werden.«

Claude nickt, nicht jedoch, weil ihm meine Worte gefallen. Er wendet sich ab und verlässt das Zimmer.

»Wenn ich dich schon nicht dazu überreden kann, bei Claude zu bleiben, darf ich dich dann wenigstens bitten zu warten?«, fragt Nova.

Ich schaue in seine funkelnden Augen. »Worauf?«

»Auf mich, damit ich dich begleiten kann.«

»Das halte ich nicht für nötig.« In Wahrheit finde ich den Gedanken, mit ihm in einem Raum zu sein, verlockend, selbst wenn es nur für einen kurzen Moment ist. Ich habe ihn seit jener kalten Nacht kurz nach meiner Ankunft bei Claude nicht mehr richtig gesehen.

»Gib mir ein paar Stunden.«

Der Spiegel wird schwarz, bevor ich etwas entgegnen kann.

Bald bin ich fertig damit, mich so anzuziehen, dass ich vor der Kälte geschützt bin.

Claude bringt ein robustes Pferd aus dem Stall und bindet die Stute an einen Pfahl. Ihre Stimme klingt in meinem Kopf kräftig und klar. Sie ist genauso bereit für die Reise, wie ich es bin. Dann packt mir Claude Proviant für ein paar Tage in eine Tasche und zieht sich anschließend ohne ein weiteres Wort in sein Zimmer zurück. Es fühlt sich an, als würde ich ihn im Stich lassen, aber ich muss zu meiner Mutter.

Im schwachen Schein des erlöschenden Feuers setze ich mich an den Tisch und warte ungeduldig auf Nova. Ich könnte ohne ihn aufbrechen – das sollte ich sogar –, doch ich warte.

Auf einmal steht Junior mit verschlafenen Augen in seinem Schlafanzug im Flur. Als er meine Aufmachung sieht, verzieht er den Mund. »Du gehst fort?«

»Ja. Aber nicht für immer. Ich komme bald wieder zurück.«

Er schlurft zum Tisch und setzt sich neben mich. »Und wo willst du hin?«

Ich schüttele den Kopf. »Es ist besser, wenn ich dir das nicht verrate.«

Junior zieht die Brauen zusammen und beißt sich auf die Unterlippe. Er sieht seinem Vater so ähnlich, dass es fast unheimlich ist.

»Mein Vater betrachtet dich wie eine Tochter. Und für mich und meine Brüder bist du eine Schwester geworden.«

Ein Kloß bildet sich in meinem Hals.

»Wenn du also fortgehst und etwas passiert, werden wir alle fürchterlich traurig sein.« Junior rutscht auf seinem Stuhl herum. »Meine Eltern hatten nie eine Tochter, obwohl sie sich immer eine gewünscht haben – wahrscheinlich um die Dynamik ein bisschen zu verändern.«

»Das ergibt Sinn.« Ich zwinge mich zu einem Lächeln, obwohl mein Herz bricht.

»Meine Mutter ist nicht mehr unter uns«, fährt Junior fort, und für einen Moment glänzen seine Augen feucht im Feuerschein. »Aber ich glaube, sie hätte dich genauso gern gemocht wie wir.« Er seufzt und zuckt mit den Schultern.

Meine Kehle verengt sich bis zu dem Punkt, dass mir das Schlucken schwerfällt. In diesem Moment ziehe ich ernsthaft in Erwägung, zu bleiben. Für die Jungen, für Claude, aber auch für mich selbst. Ich habe sie ebenso ins Herz geschlossen.

»Ich habe auch eine Mutter verloren«, offenbare ich. »Genau wie ihr an den Ritter.«

Junior und ich wechseln einen vielsagenden Blick. Nur diejenigen, die erleben mussten, wozu der Ritter fähig ist, können es nachvollziehen.

Auf einmal mache ich mir Sorgen, dass ich zu viel preisgegeben habe. Ich versuche, mir in Erinnerung zu rufen, ob Claude mir erzählt hat, dass die Jungen über die Umstände des Todes ihrer Mutter Bescheid wissen.

»Es tut mir leid. Ich habe zu viel gesagt.«

»Nichts, was ich nicht ohnehin schon wusste«, erwidert Junior. »Das Abkommen meiner Eltern mit dem Ritter ist kein Geheimnis für mich. Ich kenne alle Details, auch wenn ich mir wünschen würde, dass das nicht der Fall wäre.«

Sachte lege ich eine Hand auf seine und beuge mich zu ihm vor. »Der Ritter hat mir schon eine Mutter genommen. Ich darf nicht zulassen, dass er mir auch noch die andere nimmt, sondern muss dafür sorgen, dass sie in Sicherheit ist.«

»Du hast zwei Mütter?«

»Ja. Oder zumindest war das früher der Fall.«

»Ich liebe meinen Vater, aber zwei Mütter?« Er scheint für einen Moment darüber nachzudenken, ehe er mir wieder seinen Blick zuwendet. »So viel Liebe kann man sich nur schwer vorstellen.«

Seine wahren Worte zerreißen mir das Herz.

»Du sagst, der Ritter hat dir eine von ihnen genommen?«, fragt er.

Ich nicke. »Ja.«

Junior drückt meine Hand. »Dann musst du dafür sorgen, dass er dir nicht noch mehr nimmt.« Er erhebt sich und schenkt mir ein warmherziges Lächeln. »Bringst du mir was mit?«

»Was denn?«

Er zuckt mit den Schultern. »Überrasch mich.«

»Ist das deine Art, sicherzustellen, dass ich auch wirklich zurückkomme?«, frage ich.

Juniors Mundwinkel heben sich. »Ja.« Damit dreht er sich um, geht in sein Zimmer und schließt die Tür hinter sich.

Im nächsten Moment klopft es an der Haustür.
Kaum dass ich sie öffne, kommt Nova hereingerauscht. Er ist ganz in Schwarz gekleidet und hat sein Haar zusammengebunden. Seine Augen wirken wieder wie Sterne am Nachthimmel, sodass ich sprachlos vor ihm stehe. Wochenlang habe ich mir diesen Moment ausgemalt, und in all der Zeit ist mir nichts Bedeutsames eingefallen, das ich sagen könnte.

»Du ... Du bist hier«, stammele ich schließlich und wünsche mir sofort, ich könnte die Worte zurücknehmen. Hitze schießt mir ins Gesicht, und tief in meinem Inneren regt sich etwas.

»Das bin ich«, erwidert Nova. »Weil du die Füße nicht stillhalten kannst. Du bist unmöglich.«

»Da haben wir wohl was gemeinsam. Du wusstest, dass meine Mutter krank ist, und hast nichts gesagt?«

Als Nova einen Schritt auf mich zu macht, spüre ich, dass ihn noch immer die kühle Luft von draußen umhüllt. Er riecht nach Wind. »Eigentlich wollte ich, dass du es von mir erfährst, aber solche Dinge – oder vielleicht sollte ich lieber sagen, *Gerüchte* – sprechen sich schnell herum.«

»Gerüchte? Dann ist sie gar nicht krank?«

Nova schüttelt den Kopf. »Nein, sie wird nur belagert.«

»Was soll das heißen?«

Nova schaut zu mir herab, und wieder einmal – selbst mitten in diesem ernsten Gespräch – ertappe ich mich dabei, dass ich seinen Mund anstarre, die Kontur seiner Lippen mit dem Blick nachfahre. »Der Ritter ist fest davon überzeugt, dass deine Mutter ihren Teil des Abkommens erfüllt hat, aber er gönnt ihr keine Ruhe. Ständig zeigt er ihr im Spiegel Bilder von deinem Tod. Er quält sie in dem Versuch, sie zu brechen.«

Mir dreht sich der Magen um. »Wieso? Er hat doch bekommen, was er wollte. Warum ist er weiterhin derart grausam?«

»Weil er immer gewinnen muss. Um jeden Preis. Am liebsten wäre es ihm, wenn ganz Queen's Bridge vor ihm niederkniet. Wann hast du zuletzt von einem Wunsch gehört, der sich ohne negative Konsequenzen erfüllt hat? Am Ende ist es immer der Ritter, der zuletzt lacht. Der Handel mit deiner Mutter ist abgeschlossen. Jetzt will er nichts mehr, als dass sie sich auf den nächsten einlässt, damit er sie aufs Neue verletzen kann.«

»Noch einen Handel?«

Nova nickt. »Ich glaube, er hofft, dass deine Mutter ihn bittet, dich von den Toten zurückzuholen oder ihre Trauer zu vertreiben. Er begreift nicht, warum sie so standhaft ist – was früher oder später zu einem Problem für uns alle werden könnte.« Er beugt sich so weit zu mir vor, dass ich seinen Atem auf meinem Gesicht spüren kann, und senkt seine Stimme zu einem kaum hörbaren Flüstern. »Er weiß nicht, dass du noch am Leben bist, und das ist der einzige Grund, aus dem deine Mutter seinem Druck standhält. Sie hütet das Geheimnis, aber das führt nur dazu, dass er sie noch mehr bedrängt. Das ist es, worunter sie leidet – keine Krankheit oder körperliche Verletzung, sondern gnadenlose, pausenlose Folter.«

Mit einem Mal keimt unbändige Wut in mir auf. »Und du lässt es einfach geschehen?«

Novas Miene verändert sich in dem flackernden Licht des Feuers. »Ich habe dir doch gesagt, dass ich keine Wahl habe.«

Der kleine Teil von mir, der ihn hasst und sich an alles erinnert, was er getan hat, regt sich.

»Ich verbringe jede wache Minute damit, sie davor zu bewahren, daran zu zerbrechen«, verteidigt sich Nova. »Ich versuche, ihr in Erinnerung zu rufen, was real ist, und dafür zu sorgen, dass dem Ritter unser Geheimnis verborgen bleibt. Allerdings weiß ich nicht, wie lange mir das gelingen wird. Er hat alle Zeit der Welt.«

Ich ziehe mir den Umhang enger um den Körper, als der Wind Schnee und Eis ans Fenster peitschen lässt. Obwohl ich mich nicht darauf freue, in dieses Wetter hinauszutreten, habe ich meine Entscheidung gefällt.

»Ich bin bereit, aufzubrechen«, verkünde ich.

Nova bleibt reglos stehen und lässt seinen Blick an mir hinabwandern.

»Und ich werde es mir nicht anders überlegen«, füge ich hinzu. »Du hast mich gebeten, auf dich zu warten, und das habe ich getan.«

Nova legt mir seine Hände auf die Schultern, was sich anfühlt, als würde meine Haut unter der Wolle und dem Leinen in Flammen aufgehen. Ich weiß, wie es ist, ein Schwert aus Feuer zu halten, und die Hitze, die dabei über meine Haut streift, ist nichts gegen das hier.

Nun lässt er die Hände an meinen Armen hinabgleiten, bis sich unsere Finger fast berühren, neigt den Kopf und streift sanft mit dem Mund über meine Wange. Ich glaube, ihn meinen Namen flüstern zu hören, aber das Blut, das in meinen Ohren rauscht, übertönt alles andere.

Als er das Kinn hebt, legt sich ein unsicherer Ausdruck auf seine Züge. »Verzeih mir.« Er tritt zurück.

»Es gibt nichts zu verzeihen.« Ich gehe an ihm vorbei, wobei ich ihn sanft mit der Schulter streife, und trete hinaus in die stürmische Nacht.

Nova folgt mir.

15

Das Schloss ist einen Tagesritt entfernt, doch wir werden länger brauchen, da wir uns für eine weniger bereiste Strecke entschieden haben, damit uns niemand sieht und verfolgt.

Ehe wir Claudes sicheres Grundstück verlassen, erschaffe ich einen Umhang aus dem dunkelsten Teil des Himmels und lege ihn um meine Schultern. Für Vorbeikommende würde ich aussehen wie ein Schatten inmitten vieler anderer, doch während der ersten paar Stunden begegnen wir niemandem.

Ich reite durch die Dunkelheit, Nova hält sich hinter mir. Wir sprechen nicht, da ich zu große Angst habe, dass uns jemand hören könnte. Novas Blick spüre ich trotzdem auf mir. Am liebsten würde ich mich umdrehen und ihn anschauen, aber ich widerstehe dem Drang.

Als die Sonne aufgeht, haben wir den nördlichsten Rand der South Steps umrundet und reiten nach Osten in Richtung Schloss. Gegen Mittag machen wir halt, um die Pferde zu tränken und etwas zu essen.

Ich springe ab, strecke meine Beine und meinen Rücken. Mein Umhang aus Dunkelheit löst sich in schwarzen Rauch auf. Plötzlich schießt mir ein brennender Schmerz in die linke Seite meiner Brust. Instinktiv greife ich an die Stelle, an der

Huntress' Schwert meine Haut aufgeschlitzt hat und über den Knochen darunter geschabt ist. Als ich meine Hand wegziehe, sind meine Finger nass und rot. Blut. Eilig ziehe ich mir den Umhang aus und öffne mein Hemd am Kragen, um mir den Verband anzusehen.

Im nächsten Moment ist Nova an meiner Seite und betrachtet den blutdurchtränkten Stoff. »Wie kann es noch bluten?«, fragt er. »Es ist doch schon Wochen her.«

»Die Wunde heilt, aber sie war ausgefranst«, erkläre ich. »Claude hatte Probleme, sie zu nähen. Schon in Ordnung. Es ist nichts.« Ich wische meine Hand an der Hose ab.

»Du blutest – wie kann das nichts sein?« Nova sieht verwirrt aus.

Ich trete einen Schritt von ihm weg, um deutlich zu machen, dass ich keine Zeit für Diskussionen über meine Verletzungen habe. Stattdessen will ich so rasch wie möglich weiterreiten.

Nova hält mich fest.

»Was soll das?«, frage ich verärgert.

»Setz dich kurz hin. Wir verbinden die Wunde frisch.«

»Das ist nicht nötig. Ich will zum Schloss und …« Auf einmal ist mir so schwindelig, dass Lichtblitze vor meinen Augen tanzen. Als ich ins Taumeln gerate, hält Nova mich an der Taille fest.

»Setz dich«, befiehlt er entschlossen.

Ich gehorche, jedoch nur, weil ich keine Wahl habe. Meine Beine geben unter mir nach, sodass ich ohne großes Zutun auf mein Hinterteil plumpse.

Nova huscht geschäftig hin und her. Sobald er Feuer gemacht hat, zupft er an meinem Kragen. »Zieh es einfach aus«, sagt er leise. »Ich weiß, es ist kalt, aber ich muss die Wunde sehen, um sie anständig verbinden zu können.«

»Es ist nicht die Kälte, die mir Sorgen bereitet.«

»Sondern die Sittsamkeit? Hier ist niemand außer mir.«

Ich schaue ihn an. »Exakt.«

»Ich bitte dich. Du kannst entweder verbluten oder mir deine nackte Brust zeigen. Was ist dir lieber?«

Kurz blicke ich mich um. Bis zum Schloss ist es noch ein halber Tagesritt, und ich möchte weiter, doch jedes Mal, wenn ich auch nur darüber nachdenke aufzustehen, wird mir wieder schwindelig. Mein Versuch, einen Vorhang aus Schnee heraufzubeschwören, scheitert daran, dass ich zu schwach bin.

Nova geht zu seinem Pferd, holt ein kleines Stück gefalteten Stoff aus der Satteltasche und hält es vor mir in die Höhe. »Na los«, sagt er und murmelt leise irgendetwas darüber vor sich hin, wie unmöglich ich sei, während ich meinen Umhang abwerfe und mir das Hemd über den Kopf ziehe. »Kann ich gucken?«

»Lieber nicht, aber ich weiß, dass kein Weg daran vorbeiführt.«

Nova faltet das Tuch auf und kommt mir so nahe, dass ich den Wind in seinem Haar riechen kann. Dann wickelt er den Stoff von meiner Brust und untersucht die Wunde. Sie ist nur am oberen Rand aufgeplatzt – die Stelle, die schwer zu nähen war, weil sie sich so dicht an meinem Schlüsselbein befindet.

»Claude hat dich genäht?«, fragt Nova.

Ich nicke.

»Dafür sollte er verhaftet werden.« Er weicht ein Stück zurück und betupft die Wunde mit der Ecke meines abgelegten Hemdes. »Ich muss sie noch einmal nähen.«

»Nein.« Ich versuche aufzustehen. »Lass es. Wir müssen weiter.«

Nova drückt mich wieder runter, woraufhin ein frisches rotes Rinnsal aus der Wunde tritt. »Wir können sie ausbrennen, wenn dir das lieber ist. Das würde schneller gehen, ist aber auch schmerzhafter. Viel, viel schmerzhafter. Und der Gestank…«

»Halt.« Wieder überkommt mich ein Schwindelgefühl. Ich schlucke schwer, denn so kann ich tatsächlich unmöglich weiterreisen.

»Leg dich hin und denk an etwas anderes«, rät Nova, als wäre das so einfach. Dann holt er ein Lederbündel hervor, aus dem er einen mit Bienenwachs umhüllten Faden und eine spitze Nadel nimmt. Mit Daumen und Zeigefinger hält er den Rand meiner Wunde zusammen und beginnt den Faden hindurchzuziehen.

Der brennende Schmerz ist so stark, dass er mich vollkommen einzuhüllen scheint. Vor meinen Augen wird es erst gleißend hell und dann schwarz. Ich schnappe nach Luft und klammere mich an Novas Umhang fest.

»Sprich mit mir«, bettele ich. »Erzähl mir irgendwas, das mich von dem Schmerz ablenkt.«

»Was soll ich denn sagen?« Novas Stimme klingt ruhig, und die Bewegungen seiner Hände sind sicher und gleichmäßig. »Man sollte meinen, du hättest genügend Gedanken, die dich ablenken.« Ich ziehe noch einmal scharf die Luft ein, doch ich glaube, durch meinen Nebel aus Schmerz zu erkennen, dass sich sein rechter Mundwinkel hebt. »Schau einfach mein Gesicht an. Das gefällt dir doch, oder?«

Ich hoffe, dass ich zumindest so viel Blut verloren habe, dass keins mehr übrig ist, um mir vor Scham ins Gesicht zu schießen.

»Glaubst du, das fällt mir nicht auf? Das tut es.«

Ich schließe die Augen in der Hoffnung, dass mich die Dunkelheit verschlingt.

»Ich schaue dich auch an«, gibt er leise zu. »Und dafür muss ich keine Ausreden erfinden. Ich will, dass du es weißt.«

Flatternd öffne ich meine Lider. Die Nadelstiche spüre ich längst nicht mehr – wer hätte gedacht, dass Scham das beste Mittel gegen Schmerz ist?

Wieder betupft Nova die Wunde mit meinem Hemd und vollführt einen weiteren Stich. Als er den Faden stramm zieht, drückt er seine freie Hand flach auf meine nackte Brust.

»Du kannst nicht vergessen, was er dir und deiner Familie angetan hat«, wechselt er das Thema. »Deshalb willst du nach deiner Mutter sehen, nicht wahr?«

»Ich möchte mich einfach vergewissern, dass es ihr gut geht.«

»Das kann ich dir nicht verdenken.« Nova zieht den Faden noch strammer. »Trotzdem wäre es besser, es auf sich beruhen zu lassen. Du hast ihn überlistet. Zurückzukehren, birgt ein hohes Risiko.«

Ich schnaube. »Und obwohl ich ihn überlistet habe, kann ich meine Mutter nie wiedersehen, und das Volk von Queen's Bridge ist ihm weiterhin ausgeliefert. Die List war also nicht schlau genug.«

»Ich wünsche mir genauso sehr wie du, ihm ein für alle Mal das Handwerk zu legen«, erwidert Nova leise.

»Obwohl er dein Vater ist? Ein Teil von dir muss …«

»Muss was?« Sein Blick wirkt mit einem Mal stählern und ernst. »Du kannst dir nicht vorstellen, was er mir angetan hat. Die Dinge, die ich gesehen habe ...« Er bricht ab. »Fragst du dich nicht, wo ich gelernt habe, Wunden so gut zu nähen?«

Noch immer begreife ich nicht, warum der Ritter seinem eigenen Kind solch schlimme Dinge angetan hat.

Ich zögere eine Sekunde, ehe ich meine Hand an Novas Gesicht lege. Fast rechne ich damit, dass er zurückweicht, aber stattdessen dreht er seinen Mund in meine Handfläche, schließt die Augen und seufzt. Sein Atem ist warm und vertreibt ein wenig von der Kälte auf meiner Haut. In diesem Moment gestatte ich mir, mir auszumalen, wie sich sein Mund auf meinem anfühlen würde.

»Ich muss mich bei dir entschuldigen, Eve«, sagt er. »Für den Teil, den ich zu alledem beigetragen habe. Du ahnst nicht, wie sehr mich das, was mein Vater deiner Familie angetan hat, quält.«

Ich löse meine Hand von seinem Gesicht. Auf seine Worte weiß ich nichts zu erwidern, doch mir ist bewusst, dass das, was ich für ihn empfinde, ein gefährlicher Funke ist, der alles in mir zu entfachen droht. Wenn ich es zulasse, wird er sich in mich hineinbrennen, bis ich nichts anderes mehr wahrnehme.

Als Nova die Nadel ein letztes Mal durch meine Haut zieht, bin ich derart von meinen rasenden Gedanken abgelenkt, dass ich es kaum spüre. Er knotet das Ende des Fadens zusammen, verbindet die Wunde und lässt die Hände für einen Moment auf meinen nackten Schultern liegen. »Ruh dich aus. Ich kann ein paar Stunden Wache halten. Es ist ohnehin am besten, wenn wir im Schutz der Dunkelheit in die Stadt reiten.«

Ich ziehe mein Hemd und meinen Umhang an, ehe ich den Kopf auf meine Tasche bette und die Augen schließe. Zu meiner Überraschung falle ich sofort in einen traumlosen Schlaf.

Nova weckt mich, als die Sonne untergeht, und obwohl ich immer noch etwas wackelig auf den Beinen bin, löschen wir das Feuer, packen unsere Sachen und reiten in Richtung Castle Veil, während sich der Himmel erst violett und dann schwarz färbt.

Als wir am Rand des Schlossbezirks ankommen, haftet dem Ort etwas Melancholisches an. Castle Veil lauert in der Dunkelheit, meine Mutter befindet sich gleich hinter den Toren. Schon in Kürze werde ich sie sehen und umarmen können. Am liebsten würde ich meinen Umhang aus Dunkelheit abwerfen und von meinem Pferd springen, doch ich halte mich zurück. Niemand darf mich sehen oder wissen, dass ich hier bin, wenn ich wohlbehalten zu Claude und seinen Söhnen zurückkehren will.

Die Straßen sind fast menschenleer, Rauch steigt aus nur einem oder zwei Kaminen auf, und die Läden haben längst geschlossen. Selbst die Türen und Fensterläden der Gasthöfe und Tavernen sind verriegelt.

Nova, der neben mir reitet, lehnt sich näher zu mir heran. »Die Leute spüren, dass eine fürchterliche Veränderung bevorsteht«, flüstert er. »Sie können es nicht benennen, aber er steckt dahinter.«

Ich spüre es auch. Der Ritter war zwar schon immer hier, doch nun kommt es mir vor, als lauere er in jedem Schatten, in jeder Rauchwolke, die aus den Kaminen aufsteigt, in jeder grauen Wolke.

Ich steuere geradewegs den Stall an, um mein Pferd hineinzubringen. Nova reitet mir hinterher, und als wir wieder hinaus auf die Straße treten, hülle ich ihn und mich in einen pechschwarzen Umhang. Er drückt sich an mich und legt mir seine Hand auf den Rücken.

Wir nähern uns dem einzigen Wachtposten, der vor der Rückseite des Schlosses patrouilliert. Als er auf den Fußpfad abbiegt, huschen wir an ihm vorbei und steigen die hintere Wendeltreppe hinauf.

Im Flur, der zur Kammer meiner Mutter führt, halte ich inne, denn die Statue in der kleinen Nische, hinter der ich mich als Kind so oft versteckt habe, liegt zerbrochen auf dem Steinboden. Die Fackeln an der Wand haben Rußrückstände hinterlassen, die sich mittlerweile bis zur Decke ziehen, obwohl sie normalerweise einmal wöchentlich entfernt werden.

Auch vor der Kammer meiner Mutter hält jemand Wache. Er lehnt mit geschlossenen Augen und halb geöffnetem Mund am Türrahmen, als sei er im Stehen eingeschlafen.

Nova und ich wechseln einen Blick, woraufhin er mich sanft zur Seite schiebt, sodass ich mit dem Rücken an der Wand stehe und sich seine Brust gegen meine drückt. Ich kann spüren, wie er atmet und wie sein Herz schlägt.

Nun tritt er unter dem Umhang aus Dunkelheit hervor und geht schnellen Schrittes auf den Mann zu, der daraufhin aufwacht und sich aufrichtet.

»Die Königin befielt, dass du dich zu den anderen Wachtposten nach draußen begibst«, behauptet Nova.

Der Mann zögert.

Nova tut empört. »Widersetzt du dich etwa deiner Königin?«

»Nein, natürlich nicht.« Er marschiert davon.

Sobald er außer Sichtweite ist, verlasse ich mein Versteck und stelle mich vor die Schlafkammer meiner Mutter, um die Tür aufzudrücken.

Nova legt mir eine Hand auf den Arm und sich selbst einen Finger an die Lippen.

Ich halte inne und lausche.

Meine Mutter spricht in einem panischen Rhythmus, wobei sie immer wieder den gleichen Satz zu wiederholen scheint, obwohl ich die einzelnen Wörter nicht ausmachen kann.

»Was sagt sie?«, flüstere ich, mein Ohr an die Tür gedrückt.

»So geht es schon die ganze Zeit. Deshalb glauben die Leute, sie habe den Verstand verloren.«

Da ich es nicht mehr aushalte, drücke ich gegen die Tür und stelle fest, dass sie nicht abgeschlossen ist.

Als ich eintrete, schlägt mir der schwere Rauchgeruch aus dem Kamin entgegen. In der Kammer herrscht ein heilloses Durcheinander – ihr Bett ist nicht gemacht, die Waschschale liegt zerbrochen auf dem Boden, die Fensterläden sind geschlossen.

Meine Mutter steht vor dem Sehstein. Als Nova in den Raum stürmt, wirft er eine schwere Decke darüber und packt meine Mutter an den Schultern.

Das Haar an ihrem Hinterkopf ist verfilzt. Das Nachthemd, das an ihrem Körper hängt wie ein nasser Lappen, ist schmutzig und zerknittert.

Das Herz hämmert mir in der Brust, während sie sich zu mir umdreht, und als sie mir in die Augen sieht, erstarre ich vor Schreck.

Meine Mutter war immer eine Frau, deren natürliche Schönheit selbst unter den schwersten emotionalen Belastungen sichtbar war, aber nun erkenne ich sie kaum wieder. Die Ringe unter ihren Augen sind tief und violett, ihre Lippen trocken und aufgesprungen, ihr Haar ist an den Seiten stärker ergraut. Sie wirkt so verhärmt, dass sie mich eher an eine Tote erinnert als an eine lebendige Frau. Obwohl ich sie erst vor ein paar Wochen zuletzt gesehen habe, könnte es ebenso Jahre her sein.

Ein Kloß bildet sich in meiner Kehle. »Mutter?« Mehr bekomme ich nicht heraus, ehe mich meine Emotionen überwältigen. Ich laufe ihr entgegen und schlinge meine Arme um sie. Sie fühlt sich klein und zerbrechlich an.

»Eve?« Sie klingt, als würde sie ihren Augen nicht trauen. Erst drückt sie mich fest an sich, dann legt sie die Hände an mein Gesicht. »Mein wunderschönes Kind«, haucht sie in mein Haar. »Mein Kind.«

Nova schließt die Tür und steht dann ganz still mit uns im Raum.

Nach ein paar Momenten löst sich meine Mutter von mir und windet ihre Hände ineinander. »Warum bist du hier? Du hättest nicht kommen dürfen.« Ihr Blick zuckt zu Nova. »Du hast sie zurückkehren lassen?«

»Dass ich Eve nicht dazu bringen kann, etwas zu tun oder zu lassen, haben wir doch längst geklärt. Sie ist einfach zu starrsinnig, um auf gute Ratschläge zu hören.«

»Ich musste kommen«, erkläre ich. »Die Gerüchte …«

»Gerüchte?«, fragt meine Mutter. Ihr Blick huscht unruhig hin und her, als würde sie verzweifelt versuchen, sich an etwas zu erinnern. »Dass ich wahnsinnig geworden bin?«

Ich nicke. »Selbst Nova wirkte besorgt – und wenn er sich Sorgen macht, dann mache ich mir erst recht welche.«

Meine Mutter setzt sich auf einen Stuhl neben dem prasselnden Feuer und betrachtet den abgedeckten Spiegel. »Jeden Tag zeigt er mir Dinge – Bilder von deinem Tod. Er quält mich. Wenn ich vor dem Spiegel stehe, fühlt es sich an, als könnte ich mich nicht bewegen.«

Ich schaue Nova an, der den Kopf senkt. Dann gehe ich zu meiner Mutter und knie mich neben ihr hin. »Wir können den Spiegel zerstören.«

»Glaubst du, das habe ich noch nicht versucht? Er ist wie der Ritter – man kann ihn nicht zerstören.«

»Geht es schon so, seit ich fort bin?«, frage ich.

Meine Mutter nickt erst und schüttelt dann den Kopf. »Er lässt mich nicht in Frieden.« Sie legt mir eine Hand auf die Schulter. »Aber ich werde es ertragen, solange du nur in Sicherheit bist.«

»Aber *ich* kann es nicht ertragen. Meine Sicherheit ist die Sache nicht wert.«

»Doch.«

Ich bette den Kopf auf ihren Schoß und lasse zu, dass sie mir ein paar Strähnen hinter das Ohr streicht. »Es muss einen anderen Weg geben.«

»Das haben wir doch schon besprochen«, erwidert Nova, der nun zu meiner Mutter und mir ans Feuer kommt. »Wir haben einen Plan geschmiedet, und er hat funktioniert. Indem du hier bist, setzt du alles aufs Spiel.«

Ich hebe den Kopf. »Du erwartest von mir, dass ich meine Mutter so leben lasse?« Mit einer Handbewegung schließe ich den ganzen Raum ein. »Sie wird in den Wahnsinn getrieben, nur weil dein Vater nicht genug von seinen kranken Spielen bekommt.« Meine Worte sind wie Dolche, die ihr Ziel nicht verfehlen.

Nova verzieht das Gesicht.

»Er kann nicht anders«, merkt meine Mutter leise an.

»Nova hat eigene Entscheidungen getroffen«, gebe ich zu bedenken. »Das haben wir alle getan, auch wenn nicht jede davon gut oder gerecht war.«

»Das meine ich nicht.« Sie umfasst meine Hand so fest, dass es schmerzt. »Mir ist in Bezug auf die Natur des Ritters etwas klar geworden, das uns dabei helfen könnte, ihm für immer das Handwerk zu legen.«

Nova schnaubt. »Dass du immer noch versuchst, ihn aus dem Weg zu räumen, obwohl du mit eigenen Augen gesehen hast, wie groß seine Macht ist, ist mir unbegreiflich.«

»Weil du sein Kind bist«, versetzt meine Mutter. »Und irgendwo tief in dir liebst du ihn, so wie alle Kinder diejenigen lieben, die sich um sie kümmern.«

Nova macht den Mund auf, um etwas zu erwidern, schließt ihn dann jedoch wieder, bevor er schließlich sagt: »Das ist es nicht.«

»Du bist nicht objektiv. Du willst von ihm geliebt werden, doch dazu ist er nicht in der Lage. Und das tut mir aufrichtig leid.«

Novas Augen werden groß, bevor er den Blick abwendet.

»Wenn ich ihn anschaue, wird das, was ich sehe, nicht von Liebe verzerrt«, fährt meine Mutter fort. »Stattdessen sehe ich, was er getan hat und dass er nicht aufhören kann, Abkommen mit den Leuten von Queen's Bridge zu schließen.«

»Das wissen wir doch längst«, werfe ich ein.

»Nein.« Sie klingt entschlossen. »Es ist keine einfache Wahl.« Nun steht sie auf und streicht ihr Nachthemd glatt. »Er erfüllt Wünsche und macht sie zu etwas Schrecklichem, als sei es ein Zwang für ihn. Ich glaube, er könnte nicht einmal dann aufhören, wenn er wollte. Außerdem scheint es bestimmte Wünsche und Abkommen zu geben, die ihn stärker einnehmen als andere.« Sie schaut zu dem abgedeckten Spiegel. »Und mein Abkommen mit ihm zählt dazu. Eigentlich ist unser Handel abgeschlossen, und er sollte sich auf den nächsten verzweifelten Menschen stürzen.« Sie faltet die Hände. »Dennoch will er *mich* unbedingt dazu bewegen, mit ihm ein neues Tauschgeschäft einzugehen. Es wirkt beinahe so, als würde er die Tatsache, dass wir beide unseren Teil der Abmachung erfüllt haben, als Beleidigung empfinden, denn er hält sich für schlauer als mich und will es unbedingt beweisen.« Meine Mutter sieht mich mit tränenerfüllten Augen an. »Er wollte, dass du durch meinen Befehl stirbst. Er wollte mich trauern und dich leiden und sterben sehen.« Sie schluckt schwer. »Ich klammere mich an der Hoffnung fest, dass wir eines Tages wieder vereint werden. Und dieser Funke Hoffnung ist das, was er hasst. Er will ihn austreten.«

»Ich glaube, du hast recht.« Nova seufzt. »Aber das macht ihn nur noch gefährlicher. Wenn er ahnt, dass wir ihn betrogen haben ...« Er lässt die Worte in der Luft hängen.

Als meine Mutter mir ihre Hand hinhält, ergreife ich sie. Sie fühlt sich klein in meiner an.

»Es verrät mir«, fährt sie fort, »dass er sich verletzlich fühlt, wenn er nicht gewinnt. Seine Versuche, mich zu einem weiteren Abkommen zu bewegen, nehmen kein Ende, und ich befürchte, dass er mich immer mehr bedrängen wird.«

»Warum?«, frage ich. »Er hat doch nichts davon, dich zu quälen. Welches Ziel verfolgt er?«

»Es ist das Spiel selbst, das ihn antreibt. Das Leiden der Menschen ist seine Bezahlung.« Sie drückt meine Hand fester. »Und wenn man bedenkt, dass ich Jahre damit verbracht habe, das Volk vor ihm zu warnen. Dass ich mich um meine Leute gekümmert habe, damit sie immer weniger Gründe haben, sich etwas von ihm zu wünschen. Dann kann er mittlerweile vermutlich nicht mehr so viel Leid genießen wie früher einmal. Dafür will er mich bestrafen.«

»Warum hat er Sir Gregory in Ruhe gelassen? Und alle anderen, nachdem das Abkommen abgeschlossen war?«, frage ich.

Der Blick meiner Mutter wirkt mit einem Mal leer. »Sanaa und ich waren seit vielen Generationen die Ersten in unserer Linie, die Wünsche bei ihm vorgebracht haben. Vielleicht hat sogar kein einziger unserer Vorfahren je ein Abkommen mit ihm geschlossen.« Sie klingt beschämt. »Sollte je eine Königin aus dem Haus Miller einen Wunsch bei ihm vorgebracht haben, so ist es mir zumindest nicht bekannt. Vielleicht ärgert ihn das, und er betrachtet uns als eine Trophäe, die er für sich beanspruchen muss.«

»Er wird immer derjenige sein, der profitiert«, erwidert Nova leise. »Ungeachtet des Einsatzes und der Umstände.«

»Er kann aber nicht mehr profitieren, wenn er tot ist«, erwidere ich.

Meine Mutter hält noch immer meine Hand. »Du weißt selbst am besten, dass es nicht einfach ist, ihn zu töten.«

Auf einmal zieht Nova scharf die Luft ein und wechselt einen erschrockenen Blick mit meiner Mutter.

»Versteck dich!«, weist sie mich an und schiebt mich in Richtung Balkontür.

»Was soll das?«, frage ich verwirrt, doch im nächsten Moment höre ich bereits die donnernden Schritte im Flur. Eilig trete ich auf den Balkon hinaus und drücke mich gegen die Wand. Dann strecke ich meine Hand zum Nachthimmel aus und hülle mich in einen Mantel aus Schwärze.

Nova bleibt zwar in der Nähe der Tür, kommt jedoch nicht zu mir nach draußen. »Geh«, flüstert er, ohne mich anzusehen. »Jetzt. Reite zurück zu Claude.«

»Nein, ich ...«, setze ich an, doch in dem Moment wird langsam die Kammertür geöffnet, und die schwarze Rüstung des Ritters erscheint wie eine große unendliche Leere.

Ich halte den Atem an.

Nun legt er seine riesige Hand an den Türrahmen und zieht den Kopf so weit ein, dass er die Kammer betreten kann. Die Metallplatten seiner Rüstung schaben bei jeder Bewegung aneinander, ehe er sich zu seiner vollen Größe aufrichtet.

Vielleicht lag es an meiner Panik, doch als ich ihn bei meinem missglückten Versuch, ihn zu töten, in seinem eigenen Schloss gesehen habe, kam er mir nicht so groß vor. Natürlich hat er auch damals angsteinflößend gewirkt, aber nun, da er in der Kammer meiner Mutter steht und den Türrahmen weit überragt, erscheint er mir wahrhaft monströs.

»Meine Königin.« Die Stimme des Ritters klingt wie das Knurren eines Bären oder Wolfes, vermischt mit einem Donnergrollen.

Meine Mutter stößt ein sarkastisches Lachen aus. »Wenn ich deine Königin wäre, würdest du mir gehorchen und für immer aus meinem Land verschwinden. Und mein Volk in Frieden leben lassen.«

Als der Ritter einen Schritt nach vorn macht, bebt der Boden unter seinen Füßen. »Vielleicht könnten das die Bedingungen unseres nächsten Abkommens sein. Wenn du dich an deinen Teil der Abmachung hältst, werde ich für immer fortgehen.«

»Lieber würde ich sterben, als mich noch einmal auf einen deiner kranken Pakte einzulassen.«

Obwohl ich das Gesicht des Ritters nicht sehen kann, da es hinter dem Schlitz in seinem Helm schwarz ist, spüre ich, dass er lächelt.

»Das könnte tatsächlich passieren.« Er dreht seinen Kopf in Richtung Balkontür.

Fast bleibt mein Herz stehen, doch Nova stellt sich eilig vor den Ritter und kniet vor ihm nieder. »Vater.«

Der Ritter berührt Novas Hinterkopf, sagt jedoch nichts zu ihm, sondern wendet sich wieder meiner Mutter zu, der er sich nun so langsam nähert, dass Panik in mir aufkeimt.

Mit rasendem Herzen überlege ich, ob ich meinen Mantel abwerfen und dem Mann gegenübertreten soll, der meiner Familie und dem Volk so viel Leid zugefügt hat. Ob ich ihn in diesem Moment besiegen könnte? Ich versuche, mich nicht von meiner Wut leiten zu lassen, doch male mir bereits aus, ein Schwert aus Feuer heraufzubeschwören und ihn zu enthaupten.

Doch das habe ich schon einmal versucht. In der Absicht, ihn zu töten, bin ich in sein Schloss eingedrungen, was Mekhi sein Leben gekostet hat.

Der Ritter legt meiner Mutter eine Hand unter das Kinn. Seine Finger bedecken eine Seite ihres Gesichts. »Meine Königin«, knurrt er. »Du glaubst, du hättest gewonnen, aber ich kenne dein Geheimnis.«

Sie schnappt nach Luft, als er sie hochhebt.

Ich werfe meinen Umhang ab, der sich in Luft auflöst, und trete näher an die einen Spaltbreit offen stehende Balkontür heran, den Blick auf das prasselnde Feuer im Kamin gerichtet. Mit meiner ausgestreckten Hand bewirke ich, dass die Flammen höher, heißer und heller werden, sodass der Raum in ein kräftiges orangefarbenes Licht getaucht wird.

Auf einmal vernehme ich einen leisen Ruf – es ist das unverkennbare melodische Zwitschern eines Vogels.

Eine Nachtigall.

Königin Sanaa fliegt mit wild flatternden Flügeln so dicht an mich heran, dass ich ihre scharfen Krallen auf meiner Haut spüre. Dann beginnt sie, mir so kräftig ins Gesicht zu picken, dass Wunden entstehen. Sie will mich eindeutig zurückhalten.

»Mutter.« Mein Flüstern tarnt ein Schluchzen, das droht mir über die Lippen zu kommen.

Ihre Botschaft ist unmissverständlich. *Reite davon. Flüchte. Und zwar schnell.*

Ich schaue meine Mutter an, die im Griff des Ritters in der Luft hängt.

Königin Sanaa schlägt mich immer noch mit ihren Flügeln und tadelt mich mit ihren Rufen.

Ich trete einen Schritt nach hinten und lasse meine Hand sinken.

Als die Flammen kleiner werden und der Raum nicht mehr so hell erleuchtet wird, dreht der Ritter seinen Kopf, wobei das Licht der Glut seinen Helm funkeln lässt.

Zum ersten Mal sehe ich seine Augen. Sie sind schwarz und seelenlos.

Während mich der Ritter anstarrt, ist es, als würde ich ins Nichts fallen. Ich frage mich, ob er mich sofort töten oder erst mitnehmen wird, um mich zu foltern, doch er tut weder das eine noch das andere. Er wendet sich wieder meiner Mutter zu und dreht sie zum Sehstein herum, wobei er sie immer noch am Nacken festhält und sie in der Luft baumeln lässt. Dann entfernt er das schwere Tuch, mit dem Nova den Spiegel bedeckt hat, sodass ihre schreckgeweiteten Augen in der glänzenden Oberfläche zu sehen sind.

»Sprich die Worte«, befiehlt der Ritter.

Der Blick meiner Mutter umwölkt sich, und ihre Augäpfel werden weiß wie Schnee. Ihr Mund steht offen, und ihr Körper hängt schlaff in seinem Griff.

»Spieglein, Spieglein an der Wand.« Ihre Stimme klingt rau und heiser, und zwischen den einzelnen Wörtern schluchzt sie so heftig, dass ihr gesamter Körper bebt. »Wer ist die Schönste im ganzen Land?« Sie holt keuchend Luft, als hätte sie den Atem angehalten. Plötzlich wird ihr Blick wieder klar, und sie tritt den Ritter, der sich jedoch kein Stück rührt. »Es ist mir egal!«, schreit sie und schlägt um sich. »Es ist mir egal! Hör auf!«

»O Königin, die Schönste in dieser Kammer seid Ihr«, erwidert der Ritter spöttisch, »doch Eve ist am Leben und die Schönste hier.«

Die Augen meiner Mutter werden wieder weiß. »Die Schönste hier«, wiederholt sie mit der fremd klingenden heiseren Stimme.

Auf einmal taucht Nova vor mir auf. Sein Gesicht ist vor Schmerz und Panik verzerrt.

»Lauf!«, donnert er. »Rette dich!«

Als ich zögere, holt er aus und versetzt mir einen harten Stoß gegen die Brust, der mich zurücktaumeln und über die Brüstung in den Schnee fallen lässt. Alle Luft weicht mir aus der Lunge, sodass ich keuche, um wieder zu Atem zu kommen. Gleichzeitig rappele ich mich hoch und renne los.

Der Schnee knirscht unter meinen Stiefeln, als ich um das Schloss herumlaufe und den Stall ansteuere. Ich stolpere über irgendetwas und falle bäuchlings auf die kalte Erde. Auch dieser Sturz raubt mir den Atem. Meine Wunde brennt so stark, dass ich befürchte, sie könnte wieder aufgeplatzt sein. Hustend richte ich mich auf, nur um festzustellen, dass noch etwas im Schnee liegt. Als sich meine Augen langsam an die Dunkelheit gewöhnen, erkenne ich erschrocken, worüber ich gestolpert bin.

Es sind Leichen. Dutzende. Die Bewohnerinnen und Bewohner von Queen's Bridge, Wachtposten des Schlosses, von denen viele noch ihre Schwerter, Degen und Keulen halten. Sie sind in einer Reihe gefallen, die vermuten lässt, dass sie sich gerade bereit gemacht haben, Castle Veil zu verteidigen. Hinter ihrem Tod kann kein anderer als der Ritter stecken.

Ich renne zum Stall, erreiche mein Pferd. Mein gesamter Körper schreit vor Schmerzen, als ich mich in den Sattel ziehe. Die Wunden an Brust und Handfläche brennen, doch ich ignoriere den Schmerz, umfasse die Zügel und gebe meinem Pferd die Sporen.

Als ich mich der Grenze des Schlossbezirks nähere, taucht ein riesiges Gebilde vor mir auf. Das Schloss des Ritters. Es steht auf einem leeren Feld, seine sonderbaren Metallbeine eingezogen wie ein brütender Vogel. Als ich seinen Ruf in meinem Kopf höre, frage ich mich wieder einmal, ob es lebendig ist.

So schnell ich kann, reite ich zu Claude, wobei ich mich in Dunkelheit hülle und mein Pferd an seine körperlichen Grenzen bringe. Der Wind, der mir ins Gesicht peitscht, lässt mich wach und auf der Hut bleiben. Ich mache nur halt, um mein Pferd zu tränken und zu füttern, ehe ich es wieder durch die Nacht treibe, bis wir am Haus der Kingfishers ankommen. Während ich aufmerksam dem Ruf der Stute lausche, stelle ich fest, dass sie gestresst und ängstlich ist, jedoch nicht müde.

Maggie wartet mit angelegten Ohren auf der Veranda, als ich eintreffe, und signalisiert Claude, dass ich da bin, indem sie dreimal laut bellt.

Ich steige ab und schleppe mich zur Tür, die Claude und Junior öffnen. Kurz sehen sie mich erschrocken an, dann legt sich Junior meinen Arm über die Schultern und hilft mir ins Haus.

Claude schaut sich zu den umliegenden Wäldern um und wartet kurz in der Stille auf der Veranda, ehe er uns folgt.

»Oh, Eve«, sagt er. »Was ist passiert?«

16

»Bist du dir sicher, dass er dich gesehen hat?«, fragt Claude. Seine dunkelbraunen Augen sind fast schwarz, und er ist so auf mein Gesicht fokussiert, dass ich es schwer finde, seinem Blick standzuhalten.

Junior stellt einen Krug mit duftender heißer Flüssigkeit vor mir auf den Tisch.

»Ja«, antworte ich, ehe ich einen Schluck trinke und spüre, wie die Flüssigkeit in meinen Magen rinnt und mich von innen wärmt. »Ich glaube schon.«

»Glaubst du, oder bist du dir sicher?«, fragt Claude. »Ich muss es wissen. Du behauptest, er habe dich gesehen, doch er ist dir nicht gefolgt? Hat nicht versucht, dich aufzuhalten?«

Ich schüttele den Kopf. »Nein. Er hat sich mir nur zugewandt. Ich habe seine Augen gesehen und …«

Junior zieht scharf die Luft ein. »Du hast ihn direkt angesehen?« Er schüttelt den Kopf und weicht einen Schritt vor mir zurück. »Bist du jetzt verflucht?«

Claude schnaubt. »So ein lächerlicher Aberglaube. Geh dich um deine Brüder kümmern und lass mich und Eve allein, damit wir uns in Ruhe über alles unterhalten können.«

»Ich sollte hierbleiben«, widerspricht Junior.

Claude stützt sich mit dem Unterarm auf die Tischplatte und zieht die Augenbrauen hoch. »Ach ja? Und warum bitte?«

»Wenn dir etwas zustößt, muss ich alles wissen, damit ich unsere Familie beschützen kann.«

Claude versucht vergeblich, sein Entsetzen zu verbergen. Auch ihm müssen diese Gedanken bereits gekommen sein – dass er vielleicht nicht immer da sein wird, um seine Kinder zu schützen –, doch scheinbar hat er noch nicht in Betracht gezogen, dass sich Junior ebenfalls bereits Sorgen dieser Art macht.

Juniors Miene ist verkniffen, als hätte er Mühe, seine Tränen zurückzuhalten.

»Lieber sterbe ich, als dass ich zulasse, dass der Ritter euch oder irgendjemand anderem etwas antut«, sage ich.

Claude und Junior wechseln einen Blick, in dem unausgesprochene Worte mitzuschwingen scheinen.

Der Junge legt mir seine Hand, die so klein wirkt, auf die Schulter und drückt sie leicht. Dann verlässt er den Raum. Dabei fällt mir auf, dass er humpelt. Er versucht, seinen rechten Fuß zu belasten, was ihm jedoch Schmerzen zu bereiten scheint.

Ich schaue Claude an. »Was ist passiert?«

Er reibt sich den Bart. »Während du fort warst, hat er versucht, ein Wildschwein zu jagen, und ist unten am Bach mit dem Fuß an der Wurzel einer Weide hängen geblieben. Es sollte schnell heilen, wenn er endlich aufhören würde, den Fuß zu belasten, aber er kann nicht still sitzen.«

»Er ist starrsinnig.«

»Das muss er von seiner Mutter haben.« Claude richtet den Blick nach oben und bewegt kurz die Lippen, als würde er ein stummes Gebet sprechen, ehe er wieder mich ansieht. »Bist du dir sicher, dass man dir auf dem Weg hierher nicht gefolgt ist?«

»Ja. Ich habe beide Male die längere Strecke genommen und war die ganze Zeit in einen Umhang aus Dunkelheit gehüllt.«

Claude seufzt erleichtert, aber seine Miene wirkt immer noch besorgt. »Und was ist mit Nova?«

Ich nehme die Spiegelscherbe aus meiner Tasche und lege sie auf den Tisch. »Ich habe versucht, mit ihm zu sprechen, aber er ist nicht da. Der Sehstein ist leer.« Wieder überkommt mich Angst. Ich weiß nicht, was die Tatsache, dass er bisher nicht wieder mit mir in Kontakt getreten ist, zu bedeuten hat, aber es scheint ein Vorbote dessen zu sein, was kommt. Ich drehe den Ring meiner Mutter an meinem Mittelfinger.

»Du bedeutest ihm sehr viel«, sagt Claude. »Das habe ich ihm angesehen.«

Ich starre auf den Dampf, der vom Krug auf dem Tisch aufsteigt.

»Ich hätte nicht gedacht, dass er zu solchen Gefühlen in der Lage ist«, fügt er hinzu. »Aber jetzt, wo ich es weiß, befürchte ich, dass es uns in noch größere Gefahr bringen könnte. Er wird dafür sorgen wollen, dass du in Sicherheit bist, was bedeutet, dass er versuchen wird, zu dir zu gelangen.«

»Das weißt du nicht.«

»Doch. Ich würde das Gleiche für die Frau tun, die ich liebe.« Sein Blick wandert zu Leahs Porträt.

»Liebe«, flüstere ich. »Nein. So ... So ist es nicht. Ich kann fortgehen«, biete ich an, denn ich möchte im Moment nicht über Themen sprechen, über die ich nicht einmal nachdenken will. »Dann bin ich nicht mehr hier, wenn Nova oder irgendjemand anders mich suchen kommt.«

Claude zupft an seinem Bart. »Bei dir klingt es so, als würde das Verhalten des Ritters logischen Mustern folgen. Als würde er einfach weiterziehen wie eine Gewitterwolke, wenn er erkennt, dass du nicht hier bist. Glaubst du ernsthaft, wir würden verschont bleiben? Nein. Dich wegzuschicken, würde nichts bringen.« Er seufzt und legt eine Hand auf meine. »Ich werde dich nicht im Stich lassen, wenn du uns nicht im Stich lässt.«

In meinen Augen brennen Tränen, die ich eilig wegwische.

»Bist du unglücklich?«, fragt Claude. »Wenn du fortgehen willst ...«

»Das will ich nicht«, unterbreche ich ihn eilig. »Wirklich nicht. Aber ist das von nun an unser Leben? Müssen wir ständig auf der Hut sein?«

»Solange es den Ritter gibt, ja. Genau genommen bin ich sogar der Ansicht, auf der Hut sein zu müssen, ist das Beste, worauf wir hoffen können.« Claude schüttelt den Kopf, während er nach dem Sehstein greift und ihn in ein dickes Tuch wickelt. »Du solltest ihn verstecken. Ich würde dir ja raten, ihn zu zerstören, doch ich glaube, das ist nicht möglich. Magische Gegenstände lassen sich nicht so leicht zerbrechen. Vergrabe ihn, Eve. Zumindest fürs Erste. Ich halte es für unklug, in den Spiegel zu schauen, ehe wir wissen, was mit Nova passiert ist.«

Er hat recht, doch der Sehstein ist meine einzige Möglichkeit, mit Nova in Kontakt zu treten, daher bin ich zögerlich, ihn wegzuschaffen.

»Er hat mir gesagt, dass ich fliehen soll. Er hat dafür gesorgt, dass ich das Schloss verlasse.«

Claude verengt die Augen. »Das hat er zu dir gesagt? In Gegenwart des Ritters?«

Ich nicke, woraufhin Claude und ich schweigend dasitzen, denn die Bedeutung dieser Worte wiegt schwer.

Nova hat den Ritter betrogen, indem er mir treu war, und ich möchte mir gar nicht ausmalen, welche Konsequenzen diese Entscheidung für ihn – für mich, für uns alle – haben könnte.

Ich vergrabe den in Stoff gewickelten Sehstein ganz unten im Topf einer Pflanze am Fenster und schwöre mir, dass ich ihn in den nächsten Tagen an einen abgeschiedeneren Ort bringen werde. Wenn der richtige Zeitpunkt gekommen ist, werde ich ihn wieder ausgraben. Wenn ich weiß, dass Claude und die Jungen in Sicherheit sind. Ich rede mir ein, dass ich Nova wiedersehen werde, auch wenn ich die Befürchtung habe, dass ich mich selbst belüge.

Claude bricht am nächsten Morgen zusammen mit Hunter auf.

Junior bleibt zu Hause und hilft mir dabei, mich um die anderen Jungen zu kümmern, da sein Knöchel immer noch schmerzt.

Die Jüngeren halte ich mit Spielen vor dem Haus bei Laune. Sie schießen die unterschiedlich großen Lederbälle hin und her, die Claude ihnen genäht hat, lassen einen Holzkarren von kleinen Holzpferden ziehen, kämpfen mit Holzschwertern und tun so, als wären sie Ritter und Räuber. Dabei lachen sie, bis sie sich kaum noch auf den Beinen halten können.

Ich bewundere sie dafür, dass sie so sorglos sein können, obwohl meine Welt gerade zusammenbricht. Während ich den Kindern beim Spielen zusehe, denke ich pausenlos an meine Mutter, an Nova und die schreckliche Ungewissheit, die vor uns liegt.

Chance und Grumpy klettern in den kleinen Karren, und ich schiebe sie in der schwächer werdenden Nachmittagssonne durch die Gegend.

»Jetzt schau doch nicht so verdrießlich, Grumpy«, tadelt Junior.

Ich sehe Grumpy an, dessen Miene dauerhaft finster wirkt.

»Hast du überhaupt Spaß?«

»Natürlich«, erwidert er leichtherzig.

»Dann mach kein solches Gesicht«, fordert Junior.

»Mach *du* nicht so ein Gesicht!«, ruft Grumpy zurück. »Wenn das überhaupt möglich ist.«

»Hast du was an meinem Gesicht auszusetzen?« Junior klingt überrascht. »Wir sehen doch genau gleich aus, Grumpy. Wenn mit meinem Gesicht etwas nicht stimmt, kann ich das Gleiche über deins behaupten.«

Eine kurze Pause entsteht, ehe alle in lautes Gelächter ausbrechen. Grumpy grinst triumphierend.

Ich schenke ihnen ein Lächeln, bevor ich mich abwende, um mich an den Zaun zu stellen, wo ich zur Baumgrenze schaue und auf Tierrufe lausche. Doch weder in der Luft noch in meinem Kopf gibt es Warnsignale, die darauf hindeuten, dass Gefahr im Anmarsch sein könnte.

Junior kommt zu mir und stellt sich neben mich. »Ich würde dich ja fragen, was los ist, aber ich bin mir ziemlich sicher, dass ich das schon weiß.« Er verzieht das Gesicht, als er versucht, sein Gewicht auf den verletzten Fuß zu verlagern.

Ich lege ihm einen Arm um die Hüften, um ihn zu stützen. »Du musst deinen Knöchel schonen.«

»Mir geht es gut. Es tut kaum noch weh.«

»Du bist ein schlechter Lügner. Ich rate dir, die Wahrheit zu sagen, das ist meistens am besten.«

»Ich wollte dir etwas zeigen. Es ist ein Stück weiter weg.« Er deutet zu dem Fußweg, der vom Haus weg- und in den Wald hineinführt.

»Jetzt? Ich möchte nicht, dass deine Brüder unbeaufsichtigt sind.«

Junior wendet sich Grumpy und Chance zu. »Passt aufeinander auf. Ich will Eve die Lichtung zeigen.«

Grumpy und Chance halten in ihrem Spiel inne und nicken mit ernster Miene.

»Was hat es mit der Lichtung auf sich?«, frage ich.

»Es ist der Ort, an dem unsere Mutter und Brüder begraben sind«, antwortet Junior.

Meine Brust zieht sich zusammen. Als ich Chance ansehe, schenkt er mir ein warmherziges Lächeln.

»Du hast ihn ja gehört«, sagt Grumpy. »Ich bin mitverantwortlich. Chance ... halt die Klappe.«

Der verdreht die Augen. »Ich sage doch gar nichts.«

Junior lacht leise. »Grumpy ist manchmal so nervig. Komm mit.« Er humpelt Richtung Pfad, und ich folge ihm.

Wir kommen an ein paar kahlen Bäumen vorbei, die den schmalen Weg säumen, ehe wir nach ein paar Minuten zu einer kleinen Lichtung gelangen, in deren Mitte sich ein hüfthoher Grabstein aus glänzendem grauem Marmor befindet. Daneben stehen drei kleinere.

An den Gräbern angekommen, kniet sich Junior hin und wischt den Schnee weg, um eine Schicht Stroh freizulegen, das offenbar über die gesamte Grabstätte gestreut wurde; an mehreren Stellen blitzt es gelb-braun aus dem Schnee auf.

»Wir verteilen es immer über die gesamte Lichtung, bevor es anfängt zu schneien«, erklärt Junior, als er meine fragende Miene bemerkt. »Es hält die Erde warm, sodass die Lilien im Frühling wieder blühen. Es waren ihre Lieblingsblumen.«

Er gräbt ein wenig im Schnee, bis er findet, wonach er gesucht hat: eine kleine, perfekt geformte weiße Lilie. Er legt sie auf den großen Marmorgrabstein, in den der Name Leah Kingfisher eingemeißelt ist.

»Sie war der beste Mensch, den ich je kannte. Ich war eine Weile nicht mehr hier draußen, also dachte ich mir...« Seine Stimme verliert sich.

Junior ist stets so sehr damit beschäftigt, sich um seine Brüder zu kümmern, dass ich nicht ausreichend darauf geachtet habe, dass er jemanden hat, an den er sich anlehnen kann.

Sanft schlinge ich einen Arm um ihn. »Ich komme sie gerne jederzeit mit dir besuchen.«

Indem ich auf den Schnee hinabblicke, forme ich daraus einen Kranz aus gefrorenen Blumen und lege ihn auf Leah Kingfishers Grab. Dann forme ich drei weitere für die anderen Gräber.

»Sie waren alle so niedlich. Die Jungen, meine ich. Hunter und ich sind die Einzigen, die sie kannten. Chance und Grumpy wurden erst nach ihrem Tod geboren.« Er seufzt. »Manchmal stelle ich mir vor, wie es wohl wäre, wenn wir all sieben noch am Leben wären. Und wenn meine Mutter bei uns wäre.«

Mir fehlen die Worte, denn die Trauer ist fast unerträglich.

Junior lächelt sanft, als ich zu ihm aufschaue.

Einige Krähen ziehen ihre Kreise am dunkler werdenden Himmel. Ihre Rufe hallen durch meinen Kopf – ein melodisches Singen, jedoch schriller als sonst. Sie haben Angst. Es ist aber anders als beim letzten Mal, diesmal klingen sie beinahe traurig.

»Lass uns zurückkehren«, schlage ich vor.

Als wir am Haus ankommen, weise ich die anderen Jungen an, ihre Spielsachen zusammenzusuchen und hineinzugehen, obwohl sie murren und Einwände erheben.

»Ich zeige euch auch einen Trick«, locke ich sie.

»Mit Feuer?«, fragt Chance aufgeregt.

Ich nicke.

Die Jungen eilen hinein, hängen ihre Jacken auf, waschen sich die Hände in der Wasserschale in der Küche und setzen sich auf den großen Teppich in der Nähe des Kamins.

Maggie bleibt auf der Veranda, wo sie ungeduldig darauf wartet, dass Claude und Hunter zurückkehren. Derweil beschwöre ich Schwerter von unterschiedlicher Größe und Form aus dem Feuer herauf. Die Jungen quietschen vergnügt und bitten mich um Klingen, die so lang sind wie mein Arm. Ich forme die Waffen aus dem Feuer, bis sie genug haben.

»Machst du immer nur Schwerter und andere Waffen?«, fragt Chance, der kurz davor ist, auf dem Boden einzuschlafen.

»Nein, nicht immer.«

»Zeigst du uns was anderes?«, fragt Grumpy, der ebenfalls müde klingt.

Ich stehe auf und öffne die Tür einen Spalt.

Maggie stellt die Ohren auf, aber bleibt zusammengerollt und gleichmäßig atmend liegen.

Ich strecke meinen Arm nach den Sternen aus und lasse eine Decke aus schwarzblauem Himmel mit funkelnden Punkten ins Haus sinken, die ich sanft über die Jungen bette.

Sie schnappen nach Luft und fahren mit den Händen über die Nachtdecke.

»Die fühlt sich an wie Wolken«, ruft Chance.

»Woher weißt du, wie sich Wolken anfühlen?«, fragt Junior.

»Ich weiß es einfach.« Er grinst.

»Ist das Magie?«, fragt Grumpy. Von seiner mürrischen Miene ist nur noch ein nach unten gezogener Mundwinkel übrig, der Rest seines Gesichts zeigt Erstaunen.

»Ja«, antworte ich.

»Wie machst du das?«

Ich presse meine Lippen zusammen, unfähig, mich dazu durchzuringen, ihm die Wahrheit zu erzählen. Dass ich diese Fähigkeiten aufgrund der Tatsche habe, dass ich anders auf die Welt gekommen bin als sie – wegen eines fürchterlichen Abkommens meiner Mütter, die sich ein Kind wünschten, und dem Ritter, der uns allen geschadet hat. Vielleicht hat Junior recht, und ich bin wirklich verflucht.

Ich höre Maggies Ruf in meinem Kopf, noch bevor sie dreimal laut bellt. Als ich meinen Kopf zur Tür hinausstrecke, sehe ich Claude und Hunter, die mit einer Fackel über den nahe gelegenen Hügel Richtung Haus laufen. Hunter trägt einen Korb. Als sie aufgebrochen sind, war er mit Speisen und Getränken gefüllt, die einen Tag lang ausreichen sollten. Claude hat sich seine Spitzhacke über die Schulter gehängt.

Ich rechne damit, dass sie ins Haus kommen, sich waschen und zum Essen hinsetzen, doch Hunter lässt den Korb auf der Veranda fallen und kommt geradewegs auf mich zu. Seine Augen sind tränennass.

Ich lege die Hände an sein Gesicht. »Was ist los?«

Er schaut zu mir hoch. »Ich ... Eve, ich ...«

»Geh rein«, weist Claude ihn an. »Bring alle in eure Zimmer und schließ die Tür hinter euch.«

Ich schaue an Claude vorbei, bereit, eine Waffe herbeizuzaubern, doch er legt mir eine Hand auf die Schulter.

»Was ist denn? Warum weint Hunter?«

Er will mich in Richtung Haustür schieben, doch ich bleibe wie angewurzelt stehen.

Claude seufzt. »Ich möchte, dass du mit mir reinkommst und dich hinsetzt.«

Ich will mich nicht hinsetzen. Ich will mich nicht bewegen.

Er sieht zu mir herab. »Eve. Ich glaube, du solltest ...«

»Sag mir nicht, was ich tun soll. Sag mir die Wahrheit. Was ist los?«

Er nimmt einen tiefen, zittrigen Atemzug.

Ich spüre ein Ziehen im Nacken. Ein Fuchs muss in der Nähe sein. Auch das Lied der Nachtvögel ist zu hören, der melancholische Ruf einer Eule und die ernste Melodie eines Hähers.

»In der Mine haben sich Neuigkeiten rumgesprochen. Von Castle Veil.«

Ich schlucke schwer. »Neuigkeiten, die Hunter traurig gemacht haben?«

Claude nickt. »Er ist traurig, weil er weiß, dass sie dich am schwersten treffen werden.«

Ich wende mich von ihm ab. Meine Hände sind schweißnass, mein Herz rast. »Ich will es nicht hören. Sag es mir nicht.«

»Das muss ich«, flüstert Claude, wobei seine Stimme zu meinem Entsetzen erstickt klingt. »Eve…«

Ich hebe mein Kinn und schaue zum Himmel mit den vielen funkelnden Punkten empor. Die kühle Luft kriecht an meinem Hals hinauf.

»Eve. Deine Mutter ist tot.«

17

Heulen.

Es ist der Klang einer Welle – ein Brüllen, das sich in meinem Bauch formt und in meine Brust hinaufdrängt, durch meinen Hals und schließlich über meine Lippen nach draußen dringt. Ich schreie zum Nachthimmel hinauf, als könnte er meine Trauer durch das Land tragen, sodass alle ihr schreckliches Gewicht spüren.

Ich weiß nicht, wann ich aufhöre zu schreien, doch als es so weit ist, tue ich es nur, weil meine Kehle wund ist und meine Brust sich anfühlt, als würde sie aufplatzen. Ich lasse mich auf die weiche Strohpritsche in meinem Besenkammerzimmer fallen und weigere mich tagelang herauszukommen.

Claude stellt einen Krug Wasser und in ein Tuch gewickeltes Brot vor die Tür. Als ich nichts davon hereinhole, überlässt er es Maggie.

Auch in den nächsten Tagen erhalte ich immer wieder frisches Wasser und Brot, doch bekomme nichts herunter, außer hin und wieder ein paar Schlucke Wasser. Selbst Atmen ist mir zu viel.

Claude erlaubt den Jungen nicht, sich mir zu nähern, obwohl ich morgens ihre Schritte im Flur des kleinen Hauses hören kann, ebenso wie ihre Stimmen, die meinen Namen rufen, wenn sie mir gefaltete Zettel unter der Tür hindurchschieben.

Chance schreibt, dass er mich vermisst und dass er eine neue Angel gefertigt hat, die er mir zeigen möchte, wenn ich mich blicken lasse. Von Hunter bekomme ich Zeichnungen, zusammen mit einer Rabenfeder, die er in ein kleines Tuch gewickelt hat. Selbst Grumpy hinterlässt mir eine Nachricht. Sie besteht aus nichts weiter als seinem richtigen Namen – Savion –, den er in seiner unordentlichen, aber leserlichen Schrift niedergekritzelt hat.

Ich bewahre alle Zettel auf, denn sie sind für mich fast heilig – Worte, die mich daran erinnern, dass das Leben jenseits meiner Tür weitergeht, trotz des Schmerzes, der meinen Körper und meinen Geist einnimmt. Auch wenn ich im Moment nicht bereit bin, an diesem Leben teilzunehmen.

Es ist mitten in der Nacht, vier Tage, nachdem ich die Nachricht über den Tod meiner Mutter erhalten habe. Ich bin wach, so wie meistens, da ich nicht zur Ruhe komme, obwohl mein Körper geradezu um Schlaf bettelt. Doch mit dem Schlaf kommen Träume, und die Bilder, die ich sehe, sind beinahe so schrecklich wie der Wachzustand und das Wissen darum, dass meine Mutter für immer fort ist.

Wenn ich nicht schlafe und von Albträumen geplagt werde, sehe ich den Ritter vor mir und höre die seltsamen Worte, zu denen er meine Mutter gezwungen hat.

Spieglein, Spieglein an der Wand.
Wer ist die Schönste im ganzen Land?

Meine Mutter ist nie eitel gewesen, hat sich nie um solche Dinge geschert. Und die Antwort des Ritters hat noch weniger Sinn ergeben als die Frage. Er hat ihr gesagt, dass sie zwar schön, ich jedoch noch schöner sei. Ich verstehe nicht, was das zu bedeuten hat, und nun, da sie tot ist, werde ich es niemals herausfinden.

Als im Flur ein Rascheln und schließlich Schritte zu hören sind, richte ich mich auf, um zu lauschen. Sie klingen nicht leichtfüßig genug, um zu Chance oder Grumpy zu gehören, nicht selbstsicher genug für Hunter. Und es können definitiv nicht Claude oder Maggie sein.

Am liebsten würde ich mich wieder hinlegen, mich unter den Decken einrollen, aber auf einmal überwältigt mich das Gefühl, dass ich dann vielleicht nie wieder hervorkommen werde. Die Schritte nähern sich nun der Tür, und mit einem Mal wird mir bewusst, dass die Person hinkt.

»Junior«, sage ich leise. »Ich kann ... Ich kann jetzt nicht reden.«

»Ich weiß«, erwidert er. »Das musst du auch nicht.« Er schiebt etwas unter der Tür hindurch, und schon im nächsten Moment entfernen sich seine Schritte wieder in Richtung Küche.

Ich greife nach dem Zettel, doch halte ihn einfach nur in meiner Hand, denn ich habe Angst, ihn aufzufalten, obwohl ich den Grund dafür nicht einmal benennen kann.

Junior ist seinem Vater sehr ähnlich – ein fürsorglicher Mensch, dem das Gewicht der Welt auf den Schultern lastet. Bei der Nachricht kann es sich nur um zwei Dinge handeln: die Aufforderung, aufzustehen und mich zusammenzureißen, oder einen simplen Satz, mit dem er mir mitteilt, dass er Brot und Wasser für mich vor die Tür gestellt hat. Fürsorge und Sorge in einem.

Seufzend falte ich das kleine Stück Papier auf.

Ich vermisse meine Mutter auch.

Trauer überrollt mich wie eine Welle – dumpf und schmerzhaft –, zieht an allen Teilen, die mich gerade so zusammenhalten, und bewegt mich dazu, mich zu erheben. Nachdem ich mich tagelang kaum gerührt habe, fühlen sich meine Beine schwach an. Mein Herz hämmert gegen meine Rippen, als ich die Tür öffne und in den Flur hinaustrete. Aus der Küche fällt ein warmer Lichtschein. Mit wackeligen Knien steuere ich darauf zu, komme an Claudes Zimmer vorbei, aus dem sein Schnarchen dringt und in dem Maggie am Fußende seines zu kleinen Bettes wacht. Vor der Tür des Kinderzimmers bleibe ich stehen.

Juniors Bett ist leer, die anderen Jungen liegen mit unter den Decken hervorragenden Armen und Beinen da, als wären sie vom Himmel gefallen. Da Chance kurz davor ist, auf den Boden zu rutschen, schiebe ich ihn sanft zurück auf sein Kissen und breite die dicke Wolldecke über ihn.

Er hebt flatternd die Lider. Als mich sein schläfriger Blick findet, lächelt er und murmelt: »Du bist auf.«

Ich nicke. »Schlaf weiter.«

Er schiebt seine warme Hand in meine. »Ich muss dir meine neue Angel zeigen.«

»Morgen früh.«

Er nickt und fällt wieder in einen friedlichen Schlaf.

Ich durchquere den Flur und betrete die Küche, wo Junior am Tisch sitzt. Sachte, um keinen Lärm zu machen, ziehe ich mir einen Stuhl heran und nehme neben ihm Platz, doch wir schweigen beide.

Plötzlich sind wieder Schritte im Flur zu hören. Im nächsten Moment erscheint Claude in seinem Nachtgewand mit Maggie im Schlepptau. Er schaut erst Junior und dann mich an, wobei sich seine Miene vor Sorge verfinstert. »Du musst etwas essen.«

»Ich weiß. Das werde ich.«

»Gut.« Er kommt zum Tisch und setzt sich seinem Sohn gegenüber.

»Als meine Mom gestorben ist, habe ich unser Zimmer eine Woche lang nicht verlassen«, gesteht Junior.

Claude lässt den Kopf hängen und starrt auf seinen Schoß hinab.

Der Blick des Jungen umwölkt sich, während er zum Feuer im Kamin schaut, als würde er eine innere Tür öffnen, hinter der sich seine schmerzhaftesten Erinnerungen verbergen. »Ich war so traurig, dass ich dachte, ich müsste sterben, und fühlte mich, als könnte ich weder atmen noch mich bewegen. An sie zu denken, tat furchtbar weh.« Er nimmt einen tiefen, zittrigen Atemzug. »Doch wenn ich nicht an sie dachte, fühlte ich mich schuldig. Warum, dachte ich also, sollte ich mich nur an ihren Tod und das schreckliche Gefühl, das damit einherging, erinnern? Warum sollte diese Erinnerung wichtiger sein als alle anderen?«

Junior ist der älteste Sohn, weswegen ich ihn stets als den vernünftigen Stellvertreter seines Vaters betrachte, aber in diesem Moment sehe ich ihn als den, der er wirklich ist – ein Junge, der ein Elternteil verloren hat, der sich viel erwachsener geben muss, als er eigentlich ist. Er ist verletzlich, und er trauert immer noch.

Als ich meine Hand auf seine lege, spüre ich, dass er zittert.

»Nur dank meiner Brüder, meines Vaters und Maggie geht es mir mittlerweile wieder gut. Dank meiner ganzen Familie. Und die Erinnerung an meine Mutter zählt dazu.«

»Ich habe keine Familie mehr.« Tränen laufen mir die Wangen hinab. »Alle, die ich jemals geliebt habe, sind fort.«

Junior entzieht mir seine Hand und schaut mich auf eine Art an, die sowohl flehend als auch wütend wirkt.

»Alle?«, fragt er, schiebt seinen Stuhl zurück und steht auf. »Was ist mit uns?« Seine Augen haben sich mit Tränen gefüllt, die drohen jede Sekunde zu fließen.

In diesem Moment fühlt es sich an, als würde sich mein gebrochenes Herz wieder zusammensetzen, nur damit es noch einmal entzweireißen kann.

Ich erhebe mich und wende mich ihm zu. »Ich ... Ich bin gebrochen ohne sie. Und Königin Sanaa habe ich auch verloren. Bei Lady Anne könnte ich zwar Trost finden, doch ich kann nicht zurückkehren. Huntress ist tot, und wie sich gezeigt hat, hat sie mich ohnehin nie geliebt. Selbst Nova ist nicht mehr da.« Bei dem Gedanken daran, dass er tagelang nicht im Spiegel erschienen ist, bevor ich ihn vergraben habe, überkommt mich erneut ein ungutes Gefühl, doch ich zwinge mich dazu, die Sorge zu verdrängen. »Ich bin nicht mehr dieselbe Person wie zuvor, und ich glaube, das werde ich auch nie wieder sein, denn ich weiß nicht einmal, ob das möglich ist.«

»So verhält es sich nun mal mit der Trauer«, erwidert Claude mit fester Stimme, obwohl er sich über die Augen wischt. »Sie verändert dich. Sie verbrennt dich von innen. Bis du aus der Asche aufsteigst wie der Phönix.«

»Ich weiß nicht, ob mir das gelingen wird.« So empfinde ich tatsächlich, denn wie soll ich mich jemals wieder erholen? Es scheint mir unmöglich.

Junior schaut zu Boden. »Wirst du es wenigstens versuchen?« Seine Stimme klingt matt und bebt. Er hebt den Kopf und schaut mich an. »Bitte.«

»Ich weiß nicht, ob ich es verdient habe, es zu versuchen.«

Wieder kommt mir die Erinnerung an Mekhis zerteilten Körper in den Sinn. Mein unbesonnener Plan hat ihn das Leben gekostet. Meine selbstgefällige Annahme, dass ich den Ritter besiegen könnte, hat dazu geführt, dass die Schuld an seinem Tod nun auf mir lastet. Habe ich es verdient, diese fürchterliche Traurigkeit hinter mir zu lassen und aus der Asche aufzusteigen? Claude und seine Söhne – diese liebenswürdigen, chaotischen, albernen Jungen – haben sich in den letzten Wochen immer wieder um mich gekümmert, haben mir nichts als Güte entgegengebracht, obwohl mir das vermutlich nicht einmal zusteht.

Claude erhebt sich und legt Junior eine Hand auf die Schulter. »Wir alle haben Fehler gemacht, Eve. Du fragst dich, ob du eine zweite Chance verdient hast zu leben, aber was du dabei übersiehst, ist die Tatsache, dass du sie längst bekommen hast. Von den Göttern, der Natur, vom Schicksal oder einfach durch pures Glück.« Er hält mir seine Hand hin, und ich greife danach. »Deine Mutter hat sich gewünscht, dass du in Sicherheit bist. Ehre sie, indem du bei uns bleibst, wo du geschützt bist.«

Die Traurigkeit sitzt in meiner Brust fest, füllt mich vollkommen aus. »Es fühlt sich an, als würde ich ertrinken.«

Junior schlingt die Arme um meine Taille, und ich lege die Wange auf seinen Kopf.

»Ertrinke nicht«, sagt er. »Sinke nicht. Tu nichts von alledem.« Er weicht ein Stück zurück, um zu mir hochzuschauen. »Schwimme, Eve. Für mich. Für uns.«

In dem Moment male ich mir aus, unter einem bewölkten, gewittrigen Himmel in der stürmischen See zu treiben, inmitten der Trümmerteile meines alten Lebens, während die Wellen über mir zusammenschlagen. Ich könnte mich auf den Grund sinken, mich von den Wassermassen verschlingen lassen, doch stattdessen stelle ich mir vor, wie Claude und die Jungen am Ufer stehen und mir zurufen, dass ich schwimmen soll. Nun beginne ich mich zu bewegen, mich durch die stürmische See zu kämpfen und die Arme nach ihnen auszustrecken, bis ich mich endlich an Land ziehen kann.

Vier weitere Tage im Schutz und in der Wärme des Kingfisher-Hauses vergehen. Die Jungen tragen aus Solidarität Schwarz und legen mir im Vorbeigehen ihre kleinen Hände auf die Schulter.

Ich finde Trost darin, behelfsmäßige Pfeile und Bögen herzustellen, mit den Jungen das Schießen mithilfe von aus Stöcken und Stofffetzen zusammengebastelten Zielscheiben zu üben.

Die Neuigkeiten aus Castle Veil sind düster und scheinen wie Gift aus den umliegenden Gebieten zu uns durchzusickern. Es ist fürchterlich. Claude teilt mir nur das Allernötigste mit, um mir noch mehr Herzschmerz zu ersparen. Die Boten des Schlosses verbreiten die Nachricht über den Tod meiner Mutter bis an die Grenzen von Queen's Bridge und darüber hinaus, bis nach Rotterdam, Hamelin und sogar in die Verbotenen Länder und nach Mersailles. Es heißt, dass Königin Regina einer mysteriösen Krankheit erlegen ist, an der sie bereits wochenlang gelitten hatte.

Eines Abends setzt sich Claude, nachdem die Jungen den Abwasch erledigt haben und zu Bett gegangen sind, mit mir an den Tisch.

»Ich muss dir etwas erzählen«, beginnt er.

Unbehaglich rutsche ich auf meinem Stuhl hin und her. »Ich habe schon genügend schlechte Nachrichten gehört.«

Claude nickt. »Das finde ich auch.« Er seufzt und legt seine abgetragene Tasche auf den Tisch. »Es sind eher seltsame als schlechte Nachrichten.«

Ich entspanne mich ein wenig. »Seltsam? Haben sie etwas mit meiner Mutter zu tun?«

Er nickt erneut. »Die Nachricht über ihren Tod hat sich weit verbreitet, aber in der Mine kursieren noch andere Gerüchte, und heute habe ich etwas gehört, das ich beunruhigend fand. Ich möchte es dir erzählen, weil ich hoffe, dass du es mir vielleicht erklären kannst.«

»Was ist es denn?«

Er lehnt sich auf seinem Stuhl zurück und fährt sich mit den Fingern durch den Bart. »Ich arbeite mit einem Mann namens Oliver zusammen, dessen Bruder in Castle Veil gearbeitet hat. Offenbar decken sich die offiziellen Nachrichten, die von den Schlossboten überbracht werden, nicht mit dem, was die Leute berichten, die in den Tagen vor dem Tod deiner Mutter dort waren.«

Mein Herz beginnt zu rasen.

Claude senkt seine Stimme und beugt sich zu mir vor. »Olivers Bruder Ranauld war Hufschmied im königlichen Stall und hat das Schloss auf Geheiß seiner Verlobten betreten, die vom Flur aus gehört hatte, wie deine Mutter in ihrer Kammer immer wieder einen merkwürdigen Reim aufsagte.«

Ich presse die Hände auf meine Beine, um das Zittern zu unterbinden. »Was für einen Reim? Hat er berichtet, wie er lautete?«

Claude nickt. »Ich scheue mich ein wenig davor, ihn laut auszusprechen, denn er klingt nicht wie ein Gedicht, sondern eher wie ein Zauberspruch ...«

»Oder ein Fluch«, flüstere ich. Er mag davor zurückschrecken, die Worte auszusprechen, ich tue es nicht. »Spieglein, Spieglein an der Wand, wer ist die Schönste im ganzen Land?«

Claude wirkt schockiert. »Woher weißt du das?«

»Als ich meine Mutter das letzte Mal gesehen habe, hat sie ebendiese Worte gesprochen. Der Ritter ... Er hat sie irgendwie dazu gezwungen, obwohl sie versucht hat, sich dagegen zu wehren.« Die Erinnerung daran, wie die Augen meiner Mutter so weiß wurden wie frisch gefallener Schnee, kommt mir in den Sinn.

»Was hat das zu bedeuten?«, fragt Claude. »Warum wollte sie so etwas wissen?«

»Das wollte sie nicht. Es war einzig und allein das Werk des Ritters, und nun werden wir niemals erfahren, was dahintersteckt.«

»Deine Mutter mag fort sein, aber der Ritter hat dich mit eigenen Augen gesehen. Ich kann mir nur schwer vorstellen, dass er euch diesen Betrug einfach so durchgehen lässt, selbst wenn die Königin sterben musste.«

Er hat recht, und je länger ich darüber nachdenke, desto weniger begreife ich, warum er mich noch nicht getötet hat. Er hätte mein Leben gleich dort auf dem Balkon der Kammer meiner Mutter beenden können, doch das hat er nicht getan.

Claude erhebt sich. »Wir leben schon lange hier, aber zu Hause ist überall dort, wo wir zusammen sein können. Vielleicht packen wir einfach unsere Habseligkeiten und ziehen weiter. Wir können gehen, wohin auch immer wir wollen.«

Ich schüttele den Kopf, im Begriff, Einwände zu erheben, doch Claude kommt mir zuvor.

»Ich habe noch keine endgültige Entscheidung getroffen, aber ich ziehe es in Erwägung. Gib mir ein wenig Zeit, darüber nachzudenken, ehe wir mit den Jungen sprechen.« Er seufzt. »Und noch etwas ...« Er geht zu seiner Tasche und holt eine kleine Holzschatulle daraus hervor, die er mir reicht. Darauf stehen in seiner fürchterlichen Handschrift mein Name und die Namen seiner Söhne. »Öffne sie.«

Ich gehorche und finde darin ein kleines Glaskästchen, das ich herausnehme, um es mir genauer anschauen zu können. Es ist rechteckig, und seine Seiten sind aus so klarem Kristall gefertigt, dass ich darin ein kleines Satinkissen erkennen kann. Die Scharniere bestehen aus verschnörkeltem Messing, ebenso wie der Verschluss an der Vorderseite, von dem der Deckel gehalten wird.

»Eine Schmuckschatulle«, erklärt Claude. »Chance hat gesagt, dass du keinen Schmuck trägst, aber Junior hat auf deinen Smaragdring hingewiesen. Laut Hunter nimmst du ihn nie ab. Wie du siehst, waren wir uns also nicht ganz einig, was wir dir schenken sollten.«

»Sie ist wunderschön.« Ich muss gegen meine Tränen ankämpfen.

»Wir haben sie in den Arbeitspausen selbst angefertigt. Grumpy haben wir davon nichts gesagt, weil er es dir sofort verraten und damit die Überraschung ruiniert hätte.«

»Klingt ganz nach ihm.«

»Der Junge ist allergisch gegen Spaß und Überraschungen.« Claude seufzt. »Dann gefällt sie dir? Ich war mir nicht sicher.«

Ich stehe auf und nehme ihn in die Arme. »Ich liebe sie. Vielen Dank.«

»Was wirst du darin aufbewahren?«

Ich betrachte die wunderschöne Glasschatulle. »Etwas, das wertvoll für mich ist.«

Lächelnd tätschelt er mir die Schulter.

Nachdem ich das Kästchen auf den Tisch gestellt und mich hingesetzt habe, nimmt auch Claude wieder Platz, den Rücken dem Feuer zugewandt. Sein Geschenk und seine Fürsorge rühren mich, aber hinter all diesen Gefühlen lauert noch etwas anderes, das droht sich in meinem gesamten Körper auszubreiten.

Ich habe den Ritter mit eigenen Augen in der Kammer meiner Mutter gesehen, habe beobachtet, wie er sie hochgehoben hat, als würde sie nichts wiegen. Und in seinen Augen – seinen leeren schwarzen Augen – war sie tatsächlich *nichts*. Er hatte bei ihrem Tod seine Finger im Spiel, dessen bin ich mir ganz sicher, aber es bereitet mir Angst, zu lange darüber nachzudenken. Der Zorn, der mich von innen zerfrisst, ist vermischt mit der Trauer und könnte mich zu unbesonnenen Taten anstiften, wenn ich nicht aufpasse. Der Drang, ihn zu suchen und ein für alle Mal zu erledigen, keimt wieder in mir auf.

Ich presse meine Hände auf die Tischplatte und bemühe mich, den überwältigenden Anflug von Hass zu verdrängen. Es sollte der Ritter sein, der unter der Erde begraben liegt, nicht meine Mutter. Während ich ins prasselnde Kaminfeuer blicke, spüre ich die Hitze in meiner Handfläche.

»Eve«, spricht Claude mich an. »Was immer du gerade planst, bitte denke noch einmal gründlich darüber nach.«

»Ist es so offensichtlich?«

»Ja«, antwortet er, ohne zu zögern. »Ich sehe die Wut, die sich durch deinen Körper windet wie eine Schlange, die bereit zum Angriff ist. Aber *du* bist nicht bereit – und ich weiß nicht, ob du es jemals sein wirst.«

Ich blicke in Richtung Flur und lausche, doch von den Jungen ist kein Mucks zu hören. Alles ist still.

»Ich habe Geschichten über den Ritter gesammelt«, sage ich mit gesenkter Stimme. »Ich wurde dazu ausgebildet, ihn zu besiegen, sodass ich irgendwann davon besessen war, alles über ihn in Erfahrung zu bringen, was sich herausfinden ließ. Ich habe Leute aufgesucht, die Wünsche bei ihm vorgebracht hatten, habe ihre Berichte darüber, welches Leid ihnen der Ritter zugefügt hat, niedergeschrieben.«

Claude stützt sich auf dem Tisch ab und hört aufmerksam zu.

»Ich habe Geschichten von allen möglichen Menschen in Queen's Bridge gesammelt. Auch eure war dabei – zumindest in Teilen.«

Claude schnaubt. »Was uns widerfahren ist, war wohl zu schrecklich, um es in allen Einzelheiten zu erzählen.«

»Das stimmt.« Ich berühre sanft seine Hand und halte kurz inne. »Trotz meiner vielen Reisen«, fahre ich schließlich fort, »trotz all der Erzählungen, weiß ich nur wenig über den Ritter selbst. Du lebst schon viele Jahre hier und arbeitest bereits seit langer Zeit in der Mine, wo du gewiss viele Geschichten und Gerüchte hörst. Verrate mir, ist dir jemals etwas zu Ohren gekommen, das über seine grausamen Taten hinausgeht?«

Claude krault Maggie zwischen den Ohren, worauf sie ein zufriedenes Knurren von sich gibt. »Dieses Land ist voller schrecklicher Geschichten.«

Ich stutze, denn das ist nicht die Antwort, die ich erwartet habe. »Kennst du noch andere Geschichten? Darüber, wer der Ritter ist oder woher er kommt?«

Claude streicht sich wieder über den Bart. »Was spielt das noch für eine Rolle? Würde es etwas an dem ändern, was er getan hat? Würde es Leah zurückbringen? Würde es dir die Trauer nehmen?«

Meine Brust zieht sich zusammen. »Nein, das würde es nicht, aber vielleicht würde es andere Menschen vor einem ähnlichen Schicksal bewahren.«

»Ist das dein Plan, Eve?«

»Ich habe keinen Plan, solange ich nicht mehr über ihn in Erfahrung gebracht habe. Es muss etwas geben, das wir noch nicht wissen, das uns aber helfen könnte, ihn zu besiegen.«

Claude lässt die Schultern hängen. »Als ich noch ein Kind war, lebte eine Frau in Little Stilts.«

»Little Stilts? Das ist nicht in Queen's Bridge.«

»Nein, es liegt direkt hinter der südwestlichen Grenze, in Hamelin. Der Ort ist nicht sonderlich bekannt, und ich schätze, dass man ihn nicht einmal als richtigen Ort bezeichnen kann. Es ist eher ein Dorf.«

»Dann hast du nicht immer in Queen's Bridge gelebt?«

»Doch, aber mein Vater hat in der Mine in den South Steps gearbeitet, und ich habe ihn von Zeit zu Zeit begleitet, genau wie meine Söhne heute mich begleiten. Eines Abends, als mein Vater gebeten wurde, eine Lieferung zu überbringen, bin ich mitgekommen. Sein Pferd starb, nachdem wir gerade die Grenze überquert hatten, sodass wir zu Fuß nach Little Stilts wandern mussten, um ein neues zu kaufen. Als wir eintrafen, zog ein Schneesturm auf. Wir saßen sechs Tage lang fest.«

»Was habt ihr getan? Gab es einen Gasthof?«

»Einen Gasthof?« Claude stößt ein Lachen aus. »Es ist ein winziges Dorf, meine liebste Eve. Es gab keinen Gasthof. Es gab auch keinen Markt, keinen Tempel, kein Schloss oder dergleichen. Ich würde schätzen, dass ungefähr fünfzig Menschen dort lebten. Und alle waren viel älter als mein Vater – vielleicht sogar älter als *sein* Vater. Alle, die konnten, waren längst fortgezogen. Die erste Tür, an die wir klopften, öffnete uns ein Mann, der aussah, als wäre er schon einmal beerdigt worden und nur aus dem Grab gekommen, um uns einen missbilligenden Blick zuzuwerfen und die Tür vor der Nase zuzuschlagen. Also haben wir es bei einem anderen Haus probiert – ein kleines mit nur einem Zimmer und einer grünen Tür –, wo uns eine Frau öffnete und hereinbat. Sie erzählte uns, dass ihr Name Nerium sei und sie allein lebe. Als sie uns fragte, ob wir ihr etwas antun wollten, war mein Vater so beleidigt, dass er zunächst darauf bestand, dass nur ich im Haus übernachte, während er selbst draußen auf der Veranda schlafen wollte.«

»Dort wäre er erfroren.«

Claude nickt. »In der Tat. Am Ende sind die beiden doch noch warm miteinander geworden, und wir sind die sechs Tage bei ihr geblieben. Mein Vater und ich beseitigten Schnee von ihrem Dach, damit es nicht einstürzte, und wir konnten auch ihren Erdkeller freilegen, in dem sie Wurzelgemüse und gepökeltes Fleisch für den ganzen Winter gelagert hatte. Sie bestand darauf, das Essen so aufzuteilen, dass die Bewohnerinnen und Bewohner von Little Stilts genügend haben würden, um durch den Sturm zu kommen. Also gingen mein Vater und ich von Tür zu Tür. Gemeinsam mit Nerium haben wir gut gegessen, und während der Mahlzeiten am Abend erzählte sie uns Geschichten.«

Meine Nackenhaare stellen sich auf. »Geschichten?«

Claudes Augen blitzen im Feuerschein auf. »Eigentlich möchte ich dir nicht davon berichten, weil ich weiß, was du mit dem neuen Wissen anstellen wirst.«

»Bitte«, flehe ich.

Er seufzt und nickt. »Little Stilts ist hundert Jahre älter als Queen's Bridge. Die meisten von Neriums Geschichten handelten von der großen Hungersnot von Hamelin und den umherstreifenden Wölfen von Rotterdam, aber eines dunklen Abends sprach sie vom Ritter. Sie wusste von seinen gefährlichen Machenschaften und spuckte auf den Boden, als sie seinen Namen aussprach. Sie erzählte, dass er dazu verflucht sei, durch die Länder zu ziehen. In diesem Zusammenhang sprach sie von seinem ›großen Fehler‹.«

»Was soll das denn heißen?«

»Ich war erst acht, also ist mir nicht in den Sinn gekommen, genauer nachzufragen, aber ich fand die Geschichte ungewöhnlich, weil sonst nie jemand irgendwelche Fehler des Ritters erwähnte.«

»Daran hat sich bis heute nichts geändert.« Noch während ich die Worte ausspreche, kommt mir ein Gedanke.

»Ich bin sicher, Nerium ist mittlerweile tot – genau wie vermutlich alle anderen, die damals dort lebten.« Claude betrachtet mich forschend. »Ich kann sehen, dass es in dir rattert.«

Ich habe längst entschieden, was ich tun werde, und denke bereits darüber nach, wie viel Proviant ich brauche.

»Der Ritter begeht keine Fehler«, gebe ich zu bedenken.

»So etwas habe ich noch nie gehört.«

»Und das soll was heißen?«

»Wenn er einen Fehler begangen hat, bedeutet das, dass er nicht allwissend und allmächtig ist, sondern dass er einen Schwachpunkt hat. Und ich muss herausfinden, welchen.«

»Es ist von hier aus nur einen halben Tagesritt entfernt«, erwidert Claude. »Wenn du in zwei Tagen nicht wieder zurück bist, komme ich dich suchen.«

Ich umrunde den Tisch und lege die Arme um ihn, woraufhin er mich fest an sich drückt, ehe er mit Maggie im Schlepptau die Küche verlässt.

Ein winziger Funke Hoffnung erwacht in mir zum Leben, denn in diesem Moment male ich mir eine neue Chance aus. Wenn ich den Ritter besiege, muss ich mich nicht mehr verstecken. Ich kann Queen's Bridge zurückerobern, sodass es erneut von einer Königin aus dem Hause Miller regiert wird, so wie es immer war. Das Volk kann sich endlich wieder in Sicherheit wiegen – und ich meine Mutter rächen.

Ich kann immer noch ihre rechte Hand sein. Und ihr Rachegeist.

18

Auf meiner Reise nach Little Stilts verwende ich den Schnee als Tarnung, indem ich mich darin einhülle, während mir der Wind um die Ohren peitscht.

Claude hat mir die Route auf einer Landkarte eingezeichnet, doch als ich nun die südwestliche Grenze von Queen's Bridge überquere und Hamelin erreiche, frage ich mich, ob Claude einen Fehler gemacht hat. Während ich mich dem Punkt auf der Karte nähere, kommen mir nur zwei andere Personen zu Pferd entgegen. Den Ruf der Tiere höre ich, ehe ich sie sehe, sodass ich mich, in einen Mantel aus Schnee und Schatten gehüllt, am Wegesrand verstecken kann. Nachdem sie vorbeigeritten und nicht mehr in Hörweite sind, setze ich meine Reise fort.

Little Stilts habe ich schon öfter auf Landkarten gesehen, auf denen es stets als einzelner kleiner Punkt eingezeichnet war. Laut Claude ist es eher ein Dorf als ein Ort, doch ich komme zu dem Schluss, dass beide Bezeichnungen unpassend sind. In der näheren Umgebung steht lediglich ein Haus, das aussieht, als könnte es jeden Moment einstürzen; das Dach ist bereits eingesunken, und es gibt keine Eingangstür. Am Ende der Straße türmen sich hohe Schneewehen, und ich stelle mir vor, dass das Haus, das Claude in seiner Kindheit besucht hat, in Trümmern darunter begraben liegt. Ich schaue zum Himmel und werfe meinen Umhang aus Schnee und Eis ab. Wenn ich jetzt zurückreite, kann ich bis zum Einbruch der Dunkelheit wieder bei Claude sein.

Über mir kreist ein Falke, dessen Ruf ich aufmerksam lausche. Er ist hungrig und hält Ausschau nach Beute, doch auf einmal klingt er wachsam und ändert seine Route, um sich vor etwas zu verstecken, das sich hinter mir auf der Straße nähert.

Es ist ein Karren mit einem Pferd und einer Fahrerin. Das Tier gibt Laute von sich, als würde es sterben – ein ersticktes Wiehern –, während die Fahrerin etwas Unverständliches murmelt.

Ich lausche noch einmal.

Das Pferd muss das älteste Tier sein, das ich je gesehen habe. Ich bin erstaunt, dass es den Wagen und die zierliche Person darauf überhaupt noch ziehen kann.

Kurz denke ich darüber nach, mich zu verstecken, doch die Fahrerin hat mich längst entdeckt und zieht die Zügel.

Ich erstarre, bereit, eine Waffe heraufzubeschwören, doch komme zu dem Schluss, dass das nicht nötig ist.

»Ihr habt euch verirrt«, merkt die Frau an.

»Nein.«

Sie lacht und schüttelt die Zügel, woraufhin sich das Pferd schwerfällig in Bewegung setzt.

Ich muss mir von innen auf die Wange beißen, um nicht zu schmunzeln, denn bis soeben kam mir das Pferd alt vor, und nun muss ich feststellen, dass dessen Besitzerin wesentlich älter ist. Für einen Moment frage ich mich, ob ich versehentlich in ein Land geraten bin, in dem Tote durch die Straßen wandeln.

Ihre Finger, mit denen sie die Zügel umfasst, sehen aus wie Knochen, die in dünnes Papier gewickelt sind. Ihr Gesicht ist so hager, dass es beinahe wirkt wie ein Totenschädel. Und ihre Haut erinnert an knittriges, hartes Leder. Ihre Lippen stülpen sich nach innen, als hätte sie keine Zähne, die ihrem Mund eine Form geben könnten.

»Aber natürlich habt Ihr Euch verirrt«, krächzt sie. »Niemand, der herkommt, tut dies aus freien Stücken. Warum sollte man auch?«

»Ich suche jemanden«, erwidere ich. Eigentlich stimmt das nicht ganz, denn ich erwarte nicht, die Menschen aus Claudes Erzählung zu finden, da sie längst tot sein müssen. Stattdessen suche ich nach den Geschichten, die sie hinterlassen haben.

»Ich habe von einer Frau namens Nerium gehört und hoffe, sie hat vielleicht Verwandte in der Gegend?«

Die Frau verengt ihre Augen. »Nein. Keine Verwandten.«

Enttäuschung überkommt mich. »Gibt es hier noch Menschen, die sie gekannt haben könnten?«

Die Frau öffnet den Mund und stößt das verzweifeltste heisere Lachen aus, das ich je gehört habe.

Erschrocken zucke ich zurück.

»Dieser Ort ist voller Geister.« Sie lacht immer noch. »Vielleicht kannten einige sie. Schwer zu sagen.«

Ich mustere sie von oben bis unten und frage mich, ob sie eine von den Geistern ist.

»Kommt mit«, fordert sie mich auf.

Sie lenkt ihren Wagen über den schneebedeckten Pfad, und ich folge ihr mit ein wenig Abstand. Zwar bin ich misstrauisch, doch als ich mir erneut in Erinnerung rufe, wie altersschwach die Frau wirkt, schüttele ich den Kopf über mich selbst. Ich könnte sie mühelos töten, wenn sie versuchen würde, mich anzugreifen.

Schon im nächsten Moment schäme ich mich für diesen Gedanken. Ich habe die lange Reise hierher nicht auf mich genommen, um eine uralte Frau in einem verlassenen Dorf zu ermorden.

Nun lenkt sie den Karren auf einen Weg, der zu einem Haus führt, das zurückgesetzt zwischen ein paar vereinzelten Bäumen steht. Während ich ihr folge, betrachte ich das Haus – ein kleines Gebäude mit nur einer ebenerdigen Etage und einer Veranda, die aussieht, als könne sie jeden Moment unter dem Gewicht des Schnees zusammenbrechen. Mehrere Fenster sind mit Brettern verrammelt, und die smaragdgrüne Farbe an der Eingangstür splittert ab. Bisher habe ich nicht an Schicksal geglaubt, aber dies könnte ausreichen, um meine Meinung zu ändern. Ist es möglich, dass es sich um dasselbe Haus handelt, auf das Claude und sein Vater vor vielen Jahren gestoßen sind?

Während die Frau von dem Wagen steigt, mache ich mir Sorgen, sie könnte hinfallen, denn sie schnauft und ächzt und verliert beinahe das Gleichgewicht. Als ich zu ihr herantrete, um ihr zu helfen, weicht sie mir jedoch aus und steuert schweigend die Tür an. Ihr Pferd wiehert und schnauft beinahe ebenso gequält wie seine Besitzerin. Als ich ihm meine Hand auf den knochigen Rücken lege und sein Summen meinen Kopf erfüllt, stelle ich fest, dass es immer noch recht klar im Kopf ist.

»Gebt ihr einen Eimer mit diesem Futter«, weist die alte Frau mich an, nachdem sie die Tür geöffnet hat, und deutet mit einem knorrigen Finger auf einen Korb mit Deckel.

Ich öffne ihn und hole eine Handvoll getrocknete Bohnen, Hafer und frisches Heu heraus, die ich in einen kleinen Eimer fülle. Der Ruf des Pferdes wird fast zu einem Gesang, als ich das Futter vor ihm abstelle.

»Nun kommt«, sagt die alte Frau und verschwindet im Haus.

Ich lege eine Hand an meinen Degen und folge ihr hinein.

Es gibt nur einen Raum, einen Eingang an der Vorder- und einen zweiten, kleineren, an der Rückseite. Ein Tisch und zwei Stühle stehen vor dem Kamin, in dem ein schwarzer Topf an einem Haken über der erlöschenden Glut hängt. Ein ordentlich gemachtes Bett steht in der Ecke, und die kleine Küche quillt über vor Tonschalen, ist sonst jedoch aufgeräumt.

»Ihr lebt allein?«, frage ich.

»Gibt es irgendeine andere Art zu leben?« Sie stellt eine abgetragene Ledertasche ab und lässt sich auf einem der Stühle am Tisch nieder. »Setzt Euch und erzählt mir, warum Ihr hier seid.«

Als ich ihr gegenüber Platz nehme, starrt sie mich an, ohne zu blinzeln.

»Ich kenne einen Mann, der erzählt hat, dass er als Kind hier war und eine Frau getroffen hat, die in einem Haus mit einer grünen Tür lebte. Er hat gesagt, ihr Name war Nerium und dass sie etwas über den Ritter wusste.«

Als ich den Ritter erwähne, blitzen die Augen der Frau kurz auf.

Ich lege meine Hand wieder an den Degen, denn niemand sollte erfreut darüber sein, seinen Namen zu hören.

»Dann seid Ihr also hier, um Geistern hinterherzujagen.«

»Der Ritter ist kein Geist«, erwidere ich und stütze einen Ellbogen auf den Tisch.

Die Frau schüttelt den Kopf. »Nein, aber *irgendetwas* ist er, nicht wahr? Etwas Übernatürliches?«

»Vermutlich. Ich möchte nicht unhöflich sein, aber wenn Ihr sagt, Ihr kanntet Nerium nicht und sie habe auch keine Nachfahren, dann verschwende ich wahrscheinlich sowohl meine als auch Eure Zeit.«

»Nicht jede wünscht sich einen Haufen gieriger Ratten, die einem für den Rest ihres Lebens am Rockzipfel hängen«, entgegnet sie. »Wisst Ihr, was es mich gekostet hätte, Kinder in diese Welt zu setzen? Wisst Ihr, wie viel sie essen? Wie viel sie weinen?« Sie wirkt angewidert.

»Ich habe nicht direkt von Euch gesprochen.«

Die Frau zieht die Lippen nach innen und seufzt. »Wenn Ihr von Nerium sprecht, dann sprecht Ihr von mir.«

»Von Euch?«, frage ich und betrachte sie noch einmal eingehender, während ich gleichzeitig versuche nachzurechnen, wann Claude hier gewesen sein muss. »Ihr wollt doch nicht etwa behaupten, Euer Name sei Nerium, oder?«

»Es ist der Name, den meine Mutter mir gegeben hat. Sie hat mich nach einer Pflanze benannt, deren Gift tödlich ist, falls Ihr Euch fragt, wie sie mich gesehen hat.«

Einen Moment lang sitze ich schweigend da. Es gibt eine Frage, die ich stellen will, doch ich weiß nicht, wie ich sie taktvoll formulieren soll. Schließlich entscheide ich, mich nicht um Anstand zu scheren.

»Wie alt seid Ihr? Der Mann, der als Junge hier gewesen ist, hat mittlerweile graue Haare.« Mir wird bewusst, dass ich nicht genau weiß, wie alt Claude ist, aber ich würde auf fünfzig Winter tippen.»Er hat erzählt, dass Nerium damals schon älter war.«

Die Frau verzieht das Gesicht.»Alle in meiner Familie werden alt. Seid Ihr gekommen, um mein Geburtsdatum herauszufinden, oder wolltet Ihr mich etwas fragen?«

Ich glaube ihr kein Wort – vielleicht kannte sie Nerium, als sie noch ein Kind war. In diesem Dorf scheint es niemanden mehr zu geben, der oder die es stören könnte, dass sie den Namen einer anderen Frau übernommen hat, vielleicht sogar ihr Haus und ihre Besitztümer. Ich komme zu dem Schluss, dass es keine Rolle spielt, solange sie mir die Antworten geben kann, die ich brauche.

»Nerium«, sage ich zögerlich.»Was könnt Ihr mir über den Ritter erzählen?«

»Nein«, entgegnet Nerium gepresst.

»Nein?«, frage ich verwirrt.

Sie schüttelt den Kopf.»Nein. Ich kann Euch die gleichen Dinge erzählen, die wir alle über ihn wissen. Er ist gnadenlos, das wahrhaftige Böse, und die Wünsche, die er erfüllt, sind von Betrug und Doppelbedeutungen gekennzeichnet.«

»Das weiß ich selbst.«

»Exakt. Was wollt Ihr mich also tatsächlich fragen?«

»Niemand kann es mit ihm aufnehmen, es sei denn, man erfährt etwas Neues über ihn. Etwas, das es uns ermöglicht, ihn an seinem Schwachpunkt anzugreifen.«

»Ahhh.« Neriums Stimme klingt wie ein Gurgeln.»Noch eine, die Geschichten sammelt.« Sie rutscht auf ihrem Stuhl herum und schaut mich an.

Die Glut des Feuers flammt auf einmal wieder auf, sodass der Raum in einen orangefarbenen Schein getaucht wird.

»Wie sagtet Ihr, war Euer Name?«, fragt sie.

»Ich habe ihn nicht genannt.« Langsam strecke ich meine Hand nach dem Feuer aus, sodass sich ein Bogen bis zu meiner Hand und schließlich ein kurzer Degen aus roten Flammen formt. Ich hoffe, dass die Botschaft deutlich ist.

Als sich Nerium auf ihrem Stuhl zurücklehnt, lasse ich die Waffe wieder verschwinden, und das Feuer beruhigt sich.

»Niemand kann dem Ritter das Handwerk legen«, sagt Nerium. »Angeblich. Es ist lediglich das, was er uns weismachen will. Er wurde einst überlistet, aber nur einmal.«

Mit rasendem Herzen lehne ich mich vor. Claudes Worte gehen mir durch den Kopf. »Sein großer Fehler.«

Sie nickt. »Es ist nicht viel über seine Niederlage bekannt. Ich glaube, ein Vorfahre von mir war dabei, als es passiert ist, obwohl ich nicht weiß, wer. Jedenfalls sind ein paar Teile der Geschichte bis zu mir weitergetragen worden.«

»Erzählt mir davon.«

Nerium legt die Hände vor ihrem Körper zusammen. »Der große Fehler des Ritters hat mit einem jungen Mädchen zu tun. Sie hat sich etwas beim Ritter gewünscht, aber irgendwie...« Ihre Stimme verliert sich, während sie versucht, sich zu erinnern, und ich warte geduldig. »Das Mädchen hat es geschafft, ihn zu überlisten. Sie hat einen Weg gefunden, die Bedingungen des Abkommens zu umgehen, was ihn so wütend machte, dass er schwor, sie zu verfluchen. Doch sie hat nie wieder einen Wunsch ausgesprochen und es auch ihren Kindern streng verboten. Es heißt, er sei so zornig geworden, dass er sich in einem Wutanfall beinahe selbst umgebracht hätte. Die Tatsache, dass ihn ein junges Mädchen überlistet hatte, war zu viel für ihn.« Nerium seufzt und räuspert sich. »Aber er lebt immer noch, und vermutlich besteht sein Lebensinhalt darin, seinen Fehler auszumerzen.«

»Ich war mir sicher, dass er noch nie überlistet wurde.«

»Du hast dich geirrt. Und darüber solltest du froh sein. Die Trauer, die er in dir hervorgerufen hat, trägst du wie eine Gefangene eine Fußfessel. Jetzt weißt du, dass er schon einmal keinen Erfolg hatte, was bedeutet, dass es jederzeit wieder geschehen kann. Dass man gegen ihn gewinnen kann.« Sie wendet den Blick von mir ab und schaut zum Feuer.

Obwohl ich hergekommen bin, um genau das zu hören, ist es nichts als eine weitere unvollständige Geschichte.

Ich drücke meine Hand auf den Tisch. »Aber es muss doch noch mehr Einzelheiten geben.«

»Mit Sicherheit, aber das ist alles, was ich Euch darüber berichten kann.«

»Kennt Ihr Menschen, die mir vielleicht mehr erzählen können?«

Nerium legt den Kopf schief. Als sie einatmet, ertönt ein rasselndes Geräusch in ihrer Brust. »Ich bin mir sicher, es gibt noch andere, die Geschichten sammeln. Ihr seid nicht die Erste, die mich nach dem großen Fehler des Ritters fragt – doch irgendetwas sagt mir, dass Ihr vielleicht die Letzte gewesen seid.«

»Sprecht Ihr immer in Rätseln?«, frage ich, während ich meinen Stuhl zurückschiebe und mich erhebe.

Nerium schweigt, aber schenkt mir ein fast vollkommen zahnloses Grinsen.

Ich lasse sie am Tisch sitzen, gehe nach draußen zu meinem Pferd und steige auf.

Während ich mich von dem Haus mit der grünen Tür entferne, schaue ich mich noch einmal um und sehe Nerium davor stehen. Sie hat die Arme vor der Brust verschränkt und trägt ein wissendes Lächeln auf den Lippen.

19

Ich reite auf direktem Weg zurück zu Claude und lasse mich auf die Pritsche in meinem Zimmer fallen. Dort schlafe ich bis zum nächsten Morgen und erwache am neunten Tag nach dem Tod meiner Mutter.

Die Jungen schlafen noch, und auch Claude schnarcht in seiner Kammer.

Nachdem ich mich angezogen habe, gehe ich zu der Topfpflanze, in deren Erde ich die Spiegelscherbe versteckt habe. Obwohl ich es mir vorgenommen hatte, habe ich sie nie in einem abgelegenen Waldstück vergraben. Ich rede mir ein, dass ich zu beschäftigt mit anderen Dingen war, aber ich weiß, dass ich die Scherbe in Wahrheit in meiner Nähe behalten wollte. Nun muss ich wissen, ob Nova versucht hat, mit mir in Kontakt zu treten. Mindestens hundertmal habe ich überlegt, ob ich sie hervorholen soll, obwohl ich mir des Risikos bewusst bin. Als ich nun meine Finger in die Erde grabe und die in das Tuch eingewickelte Scherbe finde, überkommt mich ein Anflug von Erleichterung, denn ich hege die Hoffnung, Nova zu sehen. Mit ihm zu reden und seine Stimme zu hören, würde vielleicht meine Rastlosigkeit vertreiben, die ich spüre, seit meine Mutter gestorben ist. Ich muss ihn fragen, ob er von dem großen Fehler des Ritters weiß und ob er mir mehr darüber verraten kann.

Trotz Claudes Warnungen lasse ich mich von der Trauer vereinnahmen und einen brennenden Hass in mir aufkeimen. Alles, woran ich denken kann, ist der Ritter, und alles, was ich fühle, ist rasender Zorn, der in mir brodelt. Da ich weiß, wozu er mich verleiten könnte, habe ich Angst.

Nerium hat recht – auch wenn ich nicht alle Einzelheiten der Geschichte kenne, verrät sie mir doch, dass es möglich ist, den Ritter zu überlisten und ihn vielleicht sogar zu töten.

Nachdem ich den Splitter des Sehsteins aus der Erde gezogen habe, entferne ich das Tuch, doch stelle fest, dass die glatte Oberfläche leer und still ist.

»Nova«, flüstere ich. »Wo bist du? Ich brauche dich.«

Im Stein sehe ich nur mein eigenes Spiegelbild. Nachdem ich es viel zu lange angestarrt habe, verdränge ich meine Wut und beschließe, die Küche aufzuräumen, um mich abzulenken.

Claude und die Jungen hinterlassen für gewöhnlich alles ordentlich und sauber, wenn sie ins Bett gehen, doch nun steht eine schmutzige Schale auf der langen Arbeitsplatte aus Holz, die an der gesamten hinteren Wand der Küche entlangläuft. Das Morgenlicht fällt durch das große Fenster herein, das zum verschneiten Garten hinter dem Haus hinauszeigt.

Ich lege den Sehstein ab, spüle die Schale im Waschbecken und stelle sie zum Trocknen auf ein kariertes Geschirrtuch. Dann stütze ich mich mit den Händen auf die Arbeitsplatte.

Den Abwasch zu erledigen, kommt mir so banal vor, wenn ich daran denke, dass meine Mutter tot in Castle Veil liegt und es unrealistischer als jemals zuvor scheint, den Ritter zu besiegen.

Meine Brust schmerzt, als mich die Trauer erneut überrollt, sodass ich mich an der Arbeitsplatte festklammern muss, um nicht das Gleichgewicht zu verlieren.

Klopf. Klopf. Klopf.

Als ich aufblicke und durch das Buntglasfenster an der Rückseite des Hauses in das Gesicht einer Frau blicke, erschrecke ich so sehr, dass ich nach hinten taumele. Zuerst halte ich sie für Nerium, doch im nächsten Moment erkenne ich, dass sie größer ist und breitere Schultern hat. Während sie noch einmal an das Fenster klopft, sehe ich, dass ihre Knöchel geschwollen und ihre Finger leicht gekrümmt sind.

»Hab keine Angst, Liebes«, krächzt die Frau. »Ich ... Ich habe mich offenbar verirrt.«

Am Ende des Ganges kann ich Claude nach wie vor schnarchen hören. Die Tür zum Kinderzimmer steht einen Spalt offen, aber niemand scheint wach zu sein.

Ich gehe zur Hintertür und schiebe den Riegel zurück, um sie nur wenige Zentimeter zu öffnen.

Die Frau trägt einen bodenlangen schwarzen Umhang, dessen Saum ausgefranst ist, als wäre sie damit schon viele unebene, steinige Strecken gegangen. Eine Kapuze bedeckt ihren Kopf und zum Teil auch ihr Gesicht. In den Händen hält sie einen Korb.

»Ihr habt Euch verirrt?«, frage ich.

Sie nickt. »Ich wollte meine ... meine Äpfel auf ... auf dem Markt verkaufen, und ich ...« Als sie über ihre eigenen Füße stolpert, öffne ich die Tür ein Stück weiter und halte sie am Ellbogen fest.

»Oh, danke, Liebes.« Sie klingt heiser und außer Atem, ihre Brust hebt und senkt sich schnell. Der Arm, an dem ich sie festhalte, besteht lediglich aus Haut und Knochen.

»Es tut mir so … leid. Ich habe dir Angst gemacht. Das … Das wollte ich nicht.«

Ich habe keine Angst, sondern bin nur neugierig. Den Blick auf die Baumgrenze gerichtet, lausche ich auf die Tiere. Die Vögel, Füchse und Nager wirken ruhig.

»Kommt herein«, fordere ich sie auf, da sie trotz meines stützenden Griffs Mühe zu haben scheint, sich aufrecht zu halten. »Ihr könnt Euch ausruhen. Anschließend helfen wir Euch, zum Markt zu finden.«

Als sie den Kopf an meine Schulter lehnt, spüre ich die Wärme, die von ihr ausgeht.

Nachdem ich sie zum Tisch geführt und auf einen Stuhl gesetzt habe, schüre ich das fast erloschene Feuer im Kamin und werfe ein weiteres Holzscheit hinein. Nach ein paar Momenten züngeln die Flammen wieder höher, und der Raum wärmt sich langsam auf.

Ich setze mich ihr zugewandt neben sie, und sie stellt den Korb auf dem Tisch ab, ehe sie ihre Kapuze abnimmt. Ein dicker Zopf aus geflochtenem grauem Haar mit winzigen Locken fällt ihr über den Rücken. Ihr Gesicht ist von so vielen Falten durchzogen, dass ich mich frage, wie viele Jahre sie wohl schon auf dieser Erde wandelt. Die feine Haut ihrer Lider hängt schlaff herab und bedeckt beinahe vollständig ihre Augen, die vermutlich einst braun waren, jedoch nun an den Rändern hell sind wie Milch, die in starken Tee getropft ist. Nun legt sie ihre Hand auf den Tisch, sodass mein Blick auf ihre papierdünne Haut und die darunterliegenden Adern fällt, die wie winzige Seile hindurchschimmern. Ihre Nägel, mit denen sie sacht auf den Tisch trommelt, sind lang und gelblich verfärbt.

Sie seufzt. »Ich bin ... Ich bin so müde.«

»Seid Ihr zu Fuß unterwegs?«

Sie blickt zum Feuer. »Ja.«

»Allein?«

Sie wendet mir wieder ihren Blick zu und lässt ihn über mein Gesicht wandern. »Du bist ... sehr hübsch.«

Sie spricht so stockend, als wüsste sie fast selbst nicht, was sie sagt.

»Danke. Versucht, Euch auszuruhen. Ihr könnt gern bleiben, wenn ...«

Am Ende des Flures ächzen die Bodendielen, und im nächsten Moment erscheint Grumpy. Er trägt noch sein Nachtgewand und reibt sich den Schlaf aus den Augen.

»Morgen«, sage ich.

Er kommt geradewegs auf mich zu. »Ich hab mich heute Nacht in die Küche geschlichen, um eine Schale übrig gebliebene Suppe zu essen.«

Ich unterdrücke ein Schmunzeln. »Warum erzählst du mir das? Ich habe die Schale längst gespült, also muss es niemand erfahren.«

Er zuckt mit den Schultern. »Ich sollte nachts aber nicht allein aufstehen und ...« Erst jetzt scheint er die Frau zu bemerken, denn er hält inne und starrt sie mit offenem Mund an. »Wer seid Ihr?«

Die Frau wendet ihm ihren Kopf zu, schweigt jedoch.

Grumpy sieht mich an. »Wer ist die alte Dame?«

»Savion«, sage ich tadelnd und verwende absichtlich seinen richtigen Namen, damit er weiß, wie ernst ich es meine. »Das ist unhöflich.«

Er schaut verdutzt drein. »Aber sie ist doch alt.«

Natürlich hat er nicht unrecht, aber darum geht es nicht. »Unser Gast hat sich verlaufen. Sie wollte ihre Äpfel auf dem...«

»Äpfel?« Grumpys buschige Augenbrauen schießen in die Höhe, während er den Korb betrachtet. Ohne zu fragen, schiebt er sich zwischen mich und die Frau und beginnt darin herumzuwühlen.

»Es tut mir leid«, sage ich zu ihr und ziehe an Grumpys übergroßem Nachtgewand, doch es ist zu spät. Er hat bereits einen Apfel herausgenommen und hält ihn sich vors Gesicht.

Es ist der grünste Apfel, den ich je gesehen habe. Seine wächserne Schale ist glatt und weist keine Kerben oder braune Stellen auf. Der Stiel ist schwarz und ragt gerade aus der Frucht heraus.

»Wo habt Ihr den her?«, fragt Grumpy. »Es schneit immer noch, und der Apfel sieht aus wie frisch gepflückt.«

Er hat recht – der Herbst liegt lange hinter uns, die Apfelsaison ist vorbei. Außerdem befindet sich die nächstgelegene Obstplantage nicht in der Nähe von Queen's Bridge.

»Wo, sagtet Ihr, kommt Ihr her?« Mit einem Mal macht sich ein ungutes Gefühl in meiner Brust breit.

»Ich... Ich bin auf dem Weg, meine Äpfel zu verkaufen«, stammelt die Frau. »Ich habe mich verlaufen, und... und du solltest sie probieren. Sie sind wirklich sehr... süß.«

Grumpy grinst und führt die Frucht an seine Lippen.

Die alte Frau hechelt plötzlich, als hätte sie einen Dauerlauf hinter sich. Ein dünner Schweißfilm bildet sich auf ihrer Stirn. »Sanaa ... liebt ... Apfelkerne«, stößt sie zwischen den Atemzügen hervor. Sie streckt den Arm aus und nimmt Grumpy den Apfel aus der Hand.

Mein Herz beginnt zu rasen. »Was habt Ihr gerade gesagt?«

»Nichts ... Nichts, Liebes.« Ihr Blick zuckt panisch hin und her.

Ich lege Grumpy eine Hand auf die Schulter und schiebe ihn ein Stück von uns weg. »Doch. Ihr habt Sanaa gesagt. Woher kennt Ihr diesen Namen?«

Der Blick der Frau ruht jetzt auf mir. »Sie ... liebt ... Apfelkerne ...« Dann springt sie abrupt vom Stuhl auf und stößt mich um, sodass ich rücklings zu Boden gehe und sie im nächsten Moment mit einem unnatürlich grünen Apfel in der Hand auf mir liegt. Sie ist stärker, als ich für möglich gehalten habe; bis soeben konnte sie sich scheinbar kaum auf den Beinen halten, und nun drückt sie mich mit ihrem gesamten Gewicht nieder.

»Iss den Apfel!«, kreischt sie. »Iss ihn!« Ein paar winzige Teile der Apfelschale lösen sich unter ihren gezackten Nägeln, sodass eine grüne Flüssigkeit austritt.

Ich halte ihr Handgelenk eisern fest, um sie daran zu hindern, mir den Apfel in den Mund zu drücken, doch ein Tropfen der grünen Flüssigkeit fällt auf meine Wange und brennt sich wie ein heißes Schüreisen in meine Haut. Ein gequälter Schrei dringt aus meiner Kehle. Als ich mit aller Kraft gegen ihre Brust drücke, löst sich ihre Halskette und baumelt über meinem Gesicht. Der Anhänger ist ein Smaragd in Sternform. Instinktiv geht mein Blick zu ihrer rechten Hand, auf deren ledriger Haut sich eine Narbe abzeichnet – der Beweis dafür, wer sie wirklich ist. Mit angehaltenem Atem schaue ich ihr ins Gesicht. Ein Gesicht, das viel älter ist, als es sein sollte.

»Das kann nicht sein«, hauche ich.

»Spieglein, Spieglein an der Wand«, flüstert sie, die Lippen mit Spucke benetzt und die Augen milchig weiß. »Wer ist die Schönste im ganzen Land?«

Wieder versucht sie, mir den Apfel an den Mund zu pressen, doch in derselben Sekunde erklingen hinter ihr donnernde Schritte. Kurz darauf stürmen Claude und die anderen Jungen in den Raum.

Claude rennt auf die Frau zu und rammt sie mit seiner Schulter, sodass sie zur Seite fällt. Ihr Kopf prallt gegen ein Tischbein, worauf sie reglos liegen bleibt.

Der Apfel entgleitet ihr und rollt über den Boden.

20

Claude steht außer Atem neben dem Tisch, seine Söhne drängen sich hinter ihm zusammen. Sie haben sich mit Holzlöffeln, Stöcken und Hämmern bewaffnet. Junior trägt ein Beil und Hunter einen Besen. Maggie, die fast so groß ist wie Junior, steht mit gefletschten Zähnen neben ihm und knurrt leise, wobei ihr Speichel aus dem Maul auf den Boden tropft.

»Was ist hier los?«, fragt Claude atemlos.

Ich hocke mich neben der Frau hin. Ihre Augen sind geschlossen, ihr Mund steht offen, und sie atmet schwer. Als ich ihr eine Hand an die Wange lege, wird mir mit einem Mal klar, warum ich ihr beinahe ohne zu zögern die Tür geöffnet und ihre Nähe gesucht habe.

Ich wende mich Claude zu. »Du wirst es nicht glauben«, setze ich mit bebender Stimme an. »Ich weiß nicht, wie es möglich ist, aber diese Frau ist meine Mutter.«

Claude schaut erst die Frau an und dann mich.

»Was ist das?«, fragt Hunter, bereits im Begriff, den merkwürdig grünen Apfel aufzuheben.

»Nicht anfassen!«, warne ich.

Hunter weicht zurück.

»Ich glaube, es ist Gift.« Mein Gesicht brennt immer noch an der Stelle, an der mich der Tropfen getroffen hat.

Claude holt einen Lappen und wickelt den Apfel darin ein, wobei er darauf achtet, ihn nicht mit der bloßen Hand zu berühren. Dann legt er ihn auf die Arbeitsplatte und kommt wieder an meine Seite.

»Eve, ich weiß, dass du trauerst, und verstehe, dass du verwirrt bist«, versichert mir Claude, »aber sie kann nicht deine Mutter sein.«

»Doch«, beharre ich. »Ich weiß nicht, wie es möglich ist, aber es ist wahr. Sie hat Königin Sanaas Namen gesagt, sie trägt die Kette meiner Mutter und hat an der Hand die gleiche Narbe. Sie ist meine Mutter, nur in veränderter Gestalt.«

»Sie sieht aus, als sei sie hundert Jahre alt«, merkt Hunter an.

Ich nicke. »Helft mir, sie auf den Stuhl zu setzen.«

»Wir fesseln sie«, verkündet Claude, und ich erhebe keine Einwände.

Gemeinsam hieven wir sie auf einen Stuhl und binden ihr Handgelenke und Füße zusammen. Während sie abwechselnd erwacht und erneut das Bewusstsein verliert, halte ich sie aufrecht.

»Eve«, beginnt Claude, doch ich schüttele den Kopf.

»Ich weiß schon, was du sagen willst, aber bitte, warte einfach. Sobald sie aufwacht, verlangen wir eine Erklärung von ihr.«

Claude zieht die Lippen zwischen die Zähne, als müsste er sich bemühen, seine Worte zurückzuhalten, und seufzt. »Ich bin froh, dass du heil wiedergekehrt bist. Hast du in Little Stilts das gefunden, wonach du gesucht hast?«

»Ich habe Nerium und das Haus mit der grünen Tür gefunden.«

Claudes Augen weiten sich. »Das ist nicht möglich.«

»Das habe ich auch gedacht, aber sie wohnt noch dort.«

»Sie kann nicht mehr am Leben sein. Schon als ich noch ein Kind war, war sie uralt.«

»Vielleicht arbeitet sie Hand in Hand mit dem Tod. Aber nein, ich habe nicht das gefunden, wonach ich gesucht habe. Am Ende hatte ich noch mehr Fragen.«

»Spieglein, Spieglein an der Wand«, murmelt die Frau, wobei sie flatternd die Augen öffnet. Nun sind sie braun, ohne die milchig weißen Ränder, und mir so vertraut wie mein eigenes Spiegelbild.

»Mutter«, spreche ich sie an und berühre sanft ihre Schulter.

Sie zuckt zusammen, als hätte ich sie geschlagen, ehe sie sich im Zimmer umsieht. »Wo bin ich?« Ihre Stimme klingt heiser und rau, aber ich erkenne sie. »Wie bin ich ...« Sie schaut mich an und atmet tief ein, wobei sich ihre Augen mit Tränen füllen. »Eve?«

Ich beuge mich vor, doch Claude tritt zwischen uns. Obwohl ich versuche, mich an ihm vorbeizudrängen, hält er mich entschlossen zurück.

»Was soll das?«, frage ich. »Geh mir aus dem Weg.«

Claude stellt sich breitbeinig hin. »Auf keinen Fall. Diese Frau ist in unser Haus eingedrungen und hat versucht, dich zu töten.« Er betrachtet den Lappen, in den der vergiftete Apfel eingewickelt ist. »Und fast wäre ihr das gelungen. Du nennst sie Mutter, doch die Königin ist tot.«

»Nein«, sagt meine Mutter – und ich bin mir sicher, dass sie es ist. »Nein! Es ist der Ritter! Er steckt dahinter.« Als sie zu schluchzen beginnt, will ich sie umarmen, doch Claude hat recht – hier geht etwas vor sich, das ich nicht begreife.

Claude und ich wechseln einen Blick, dann tritt er beiseite.

»Warum hast du versucht, mich zu vergiften?«, frage ich und schlucke den Kloß in meinem Hals herunter. »Wie konntest du nur?«

Meine Mutter – in ihrer neuen Gestalt mit dem grauen Haar, der Haut, die mit einem Labyrinth aus Falten übersät ist, und dem knochigen Körper – sieht aus, als ob sie jeden Moment zusammenbrechen könnte.

»Das würde ich niemals tun. Niemals. Der Ritter hat mich mit einem Zauber belegt. In jener Nacht, in der du zu mir gekommen bist, hat er unsere List erkannt. Ich habe gedacht, er würde uns aus Zorn einfach umgehend töten, doch das hat er nicht getan.«

»Warum nicht?«

»Weil ich mich nicht an meinen Teil der Abmachung gehalten habe. Du solltest durch meine Hand oder durch meinen Befehl sterben, deshalb wollte er, dass ich dich töte. Damit ich für den Rest meiner Tage damit leben muss.«

»Hinter seinen Taten steckt stets Grausamkeit«, meldet sich Claude zu Wort.

Sie nickt. »Nachdem er uns auf die Schliche gekommen ist, hat er mich dazu gezwungen, in den Spiegel zu schauen, hat mich nicht essen und trinken lassen und immer wieder die Worte aufsagen lassen. Spieglein, Spieglein...« Ihr Blick umwölkt sich, ihre Augen werden weiß.

Ich mache einen schützenden Schritt auf die Jungen zu, und Claude ballt seine Hände zu Fäusten.

Sie schluckt schwer, und nach einem kurzen Moment sind ihre Augen wieder klar, obwohl sie außer Atem zu sein scheint. »Er... Er hat versucht, Neid in mir zu wecken. Er dachte, er könnte mich dazu bringen, dich zu hassen, sodass ich herkommen und ... und dich eigenhändig töten würde.«

»Dann kennt er dich schlecht«, erwidere ich.

»Und dennoch«, gibt Claude zu bedenken, »seid Ihr hergekommen, um genau dies zu tun. Dabei seht Ihr aus, als hättet Ihr zwischenzeitlich ein ganzes Leben gelebt.«

»Es ist eine Strafe des Ritters. Er hat mich in eine alte Frau verwandelt in der Hoffnung, dass er so Neid in mir wecken könnte – als wäre es eine Beleidigung, diese Gestalt annehmen zu müssen.« Sie schnaubt. »Er weiß nichts über die Liebe einer Mutter für ihr Kind. Und als dieser Plan nicht die gewünschte Wirkung hatte, musste er sich etwas anderes einfallen lassen. Er hat mich mit einem Zauber dazu gezwungen, dir den giftigen Apfel zu bringen, ihn dir eigenhändig zu essen zu geben und dabei zuzusehen, wie du stirbst. Doch ich habe mich mit jedem Schritt dagegen gewehrt. Obwohl sich mein Körper bewegt hat, konnte er mein Herz nicht bezwingen.« Ihre Stimme bricht.

»Ich finde, wir sollten sie töten«, merkt Grumpy an.

Junior hält seinem Bruder den Mund zu und zieht ihn zurück. Dabei fällt ihm ein Küchenmesser aus der Hand.

»Savion, bitte.« Claude reibt sich die Schläfe. »Verzeiht ihm. Er will Eve nur beschützen.«

Meine Mutter nickt.

Claude stellt sich erneut vor sie und schaut ihr fest in die Augen. »Dass Ihr mit einem Zauber belegt wurdet, ist eindeutig. Könnt Ihr ihn irgendwie kontrollieren?«

Sie seufzt. »Ich ... Ich hab es versucht. Es fühlt sich zumindest so an, als würde er langsam abklingen.«

Claude schüttelt den Kopf. »Das genügt nicht.«

»Nein«, pflichtet meine Mutter ihm bei. »Das weiß ich selbst. Vielleicht ist es am besten, mich weiter gefesselt zu lassen, bis ich mir sicher bin.«

Claude nickt und tritt ein paar Schritte zurück.

»Warum glauben alle, Ihr wärt tot?«, fragt Junior. »Ganz Queen's Bridge trauert.«

»Nachdem der Ritter mich mit seinem Zauber belegt hatte und die Verwandlung einsetzte, konnte ich mich stundenlang nicht aus dem Bett erheben oder mich bewegen. Nicht einmal atmen und sprechen war möglich. Ich habe mich gefühlt, als würde ich sterben oder als wäre ich bereits tot – gefangen in meinem eigenen Geist und Körper. Lady Anne harrte an meiner Seite aus, doch als ich still liegen blieb und sie meinen schwachen Herzschlag nicht mehr spüren konnte, dachte sie, ich wäre tot. Also hat sie mich mit einem Laken bedeckt und die Boten ausgesandt, um die Nachricht ins Land zu tragen.«

»Und der Arzt hat nicht überprüft, ob es stimmte?«, fragt Claude. »Ist das nicht die übliche Vorgehensweise?«

Meine Mutter nickt. »Doch, aber dazu hatte er keine Gelegenheit. Nachdem Lady Anne meine Kammer verlassen hatte, um ihn zu holen, kam der Ritter zu mir und reichte mir den Apfel. Dann hat er mir aufgetragen, dich zu finden, und ehe ich mich versah, war ich schon auf dem Weg hierher. Während ich durch den Schnee stapfte, ging mir nur ein einziger Gedanke durch den Kopf.« Meine Mutter sieht mich voller Scham und Traurigkeit an. »Töte Eve.«

»Das warst nicht du.« Ich eile an ihre Seite und lege meine Arme um sie. »Es waren nicht deine wahren Gedanken und Gefühle. Du würdest mich nicht verletzen. Niemals.«

Als meine Mutter den Blick hebt, laufen ihr Tränen die Wangen hinab. »Eve, mein Kind, meine Liebe, ich würde mir eher das Herz rausreißen, als dir etwas anzutun. Und ich habe mich gewehrt, habe versucht, stehen zu bleiben. Bei jedem Schritt habe ich mich innerlich gesträubt, doch es war aussichtslos.«

Als ich ihren Kopf an meine Brust drücke, kommt mir ein schrecklicher Gedanke. »Mutter.« Meine Stimme bebt. »Der Ritter – er hat dir gesagt, dass du herkommen sollst. Er *weiß* also, dass ich hier bin.«

Im Raum breitet sich eine schwere, tödliche Stille aus. Wir alle haben uns derart von der veränderten Erscheinung meiner Mutter und ihrer Ankunft ablenken lassen, dass wir außer Acht gelassen haben, was die Tatsache bedeutet, dass er sie zu Claudes Haus geschickt hat.

»Er weiß es«, flüstert meine Mutter, auf einmal von Panik ergriffen. »Aber ich kann mir keinen Reim darauf machen, woher. Und jetzt, wo es ihm ein weiteres Mal misslungen ist, mich zum Mord an dir zu zwingen, möchte ich mir nicht mal ausmalen, was er als Nächstes plant.«

Als sich Claude mir zuwendet, zeichnet sich Verzweiflung auf seiner gütigen Miene ab. »Und in Little Stilts konntest du nichts in Erfahrung bringen, was uns helfen könnte?«

»Nerium hat berichtet, dass sich der Ritter nur einmal hat überlisten lassen. Sie hat es erneut als seinen großen Fehler bezeichnet. Ein Mädchen hat sich etwas bei ihm gewünscht und irgendwie einen Weg gefunden, sich nicht an ihren Teil der Abmachung zu halten.«

Claude seufzt. »Das bringt uns im Moment nicht weiter, oder? Warum erzählt Nerium es dann offenbar immer wieder?«

»Sein großer Fehler ...«, wiederholt meine Mutter nachdenklich.

Ich lege ihr eine Hand auf die Schulter. »Was hat das zu bedeuten? Weißt du etwas darüber?«

Mutter schüttelt den Kopf. »Wir wünschen uns nichts von ihm. Es ist eine feste Regel, die über mehrere Generationen von Königinnen aus dem Hause Miller weitergetragen wurde. Sie wurde nur von mir gebrochen.«

»Du musst keine Schuldgefühle haben«, versichere ich ihr. »Wir können es ohnehin nicht mehr ungeschehen machen.«

»Nein, ich weiß. Aber warum?« Sie wirkt verwirrt. »Warum besteht diese feste Regel in unserer Familie?«

»Weil seine Abkommen gefährlich sind«, erwidert Claude, als sei es ganz offensichtlich.

»Nein«, entgegnet meine Mutter entschlossen. »Nein. In unserem Fall steckt mehr dahinter.«

Mein Kopf schwirrt, während ich mir noch einmal all das in Erinnerung rufe, was mir meine Mutter über die Rolle unserer Familie und die Taten unserer Vorfahrinnen in Queen's Bridge erzählt hat. Die Art, wie der Ritter uns und unser Volk terrorisiert hat, hatte schon immer eine persönliche Note; er kann scheinbar nicht damit aufhören, uns zu quälen. Er wollte unbedingt einen Handel mit meiner Mutter abschließen, und er zwingt uns immer noch dazu, uns seinem Willen zu beugen.

Plötzlich kommt mir ein fürchterlicher Gedanke.

»Wir waren es«, sage ich laut.

Meine Mutter und Claude starren mich an.

»Wir stehen in irgendeiner Form mit diesem großen Fehler in Verbindung. Er kann ihn nicht vergessen, deshalb lässt er nicht zu, dass wir ...«

Auf einmal erklingt ein lauter Ruf in meinem Kopf – ein hohes Pfeifen, das von Furcht durchzogen ist.

Ich eile zum Fenster und sehe so viele Krähen am Himmel kreisen, dass sie den Anschein einer wirbelnden Gewitterwolke machen, die sich vor die Sonne geschoben hat.

Claudes Miene wirkt ängstlich. Er nickt seinen Söhnen zu, die sich sofort verteilen, als würden sie schon die ganze Zeit einem bestimmten Plan folgen. Sie schließen die Fensterläden und verriegeln die Türen, dann ziehen sie sich warme Kleidung an und versammeln sich vor dem Feuer.

Meine Mutter, die nach wie vor an Händen und Füßen gefesselt ist, sitzt ruhig auf ihrem Stuhl, während ich den Sehstein von der Arbeitsplatte nehme, wo ich ihn zurückgelassen habe. Dann eile ich in mein Zimmer, lege ihn auf der Pritsche ab und ziehe mir Kleidung an, in der ich kämpfen kann – eine dicke Hose, die hoch in der Taille sitzt, einen Wollpullover, der so eng gewebt ist, dass es beinahe unmöglich ist, ihn zu zerschneiden, und ein paar robuste Stiefel. Während ich in dem engen Raum stehe, fühle ich mich hilflos, denn die Angst davor, was als Nächstes passieren wird, droht mich zu erdrücken. Der Ritter wird kommen, weil sein Fehltritt in irgendeiner Form eng mit uns verbunden ist.

Ich will gerade den Raum verlassen, als ein tiefer, kehliger Schrei die Luft zerreißt. Eilig stürze ich in den Flur, wo Junior und Hunter sofort an meiner Seite sind.

»Was ist los?«, fragt Junior, der so fest einen kleinen Degen umklammert, dass seine Fingerknöchel aschfahl hervortreten.

Erneut erklingt ein Schrei, doch diesmal wird mir bewusst, dass die Stimme meinen Namen ruft und aus der Scherbe des Sehsteins kommt. Sofort kehre ich in mein Zimmer zurück, greife nach dem Spiegel und sehe Novas angsterfüllte Augen darin.

»Nova!«, schreie ich. Meine Stimme klingt in meinen eigenen Ohren fremd. Ich wusste, dass ich mich danach gesehnt habe, ihn zu sehen, doch erst in diesem Moment erkenne ich, wie sehr. »Wo bist du? Kannst du herkommen? Es ist etwas passiert, und ich muss ...«

»Eve!«, unterbricht mich Nova. »Eve! Hör mir zu!« Im nächsten Moment verschwindet er aus dem Sehstein, als hätte ihn jemand weggerissen.

Ich umklammere die Scherbe. »Nein! Nova!«

Hinter der glänzenden Oberfläche sind ein Rumpeln und ein Schlurfen zu hören, ehe Nova verzweifelt ächzt.

»Nova!«, schreie ich erneut und umklammere den Sehstein so fest, dass er mir in die Handfläche schneidet, doch obwohl mir Blut am Arm hinabrinnt und in meinen Ärmel sickert, spüre ich keine Schmerzen.

Plötzlich erscheinen Novas Augen wieder im Spiegel. »Er kommt! Eve! Er ist auf dem Weg zu dir! Lauf!«

21

Ich habe mein Versprechen, Claude und die Jungen zu beschützen, gebrochen. Es war nie meine Absicht, sie in Gefahr zu bringen, aber meine Anwesenheit hier hat genügt, um genau das zu tun.

Achtlos lasse ich den Sehstein auf mein Bett fallen und eile zurück in die Küche. »Können wir die Jungen irgendwo in Sicherheit bringen?«, frage ich. »Wenn wir jetzt sofort aufbrechen, gibt es einen Ort, an den wir uns begeben können?«

Claude schaut seine Söhne an, die seinen Blick erwartungsvoll erwidern.

»Er ist auf dem Weg hierher«, füge ich hinzu. »Der Ritter.«

»In diesem Moment?«, fragt Claude mit schockierter Miene.

Ich nicke.

»Dann ist es bereits zu spät. Er hat uns schon so viel genommen. Ich werde nicht zulassen, dass er uns noch mehr nimmt.« Mit diesen Worten weist er die Jungen an, in den Erdkeller unter dem Küchenboden zu klettern, obwohl sie protestieren.

»Wir können gegen ihn kämpfen!«, wendet Junior ein.

»Wir wissen, wie das geht«, pflichtet Hunter ihm bei.

Chance schlingt seine Arme um Grumpy.

»Nein!«, erwidert Claude entschieden. »Ihr werdet leise sein und euch verstecken, bis es vorüber ist.«

Bis es vorüber ist.

Was bedeutet das für uns? Wie wird es ausgehen?

Mein Herz hämmert, als ich mir die unterschiedlichen Szenarien ausmale – denn keines davon macht mir auch nur die geringste Hoffnung.

Eilig löse ich die Fesseln meiner Mutter. Sobald ihre Hände frei sind, legt sie sie auf meine.

»Nicht«, warnt sie. »Ich weiß nicht, ob ich es vollkommen unter Kontrolle habe.«

»Ich werde dich nicht gefesselt hier sitzen lassen. Wir haben keine Zeit, zögerlich zu sein.« Ich umschließe ihre Finger. »Du hast die volle Kontrolle.«

Als sie nickt, löse ich auch ihre Fußfessel.

Sie erhebt sich auf wackeligen Beinen. »Was kann ich tun?«, fragt sie und wirft einen Blick auf den Degen an meiner Hüfte. »Ich weiß nicht, ob ich kämpfen kann. Es ist mir kaum möglich zu stehen. Aber einen Versuch ist es wert.«

»Du musst nicht kämpfen.« Ich werfe einen Blick auf die Luke im Küchenboden. »Am besten beschützt du die Jungen. Sie sind mir ans Herz gewachsen. Kannst du das?«

Meine Mutter nickt. »Aber ich würde an deiner Seite kämpfen, ganz egal, wie ich mich fühle.«

Dass sie nicht dazu in der Lage ist, weiß sie ebenso gut wie ich. Sie war noch nie eine Frau, die vor Kämpfen zurückgeschreckt ist, und sie hatte nie vor etwas Angst, außer davor, mich zu verlieren. Würde ich nicht darauf bestehen, dass sie sich zu den Jungen in den Keller begibt, würde sie an meiner Seite bleiben, so wie sie es immer getan hat.

Als sie die kurze Leiter nach unten klettert, hält Grumpy erneut das Küchenmesser in den Händen und zielt damit auf meine Mutter.

»Wenn Ihr Ärger macht, töte ich Euch«, warnt er. Obwohl seine Stimme piepsig klingt, hege ich keinen Zweifel am Wahrheitsgehalt seiner Worte. Er meint es todernst.

Meine Mutter weicht zurück, bis sie mit dem Rücken gegen die Wand stößt. »Das ist dein gutes Recht, aber so weit wird es nicht kommen.«

»Das will ich hoffen«, erwidert Chance und legt ebenfalls die Hände an seine Waffe – ein kurzes Holzbrett, aus dem mehrere rostige Nägel herausragen.

»Wo hast du das her?«, fragt Hunter, der einen großen Stein in der rechten Hand hält.

»Ich hab es selbst gezimmert. Wenn wir hier rauskommen, mache ich dir auch eins.«

Hunter nickt und umklammert den Stein fester.

Auf einmal bebt der Boden unter meinen Füßen, sodass ich bis auf die Knochen durchgeschüttelt werde. Kleine Steinchen hüpfen auf dem unverputzten Boden des Erdkellers, in den Küchenschränken klappern Teller.

Grumpy schiebt seine Hand in Chances. Hunter macht sich zum Angriff bereit, während Junior aus großen, ängstlichen Augen zu mir hochschaut.

»Die Luke!«, ruft Claude.

Bevor wir sie gemeinsam zuklappen, werfe ich einen letzten Blick auf meine Mutter und die Jungen. Eine kleine Stimme in meinem Kopf sagt mir, dass es vielleicht das *aller*letzte Mal ist.

Ich rolle den Teppich zurück über die Luke und stelle mich neben Claude, der sich mit einem langen breiten Schwert ausgerüstet hat. Es ist eine Waffe, für die man viel Kraft benötigt – die Claude eindeutig hat.

Maggie schnüffelt schnaufend an seinen Füßen herum. Das Geräusch, das von ihr ausgeht, klingt nicht ängstlich, eher erwartungsvoll, als wollte sie jemandem ihre Zähne ins Fleisch graben.

Wieder bebt die Erde.

Claude presst die Lippen zusammen. »Das ist sein Schloss. Es ist in der Nähe.«

»Ich werde rausgehen und ihn abfangen. Vielleicht kann ich ihn fortlocken.«

»Das wird nicht funktionieren.« Claude seufzt, wendet sich mir zu und beugt sich so weit vor, dass ich den Zorn spüren kann, der von ihm ausstrahlt wie Wärme von der Mittagssonne. Seine Augen sind feucht, doch seine Stimme ist fest. Als er mit mir spricht, klingt es wie ein Zauberspruch oder ein Gebet. »Wir lassen nicht zu, dass er den Jungen etwas antut. Hast du mich verstanden? Wir sterben lieber, bevor wir es so weit kommen lassen.«

In diesem Punkt sind wir uns einig.

Ich öffne die Haustür und trete hinaus in die bittere, schneidende Kälte.

Im selben Moment kommt das Schloss des Ritters zwischen den dicht stehenden hohen Kiefern zum Vorschein wie ein Monster, das seine Höhle verlässt. Der Mond erhellt die Landschaft um uns herum, sodass das Metall des Schlosses glänzt. Schwarzer Rauch steigt von seinen Kaminen auf. Als es kurz vor dem Zaun des Gartens haltmacht und seine Beine unter sich einzieht, fallen Bäume unter seinem Gewicht um wie Streichhölzer.

Ich fokussiere mich auf meine Atmung – ein und aus, ein und aus. Krampfhaft versuche ich, mich an jede Trainingseinheit zu erinnern, an jeden Fehler, der mir dabei jemals unterlaufen ist. Nun kann ich mir keinen einzigen Patzer erlauben.

Claude steht mit konzentriert zusammengekniffenen Augen neben mir. Mit einem Mal wirkt er erpicht darauf, die Kreatur zur Rede zu stellen, die für den Tod seiner Frau verantwortlich ist. Seine Miene ist von Schmerz, Qual und Hass gezeichnet.

Ich teile seine Trauer und seinen Groll, seine Reue und seinen Zorn und hoffe, dass wir den Ritter gemeinsam erledigen und dort hinschicken können, wohin auch immer Monster von seiner Sorte nach dem Tod hingelangen.

Die Luke an der Unterseite des metallenen Gebildes öffnet sich bis zur Erde. Die Rampe bebt, dann taumelt eine Gestalt in einem zerknitterten Umhang daraus hervor. Sie landet so hart auf dem vereisten Schnee, dass der Sturz kaum abgefedert wird. Die Person hustet Blut, worauf sich rote Tropfen auf der weißen Schicht verteilen.

Ich trete einen Schritt vor, als sie sich erhebt, wobei ihr die Haare lose um das Gesicht wehen.

Nova.

Sein Blick huscht zu mir, sodass ich sein verletztes Gesicht sehen kann, an dem ihm Blut hinabrinnt. Als ich einen weiteren Schritt in seine Richtung machen will, hebt er eine zitternde Hand.

»Komm nicht näher.« Er atmet angestrengt. Sein Blick huscht von mir zu Claude und dann zum Haus. »Habt ihr sie fortgeschickt?«

Ich schüttele den Kopf. »Zu wenig Zeit.«

Novas Augen weiten sich in der Dunkelheit, und auf seiner verletzten, blutigen Miene zeichnet sich Panik ab. Er schließt die Augen und hebt das Gesicht in einer Art stummem Flehen gen Himmel.

Auf einmal sind Schritte zu hören. Metall auf Metall, donnernd und unmenschlich.

Ich starre zur Öffnung im Schloss, hinter der es schwarz ist, und warte. Als der Ritter zum Vorschein kommt, sieht er aus, als wäre er geradewegs einem Albtraum entsprungen. Seine schwarze Rüstung ist auf Hochglanz poliert, sodass Claude und ich uns selbst aus der Entfernung darin spiegeln. Sein Helm funkelt im Mondschein, seine Augen sind wie immer nicht zu erkennen.

Er macht einen Schritt auf Nova zu. »Die Leute von Queen's Bridge nennen mich Monster.« Seine Stimme sendet einen Blitz der Angst durch meinen Körper, aber ich lasse mir nichts anmerken.

»Und damit haben sie recht«, presst Claude zwischen zusammengebissenen Zähnen hervor.

Der Ritter dreht den Kopf in seine Richtung. »Ein Monster wie du? Ein Mann, der sich so verzweifelt eine Familie wünscht, dass er seine geliebte Frau opfert? Wie hieß sie noch gleich ... Leah?«

Claude zieht scharf und gequält die Luft ein, wobei er das Heft seines Schwertes umklammert. »Sprich nicht ihren Namen.«

Der Ritter macht einen weiteren Schritt auf Nova zu. »Oder bin ich so ein Monster wie der Sohn, der seinen eigenen Vater hintergeht?« Nun wendet er sich mir zu. »Und du, liebste

Eve. Ein Mädchen, das aus der Nacht erschaffen wurde, mit der Macht, Wunder zu wirken, und wofür das alles?« Er lacht, und es ist das schrecklichste Geräusch, das ich je gehört habe. »Ich mag ein Monster sein, aber ich bin nichts im Vergleich zu euch.«

»Das alles spielt keine Rolle mehr.« Ich strecke meine Hand zu der eisigen Schneedecke zu meinen Füßen aus. »Das Abkommen, das du mit meiner Mutter getroffen hast, ist abgeschlossen. Wir halten uns nicht an deine Bedingungen, und wir werden dir auch nichts zahlen.«

Während der Ritter seinen Körper Nova zuwendet und seine behandschuhte Hand zur Faust ballt, hebt dieser ganz leicht die Schultern, als würde er Luft holen und sie anschließend anhalten.

Mit gekrümmten Fingern lasse ich eine Säule aus Eis aus dem Schnee emporschießen und greife danach, um daraus ein Schwert zu formen.

Der Ritter legt eine Hand um Novas Hals und hebt ihn in die Höhe.

»Lass ihn los!«, fordere ich.

Auf einmal steht Maggie knurrend neben mir und fletscht ihre rasiermesserscharfen Zähne.

Der Ritter wirft Nova so hoch in die Luft, dass sein Körper gegen die Unterseite des Schlosses prallt, bevor er reglos im Schnee liegen bleibt. Zu reglos.

Mir entfährt ein Schrei.

Im nächsten Moment stürzen Claude und ich gleichzeitig auf den Ritter zu – ich von links, er von rechts. Als Claude ihm einen Schwertschlag gegen die Brust versetzt, prallt die Klinge einfach an seiner Rüstung ab. Dann senkt er seine

Schulter und stößt Claude gegen die Brust, sodass dieser ächzend und nach Luft schnappend in einer Schneewehe landet.

Mit aller Kraft schwinge ich ebenfalls mein Schwert, und als ich den Ritter damit treffe, erhellt für einen kurzen Moment ein Funken so hell wie der Mond den Himmel. In dem Lichtblitz sehe ich die Augen des Ritters durch den Schlitz in seinem Helm. Seine Iriden sind so schwarz wie Kohle, die Haut darum ist faltig und trocken. Er ist ein Monster, aber war er das schon immer? Verbirgt sich ein Mensch hinter seiner monströsen Fassade? Falls ja, muss das bedeuten, dass man ihn töten kann.

»Ich kenne dein Geheimnis«, stoße ich hervor. Das ist nicht die ganze Wahrheit, aber ich spreche die Worte mit einer solchen Überzeugung, als würde nichts anderes eine Rolle spielen. »Ich habe vor, in die Fußstapfen des Mädchens zu treten, das dich überlistet hat.«

Der Ritter verharrt so still, dass ich nicht einmal erkennen kann, ob sich seine Brust hebt und senkt. »Du weißt gar nichts, denn sonst wärst du nicht hier.«

Ich will nichts mehr von ihm hören, also stürme ich erneut los, doch der Ritter beschwört eine Decke aus dunklem Nachthimmel herauf und schleudert sie mir entgegen. Als sie sich über mich legt, wird alles um mich herum schwarz. Ich taumele umher, während er triumphierend lacht.

Maggie knurrt und schnappt, ehe sie vor Schmerz winselt.

Ich glaube, Nova ächzen und dann schreien zu hören, was mich mit Erleichterung und Schrecken zugleich erfüllt. Er lebt, doch er hat Schmerzen.

Hektisch schlage ich mit dem Schwert um mich, bis ich mich aus der dunklen Decke befreit habe. Als ich wieder sehen kann, erkenne ich, dass Maggie zwar hinkt, sich aber zwischen Nova und den Ritter gestellt hat.

Nova ist wieder auf den Beinen und hält einen langen, scharfen Degen mit silberner Klinge in den Händen. Sein Haar klebt ihm in Strähnen im Gesicht.

»Du erhebst eine Waffe gegen mich?«, grollt der Ritter.

»Ja«, antwortet Nova. »Ich will nicht mehr länger die Schachfigur deiner kranken Spiele sein.«

Als der Ritter den Kopf senkt, schnappt Maggie erneut nach ihm, doch er hebt im Begriff, sie zu schlagen, den Arm. In diesem Moment eilt Claude herbei, wirft sich mit seinem vollen Gewicht auf den Ritter und schlägt ihm mit dem Heft seines Schwertes gegen die Brust. Der Brustharnisch verbiegt sich, und er scheint darunter zu zucken.

Grinsend wie ein Wahnsinniger spuckt Claude Blut auf die Erde.

Der Ritter schlägt mit dem Arm hart gegen seine Schulter, woraufhin ein lautes Knacken ertönt und Claude schreiend zur Seite taumelt. Seine Schulter ist eindeutig ausgekugelt. Er lässt sein Schwert fallen und sinkt auf die Knie.

Der Ritter wirft lachend den Kopf in den Nacken.

In nächsten Moment huscht irgendetwas so schnell an meinem Gesicht vorbei, dass ich einen kalten Luftzug spüre. Als der Ritter den Kopf hebt, ragt ein Pfeil aus dem Schlitz in seinem Helm. Es sieht aus, als würde er genau in seinem rechten Auge stecken.

Claude, dessen Arm in einem unnatürlichen Winkel herabhängt, hält sich stöhnend die Schulter.

Im nächsten Augenblick ist Nova an seiner Seite, packt seinen Arm und renkt ihn wieder ein, was Claude einen Schrei entlockt.

Wieder schießt ein Pfeil an mir vorbei. Diesmal trifft er den Ritter an der Schulter, wo er abprallt.

Als ich mich in die Richtung umschaue, aus der der Pfeil scheinbar gekommen ist, sehe ich, dass Junior auf der Stufe vor dem Haus steht, einen Bogen in den Händen, den er nun erneut spannt.

Der Ritter hebt die Hand und zieht sich den Pfeil aus dem Gesicht, an dessen Spitze blutiges Fleisch klebt. Ich meine zu hören, dass er nach Luft schnappt.

»Lauf!«, brüllt Claude.

Junior macht Anstalten, mit ängstlicher Miene die Flucht zu ergreifen, wird jedoch schon kurz darauf von meiner Mutter abgefangen, die ihn mit sich zieht.

Der Ritter hebt Claudes Schwert auf und wirft es in Juniors Richtung. Es trifft die Stufe, die in Tausende Holzsplitter zerbirst. Junior verschwindet in der Wolke aus Trümmern.

Mit einem heiseren Schrei stürme ich auf den Ritter zu, das Schwert auf ihn gerichtet, doch innerhalb weniger Sekunden hat auch er ein Schwert aus Eis heraufbeschworen. Unsere Klingen treffen aufeinander. Wir sind einander so nahe, dass ich mein eigenes Spiegelbild in seinem glänzenden Helm sehen kann, als er zu mir herabblickt. Er übt einen solchen Druck mit dem Schwert aus, dass meine Arme zittern. Schon wieder habe ich den Eindruck, dass er mich angrinst. Ich grabe meinen Fuß fest in den Boden und beiße die Zähne zusammen, um Widerstand zu leisten.

Plötzlich erklingt ein leises Knurren in meinem Kopf, und im nächsten Moment treibt Maggie dem Ritter ihre Zähne in den Unterarm, wobei es ihr gelingt, das Metall zu durchstoßen. Doch der Ritter schüttelt sie mit einer schwungvollen Bewegung ab, sodass sie durch die Luft gewirbelt wird und mit einem dumpfen Aufprall im Schnee landet.

Diese Gelegenheit nutze ich, um dem Ritter die Spitze meines Schwertes unter das Kinn zu drücken, aber der Widerstand der Rüstung sorgt dafür, dass ich zur Seite taumele.

Aus dem Splitterhaufen vor dem Haus erklingt ein Ächzen, ehe Junior darunter hervorkommt und den schlaffen Körper meiner Mutter aus den Trümmern zieht.

Der Ritter kommt mit erhobenem Schwert auf mich zu, doch ich weiche aus und ramme ihm meines in den Rücken. Er taumelt nach vorn, wobei sich seine Schwertspitze in den Boden gräbt. Während er versucht, die Klinge herauszuziehen, sprinte ich an ihm vorbei und meiner Mutter entgegen.

»Sie hat mich aus dem Weg gestoßen«, erklärt Junior, als ich mich neben meiner Mutter in den Schnee fallen lasse.

»Mutter!«, rufe ich und streiche ihr das Haar aus dem blutüberströmten Gesicht.

Sie hustet und zuckt vor Schmerz zusammen. »Meine Rippen«, bringt sie hervor und hält sich die rechte Seite. »Sie sind gebrochen.«

Als ich Claude ächzen höre, schaue ich mich zu ihm um. Da er kein Schwert mehr hat, schwingt er stattdessen einen Stock von der Größe eines kleinen Baumes, doch der Ritter sieht nur zu. Im nächsten Moment ignoriert er Claude vollkommen und marschiert auf Nova zu.

Ich lege einen Arm um meine Mutter und helfe ihr hoch.

Der Schmerz raubt ihr scheinbar den Atem. Sie bringt keine Worte hervor, sondern wimmert nur leise.

Nun packe ich auch Junior am Arm und ziehe ihn zu uns. »Bring sie in die Scheune und versteckt euch dort, bis ich euch rufe. Komm nicht hierher zurück. Hast du verstanden?«

Junior nickt. »Ich hab ihn ins Auge getroffen.«

Ich kann ein Grinsen nicht unterdrücken. »Geh jetzt.«

So schnell er kann, eilt Junior davon, wobei er meine Mutter förmlich hinter sich herziehen muss.

Derweil drehe ich mich wieder um und forme einen kurzen Degen aus dem Eis – etwas, das ich dem Ritter zwischen die Platten seines Brustharnisches rammen kann.

»Hör auf!«, ruft Nova. »Lass es auf sich beruhen!«

»Ich bin derjenige, der entscheidet, wann es genügt.« Der Ritter steht drohend über ihm. Dann streckt er einen Arm nach unten aus, woraufhin sich der Schnee hebt und wie ein Kokon aus Eis um Nova herumwirbelt.

Er wehrt sich, indem er mit den Armen um sich schlägt, was allerdings zwecklos ist.

»Die Königin hat sich nicht an ihren Teil der Abmachung gehalten«, fährt der Ritter fort. »Das werde ich nicht durchgehen lassen.« Er lacht. »Was sollen die Leute von mir denken, wenn ich mich von ihr betrügen und mir das nehmen lasse, was mir gehört?«

In seinen letzten Worten schwingt so viel Zorn mit, dass ich stutzig werde.

»Die Leute?«, frage ich, während ich mich ihm nähere. Das Blut rauscht mir in den Adern und wärmt mich trotz der schneidenden Kälte. »Du scherst dich darum, was die Leute von dir denken? Das Volk von Queen's Bridge weiß längst, was du bist. Ein Lügner! Ein Betrüger!«

Der Ritter strafft die Schultern und wendet sich mir zu.

Claude fällt in der Nähe von Nova zu Boden, fasst sich an die Brust und öffnet und schließt immer wieder die Augen, als falle es ihm schwer, bei Bewusstsein zu bleiben.

»Ich habe den Leuten dieses elenden Landes alles gegeben, was ihre Herzen nur begehren können«, erklärt der Ritter und macht einen Schritt auf mich zu. »Dennoch versuchen sie weiterhin, mich zu betrügen und anzuschwindeln.«

Ich umklammere meinen Degen aus Eis und nähere mich dem Ritter, angetrieben von meinem Zorn, weiter. »Und zu welchem Preis?«

»Ich zwinge niemanden, sich etwas zu wünschen«, versetzt er, wobei seine kühle, kontrollierte Fassade hörbar ins Wanken gerät. In seinen Worten schwingen Wut und Verzweiflung mit. »Aber wenn erst einmal eine Vereinbarung getroffen wurde, gibt es keinen Ausweg ... und keine Abwandlungen mehr. Weißt du, wie oft mich deine Mutter um ein paar weitere kostbare Jahre mit dir angefleht hat? Weißt du, welche Reichtümer sie mir dafür angeboten hat?« Er schnaubt verächtlich, wobei eine kleine weiße Wolke aus seinem Helm dringt, und umklammert sein Schwert fester. »Und sie war nicht die Erste. Ich habe ihren Schmerz so sehr genossen, als ich ihre Bitten verwehrt habe.« Ich bin mir nicht sicher, ob er von meiner Mutter oder von einer anderen Person spricht. Als er den Kopf neigt, spüre ich, dass er mich ansieht – dass sich sein Blick in mich hineinbohrt. »Du hast immer noch nicht eins und eins zusammengezählt, oder, Eve?«

Ich hebe meinen Degen, hole aus und schwinge die Klinge an seinem Helm entlang, wodurch sich darin ein gezackter Riss bildet.

Sofort setzt er zum Gegenschlag an.

Ich falle auf ein Knie, was mir immer noch genügend Bewegungsspielraum gibt, ihm auszuweichen. Doch es gelingt ihm, die Rückseite meines Hemdes zu umfassen und mich umzudrehen, sodass er mich am Nacken packen kann.

Mit meinem Degen versetze ich ihm einen Schlag gegen die Schulter, wo seine Rüstung bereits leicht beschädigt ist. Die Klinge dringt zwischen die Metallplatten, was den Ritter aufheulen lässt – ein hohler, hallender Laut. Er zieht die Klinge heraus, woraufhin sie sich in Luft auflöst.

Eilig versuche ich, eine neue Waffe heraufzubeschwören, aber der Ritter umschließt meinen Hals so fest, dass meine Sicht verschwimmt.

Er rammt sein Schwert in den Schnee und hebt seine nun freie Hand. »Du glaubst, du hast nichts mehr zu verlieren, keinen Grund, mich zu bitten, dir deine Wünsche zu erfüllen, aber du hast die Sache nicht zu Ende gedacht«, behauptet er.

»Ich werde mir nie etwas von dir wünschen«, brülle ich.

Er wirbelt mich herum und stößt mich nach vorn, ohne mein Genick loszulassen. Dann beugt er sich runter, sodass seine Stimme in meinem Ohr dröhnt. »Bist du dir sicher?«

Er will mich zu einem weiteren Handel bewegen, doch ich höre noch immer deutlich die Worte meiner Mutter im Kopf: *Ich glaube, er könnte nicht einmal dann aufhören, wenn er wollte. Außerdem scheint es bestimmte Wünsche und Abkommen zu geben, die ihn stärker einnehmen als andere.*

Ich versuche, den Kopf so zu drehen, dass ich ihm ins Gesicht blicken kann. »Vollkommen sicher.«

Er hält mich nun ganz still, woraufhin ein lautes Knacken erklingt. Aus dem Augenwinkel sehe ich, dass er seine freie Hand öffnet und schließt, um ein Stück gezacktes Eis vom Boden heraufschweben zu lassen, das sich zu einer sich drehenden Kugel von der Größe eines Wagenrads formt und ein kleines Stück über seiner Handfläche schwebt.

»Süße Eve«, sagt der Ritter. »Tochter der Königin, Beschützerin von Queen's Bridge – du kannst das Volk nicht retten. Sie sind es nicht wert.«

Die wirbelnde Kugel aus Eis entfernt sich nun schnell von seiner Hand, fliegt durch die Luft und findet ein Ziel. Eine Person, von der ich nicht einmal wusste, dass sie sich noch in der Nähe aufhält. Und jetzt ist es zu spät.

Die Kugel trifft Junior, der aus seinem Versteck hervorgekommen ist und neben dem Haus steht, direkt in die Brust. Die Wucht des Aufpralls reißt ihn von den Füßen und lässt ihn vor der Baumgrenze im Schnee landen.

Claude schreit, und ich kann nichts anderes tun als zusehen, während er stolpernd losrennt. Neben seinem reglosen Sohn fällt er erst auf die Knie und lässt sich dann auf die Erde sinken, als wollte er von ihr verschluckt werden. Er packt den Jungen und zieht ihn an sich. Der Schnee unter ihm ist rot von Blut, und aus der schlimmen Wunde in Juniors Brust steigen wirbelnde Wölkchen auf. Der Laut, der aus Claudes Kehle dringt, ist mit nichts zu vergleichen, was ich je zuvor gehört habe, und das ist der Grund, aus dem ich sofort weiß, was mit dem ältesten Kingfisher-Sohn passiert ist.

Junior, der Verantwortungsbewussteste, der Fürsorglichste, derjenige, der mir Hoffnung gegeben hat, als ich mich in meiner Trauer verloren habe, der Junge, der seine Mutter genauso vermisst hat, wie ich meine vermisst habe, ist tot.

22

Der Ritter lässt von meinem Nacken ab, und meine Beine geben unter mir nach. Ich atme tief die kalte Luft ein und beiße die Zähne so fest zusammen, dass es in meiner Schläfe knackt. Sofort schießt ein scharfer Schmerz in die Stelle, der jedoch nichts im Vergleich mit dem in meiner Brust ist.

Claudes Klagerufe hallen in die Nacht hinaus, vermischen sich mit den Rufen der Vögel, dem Knirschen von Schnee – und trampelnden Schritten.

Im nächsten Moment tauchen die anderen Jungen neben dem Haus auf. Als sie sehen, dass Claude Juniors Körper an sich drückt, beginnen sie zu heulen wie der Wind.

Ich richte mich auf und wende mich dem Ritter zu, der im Begriff ist, ein weiteres tödliches Geschoss heraufzubeschwören, wobei er durch den Schlitz seines Helmes an mir vorbeisieht.

Die Jungen weinen, während Claude zwischen ihnen und Junior hin und her schaut. Sein Blick huscht wild umher, sein Mund ist zu einem Ausdruck der Trauer und des Schreckens verzogen.

Der Ritter lacht, und in dem Moment wird mir bewusst, dass ich nun mein Versprechen einlösen kann, das ich den Jungen und Claude gegeben habe.

»Nicht!«, schreie ich. »Bitte nicht!«

Nova schlägt verzweifelt gegen die Wand seines Gefängnisses aus Eis, an dessen Seite ein Riss entsteht, der jedoch nicht ausreicht, um es zerspringen zu lassen.

Der Ritter senkt den Kopf. »Ich werde bestimmt nicht auf sie hören. Es sei denn ...« Er hält inne und wartet.

Ich weiß, was er will, und mir bleiben keine anderen Optionen.

»Es sei denn, ich schließe ein Abkommen mit dir«, sage ich.

Der Ritter versteift sich mit einem Mal, als würde ihn allein die Vorstellung mit größter Vorfreude erfüllen. Ich sehe zu, wie sich die Kugel aus Eis über seiner Handfläche dreht, als sei er jederzeit bereit, sie abzufeuern.

Ich darf nicht zulassen, dass er noch jemandem etwas antut, obwohl ich weiß, dass mein Vorhaben nicht gut ausgehen kann. Ein Abkommen mit dem Ritter, ein Wunsch, der mir von ihm erfüllt wird, könnte mit meinem Tod oder einem Fluch enden, der auf mir lastet. Es gab schon zu viele, die gescheitert sind – meine Mütter, Sir Gregory, Claude und seine geliebte Frau, unzählige Leute in Queen's Bridge. Niemand hat am Ende genau das bekommen, was er oder sie wollte. Der Ritter findet immer einen Weg, sie leiden zu lassen.

Nun vollführt er eine Handbewegung, woraufhin die Kugel aus Eis gegen die seitliche Hausfassade prallt, sodass das Fenster zerspringt und Teile des Daches herunterkommen. Irgendetwas flammt in den Trümmerteilen auf, vielleicht ein Funke aus dem zerstörten Kamin, und der orangefarbene Schein von Feuer erhellt die Nacht.

»Feuer oder Eis?«, fragt der Ritter. »Von was möchtest du lieber getötet werden?«

»Ich möchte ein Abkommen mit dir schließen!«, rufe ich. »Erfülle mir einen Wunsch!«

»Tu es nicht, Eve!«, brüllt Nova, seine Stimme gedämpft hinter dem Eis. »Tu es nicht!« Er hämmert erneut mit den Fäusten gegen die Wand, sodass der Riss breiter wird.

Als der Ritter seinen Kopf in Novas Richtung dreht, lässt er ein wenig die Schultern hängen, doch dann strafft er sie eilig und richtet seine Aufmerksamkeit wieder auf mich.

»Was immer dein Herz begehrt, Prinzessin«, sagt er und klingt überaus zufrieden. »Verrate mir, was dich am allerglücklichsten machen würde.«

Einen Moment lang schließe ich die Augen. Ich kann die Klagerufe der Kingfishers hören. Wie Claude versucht, seinen Söhnen Trost zu spenden. Nova hämmert gegen die Wand aus Eis, das Feuer tost, meine Mutter liegt irgendwo verletzt auf der Erde, die Leute von Queen's Bridge sind vermutlich immer noch dabei, ihre Toten zu bergen, und über mir am Himmel erklingt das unverkennbare melodische Summen eines Vogels – und zwar nicht irgendeines Vogels, sondern das meiner Retterin, Königin Sanaa.

Ich öffne die Augen, als sie herunterflattert, um auf meiner Schulter zu landen, wo sie an meinem Hals gurrt. Sie ist meilenweit geflogen, um in diesem Moment, in dem ich mich fühle, als würde alles enden, bei mir zu sein.

»Ich will, dass die Jungen und ihr Vater und alle Menschen des Landes von dir befreit werden«, spreche ich meinen Wunsch aus. »Ich will, dass du verschwindest und sie dich nie wiedersehen müssen.«

Der Ritter geht vor mir auf und ab – von links nach rechts, von rechts nach links. »Ein kühner Wunsch, Prinzessin. Ein überaus kühner Wunsch. Und auf was wollen wir uns einigen – auf Bedingungen? Eine Bezahlung? Was hast du dir vorgestellt?«

Ich habe nichts zu geben, und es ist eindeutig, dass dem Ritter Reichtum nichts bedeutet. Kein Geld, keine Smaragde und keine Viehherde könnten ihn besänftigen. Mir bleibt demnach nur eine Option, die jedoch ein schreckliches Risiko birgt und nur in einer Katastrophe enden kann.

»Bedingungen.«

Der Ritter macht einen Schritt auf mich zu und beugt sich zu mir runter, bis er mir so nahe ist, dass ich seine verwundete leere Augenhöhle sehen kann, ebenso wie sein verbliebenes Auge, das wie eine schwarze Kugel im Schein des Feuers glänzt. »Abgemacht.« Er reicht mir seine Hand, und ich schüttele sie, um unsere gefährliche Übereinkunft zu besiegeln. »Ich werde die Leute von Queen's Bridge in Frieden lassen«, sagt er, »und ihnen keine weiteren Wünsche mehr erfüllen. Ich werde verschwinden, und es wird sein, als wäre ich nie hier gewesen.« Er drückt meine Hand so fest, dass es sich anfühlt, als könnte sie brechen.

Ich beiße die Zähne zusammen und schaue ihm in die Augen.

»Und als Gegenleistung fordere ich dein Leben ein.«

»Das gebe ich gerne.« Ich schaue zu Claude, der uns mit leerem Blick ansieht.

»So einfach?« Der Ritter klingt derart begeistert, dass ich mit einem Mal beunruhigt bin. »Ich kann nicht leugnen, dass ich mich die ganze Zeit darauf gefreut hatte zu sehen, wie deine Mutter dich tötet, aber ...« Seine Stimme verliert sich, und ein graues Wölkchen dringt aus einer Spalte in seinem Helm, als er zischend die Luft ausstößt. »Aber irgendwie genügt mir das nicht mehr.« Sein Tonfall wird immer fröhlicher. »Nein, wir werden es anders machen. Ich werde ein Leben einfordern, jedoch nicht deines. Du musst dir eine Person aussuchen, die an deiner Stelle stirbt. Jemanden, der jetzt hier ist. Jemanden, den du liebst. Meine Bedingung, dir deinen Wunsch zu erfüllen, ist der Tod eines Menschen, und du musst zusehen, wie das Leben in seinen Augen erlischt. Triff deine Wahl.« Er lässt meine Hand fallen. »Die Vereinbarung wurde getroffen. Löse deine Versprechen ein, dann erfülle ich deinen Wunsch.« Er wendet mir den Rücken zu. »Wenn du es nicht tust, wirst du einen so hohen Preis zahlen, dass du dich nie wieder davon erholst.« Er zeigt erst auf Claude und den Jungen und schaut dann in die Richtung, in der sich Queen's Bridge befindet. »Entscheide dich für ein Opfer, Eve. Jetzt.«

Ich starre auf den Boden. Es ist eine unmögliche Entscheidung, aber was wird meine Strafe sein, wenn ich nicht gehorche? Meine Hände beginnen zu zittern und werden klamm. Mein Handel mit dem Ritter ist schiefgegangen.

Als hinter mir der Schnee knirscht, drehe ich mich um und sehe, dass meine Mutter hinkend auf mich zukommt, ihre Hände an die Brust gedrückt.

»Mutter«, flüstere ich, wobei mir fast die Stimme versagt. »Geh weg! Halt dich von mir fern!«

Sie hört nicht auf mich, sondern humpelt weiter, ehe sie ein paar Schritte von mir entfernt stehen bleibt, um sich dem Ritter zuzuwenden. »Du musst stets gewinnen.«

Er schnaubt. »Und das tue ich auch, meine Königin. Immer.«

»Dann lass uns die Sache abschließen«, erwidert sie und dreht sich lächelnd zu mir um. »Ich bin hier, Eve. Entscheide dich für mich und rette sie.« Sie gestikuliert in die Richtung der Jungen und dann zum Horizont in der Ferne. »Rette das Volk von Queen's Bridge.«

»Ich ... Ich kann nicht. Das kann ich doch nicht tun.« Ich drehe mich zum Ritter um. »Nimm mein Leben! Ich biete es dir hier und jetzt an.«

»Unser Abkommen lautet anders.«

»Muss sie die Person töten?«, fragt meine Mutter.

Der Ritter hält einen Moment inne und schüttelt dann den Kopf. »Nein. Aber sie muss zusehen.«

Alles, woran ich in diesem Augenblick denken kann, ist, dass seine Grausamkeit keine Grenzen kennt.

Meine Mutter greift in ihren Umhang und holt den unnatürlich grünen giftigen Apfel daraus hervor.

Der Ritter macht einen erwartungsvollen Schritt auf sie zu.

Meine Mutter hält den Apfel an ihre Lippen und sieht mir fest in die Augen. »Ich liebe dich.«

Ich eile auf sie zu, strecke die Hand bereits nach dem Apfel aus, als ihre Zähne die tödliche Frucht streifen, doch in dem Moment taucht plötzlich eine dunkle Gestalt vor ihr auf. Nach einem kurzen Handgemenge prallt meine Mutter rücklings auf die Erde, und die Gestalt dreht sich um.

Nova steht vor uns, den Apfel in der Hand und ein teuflisches Grinsen auf den blutigen Lippen. Er beißt in die Frucht und schluckt, ohne den Blick von mir abzuwenden.

»Nova?« Mir fällt nichts anderes ein, was ich sagen könnte. Schnell eile ich an seine Seite, als er zusammenbricht. Ich ziehe ihn auf meinen Schoß und umfasse seinen Kopf, während sich das Gift wie schwarze Ranken unter seiner Haut ausbreitet. »Nein! Nein, bitte nicht!«

Novas Augen verdrehen sich, und er hat Schwierigkeiten zu sprechen. »Er ist nicht … der, für den du ihn hältst. Kenne … Kenne seinen Namen. Es … Es tut … mir leid … leid, Eve.« Er atmet stockend und flach. »Du bist es. Du bist der Grund, warum … der Grund, warum ich kein … Monster mehr sein wollte.«

»Du bist kein Monster.« Meine Tränen lassen Novas schönes Gesicht verschwimmen wie ein Aquarellgemälde. »Du bist kein Monster.«

Seine Lippen krümmen sich zu einem sanften Lächeln. »Doch, das bin ich. Aber ich … ich gehöre dir. Ich liebe …«

Ich presse meine Stirn an seine und schließe die Augen, als ihm das letzte Wort im Hals stecken bleibt. Sein Körper erschlafft unter meinen Händen.

Der Ritter ist uns näher gekommen und sieht uns starr wie eine Statue zu.

Ich lege Novas leblosen Körper sanft auf der schneebedeckten Erde ab, berühre zärtlich seine Wange und stemme mich dann, angetrieben von einem Nebel aus Trauer und Zorn, entschlossen hoch.

Der Ritter bleibt neben Novas Körper stehen, während ich zurückweiche. Meine Brust ist so zugeschnürt, dass ich nicht atmen kann. Ich kann nichts anderes sehen als den Ritter. Und ich will, dass er stirbt.

»Hast du ihm in die Augen geschaut, als er gestorben ist?«, fragt er, ohne den Blick von Nova abzuwenden. »Die Vereinbarung war deutlich. Du warst zu beschäftigt mit weinen, um ihm in die Augen zu sehen, als das Licht darin erloschen ist. Damit ist unser Abkommen nicht erfüllt.«

Und wieder einmal findet der Ritter ein Schlupfloch. Keine Worte, keine Absichten können jemals deutlich genug sein. Hinter jedem Handel, den er schließt, stecken fürchterliche Absichten, daher kann es niemals gut gehen.

Ich strecke meine Hand nach den Flammen aus, die inzwischen im Begriff sind, auch den Rest des Hauses zu verschlingen. Ein Bogen aus orangefarbenem Feuer verbindet sich mit meiner Handfläche und bildet eine Klinge, die so scharf ist, dass sie den Nachthimmel entzweiteilen könnte. Es ist die gefährlichste Waffe, die ich jemals heraufbeschworen habe, und sie brennt hell vor rasendem Zorn.

Der Ritter schaut immer noch Nova an. Kümmert es ihn, dass sein Sohn tot auf der kalten Erde liegt? Er stößt seinen Körper mit der Spitze seines Stiefels an und ächzt.

Mit einem Mal strömt alles – der Hass und die Trauer und die Wut – aus mir heraus. Ich stürze mich mit erhobenem Feuerschwert und einem lauten Schrei auf den Ritter und treffe ihn in der Kniekehle, was ihn zu Boden gehen lässt. Sofort hebe ich mein Schwert noch einmal und versetze ihm einen Hieb in den Rücken, wo sich nun ein großes Stück seiner Rüstung löst und runterfällt. Darunter kommt ledrige Haut zum Vorschein.

Er dreht sich um und rappelt sich hoch, taumelt zurück und beschwört ein Schwert aus abgesplittertem Eis aus der Mauer, die Nova umgeben hat, herauf. Es hat eine spitz zulaufende Klinge. Als er damit ausholt, weiche ich zwar nach links aus, doch die Spitze schlitzt meinen Oberschenkel auf. Warmes Blut rinnt mir am Bein hinab, und ich zucke zusammen, doch da ich beide Hände brauche, um mein eigenes Schwert zu halten, kann ich mich im Augenblick nicht um meine Wunde kümmern. Ich ignoriere den Schmerz, hole erneut aus und treffe den Ritter am linken Unterarm, wo sich nun ebenfalls eine Metallplatte löst und abfällt. Der darunterliegende Arm ist klein und verkümmert. Als ich den Ritter ansehe, nehme ich zum ersten Mal einen unverkennbaren Anflug von Angst wahr.

Aus dem Augenwinkel bemerke ich, wie jemand hinter dem Ritter herbeigeeilt kommt, und erkenne im nächsten Moment Claude, der ein Jagdmesser trägt, dessen Klinge so lang ist wie mein Arm.

Bereit für einen weiteren Hieb, hebe ich mein Schwert, doch Claude kommt mir zuvor, indem er sein Messer in die Öffnung am Rücken des Ritters rammt.

Der taumelt nach hinten und jault dabei wie ein Tier. Das Geräusch schallt durch die Luft und verschreckt jedes Lebewesen im nahe gelegenen Wald. Ich kann ihre lauter werdenden Rufe hören wie Trompeten.

Claude lässt nicht los, sondern umklammert entschlossen das Heft des Messers und drückt es tiefer in das verrottete Fleisch des Ritters.

Indem der Ritter zu einem Schlag nach hinten ausholt, lässt er Claude durch die Luft fliegen und im Schnee landen.

Ich nutze die Gelegenheit, um ihm mein Schwert in die Brust zu rammen, das seinen Harnisch durchdringt. Ich kann die Hitze der Klinge spüren, die in sein Fleisch schneidet.

Schreiend rennt Hunter an mir vorbei und kniet sich neben Claude.

Ich lasse das Flammenschwert, das ein dampfendes schwarzes Loch in die Brust des Ritters gehöhlt hat, los, sodass es sich auflöst. Durch das Loch erhasche ich einen Blick auf den Schnee, weiß wie Daunenfedern.

Der Ritter taumelt und bricht dann zusammen.

Trotz meines stark blutenden Beines renne ich an ihm vorbei und presse eine Hand auf die Wunde, als ich neben Claude stehen bleibe.

Er liegt vollkommen reglos da.

»Pa!«, schreit Hunter. Er sieht zu mir hoch. »Eve! Hilf mir!«

Ich knie mich neben ihn und lege ein Ohr an Claudes Brust. »Bitte«, flüstere ich das Wort in die kalte Nacht wie einen Wunsch. »Bitte.«

Ich höre ein langsames, gleichmäßiges Klopfen.

»Er lebt.«

Hunter bricht in Tränen aus und wirft sich auf Claude.

»Eve!«, erklingt die heisere Stimme meiner Mutter. Sie hält Nova in den Armen und deutet zur Baumgrenze.

Der Ritter ist verschwunden und hat eine Blutspur so schwarz wie die Nacht im Schnee zurückgelassen.

Ich erhebe mich mühsam und folge dem blutigen Pfad, der den Weg kreuzt, der zu Leah Kingfishers Grab führt. Das Mondlicht scheint durch die Baumkronen. Die Kälte ist hier noch schneidender, die Schatten sind länger, doch ich halte meinen Blick fest auf die Spuren gerichtet und folge dem Ritter durch den Wald. Plötzlich treffe ich mit dem Stiefel auf etwas Hartes aus Metall. Als ich die Augen zusammenkneife, erkenne ich, dass es ein Stück der Rüstung ist, das ich zur Seite trete. Im Weitergehen entdecke ich mehr Teile der nachtschwarzen Rüstung im blutigen Schnee – den Arm- und Beinpanzer und einen Teil des Rückenschutzes. Ich bleibe kurz stehen, als ich Claudes Messer sehe, das sich der Ritter im Gehen aus dem Rücken gezogen haben muss, und hebe es auf.

Nach einer Weile lichten sich die Bäume, und es wird heller. Als ich die kleine Lichtung betrete, auf der Lady Kingfisher neben ihren geliebten Söhnen begraben liegt, halte ich den Atem an. Die Luft ist von einem fauligen Gestank durchzogen, der mir Tränen in die Augen treibt und mich dazu veranlasst, mir eine Hand über Nase und Mund zu legen. Es ist der Geruch nach Verwesung und Tod. In der Mitte der Lichtung kniet eine Gestalt, die letzten Teile der Ritterrüstung liegen um sie herum auf der Erde verstreut.

»Wenn Blut im Spiel ist, kann ich mühelos einer Fährte folgen«, verkünde ich zornig.

Als ich mich der seltsamen Gestalt im silbernen Mondschein nähere, bin ich mir nicht sicher, ob ich einen Mann, ein Monster oder etwas vollkommen anderes vor mir habe.

Er ist nackt und klein – viel kleiner, als es der Ritter gewesen ist. Die Haut an seinem Rücken ist faltig und hängt ihm von den Knochen herab. Die Wunde, die Claude ihm zugefügt hat, ist ein tiefes, klaffendes Loch in der Nähe seiner rechten Flanke. Sein Kopf ist, abgesehen von ein paar dünnen Strähnen im Nacken, kahl, und von dort aus führt eine Naht seine Wirbelsäule hinab. Die Wunde, die damit versorgt wurde, ist nach wie vor als riesiger Schnitt vom Kopf bis zum Gesäß erkennbar. Die Naht ist stümperhaft, die Stiche sind so weit voneinander entfernt, dass es aussieht, als könnte die Wunde jeden Moment wieder aufplatzen.

Ich umklammere das Messer so fest, dass meine Handfläche selbst nach all den Wochen wieder zu bluten beginnt.

»Und am Ende von allem gibt es nur noch dich und mich.« Die Stimme klingt nach wie vor wie die des Ritters und gleichzeitig leicht verändert. Ein Grund dafür, dass sie so unheimlich war, muss der Widerhall der Rüstung gewesen sein, die er nun nicht mehr trägt.

»Es ist nicht das Ende von allem«, entgegne ich. »Sondern nur *dein* Ende.«

Als er sich umdreht und mich direkt ansieht, schnappe ich nach Luft.

Langsam gehe ich auf ihn zu und bleibe dicht vor ihm stehen, wobei mein Herz wie wild hämmert. Mein Instinkt befiehlt mir davonzulaufen, aber ich kann meinen Blick einfach nicht von der Kreatur lösen. Die Wunde, die an seinem Rücken hinabläuft, erstreckt sich auch über seinen Kopf hinweg über seine Nase, seine Brust und seinen Bauch bis zu der Stelle, die von seinen Händen bedeckt wird, die er im Schoß zusammengelegt hat. Auch vorn wurde der Schnitt schlecht genäht.

Fassungslos betrachte ich seinen Kopf und sein Brustbein, das sich unter seinen hechelnden Atemzügen hektisch hebt und senkt.

»Was ... Was bist du?«, frage ich, nicht in der Lage, den Blick abzuwenden.

»Spielt das eine Rolle?«, fragt der Ritter. Sein verbliebenes Auge bewegt sich von links nach rechts.

Ich halte Claudes Messer nach wie vor auf ihn gerichtet. »Ja. Weil ich wissen will, was für ein schrecklicher

Mensch – oder was für eine schreckliche Kreatur – solche Taten begeht.« Ich trete näher und setze die Spitze des Messers unter seinem Kinn an. »Du hast mir viel genommen. Zu viel.«

Seine Augen werden schmal. »Einst kannte ich ein Mädchen, das dir sehr ähnlich war. Sie dachte auch, sie könnte mich überlisten.« Als er seinen rechten Arm vom Schoß hebt, drücke ich das Messer tiefer in seinen Hals.

Er zuckt zusammen und gräbt seine Hand in den Schnee, um etwas von dem Stroh aufzuheben, das auf der Erde verstreut liegt, und es hochzuhalten. Sofort beginnt es zu glühen und taucht uns beide in warmes Licht.

Verblüfft trete ich einen Schritt zurück. Als das Licht schwächer wird, hat sich das Stroh in ein hübsch gesponnenes Stück Gold verwandelt.

»Das Mädchen hat mich überlistet«, sagt der Ritter. »Sie hat mithilfe ihrer Spioninnen eine Sache herausgefunden, welche die Bedingungen unseres Abkommens zunichtemachen konnte. Es war mein … großer Fehler.«

»Und was hat sie herausgefunden?«

Der Blick des Ritters aus seinem verbliebenen Auge ruht auf mir. »Meinen Namen.«

Ich verstehe nicht recht. »Warum ist er so wichtig?«, frage ich.

»Unsere Abmachung war, dass ich ihr nicht ihr Kind nehmen würde, wenn sie meinen Namen errät.«

Eine neue Welle des Schreckens und Ekels überrollt mich.

»Sie hat mir das geraubt, was mir rechtmäßig zustand«, fährt er fort. »Ich war so wütend, dass ich mich selbst entzweigerissen habe.« Er fährt mit einem schwarzen Finger die

Wunde nach, die an seiner Brust hinabläuft. »Du hast meine Geschichte nie gehört, doch andere schon. Ich habe dafür gesorgt, dass jeder, der versucht, mich zu betrügen, dafür bezahlt. Und zwar einen hohen Preis. Und soll ich dir noch etwas verraten, Eve?« Er blinzelt. »Ich habe herausgefunden, dass das Schicksal nicht so grausam ist, wie man glauben mag.«

»Ich finde, dass es überaus grausam ist.«

»Es kann jedoch auch gut zu einem sein.« Als er sich die Lippen leckt, sehe ich, dass auch seine blutige Zunge in der Mitte genäht wurde. »Denn es hat mich zu dir und deiner Familie zurückgeführt.«

Ich halte inne. »*Zurück?* Was soll das heißen?«

»Die Zeit ist ein Rad, das sich ständig dreht. So wie das Wappen deiner geliebten Familie, findest du nicht?«

Nichts von dem, was er sagt, ergibt für mich Sinn, und langsam ziehe ich es in Erwägung, ihn hier und jetzt zu töten.

Ich spähe zu den verstreuten Teilen seiner Rüstung. »Sie hat dafür gesorgt, dass du nicht auseinanderbrichst.«

Der Ritter lächelt – das schrecklichste Lächeln, das ich je gesehen habe. Hastig wende ich den Blick ab.

»In der Tat. Doch das ist nun vorbei.«

Novas verängstigtes Gesicht kommt mir wieder in den Sinn, und mit einem Mal keimt neue Wut in mir auf. »Nova ... Du hast ihn getötet. Er war dein Sohn.«

Der Ritter schnaubt. »Eine Kreation, die aus einem Wunsch geboren wurde.« Er macht eine Pause. »Ich kann mir auch meine eigenen Wünsche erfüllen, weißt du? Mein Wunsch nach einem Kind ähnelte dem deiner Mutter. Aber da ich genauso töricht war wie ihr alle, habe ich es versäumt, darum zu bitten, dass es folgsam und loyal sein soll. Daher musste ich ihm diese Dinge gewaltsam eintrichtern. Es ist überraschend, wie viel Überzeugungskraft ein Brandeisen hat.«

Ich habe genug gehört. Während ich um ihn herumgehe, fahre ich mit dem Schwert an seinem Hals entlang. »Nova ist tot, und ich ... ich habe ihn geliebt.« Ich wünschte, ich wäre mutig genug gewesen, ihm selbst diese Wahrheit schon vor Wochen oder sogar Monaten zu offenbaren, doch jetzt ist es zu spät.

»Schade, dass du nun niemals erfahren wirst, wie wertvoll das ist.«

»Was?« Seine Aussage verwirrt mich.

Der Ritter schaut über die Schulter Richtung Haus, obwohl es von hier aus durch die Bäume nicht zu sehen ist.

»Meine eigene Bedingung«, murmelt der Ritter. »Schlafe wie der Tod – bis sich Hände und Lippen berühren.« Er dreht den Kopf, um mich anzusehen. »Töte mich, liebste Eve, und trauere für immer.«

»Wie du wünschst.« Mit diesen Worten enthaupte ich ihn mit einem einzigen Schlag und sehe zu, wie sein Kopf in den Schnee fällt, Mund und Auge weit aufgerissen.

Dem Ritter steht es nicht zu, in Frieden zu ruhen – stattdessen zerschlage ich seine sterblichen Überreste und verbrenne sie auf einem Scheiterhaufen. Nachdem das Feuer erloschen ist, streue ich die Asche in zehn aufeinanderfolgenden Nächten in den River Farris. Der Ritter darf nicht wiederauferstehen. Kein Faden dieser Welt kann ihn nach dem, was ich aus ihm gemacht habe, wieder zusammenflicken.

Junior bekommt ein Begräbnis, wie es einem Jungen gebührt, der so geliebt wurde wie er. Wir waschen seinen Körper und ziehen ihn an. Dann stecke ich ihm den Smaragdring meiner Mutter an die rechte Hand. Nachdem wir ihn in einen Sarg gebettet haben, den wir aus gefällten Kiefern gebaut haben, gräbt Claude eine kleine Grube auf der Lichtung, wo auch Leah Kingfisher ruht, und lässt Junior in sie hinab. Ich habe den Eindruck, dass ihm ein Teil von ihm in das Grab folgt.

Danach stehen wir für eine Weile, die sich anfühlt wie Stunden, neben dem Grab und hoffen, dass es vielleicht nicht wahr ist. Die Magie hat es mir ermöglicht zu existieren, erlaubt es mir, Waffen aus Feuer und Eis zu erschaffen, den Himmel hinabzusenken, die Tiere des Waldes zu verstehen – so kann sie doch gewiss auch Junior zurückholen. Und gewiss kann sie auch unsere gebrochenen Herzen wieder zusammensetzen. Doch so soll es offenbar nicht sein.

Das Grab wird mit Erde zugeschüttet und glatt geklopft. Meine Mutter pflanzt weitere Lilien in die gefrorene Erde und erklärt uns, dass sie im Frühling blühen werden. Claude schlägt den Grabstein aus einem Felsblock des Steinbruches in der Nähe der Mine und schleppt ihn auf seinem Rücken nach Hause. Dann meißelt er Juniors Namen hinein.

CLAUDE KINGFISHER JR.
GELIEBTER SOHN,
BRUDER UND FREUND

Das Gleiche wünsche ich mir für Nova, doch das geht nicht – und zwar aus einem viel seltsameren Grund als Trauer.

Nova lag mehrere Tage in dem kühlen Erdkeller, während wir den Sarg für ihn gebaut haben. Als wir ihn in der Erwartung, dass die Verwesung bereits eingesetzt hat, heraufholen wollen, stellen wir fest, dass er noch genauso aussieht wie an dem Tag, an dem er in den vergifteten Apfel gebissen hat.

»Wie kann das sein?«, fragt Claude, während er, meine Mutter und ich auf Novas Körper hinabblicken.

Meine Mutter wirkt verwirrt. »Er hat doch in den Apfel gebissen. Das Gift ist tödlich. Er sollte nicht ... so aussehen.«

Claude seufzt. »Es fühlt sich nicht richtig an, ihn zu begraben.«

Mein Herz macht einen Satz. Nova wirkt, als würde er schlafen, doch Claudes Worte rufen mir die Realität in Erinnerung.

»Welche Wahl haben wir?«, frage ich.

Claude denkt einen Moment nach. »Wartet hier«, sagt er dann und klettert die Leiter hinauf. Kurz darauf kommt er mit der Glasschatulle wieder, die er für mich angefertigt hat. »Wie wäre es hiermit?«

Er legt mir das Kästchen in die Hände, doch ich starre es nur fragend an.

»Es wird seine Zeit dauern, aber ich kann einen gläsernen Sarg fertigen. In diesem kann Nova ruhen, gleichzeitig können wir ihn weiterhin sehen.« Er senkt seinen Blick wieder auf Nova. »Ich weiß nicht, welche Art von Magie den Verwesungsprozess unterbindet. Vielleicht ist es etwas, das wir nicht begreifen können.«

Ich schaue das Glaskästchen an, dann Nova. Schließlich nicke ich.

Meine Mutter kehrt nach Castle Veil auf ihren Thron zurück. Das Volk empfängt sie mit offenen Armen, obwohl ihr Schicksal diverse Gerüchte geschürt hat. Einige behaupten, sie sei eine Hexe; andere meinen, sie hätte den Ritter angeschaut und sei verflucht worden.

Wir lassen die Menschen spekulieren, denn auch wir verstehen nicht genau, was passiert ist. Sie sieht dreimal so alt aus, als sie in Wahrheit ist, seitdem der Ritter sie mit seinem Zauber belegt hat. Doch auch wenn sich ihre äußere Erscheinung verändert hat, beklagt sie sich nicht darüber, sondern ist dankbar. Der Ritter quält sie nicht mehr, und sie wird nicht müde, den Leuten von Queen's Bridge zu erzählen, dass sie sich nie wieder vor ihm fürchten müssen. Außerdem vergräbt sie den verwunschenen Sehstein an einem Ort, den sie niemandem je verraten wird.

Wochenlang wird die Rückkehr der Königin gefeiert, auch wenn ich an den Festen nicht teilnehme. Stattdessen habe ich meine Mutter sogar gebeten, niemandem zu offenbaren, wo ich mich aufhalte, und keine Gerüchte, die sie über mich hört, zu berichten.

Ich wohne weiterhin in Claudes Haus, wo wir wochenlang bis spät in die Nacht daran arbeiten, einen Sarg aus Glas und Smaragden für Nova anzufertigen. Mein geliebter Nova. Mir ist vollkommen bewusst, dass ich um jemanden trauere, der von anderen als Bösewicht betrachtet wird.

Als wir endlich fertig sind, platziert Claude den Sarg tief im Wald, weit entfernt von den Gräbern seiner Frau und seiner geliebten Söhne. Anschließend tragen wir Nova zum Sarg und legen ihn auf einer Decke aus Sternenlicht, die ich aus dem Himmel gezaubert habe, hinein. Sie hüllt ihn ein wie eine Wolke. Ich pflücke kleine weiße Blumen, die ich in Blumenkübeln auf der frisch reparierten Fensterbank angepflanzt habe, und platziere sie ebenfalls im Sarg, ehe Claude und ich den Deckel schließen.

Und dort liegt er für ein Jahr und dann noch ein zweites.

23

ZWEI JAHRE SPÄTER

Es ist einfacher, einer Geschichte zu folgen, wenn sie blutet. Wenn das Herz der Erzählung schlägt, wenn sie wahr ist und nicht nur auf der blühenden Fantasie eines verängstigten Dorfbewohners basiert, kann ich sie finden.

Da Nova noch immer unverändert in seinem gläsernen Sarg liegt, habe ich die Hoffnung aufgegeben, dass mir jemals mehr vergönnt sein wird, als sein Gesicht zu betrachten, wenn ich mich in die abgelegene Ecke des Waldes begebe. Ich verbringe meine Tage mit den Kingfisher-Jungen, mit Claude und Maggie, während ich um all das trauere, was ich verloren habe, und mich bemühe, das wertzuschätzen, was ich gewonnen habe. Eine zweite Familie, die Umarmung meiner Mutter und ein neues Ziel. Ich jage nicht mehr dem Ritter hinterher, sondern Geschichten – und ich glaube, dass ich nicht die Einzige bin.

Heute habe ich mich auf den Weg gemacht, um einem Gerücht auf den Grund zu gehen.

Es hat gestern begonnen. Claude und ich verließen Castle Veil spät am Abend nach einem Besuch bei meiner Mutter. Da Claude plötzlich das Bedürfnis hatte, etwas zu trinken, machten wir halt in einem kleinen Gasthof südlich vom Schloss. Die Wirtin gab ihm einen Krug mit Met, den er austrank, was dazu führte, dass wir ein wenig länger bleiben mussten als geplant. Während er seinen Rausch ausschlief, hielt ich mich im Salon des kleinen Gasthofes auf, wo ich es mir am Kamin bequem machte und die Wärme und Stille genoss. Indem ich mir meine Kapuze über den Kopf zog und das Heft meines Degens sichtbar in die Höhe ragen ließ, stellte ich sicher, dass mich niemand stören würde. So sehr ich die Kingfisher-Jungen auch liebe, sie machen unfassbar viel Lärm. Ständig probieren sie neue Dinge aus, *laute* Dinge – selbst gebaute Instrumente, Lieder, Vogelstimmen. Ruhe ist deswegen für mich zu einem seltenen Luxus geworden.

Doch plötzlich schreckte ich auf. Ich hatte nicht einmal bemerkt, dass ich am Feuer eingenickt war. Eilig warf ich einen Blick aus dem Fenster, um nachzusehen, wie lange ich geschlafen hatte, und stellte fest, dass es höchstens eine Stunde gewesen sein konnte. Es war ein Klopfen ans Fenster gewesen, das mich geweckt hatte. Eine Krähe saß auf der Fensterbank; sie musste mit dem Schnabel gegen das Glas gehämmert haben, bis ich hochgeschreckt war. Es dauerte jedoch noch einen weiteren Moment, bis ich realisierte, dass ich nicht allein war und dass mich meine gefiederte Freundin warnen wollte.

An diesem Abend gingen im Gasthof Leute ein und aus, um Zimmer zu mieten, etwas zu trinken und süß duftenden Eintopf zu essen, ehe sie genau wie Claude einschliefen. Doch auf der Zimmerseite, wo sich der Kamin befand, saßen in einer Ecke nun zwei Frauen, die weder tranken noch aßen. Sie beugten sich an einem kleinen Tisch einander zu und waren fast vollkommen im Schatten verborgen. Als sie bemerkten, dass ich sie gesehen hatte, wichen sie noch weiter in die dunkle Ecke zurück und begannen zu flüstern. Und dann hörte ich es – die Sache, die mich zu der Reise bewog, die ich nun angetreten habe.

Eine der Frauen lehnte sich dicht zu der anderen hinüber und flüsterte ihr etwas zu, das ich trotz des prasselnden Feuers und dem Klappern von Tellern und Krügen verstand.

»Er hat das Stroh zu Gold gesponnen«, sagte sie. »Insgesamt dreimal.«

Die Erinnerung an den Ritter, der vor meinen Augen das Stück Stroh in Gold verwandelt hatte, kam mir wieder in den Sinn, woraufhin ich mich abrupt erhob.

Die Frauen wandten sich mir zu, und diejenige, deren schwarzes Haar von ein wenig mehr Grau durchzogen war, lächelte mich an.

»Ich wusste es«, sagte sie. Dann stand sie auf und kam zu mir, um mir ein gefaltetes Stück Papier in die Hand zu drücken. »Nicht hier«, flüsterte sie. »Triff uns morgen.« Sie schloss meine Finger um das Papier, ehe die beiden den Raum verließen.

Erst wollte ich ihnen zu ihrem Zimmer folgen, doch dann überlegte ich es mir anders und sprach stattdessen mit der Wirtin.

»Wer sind die beiden Frauen, die soeben hier waren?«, fragte ich sie. »Sind sie Gäste?«

Die Frau legte den Kopf schief. »Schwestern, glaube ich. Sie sind schon eine Woche bei uns. Wie es scheint, warten sie auf irgendetwas oder irgendjemanden.« Sie zuckte mit den Schultern. »Ich kenne keine Einzelheiten. Ich weiß nur, dass sie sich über seltsame Dinge unterhalten haben, die klingen wie Märchen für Kinder, doch von Ereignissen handeln, die nicht für Kinderohren bestimmt sind. Es sei denn, man will, dass sie nie wieder schlafen.« Sie erschauderte. »Es ist schön, Euch zu sehen, Hoheit. Mein Beileid zu Eurem Verlust. Was für eine schreckliche Tragödie.«

Ich liebe die Menschen von Queen's Bridge mehr, als ich mit Worten ausdrücken kann, denn sie beschützen mich in Zeiten, in denen ich es nötiger habe als jemals zuvor, auch weiterhin.

Daraufhin weckte ich Claude und zwang ihn trotz seiner Proteste dazu, nach Hause zu reiten und in seinem eigenen Bett weiterzuschlafen.

Nun ist der nächste Morgen angebrochen, und ich reite zusammen mit Chance und Grumpy, die mir auf ihrem eigenen Pferd folgen und sich darüber streiten, wer auf dem Rückweg vorn auf dem Sattel sitzen darf. Es geht so weit, dass ich damit drohen muss, wieder umzukehren.

Sofort geben sie Ruhe, denn diese kurze Reise ist etwas, das sich beide nicht entgehen lassen wollen. Während ich Claude erklärt habe, was ich vorhabe und was die Frau im Gasthof mir mitgeteilt hatte, hat uns Chance belauscht und anschließend darauf beharrt, mitkommen zu dürfen. Auch Grumpy verkündete, dass er uns begleiten würde, ob es mir gefiel oder nicht, und da ich ihn gut kenne, wusste ich, dass jeglicher Widerstand zwecklos sein würde.

Der Ritt vom Haus der Kingfishers ist nicht lang, sodass wir schon am Vormittag eine kleine Anhöhe erreichen, von der wir unten im Tal die Hütte sehen können, aus deren Kamin Rauch aufsteigt. In diesen dichten Wäldern an der südlichsten Grenze von Queen's Bridge gibt es nur wenige Häuser, sodass dieses fast ein wenig fehl am Platz wirkt.

An der Hütte angekommen, binde ich mein Pferd an einem Pfahl neben den Stufen, die zum Eingang hinaufführen, fest.

Auch Chance und Grumpy hüpfen von ihrem Pferd, das vermutlich eine Woche Ruhe braucht, nachdem es die beiden streitenden Jungen ertragen musste. Beide können mittlerweile sehr gut mit dem Bogen umgehen, aber nur Chance hat sich seinen über die Schulter gehängt. Grumpy trägt stattdessen einen Degen an der Hüfte.

»Wartet hier«, weise ich sie an, bevor ich die Stufen hochgehe und anklopfe.

Einen kurzen Moment später öffnet mir die Frau mit den grauen Schläfen aus dem Gasthof die Tür.

»Ah!« Sie lächelt. »Clio! Sie ist hier!« Sie bittet mich herein; erst dann bemerkt sie die Jungen. »Und sie hat Gäste mitgebracht. Herein, meine Herren!«

Grumpy verengt die Augen. »Ich hab ein Messer.«

»Er will mich unbedingt beschützen«, erläutere ich mit einem Seufzen. »Er meint es nicht böse.«

»Ich meine damit, dass ich Euch ersteche, wenn Ihr Eve oder meinem Bruder auch nur einen Blick zuwerft, der mir nicht gefällt«, erwidert Grumpy.

Schnell packe ich ihn am Arm und ziehe ihn in die Hütte. Ehe ich die Tür schließe, erblicke ich Königin Sanaa, die hoch über uns ihre Kreise zieht. Ihr Ruf in meinem Kopf versichert mir, dass im Moment alles in Ordnung ist; doch sollte es nötig werden, wird sie Claude warnen. Auch Maggie, die nicht weit entfernt ist, höre ich noch mit ihrem tiefen Knurren. Ich bemitleide jede Person, die es wagen sollte, sich zwischen sie, mich und die Jungen zu stellen.

Nun stehe ich mit Chance und Grumpy in der kleinen Hütte, die stabil gebaut, jedoch eng ist. Es gibt nur einen Raum mit einem großen Tisch, der übersät ist mit Pergamentbögen und Federkielen, Dutzenden Büchern und Mappen mit noch mehr Pergament. Im Kamin brennt ein kleines Feuer.

»Bitte, kommt weiter herein«, sagt die Frau. »Ich bin Maeve, und das ist meine Schwester Clio.«

Clio winkt uns von ihrem Platz am Tisch aus zu. Ihre Fingerspitzen sind schwarz von Tinte, ihre Augen misstrauisch zusammengekniffen.

Ich krümme die Finger an meinen Seiten, bis das Feuer im Kamin heller brennt.

»Clio!«, versetzt Maeve. »Fang gar nicht erst damit an. Wir haben hier Arbeit zu erledigen.« Sie wendet sich wieder mir zu. »Bitte, willst du dich nicht setzen?«

Sie gestikuliert zu einem leeren Stuhl am Tisch, auf dem ich Platz nehme, während sich die Jungen auf dem Boden neben dem Kamin niederlassen. Grumpys Hand ruht unverändert auf dem Heft seines Degens.

Als weder Clio noch Maeve etwas sagen, beschließe ich, mich vorzustellen.

»Ich bin Eve.«

»Das wissen wir«, murrt Clio.

»Das sind Grumpy und Chance.« Ich zeige auf die Jungen.

Clio reißt den Kopf herum. »Du armer Junge. Deine Eltern haben dich Grumpy genannt?« Sie schüttelt den Kopf. »Eine Schande.«

»Macht Euch nicht über mich lustig«, erwidert er. »Sonst werdet Ihr am eigenen Leib zu spüren bekommen, was mein Name bedeuten kann.«

Ein breites Grinsen legt sich auf Clios Gesicht. »Bist du immer so höflich und fröhlich?«, fragt sie sarkastisch.

»Ja.« Grumpys Miene wirkt jetzt noch finsterer als sonst.

Ich rutsche auf meinem Stuhl herum und stütze mich schließlich mit einem Ellbogen zwischen dem Pergament und den Federn auf dem Tisch ab. »Als ich euch im Gasthof gesehen habe, habt ihr etwas gesagt, das mir irgendwie ...«

»Merkwürdig vorkam?«, beeilt sich Maeve, meinen Satz zu beenden. »Merkwürdig oder vertraut?« Sie sitzt auf dem dritten Stuhl am Tisch, rechts von mir und gegenüber von Clio. Ich könnte beide in Sekunden niedermetzeln, sollte es nötig sein. Grumpy müsste nicht mal seine Klinge schmutzig machen.

»Eher vertraut, würde ich sagen.«

»Das überrascht mich nicht«, bemerkt Clio.

»Warum?«, frage ich. »Warum wart ihr überhaupt in dem Gasthof?«

»Wir haben auf dich gewartet«, erwidert Maeve.

Chance nimmt den Bogen von der Schulter, um ihn auf seinem Schoß zu platzieren, und Grumpy zieht den Degen aus der Scheide.

Wieder lausche ich auf Königin Sanaa. Ihr Lied in meinem Kopf ist ruhig. Maggie, die mittlerweile ebenfalls angekommen ist, klingt, als würde sie direkt vor der Haustür sitzen.

Clio und Maeve wechseln einen Blick.

»Wir sammeln Geschichten«, fährt Maeve fort. »Dieser Arbeit gehen wir fast schon unser ganzes Leben nach. Ich weiß nicht, ob es dir aufgefallen ist, aber in unserem Land gibt es ein paar überaus seltsame Persönlichkeiten, findest du nicht?«

»Du meinst den Ritter«, stelle ich fest. »Er ist tot. Also nein, es gibt keine seltsamen Persönlichkeiten mehr.«

Clio lacht auf. »Ach, mein liebes Mädchen. Du hast einer Bestie den Kopf abgeschlagen, aber an seiner Stelle könnten drei weitere wachsen.«

Ich straffe die Schultern und lasse die linke Hand an meiner Seite hinabhängen, damit ich jederzeit ein Schwert aus Feuer erschaffen kann, wenn es sein muss.

»Was sie meint, ist, dass der Ritter nicht das einzige unsägliche Monster war, das durch diese Gegend zieht«, erklärt Maeve. »Erinnerst du dich nicht daran, dass du eine seltsame Frau in Little Stilts besucht hast?«

Erinnerungen an meinen Besuch in dem einsamen kleinen Dorf fluten meinen Geist. »Woher wisst ihr, dass ich dort war?«

»Wir sind dir auf deinem Weg dorthin entgegengekommen«, antwortet Maeve. »In Hamelin und Dead Men's Peak müssen wir dich verpasst haben. Unsere Wege haben sich auf der Straße nach Little Stilts gekreuzt, aber wir waren so mit dem beschäftigt, was wir von Nerium erfahren hatten …«

»Ihr kanntet sie?«

»Wir kennen sie immer noch«, antwortet Clio.

Ich beschließe, nicht darüber nachzudenken, wie es sein kann, dass Nerium nach wie vor lebt.

»Sie ist eine Hüterin der Geschichten«, erklärt Maeve. »Zumindest von Teilen davon.«

»Aus welchem Grund auch immer«, wirft Clio ein, »dieser Ort unterliegt einem fürchterlichen Zauber. Nicht nur Queen's Bridge. Die Erzählungen reichen von Rotterdam über Mersailles bis nach Little Stilts. Sie liegen in der Luft, in der Erde … Dieses Land bringt monströse Kreaturen hervor. Und deine Geschichte ist nur eine von vielen.« Clio kritzelt ein paar Worte auf einen Bogen Pergament. »Die Königin mit ihrem verwunschenen Sehstein.«

Ich starre Clio an.

»O ja. Wir haben davon gehört. Natürlich ist die Wahrheit noch viel seltsamer als die Gerüchte, die man sich erzählt, nicht wahr? Es heißt, deine Mutter habe dich in den Wald geschickt, um zu sterben, weil sie neidisch auf deine Schönheit war.«

»Das ist eine Lüge«, versetze ich.

»Ja, aber du scheinst nicht zu begreifen, dass wir die Geschichten in ihrer wahren Form erzählen müssen, wenn wir sie schon sammeln – damit die Menschen davon erfahren, aber…«

»Aber wir müssen Vorsicht walten lassen«, beendet Maeve ihren Satz. »Wir sammeln Geschichten, um sie zu dokumentieren, dürfen dabei jedoch nicht zu offensichtlich vorgehen. Es sind Mächte im Spiel, die uns alle in ernsthafte Gefahr bringen können. Die Quelle des Bösen, die in dieser Gegend lauert, ist schwer zu durchschauen. Ihre Macht könnte größer sein, als wir begreifen.«

»Das Böse?«, fragt Chance mit besorgter Miene.

Clio nickt. »Wir sammeln die Geschichten, doch halten ihre wahre Bedeutung vor allen geheim, außer vor denen, die sich dazu entscheiden, einen genaueren Blick darauf zu werfen – um zu sehen, was wirklich dahintersteckt.« Clio deutet zu einem wunderschön gezeichneten Bild von meiner Mutter in ihrem Thronsaal, auf ihrem Schoß liegt eine Holzschatulle. »Bevor du den Ritter besiegt hast und wieder aufgetaucht bist, hieß es, dass sich dein Herz in der Kiste befände.«

»Es war Huntress' Herz«, korrigiere ich. »Nova – er war der Sohn des Ritters – hat es getan, um mich zu beschützen, nachdem Huntress versucht hatte, mich zu töten.«

Clio taucht ihren Federkiel in die Tinte und schreibt ein verschnörkeltes H auf die Holzschatulle. Es hat so viele Verzierungen, dass es beinahe aussieht wie ein E – als sollte es für mich und nicht für Huntress stehen, es sei denn, jemand kennt die wahre Geschichte.

»Was bringt all das?«, frage ich. »Warum sammelt ihr die Geschichten in verschleierter Form? Und warum ruft ihr mich her, um mir davon zu erzählen?«

»Weil eines Tages jemand – vielleicht sogar wir – die Geschichten miteinander in Verbindung bringen und verstehen wird, dass die schreckliche Magie, die alle innehaben, aus derselben uralten Quelle stammt.« Maeve klingt erschöpft. »Und wir müssen dafür sorgen, dass nur diejenigen, die die Wahrheit wirklich suchen, sie auch finden werden. Fürchterliche Geschichten sind unterhaltsam, aber die Wahrheit ist viel schrecklicher als das, was wir hier aufgeschrieben haben.«

»Wir werden nicht diejenigen sein, denen es gelingt«, erwidert Clio. »Wir sind schon zu alt. Unser Werk muss bald an eine andere Person weitergegeben werden. Aber für den Moment machen wir diese Arbeit in der Hoffnung, dass jemand den Sinn hinter den Geschichten versteht.«

Ich brauche einen Moment, um das Ganze zu verarbeiten, doch während ich darüber nachdenke, kommt mir etwas anderes in den Sinn. »Ihr habt im Gasthof erwähnt, dass jemand Stroh zu Gold gesponnen hat. Was hat es damit auf sich?«

Clios Augen beginnen zu leuchten. »Wir dachten, dass du ihn vielleicht dabei beobachtet hast.«

»Den Ritter?«

Maeve nickt. »Unter diesem Namen war er dir also bekannt. Wir waren uns nicht sicher, aber jetzt verstehen wir – der Ritter ist die Rolle, die er angenommen hat, nachdem ...« Sie bricht ab und wirkt auf einmal gedankenverloren.

»Nachdem was?«, frage ich.

Clio legt ihren Federkiel ab und schiebt ein paar Pergamentbögen beiseite, bis sie ein lose gebundenes Buch findet. Sie blättert es kurz durch, ehe sie es mir zuschiebt. Die Überschrift auf der ersten Seite lautet *Rumpelstilzchen*.

»Hör mir aufmerksam zu.« Clio fährt mit den Fingern über die Seite. »Dies ist die Geschichte von einem Mädchen, das von einem König umworben wurde. Ihr Vater, ein Müller, war ein gieriger Mann, der hinter dem Vermögen des Königs her war, daher hat er ihm seine einzige Tochter angeboten. Doch auch der König selbst war gierig. Er hat ihr erklärt, dass er sie nicht töten und vielleicht sogar tatsächlich zu seiner Gemahlin machen würde, wenn sie Stroh zu Gold spinnen könne.«

»Eine Aufgabe, die nicht zu bewältigen ist«, stelle ich fest.

»Doch, wenn man nur den richtigen Wunsch ausspricht«, gibt Maeve zu bedenken. »Jemand hörte ihre Hilferufe, als sie gefangen im Schloss des Königs neben einem Strohballen und einem Spinnrad saß. Es war jemand, der in diesem verwunschenen Land geboren worden war und die Macht hatte, Wünsche zu erfüllen, jedoch oft zu einem hohen Preis.«

Ich schaue Maeve fest in die Augen. »Wünsche?«, flüstere ich.

Ich kann mir keinen Reim darauf machen, doch während ich darüber nachdenke, dringt noch etwas anderes aus meiner Erinnerung an die Oberfläche. In meiner Trauer hatte ich es fast vollkommen vergessen. *Sein großer Fehler.*

»Ganz richtig«, antwortet Maeve und erzählt weiter. »Ein fremder Mann erschien dem Mädchen und nahm als Bezahlung einen Ring von ihr. Dann spann er das Stroh zu Gold, sodass der König zwar zufrieden war, aber auch gieriger wurde und dem Mädchen befahl, noch mehr Stroh zu Gold zu spinnen. Wieder erschien der Mann dem Mädchen und verlangte diesmal als Bezahlung eine Kette.«

»Die Aufgabe wurde innerhalb von einer Nacht ausgeführt«, fährt Clio fort, »doch natürlich genügte das dem König nicht. Er wollte, dass das Mädchen noch mehr Stroh zu Gold spann. Diesmal versprach er ihr, sie anschließend zu heiraten.«

Wieder kommen mir Erinnerungen in den Sinn, die ich in den letzten zwei Jahren verdrängt habe, weil der Schmerz manchmal zu groß wurde, um ihn zu ertragen. Kurz bevor der Ritter starb, sprach er von dem Mädchen, das ihn betrogen hatte, was ihn so rasend vor Wut gemacht hatte, dass er so viele Menschen wie möglich verletzen wollte. Doch er schien irgendeine Verbindung zwischen mir – meiner Familie – und diesen schrecklichen Ereignissen zu ziehen. Nerium sprach von seinem großen Fehler und dem Mädchen, das ihn überlistet hatte.

Unter meinen Ärmeln bildet sich eine Gänsehaut. Ich schaue zu Grumpy und Chance, die schweigend am Feuer sitzen.

»Der Ritter«, hauche ich. »Er hat es mir gegenüber erwähnt.«

»Und hat er auch hiervon gesprochen?« Clio schiebt mir eine Zeichnung von unserem Familienwappen zu. Als sie das Pergament dreht und ich es zum ersten Mal aus diesem Blickwinkel betrachte, sieht es aus wie ein Spinnrad mit goldenen Fäden.

Fassungslos starre ich sie an.

»Du bist eine Miller, ebenso wie deine Mutter und deren Mutter«, sagt Maeve. »Adlige, die aus einem geplatzten Abkommen mit dem Ritter entstanden sind.«

»Nein.« Ich erhebe mich und trete vom Tisch weg. »Das hätte meine Mutter mir erzählt.«

»Sie wusste es selbst nicht«, erwidert Clio. »Es wurde dafür gesorgt, dass sich niemand daran erinnert, wie eure Familie entstanden ist. Eher aus Angst als aus irgendeinem anderen Grund. Aber was noch immer von der Geschichte übrig geblieben ist, ist die Regel eurer Familie, niemals ein Abkommen mit dem Ritter zu schließen, euer Wappen und euer Nachname.«

»Wie ist die Geschichte ausgegangen?«, frage ich. »Erzählt mir, was mit dem Mädchen passiert ist.«

»Das Mädchen hat dem Fremden erzählt, was sie brauchte«, erklärt Maeve. »Aber sie hat auch erwähnt, dass sie sehr gern Königin werden würde, denn sie hatte sich unsterblich in den gierigen König verliebt.«

Clio zieht scharf die Luft ein. »Törichtes Mädchen.«

»Manche Mädchen sind töricht«, erwidert Maeve. »Dennoch verdienen sie Gnade.«

Clio verdreht die Augen. »Der Fremde wurde unglaublich eifersüchtig, da er gehofft hatte, dass sie sich stattdessen in ihn verlieben würde. Nachdem sie ihm offenbart hatte, dass sie ihn nicht liebte, weigerte er sich, das Stroh zu Gold zu spinnen. Sie bettelte ihn an, bot ihm all ihre Habseligkeiten, doch er lehnte ab.«

»Dann fiel ihm jedoch ein, was er sonst noch einfordern konnte«, berichtet Maeve. »Etwas, das ihr mehr wehtun würde als alles andere, was ihm bis dahin in den Sinn gekommen war – ihr Erstgeborenes als Bezahlung.«

Chance schnappt nach Luft. Als ich ihn ansehe, steht sein Mund offen.

»Sie erklärte sich einverstanden, denn sie wollte unbedingt den König heiraten«, fährt Clio fort. »Ein Jahr später wurde das Kind geboren, und der Mann kehrte zurück, um es einzufordern.«

»Wie abscheulich«, stoße ich aus. »Sowohl dass sie sich darauf eingelassen hat, als auch, dass er ihr das Kind tatsächlich nehmen wollte.«

»Das war nun mal die Abmachung, und er wollte dafür sorgen, dass sie sich daran hält«, erwidert Maeve. »Doch sie sagte zu ihm, dass sie ein anderes Abkommen schließen wollte. Ihr wäre alles recht, Hauptsache, sie könne ihr Kind behalten.«

»Und das konnte er nicht ablehnen, nicht wahr?«, frage ich. Es lag in der Natur des Ritters. Seine Abkommen und die Wünsche, die er erfüllte, waren sein Lebenssinn – etwas, das für ihn genauso essenziell war wie Atmen.

Clio schüttelt den Kopf. »Er gab ihr ein Rätsel, das sie lösen sollte. Wenn ihr dies innerhalb von drei Tagen gelingen würde, dürfte sie ihr Kind behalten. Wenn nicht, würde er es ihr wegnehmen.«

Ich presse meine Hand auf die Tischplatte, als sich nach und nach alle Teile der Geschichte in meinem Kopf zusammensetzen.

»Drei Tage sollst du haben«, zitiert Maeve. »Wenn du bis dahin meinen Namen weißt, so sollst du dein Kind behalten.«

Ein paar Sekunden lang schweigen Maeve und Clio, während wir die Worte auf uns wirken lassen.

»Namen haben eine gewisse Macht inne«, erklärt Clio. »Den wahren Namen eines Geistes oder eines Dämons zu kennen, ermöglicht es einem, ihn heraufzubeschwören oder ihn zu verbannen.«

»Prinzessin Eve.« Maeve spricht meinen Namen wie einen Zauber. »Eve – die dunkelste Nacht vor Anbruch des neuen Tages.«

Die feinen Härchen an meinem Nacken stellen sich auf.

»Das Mädchen sandte ihre engsten Verbündeten in alle Himmelsrichtungen aus, damit sie den Namen des Fremden in Erfahrung brächten«, erzählt Maeve. »Endlich, am dritten Tag, sah eine der Spioninnen einen seltsamen Mann allein im dichten Wald. Er tanzte nackt um ein prasselndes Feuer und sang fröhlich vor sich hin. In dem Lied kam auch sein Name vor. Eilig ritt die Spionin zurück zu dem Mädchen und berichtete, was sie beobachtet hatte.«

Clio schüttelt erneut den Kopf. »Der Fremde kam noch in derselben Nacht zu dem Mädchen und verlangte ihr Kind. Er verkündete, dass er es kochen und das Fett dazu verwenden würde, einen Zaubertrank herzustellen, der ihn fliegen ließe.«

Ich schlucke schwer, da sich mir der Magen umdreht.

»Doch das Mädchen rief seinen Namen aus. Rumpelstilzchen! Rumpelstilzchen! Rumpelstilzchen!«

Maeve schnaubt. »Der Mann war so schockiert und verblüfft darüber, dass er tatsächlich nicht das bekommen würde, worauf er gehofft hatte, dass er seinen Fuß fest auf der Erde aufsetzte und mit dem anderen Bein so hart austrat, dass er entzweigerissen wurde – genau in der Mitte seines Körpers.«

Ich traue mich nicht, mich zu bewegen, aus Angst, dass meine Beine unter mir nachgeben könnten. Alles, was ich vor mir sehe, sind Bilder des Ritters, nachdem er seine Rüstung abgelegt hat. Er wirkte viel kleiner und so zerbrechlich. Als ich an die grobe Naht denke, die ihn zusammenhielt, muss ich mich fast übergeben.

Maeve beugt sich zu mir vor. »Du lachst ja gar nicht.«

»Warum sollte ich das tun?«

»Weil die meisten Leute glauben, es wären nur Märchen, die Kindern eine Lektion erteilen sollen«, antwortet Clio. »Sei folgsam, sei nicht gierig, sei einfallsreich.«

»Und halte deine Versprechen«, fügt Maeve hinzu. »Sonst passiert etwas Fürchterliches.«

Clio erhebt sich. »Wir haben ›Rumpelstilzchen‹ ... wann war es noch gleich ... vor zwanzig Jahren notiert? Die Geschichte stammte von einer Frau, die in einem kleinen Dorf mitten im Nirgendwo lebte. Sie selbst hatte die Geschichte von klein auf gehört, und sie war damals schon steinalt. Zwar wussten wir nicht, wann sich die Geschichte zugetragen hatte, aber wir haben uns stets gefragt, was aus ihm geworden ist. Seine Magie war zu mächtig, um einfach zu verschwinden.«

»Es gab Gerüchte und Hinweise, dass er noch lebt«, erklärt Maeve. »Wir haben gehofft, dass wir herausfinden würden, was aus ihm geworden ist, Eve. Das Mädchen, so sagt man, war aus dem frisch gefallenen Schnee und einem Tropfen Blut erschaffen worden.«

»Nein, aus dem Nachthimmel und den Sternen«, korrigiere ich sie. Ich fühle mich, als hätte sich ein Nebel um mich gelegt, durch den ich nicht mehr erkennen kann, was real ist und was nicht.

Die Schwestern wechseln einen Blick.

»Die Leute erzählen gern Geschichten, und wir sammeln sie«, sagt Maeve. »Ein wenig weiter entfernt von Queen's Bridge sind die Geschichten vermutlich auch weiter von der Wahrheit entfernt.«

»Man nennt dich Schneewittchen.« Clio deutet auf eine andere Geschichte, die sie niedergeschrieben haben. »Es heißt, dass deine Mutter, die dich um deine Schönheit beneidet hat, dich vergiftete und dass du anschließend in einen Sarg aus Glas gelegt wurdest.«

Ich verstehe nicht, warum die Gerüchte sich so weit verbreitet haben und dennoch einen Teil der Wahrheit enthalten. Manchmal wünsche ich mir tatsächlich, dass ich anstelle von Nova in dem gläsernen Sarg ruhen würde.

»Lass sie glauben, was sie wollen«, erwidere ich. »Es macht keinen Unterschied für mich.«

»Wir haben die Verbindung zwischen der Müllerstochter und deiner Familie erst hergestellt, als wir hergekommen sind, und zu dem Zeitpunkt hattest du ihn bereits getötet.«

»Und die Welt ist von ihm befreit«, stelle ich fest.

Maeve sieht nachdenklich aus. »Aber irgendetwas quält dich nach wie vor, nicht wahr?«

Die beiden Geschichtensammlerinnen wissen ohnehin schon so viel, dass es keine Rolle mehr spielt, wenn ich ihnen alles erzähle, was ich weiß.

»Das Letzte, was er gesagt hat, bevor er starb, war eine Art Zauberspruch. Es kam mir vor wie ein Fluch.«

»Was genau hat er gesagt?«, fragt Clio. »Kannst du dich an den Wortlaut erinnern?«

»Selbst wenn ich es wollte, könnte ich es nicht vergessen. Er hat gesagt: ›Schlafe wie der Tod – bis sich Hände und Lippen berühren. Töte mich, liebste Eve, und trauere für immer.‹« Ich presse die schrecklichen Worte zwischen zusammengebissenen Zähnen hervor. »Wenn es ein Fluch ist, dann hat er ein letztes Mal das bekommen, was er wollte.«

»Du trauerst?«, fragt Maeve. Der Ausdruck in ihren Augen ist freundlich, doch sie kneift die Lippen zusammen, als müsste sie einen Wortschwall zurückhalten.

Ich nicke. »Jeden Tag.«

»Es war kein Fluch«, behauptet Clio.

Ich betupfe meine Augen und schlucke meine Traurigkeit herunter. »Wie bitte?«

»Es war kein Fluch«, wiederholt Maeve. Ihre Augen sind groß, sie hat die Hände vor dem Körper zusammengelegt. »Sondern ein magischer Vertrag ... ein letztes Abkommen.«

Clio nimmt eilig wieder vor ihren Pergamentrollen Platz und kritzelt die Worte nieder. »Schlafe wie der Tod«, murmelt sie, ehe sie abrupt den Kopf hebt und mich aus schmalen Augen ansieht. »Warum glauben die Leute, du würdest tot in einem gläsernen Sarg liegen?«

»Das ist ziemlich spezifisch«, pflichtet Maeve ihr bei.

»Ich bin eindeutig nicht tot. Aber jemand, den ich geliebt habe, ist es. Er ruht in einem gläsernen Sarg.«

»Warum sollte man zusehen wollen, wie er verwest?«, fragt Clio.

Ich zucke angesichts der Vorstellung zusammen, und Maeve kneift Clio in den Arm.

Clio verzieht das Gesicht. »Ich wollte nicht taktlos sein, aber es klingt seltsam.«

»Er verwest nicht«, erkläre ich. »Er sieht noch genauso aus wie an dem Tag, an dem er gestorben ist.«

Clio streicht mit den Fingern über die Worte. »Bis sich Hände und Lippen berühren. Töte mich und trauere für immer.«

Maeve zieht scharf die Luft ein. »Eve hat ihn getötet und trauert immer noch um ihre große Liebe. Hände ...«

»Und Lippen«, haucht Clio.

Maeve greift nach den zusammengebundenen gesammelten Geschichten und blättert sie durch. »Eve, meine Liebe, du hast dich nicht an die Bedingungen des verräterischen letzten Abkommens von Rumpelstilzchen gehalten, und was er verlangt, ist etwas, das wir schon zuvor erlebt haben.«

Ich trete an ihre Seite, damit ich über ihre Schulter mitlesen kann. »Was meinst du damit?«

»Hier.« Maeve klingt aufgeregt. »Dieses Mädchen, das von einer bösen Hexe in einem Turm gefangen gehalten wurde ... Sie hat sich an einer Spindel gestochen und ist daraufhin in einen tiefen Schlaf gefallen.«

Mein Herz beginnt zu hämmern, als ich auf die Zeichnung einer jungen Frau schaue, die auf dem Rücken liegt, die Hände über der Brust gefaltet. »Was ist aus ihr geworden?«

»Sie wurde durch einen Kuss geweckt«, antwortet Clio. »Nicht irgendeinen, sondern durch einen Kuss der wahren Liebe.«

»Es klingt tatsächlich wie ein Märchen, aber es ist mehr als das«, erklärt Maeve. »Es ist ein mächtiger Zauber, der einen vor dem Bösen bewahren kann, das den meisten Flüchen zugrunde liegt.«

Ich muss mich an der Tischkante festhalten, um nicht das Gleichgewicht zu verlieren. »Sie ist erwacht?«

»Ja!«, antwortet Maeve. »Sie lebt immer noch!«

Bis sich Hände und Lippen berühren.

Ich schaue Chance und Grumpy an, die wie gebannt zuhören.

»Geh!«, fordert Clio mich auf. »Geh und erfülle deinen Teil des Abkommens.«

Nachdem ich mich von ihnen verabschiedet habe, reite ich, so schnell ich kann, mit Chance und Grumpy im Schlepptau zurück.

Maggie läuft uns hinterher, Königin Sanaa fliegt über unseren Köpfen.

Für den Rückweg brauchen wir nur die Hälfte der Zeit. Als wir angekommen sind, lasse ich Chance und Grumpy vor dem Haus stehen und gehe den Rest des Weges zu Fuß.

Der Frühling hat grüne Blätter und eine warme Brise mit sich gebracht. Der Pfad, über den man zu Novas Ruhestätte gelangt, führt zunächst an Leah Kingfisher und ihren Söhnen vorbei. Auch wenn ich es nicht erwarten kann, bei Nova anzukommen, mache ich kurz halt und lege eine Handvoll Lilien, die nun überall blühen, auf Leahs Grabstein, der derzeit mit bemalten Steinen und Spielzeugen aus Stöcken dekoriert ist, bevor ich mich über Juniors beuge und einen Kuss darauf hauche.

»Ich vermisse dich«, sage ich. »Das werde ich immer tun.«

Dann gehe ich tiefer in den Wald hinein. Der Pfad zu Nova ist ausgetreten, was hauptsächlich an mir liegt. Auch die Jungen besuchen ihn gelegentlich, und jemand anderes muss ihn ebenfalls gesehen haben, wenn das Gerücht bis zu Maeve und Clio durchgedrungen ist. Ich weiß nicht, wie, aber im Moment spielt das keine Rolle mehr. Eilig bahne ich mir einen Weg durch die grünen Blätter hindurch und komme endlich auf der kleinen Lichtung an.

Nova liegt hinter dem Glas wie immer – die Hände sorgsam gefaltet, seine Züge friedlich, als würde er schlafen. In seinem Tuch, das ich aus dem Nachthimmel erschaffen habe.

Ich beuge mich dicht an das Glas heran, so wie ich es oft tue. Es fällt mir schwer, ihm so nahe zu sein und zu wissen, dass ich ihn nicht habe retten können, weil er sich in den Kopf gesetzt hatte, für mich zu sterben.

Tränen brennen in meinen Augen. Was, wenn die Schwestern nichts weiter als Geschichtenerzählerinnen sind? Frauen, die besessen von den seltsamen Märchen dieses Landes sind. Könnte an dem, was sie behaupten, etwas Wahres dran sein, oder hoffe ich auf etwas Unmögliches?

Als ich hinter mir im Wald ein Geräusch wahrnehme, drehe ich mich um. Claude tritt vom Pfad auf die Lichtung, seine Wollkappe an die Brust gepresst.

»Die Jungen haben mir berichtet, dass du gleich hierhergekommen bist. Sie haben sich Sorgen gemacht.« Er betrachtet Novas gläsernen Sarg. »Möchtest du allein sein?«

Normalerweise würde meine Antwort Ja lauten. Aber nicht heute.

»Ich brauche deine Hilfe.«

Ich habe eingehend darüber nachgedacht. Es ist das *Einzige*, woran ich gedacht habe, seit wir die seltsame kleine Hütte der Schwestern verlassen haben. Wenn die letzten Worte des Ritters an mich sein letztes Abkommen beinhalten, dann verschafft mir das etwas, das bei anderen Abkommen undenkbar war: Hoffnung. Ich glaube nicht, dass der Ritter zu Mitgefühl, geschweige denn Liebe fähig war. Er hat seinen eigenen Sohn ausgenutzt und ungerührt zugesehen, als er starb. Daher glaube ich nicht, dass er mir mit seinen letzten Worten irgendetwas anderes als lebenslange Qualen zufügen wollte. Wie hätte er wissen können, dass die Geschichte – die beschreibt, wie er die Rolle des Ritters eingenommen hat – bis zu mir durchdringen und mir mehr über die Hintergründe seines Abkommens verraten würde?

Ich lege meine Hände auf den Deckel des gläsernen Sarges und schaue Claude an. »Hilf mir, ihn zu öffnen.«

Er macht einen Schritt in meine Richtung. »Eve. Was hast du vor?«

»Bitte. Ich habe etwas herausgefunden. Einen Hinweis erhalten, wie all dies enden könnte.«

»Ist es nicht längst vorbei?« Claude sieht Nova traurig an.

Ich lasse mich gegen das Glas gelehnt ins Gras sinken und stütze meinen Kopf in die Hände. Ich wünsche mir so sehr, dass dies ein Neuanfang und kein Ende ist, aber Claude könnte recht haben.

Er setzt sich neben mich. »Was hast du herausgefunden?«

Ich wische mir Tränen der Wut aus den Augen. »Das Letzte, was der Ritter zu mir gesagt hat, waren die Bedingungen eines Abkommens. Ich dachte, seine Absicht wäre es lediglich, mich für immer trauern zu lassen, aber ich habe in Erfahrung gebracht, wer der Ritter vorher war.«

»Vorher?«

Ich nicke. »Er war genauso kalt und herzlos, wie wir ihn kannten, und er hat versucht, eine junge Frau dazu zu bringen, ihm ihr Kind zu geben. Aber sie hat ihn überlistet. Das hat ihn nie losgelassen. Das ist der Grund dafür, dass er das Volk von Queen's Bridge gequält hat und so besessen davon war, ein Abkommen mit meiner Mutter auszuhandeln. Wir sind entfernte Verwandte des Mädchens, und das war dem Ritter bekannt.«

Claude schweigt lange, bevor er erwidert: »Deshalb hat er das Leben so vieler Menschen ruiniert? Weil er nicht hinnehmen konnte, dass jemand ihn überlistet hat?« Er seufzt und lässt den Kopf hängen. »Warum willst du den Sarg öffnen?«

»Ich dachte …«, beginne ich, doch halte dann inne, denn es klingt töricht. »Ich dachte, es steckt vielleicht mehr hinter seinen letzten Worten, aber nun zweifele ich daran.«

Auf einmal erhebt sich Claude und legt die Hände an den Sarg. »Dann komm. Hilf mir, ihn zu öffnen.«

Ich springe auf.

Claude schenkt mir ein warmherziges Lächeln. »Es gibt nichts Schlimmeres, als wenn man sich ständig fragen muss, ob man mehr hätte tun können. Dieses Gefühl kenne ich nur allzu gut. Also lassen wir nichts unversucht.«

Ich nicke, und so heben wir mit vereinten Kräften den gläsernen Deckel von Novas Ruhestätte an.

Die Luft, die uns entgegenströmt, duftet süß. Die Decke, die ich für ihn gezaubert habe, bewegt sich sanft, so wie es jede Nacht auch die Sterne tun. Novas Gesicht wirkt friedlich. Unverändert.

Ich ziehe die Decke zurück und verschränke meine Finger mit seinen. Seine Haut ist kalt, aber weich.

Claude stößt leise den Atem aus. »Was hast du vor?«

Ich wiederhole die Worte des Ritters. »Schlafe wie der Tod – bis sich Hände und Lippen berühren. Töte mich, liebste Eve, und trauere für immer.«

Ich habe genug getrauert. Nova hat lange genug geschlafen. Und ich habe den Ritter mit eigenen Händen getötet. Es gibt nur noch eine einzige Bedingung, die es zu erfüllen gilt, ehe vielleicht ...

Ich umfasse Novas Hände und beuge mich so weit hinunter, dass ich meine Stirn an seine legen und den süßen Duft nach Jasmin einatmen kann. Dann küsse ich ihn sanft. Ich drücke meine Lippen auf seine und lasse meine Tränen auf sein Gesicht fallen.

Als ich mich von ihm löse, liegt er immer noch still, reglos, unverändert da. Und mein Herz bricht aufs Neue.

Claude legt mir eine Hand auf den Rücken. »Es tut mir leid, Eve. Es tut mir so leid.«

»Ich brauche einen Moment.«

Claude nickt und lässt mich mit Nova allein.

Ich setze mich wieder ins Gras und lehne mich mit dem Rücken an den gläsernen Sarg. Dann weine ich, bis ich keine Tränen mehr habe.

Einst dachte ich, ich würde den Ritter töten und die Heldin des Volkes sein, die rechte Hand meiner Mutter. Es ist merkwürdig, dass es sich tatsächlich fast genauso ereignet hat, jedoch mit einem Ausgang, mit dem ich niemals gerechnet hätte. Märchen sind seltsam und mysteriös. Meine Reise bis hierher war in gewisser Hinsicht genau wie die Abkommen des Ritters – unvorhersehbar und unvorstellbar grauenhaft.

Nun erhebe ich mich und steuere den Pfad an, doch als ich ihn erreicht habe, bleibe ich noch einmal stehen und schaue durch das Blätterdach in den Himmel.

Als plötzlich ein Rascheln hinter mir erklingt, bleibt mir beinahe das Herz stehen.

»Eve«, sagt eine vertraute Stimme.

Ganz langsam drehe ich mich um und stelle fest, dass Nova aufrecht im Sarg sitzt; seine Wangen sind gerötet, das Haar fällt ihm lose um das Gesicht. Er zieht sich hoch, während ich wie angewurzelt dastehe, nicht in der Lage, mich zu rühren.

Nova erhebt sich auf zittrigen Beinen, doch kaum dass er sich in Bewegung setzt, scheint die Schläfrigkeit mit jedem Schritt mehr von ihm abzufallen. Er humpelt mir entgegen, und als er mir nahe genug ist, strecke ich einen Arm aus, obwohl ich mich fürchte, dass er verschwinden wird, wenn ich versuche, ihn zu berühren.

Doch er ist real. Er atmet und ist warm. Nach all dieser Zeit steht er tatsächlich vor mir.

Nun schließt er mich in seine Arme und vergräbt das Gesicht an meinem Hals.

Ich halte ihn lange ungläubig fest. »Ist das ... Passiert das wirklich?«, frage ich. »Du ... Du lebst. Du bist hier.«

»Ich habe lange geschlafen«, erwidert Nova.

»Ja, das hast du«, hauche ich.

Er umfasst mein Gesicht mit den Händen und streift meine Lippen mit seinen. »Ich habe geschlafen wie der Tod. Und ich habe nur von dir geträumt.« Dann drückt er seinen Mund auf meinen.

Ich schlinge meine Arme noch fester um ihn und atme ihn ein.

Nachdem ich so viele Geschichten gesammelt habe – Geschichten von monströsen Geschöpfen und unvorstellbaren Grausamkeiten –, frage ich mich, ob unsere Geschichte diejenige sein wird, die für immer weiterlebt. Schließlich endet sie mit Nova und mir. Befreit vom Ritter und seinen schrecklichen Taten – für jetzt und für alle Zeit. Ein märchenhaftes Ende, das wir selbst erschaffen haben.

DANKSAGUNG

Als ich 2016 den ersten Entwurf von *Cinderella ist tot* schrieb, wusste ich, dass es nicht das einzige Märchen bleiben würde, das ich versuchen würde, neu zu erzählen. Jetzt, acht Jahre später, schicke ich meine Version von »Schneewittchen« in die Welt hinaus. Es ist ein wundervolles, wenn auch unwirkliches Gefühl.

Schneewittchen schlägt zurück ist eine Geschichte in einer Geschichte. Wenn du meine Werke schon kennst, weißt du, dass ich nichts mehr liebe als eine gute versteckte Geschichte.

Und hier erkunden wir die Geschichte, die hinter »Schneewittchen« steckt, und wie dieses Märchen mit anderen Geschichten aus dem – wie ich es nenne – *Cinderella ist tot*-Universum verwoben ist. Die Geheimnisse, die hinter Märchen stecken, die wir zu kennen glauben, werden immer spannend bleiben. Ich liebe es, diese Geschichten zu erzählen, und bin dankbar, dass wir gemeinsam in die Welt der dunklen Magie, Mysterien und Mythen zurückkehren können.

Auf persönlicher Ebene ist *Schneewittchen schlägt zurück* eine Geschichte über Mütter und Mutterfiguren. Eves Beziehungen zu den Frauen in ihrer Familie und ihrer Gemeinschaft bilden den Mittelpunkt, weil ich verstehe, wie wichtig diese Beziehungen sein können. Diese Geschichte ist den Frauen in meinem Leben gewidmet, die mir gezeigt haben, wie ich mich in der Welt zurechtfinde, als ich keine Mutter hatte, die bereit war, dies zu tun. Rolanda, Gwen, Pearl und Annette haben sich alle Mühe gegeben, mir die Fürsorge und Sorge zu schenken, die alle jungen Mädchen verdienen. Ohne sie wäre ich heute nicht hier.

Ich möchte mich bei Jamie Vankirk, Mary Kate Castellani, Alexa Higbee, Lily Yengle, Kei Nakatsuka, Erica Barmash, Carla Hutchinson, Emily Marples, Sophie Rosewell und allen aus dem amerikanischen und britischen Team von Bloomsbury bedanken. Ich freue mich so sehr, dass wir weiterhin zusammen an diesen Geschichten arbeiten! Danke für eure harte Arbeit. Nichts von alledem funktioniert ohne eure Hingabe an die Leser*innen und eure Arbeit. Go Team!

Ich werde meiner Familie auf ewig dankbar sein – Mike, Amya, Nye, Elijah, Lyla und Spencer. Ich liebe euch so sehr. Ohne euch wäre all das nicht möglich.

An die Bibliothekar*innen, Lehrer*innen und Buchhändler*innen, die dafür gesorgt haben, dass meine Romane in die Hände der Leser*innen gelangen, die sie am meisten brauchen: Es gibt keine Worte, die angemessen ausdrücken können, wie sehr ich das zu schätzen weiß. Mir ist bewusst, dass euer Job besonders in der Welt, in der wir heutzutage leben, härter ist, als er sein sollte. Danke, dass ihr jeden Tag am Ball bleibt und für die guten Dinge kämpft.

An meine Leser*innen ... DANKE! Ich habe es schon einmal gesagt, aber ich möchte die Gelegenheit nutzen, um es noch einmal zum Ausdruck zu bringen: Ohne eure Unterstützung wäre ich nicht hier, um diese Geschichten zu erzählen. Ihr macht all das möglich. Danke, dass ihr lest!

Kalynn Bayron
Cinderella ist tot

Vor 200 Jahren hat Cinderella ihren Traumprinzen gefunden. Doch die märchenhafte Zeit in ihrem Königreich ist vorbei ...

»In diesem Märchen dürfen die Prinzessinnen endlich selbst entscheiden, mit wem sie glücklich bis ans Ende ihrer Tage leben wollen!« *Brigid Kemmerer*

978-3-453-32190-8

Leseprobe unter **www.heyne.de**

Die Dark-Academia-Sensation aus den USA

Die Ausbildung zum magischen Bibliothekar wird für einen jungen Mann zum gefährlichsten Abenteuer seines Lebens.

»Rachel Caine nimmt ihre Leser*innen mit in eine magische Welt, in der Bücher gefährlich sind.« *Deborah Harkness*

HEYNE ‹